『王勃集』と王勃文学研究

道坂昭廣著

研 文 出 版

『王勃集』と王勃文学研究

目次

Ⅰ　王勃の文学とその周辺

Ⅱ　日本伝存『王勃集』の意義

Ⅲ　日本伝存『王勃集』をめぐる問題

『王勃集』と王勃文学研究

Ⅰ　王勃の文学とその周辺

王勃試論

――その文学の淵源について

唐朝が成立して約五十年、文学はまだ南朝末期の綺麗繊細な詩風から抜け出せないでいた。王勃・楊炯・盧照鄰・駱賓王はそのような文風を批判し、文学の新たな可能性を切り開いて四傑と称される。

彼らはその不遇な生涯、激しい性格など類似は少なくないが、早く聞一多氏が論ずるように(1)、従来の文学集団に較べてその集団としての結びつきはさほど強いとは言いえない。それは建安七子より四傑にやや遅れる四友(2)まで、文学集団はそれぞれ主にサロンという共通の場において形成されたのに対し、彼らがそのような従来のサロンを文学活動の場としなかったことに原因の一つがあるのではないだろうか。

サロンの文学が中心であった時代にサロンに所属せず、在野で個々に活動した彼らを誰が一つの集団にしたのかは興味ある問題である。だがここでは、彼らがサロンを離れ、サロン文学を批判し、なぜそれにかわる文学を作り得たのか。つまり、サロン文学の欠点を残しながらも新たな可能性を予見させる文学を創造した彼らの文学の根底にあるものについて、四傑が皆北朝地域の出身者である(3)ということに注目し、彼らのなかから王勃をとりあげて考えてみたい。

一

王勃は三十に満たずして世を去った。だがその短い生涯は二つに分けることが出来る。早熟の天才として名を知られ、沛王賢の修撰として長安に暮らした、総章二年（六六九）頃までの前半期と、蜀を旅し、虢州の参軍に任ぜられ、それをやめて交阯へ向かい世を去るまでの後半期である。順調で希望に満ちた前半期と不遇に苦しむ後半期、その境遇の段差は彼の文学にも大きな影を落としている。

王勃の前半期の作品と判断出来るものはほとんどが自分の推薦を願う文であり、またそれと共に提出された場合も多いが、朝廷の行事を寿ぐ文章である。

王勃が世に注目されるきっかけとなった劉祥道への上書「上劉右相書」（巻五）(4) より、この時期の王勃の文学の特色を考えてみよう。

殊不知両儀超忽、動止繫於無垠、万化糾紛、舒巻存乎非我。是以陳平昔之智士也、俯同降卒、百里奚囊之達人也、親為餓隷。……遂令用与不用、是非於楚漢之間、知与不知、得失於虞秦之際。故死生有数、審窮達者繫於天、材運相符、決行蔵者定於己（殊に知らず両儀超忽として、動止は無垠に繫がれ、万化糾紛として、舒巻は非我に存するを。是を以て陳平は昔の智士なるも、俯して降卒に同じうし、百里奚は囊の達人なるも、親ら餓隷と為る。……遂に用と不用とをして、楚漢の間に是非あらしめ、知ると知らざるをして、虞秦の際に得失あらしむ。故に死生数有り、窮達を審らかにするは天に繫《かか》り、材運相い符し、行蔵を決するは己に定む）。

歴史上の人物をかりて有能な人物も、時期に合わなければ埋れてしまう、だが世が必要とする時その人物の才を見抜く者があらわれ才能を発揮させると、俗に埋もれている賢者と発掘する人物との出会いの神秘的な運命を語る。「上絳州上官司馬書」（巻五）でも時に遇わずして一生を終えた人物を語るが、それに続けて、「向使《もし》太公の周伯に失えば、則ち旗亭の屠父、韓信の蕭何に屈すれば、則ち轅門の餓隷なり。又焉んぞ鷹揚豹変し、風雲を吐納する者を得んや（向使太公失於周伯、則旗亭之屠父、韓信屈於蕭何、則轅門之餓隷。又焉得鷹揚豹変、吐納風雲者哉）」と同じ考え方を述べている。

このような出会いの神秘性を語って王勃は、今こそ自分が見出される機会であることを暗示し、自分を理解してもらいたいということを、「実に四海兄弟なるを以て、遠契を蕭韓に斉しくし、千載の風雲、神知を管鮑に託す（実以四海兄弟、斉遠契於蕭韓、千載風雲、託神知於管鮑）」と、再び歴史上の人物達に託して語る。

窮達は運命と言いつつ、自分を理解してもらいたいと語るこの文脈には、王勃の知遇を得んとする熱意と、またそのことに対する楽観的な意識を読み取ることができる。そして、それは彼の自分の才能に対する強烈な自負に裏付けられている。

「上皇甫常伯啓一」（巻四）は王勃が文章を提出せよという命を受け、その文章と共に出した書信である。彼はこの命を受けた喜びを次の様に述べる。

謹憑国士之恩、敢進輿人之誦。……亦有飛霜匝地、蘭蕭銜共尽之悲、烈火埋岡、玉石抱倶焚之惨。然則知音罕嗣、流水空存、至宝不同、荊山有涙（謹んで国士の恩に憑り、敢て輿人の誦を進む。……亦た飛霜地に匝《あまね》く、蘭蕭共に尽くるの悲しみを銜み、烈火岡を埋め、玉石倶に焚くの惨を抱く有り。然らば則ち知音嗣ぐことは罕にして、流水空しく存し、至宝同じからずして、荊山涙有り）。

王勃は俗に埋もれて、その才を発揮せぬまま終るなど耐えられぬことであり、彼にとって問題は、自己の才を発揮する機会が何時訪れるかであった。それゆえ機会を与えられたとき「国士の恩」という激しい言葉でその喜びが表現されねばならなかったのである。

さて王勃がこの時期に自負し発揮する機会を得ることを願った才能とは何か。彼がこれら自薦文に「旧文」（「上武侍極啓」巻四）、「宸游東岳頌」（「上李常伯啓」巻四）、「新対策及前後旧文」（「上皇甫常伯啓一」巻四）、「乾元殿頌」（「上皇甫常伯啓二」巻四）を添え、また「拝南郊頌」（巻十二）、「九成宮頌」（巻十三）を朝廷に提出し、以上と内容は異なるが張文瓘に「九成宮東台山池賦」（巻二）を送ったということから見ると、文学的な才能だったのではないだろうか。

しかも、提出した相手は朝廷あるいは朝廷の顕官であること、「旧文」は具体的にはわからないが、提出された文章は、「九成宮東台山池賦」以外は政治的行事に係っていること、そして現在見ることの出来る「乾元殿頌」（巻十四）などは文章の性質のせいもあるとはいえ、内容自体は平凡で没個性的なものであり、むしろ儒学的観念を散りばめて荘重な雰囲気を出すという、表現に注意が払われていることなどを考えると、それは決してサロン文学の価値基準と対立するものではなかったと考えられる。

前半期の王勃は出世の手段としての文才に強い自負を抱き、その才能を発揮する機会を激しく求めていたのである。

一方後半期にも王勃が自己の任用を願ったかと思われる書信が、たった一通存在する。蜀より帰京した咸亨二年（六七一）に書かれた「上吏部裴侍郎啓」（巻四）である。

この書信は既に前半期の文才への自負は影を潜め、それに換って彼の文学論と、それに関連する形で同時代の文学と人材登用の方法に対する批判を展開している。この意見の開陳に続いて裴行倹の命に従い、彼は自分の文学作品を添えることを述べるが、

> 然窃不自揆、嘗著文章、非敢自媒、聊以恭命。謹録古君臣賛十篇幷序、雖不足塵高識之門、亦可以見小人之志也。伏願暫停左右、少察胸襟、観述作之所存、知用心之有地（然れども窃《ひそ》かに自ら揆《はか》らず、嘗て文章を著し、敢て自ら媒するに非ず、聊か以て命を恭うす。謹んで「古君臣賛十篇幷びに序」を録す、高識の門を塵すに足らずと雖も、亦た以て小人の志を見る可きなり。伏して願わくは暫く左右を停め、少しく胸襟を察し、述作の存する所を観、用心の地有るを知らんことを）。

と、その作品の意図する所を理解してほしいと続けている。これは前半期にはなかったことと言ってよい。この作品は既に佚してしまったが、文脈から、また引用部分からも「古君臣賛」が単に自己の文才を示す為にのみ作られたのではないことは明かである。

この書信については後で再びふれるが、前半期の王勃が、表現面を重視した、いわばサロン文学にも適う文才を自負していたのに対し、後半期は自負のありかを変化させているように思われる。

次に王勃の後半期を見てみたい。

二

王勃が長安での生活から一転して蜀へ旅立った原因について『旧唐書』巻一九〇上文苑伝一四〇上に載る王勃の伝は、「諸王闘雞し、互いに勝負有り。勃戯れに「英王の雞に檄するの文」を為る。高宗之れを覧、怒りて曰く、「此れに拠って是れ交搆の漸あらん」と。即日勃を斥け、府に入らしめず（諸王闘雞、互有勝負。勃戯為檄英王雞文。高宗覧之、怒曰、拠此是交搆之漸。即日斥勃、不令入府）」と、王勃の文才が災いしたとする。だが楊烱「王勃集序」は「先づ楚館に鳴り、孤り斉宮に峙す。乗・忌側目し、応・劉歩を失う。秀の容れられざるに臨み、尋《つ》いで初服に反る（先鳴楚館、孤峙斉宮。乗忌側目、応劉失歩。臨秀不容、尋反初服）」と、王勃が「蘭蕭」の蘭や「玉石」の玉と自らの才を誇った反面、蕭・石と彼がみなしていた人々の嫉視・反発[5]を受けたことを語る。

いずれにせよ、王勃自身が原因となってまねいた沛王府からの追放は、一方においては、王勃の文学をサロン文学の羈絆から解放した。

王勃の後半期の文学の特色は、蜀で作られた幾つかの賦に既に端的にあらわれている。それらのうち創作の動機を語る「春思賦」（巻一）の序を挙げる。

咸亨二年、余春秋二十有二。旅寓巴蜀、浮游歳序。殷憂明時、坎壈聖代。九隴県令河東柳太易、英達君子也、僕従游焉。高談胸懐、頗洩憤懣。於時春也、風光依然。古人云、風景未殊、挙目有山河之異。不其悲乎。僕不才、耿介之士也。窃稟宇宙独用之心、受天地不平之気。雖弱植一介、窮途千里、未嘗下情於公侯、屈色於

流俗（咸亨二年、余春秋二十有二。巴蜀に旅寓し、歳序に浮游す。明時に殷憂し、聖代に坎壈す。九隴県令河東の柳太易、英達の君子なり、僕従いて游ぶ。胸懐を高談し、頗る憤懣を洩す。時に春なり、風光依然たり。古人云う、風景未だ殊ならず、目を挙ぐれば山河の異有りと。其れ悲しからずや。僕不才、耿介の士なり。窃かに宇宙独用の心を稟《う》け、天地不平の気を受く。弱植の一介、窮途千里と雖も、未だ嘗て情を公侯に下し、色を流俗に屈せず）。

まず、ひとり王勃だけでなく、四傑に共通する不遇感が大きく掩っているのに気付く。そして王勃と同郷の柳太易は王勃の蜀滞在中の庇護者であり、彼の名は王勃の他の文章にも散見するが[6]、彼のような自己の不遇あるいは互いの不遇を語りあう友人の登場、自然の美しさの発見、孤高を保つという意識、これらが相互に関連しつつ王勃の後半期の文学の題材となり、特色となる。

たとえば友情を語るものは前半期にもある。だがその雰囲気は後半期と対照的である。

送杜少府之任蜀州（巻三）

城闕輔三秦　　城闕　三秦に輔たり
風煙望五津　　風煙　五津を望む
与君離別意　　君と離別の意
同是宦游人　　同じく是れ宦游の人
海内存知己　　海内　知己を存せば
天涯若比鄰　　天涯も比鄰の若し
無為在岐路　　為す無かれ　岐路に在りて

児女共霑巾　　児女と共に巾を霑すを

前半期に作られたこの詩は、どこにだって自分の才能を見抜いてくれる人はいるという、自薦文に似た一種楽観的な感情が流れている。「越州永興（正倉院蔵王勃詩序有県字）李明府宅送蕭三還斉州序」（巻八）でも「嗟乎、天下に游ばざる者、安くんぞ四海の交を知らんや、河梁を渉らざる者、豈に別離の恨を識らんや（嗟乎、不游天下者、安知四海之交、不渉河梁者、豈識別離之恨）」と語るように、前半期が別れは新たな知友を得る機会でもあると将来への期待が悲しみを止揚するのに対し、後半期は今現在の別れの苦しみ、親友を失うことの悲しさを自己の不遇に重ねあわせて語る。例えば次の詩は、同郷の友人薛華との別れをひたすらに悲しむ。

別薛華（『文苑英華』作秋日別薛升華）（巻三）

送送多窮路　　送り送りて窮路多く
遑遑独問津　　遑遑として独り津を問う
悲涼千里道　　悲涼す千里の道
悽断百年身　　悽断す百年の身
心事同漂泊　　心事　同じく漂泊し
生涯共苦辛　　生涯　共に苦辛す
無論去与住　　論ずる無かれ　去と住と
倶是夢中人　　倶に是れ夢中の人

次に自然の発見とは「入蜀紀行詩序」（巻七）に「況や躬　勝事を覧、足　霊区を践み、煙霞朝夕の資と為り、風月林泉の助けを得るをや。嗟乎、山川の感召すこと多し。余能く情無からんや（況乎躬覧勝事、足践霊区、煙霞為朝夕之資、風月得林泉之助。嗟乎、山川之感召多矣。余能無情哉）」と、彼自身の自然の美に対する感動と、それに触発された詩情を語っている。この詩集は残っていないが、蜀への道中で作ったと考えられる詩がある。

深湾（『文苑英華』作渡）夜宿（巻三）

津途臨巨壑　　津途　巨壑に臨み
村宇架危岑　　村宇　危岑に架る
堰絶灘声隠　　堰は絶えて灘声隠れ
峯交樹影深　　峯は交りて樹影深し
江童暮理楫　　江童　暮に楫を理め
山女夜調砧　　山女　夜に砧を調す
此時故郷遠　　此の時　故郷遠く
寧知遊子心　　寧くんぞ知らん　遊子の心を

風景を見て興る詩情は望郷の思いであり、それは盧照鄰との唱和詩[7]等に見られる「他郷」という言葉にも同じ思いが込められている。つまり前半期の「送杜少府之任蜀州」などの旅に対する感情とは異なり、風景には故郷をはなれ、旅を続けなければならぬという不遇の思いが託されているのである。

もちろん王勃の作品、特に詩はその雰囲気から前半期の作か後半期の作かは推定できても、制作時期を具体的に確定できないものも多い。だが、蜀滞在期は「三月曲水宴得煙字」[8]（巻三）のような遊戯的な自然描写の詩もある反面、このような自己の感情を強く自然に投影させた詩もあらわれてくるのである。

このように、蜀滞在期以降全く文学傾向が変わり、前半期のサロン風の文学が後半期に全くあらわれないというのではないが、後半期には前半期にはなかった文学の傾向が示されるようになる。楊炯「王勃集序」は先に引用した部分に続き、

遠遊江漢、登降岷峨、観精気之会昌、翫霊奇之肸蠁。考文章之跡、徴造化之程。神機若助、日新其業。西南洪筆、咸出其辞。毎有一文、海内驚瞻（遠く江漢に遊び、岷峨に登降し、精気の会昌を観、霊奇の肸蠁を翫ぶ。文章の跡を考え、造化の程を徴す。神機助くるが若く、日び其の業新なり。西南の洪筆、咸 其の辞に出ず。一文有る毎に、海内驚瞻す）。

と、蜀での王勃の文学活動と共に彼の文学の成長を語る。楊炯が述べるように、王勃の文学は、この時期にその特色を確立したと認められる。そしてその特色とは一言でいえば、自らの感懐が濃淡の差はあっても必ず表現されるようになるということであり、それは、以上にみたように彼自身の不遇感が出発点となっているのである。では、王勃の文学を特色付ける不遇感は一体どのようなものだったのだろうか。ここで再び「上吏部裴侍郎啓」について考えてみたい。

「（裴行倹）選曹に在り、駱賓王・盧照隣・王勃・楊炯を見、評して曰く、炯は才名有りと雖も、令長に過ぎず。其の余は華にして実ならず。克く令終なるは鮮からんと（在選曹、見駱賓王、盧照隣、王勃、楊炯、評曰、炯雖有才名、不過令長、其余華而不実、鮮克令終）[9]」（張説「贈太尉裴行倹神道碑」（『文苑英華』巻八八三）。このように裴行倹は四傑に

対し、あまりよい印象は持たなかったとされる。だがこの話の真偽は従来より疑われている(10)。

猥承衡鏡、驟照階墀。本慚刀筆之工、虚荷雕虫之睠。殊恩屢及、厳命頻加。責光耀於昏冥、課宮商於寂寞。進退維谷、憂喜聚門。誠恐下官冒軽進之譏、使君侯招過聴之議、貴賤交失、恩愛両虧。所以戦懼盈旬、遅廻改朔。……今者、接君侯者三矣、承招延者再矣（猥《まげ》て衡鏡を承け、驟《にわ》かに階墀を照らす。本より刀筆の工を慚じ、虚しく雕虫の睠を荷う。殊恩屢しば及び、厳命頻りに加う。光耀を昏冥に責め、宮商を寂寞に課す。進退維れ谷まり、憂喜門に聚む。誠に下官軽進の譏りを冒し、君侯をして過聴の議を招かしめ、貴賤交ごも失い、恩愛両つながら虧くるを恐る。戦懼すること旬に盈ち、遅廻して朔を改むる所以なり。……今者、君侯に接すること三たびなり、招延を承くること再びなり）。

と、裴行倹が王勃に文章の提出を命じ、また彼を何度か召見したことを語る。決して冷淡であったのではないように思われる。

このような所遇を受ければ、前半期であれば王勃はすぐさま出世への熱意あふれる返書とともに、宮廷に在る高官権力者に受け入れられやすい作品を提出している。だが、文体は流麗な駢文ではあるが、以下に続くのは先に述べたように王勃の文学論であった。それは裴行倹が王勃に期待したであろうような文学、つまり当時のサロンの文学に対する批判であり、その様な文学で人材を任用することへの批判であった。そして「徒に駿骨をして長く朽ちしめ、真龍をして降らしめず、才を衒い智を飾る者は、末流に奔馳し、真を懐き璞を蘊む者は、下列に栖遑す（徒使駿骨長朽、真龍不降、衒才飾智者、奔馳於末流、懐真蘊璞者、栖遑於下列）」と、現在の文学はうわべを取り繕うだけであり、かえって真の賢者を埋れさせてしまうと結論するのであった。

四傑の活動した時期、吏部に在って人材発掘に努めたのは裴行倹と李敬玄であった。王勃は前半期、李敬玄に「宸游東岳頌」とともに自薦文を出している。(11)

輒上宸游東岳頌一首。当仁不譲、下走無慚於自媒、聞善若驚、明公豈難於知我。龍門高遠、眇黄道而無階、爵里既投、叫丹閽而有地。伏願蹔停左右、曲流国士之恩（輒ち宸游東岳頌一首を上る。仁に当りては譲らざれば、下走自ら媒するに慚ずる無く、善を聞くこと驚くが若くなれば、明公豈に我を知るに難からんや。龍門は高遠にして、黄道を眇《はる》かにみて階無く、爵里既に投じて、丹閽に叫ぶに地有り。伏して願わくは蹔く左右を停め、曲げて国士の恩を流さんことを）。

この「上李常伯啓」（巻四）と裴行倹への書信は、同じ吏部の高官に対するものである。しかし、このように前半期と後半期の自薦文では、その雰囲気が大きく異なる。前半期の文才を自負し、サロン文学の評価基準に従い、そこに受け入れられる文学によって出世をめざすという方向から、後半期、たとえサロンの価値と対立するとも、むしろ自らの意見は明確に主張するという方向へ変化することによってもたらされたものであった。いわば王勃は宮廷文人としてではなく、むしろ政治家として遇されることを望んだのである。このことは蜀に於てその文学を確立させた王勃の不遇感が、自負した文才に足を取られ、文才を嫉まれたという、挫折感から出発したものの、彼の人生観を変革させるほどに深化したことを示している。

王勃の後半期の人生観の変化とその原因について考えてみたい。

三

王勃が蜀滞在中に作った賦には、前半期の出世に対する激しい熱意とは対照的な考えを述べている作品が幾つかある。それは先に指摘した孤高の意識に帰納されるべき考え方である。例えば「江曲孤鳧賦」（巻一）の序は、「嗟乎、宇宙の我を容るるや多し、造化の我を資するや厚し。何ぞ必ずしも華池の内に処り、稲粱の恩を求めんや（嗟乎、宇宙之容我多矣、造化之資我厚矣。何必処華池之内、而求稲粱之恩哉）」と、中央での栄達だけが人生ではない。自然の中で心に適う生活を送りたいと賦す。また「馴鳶賦」（巻二）では鳶に託して、

質雖滞於城闕、策已成於雲路。陳平負郭之居、韓信昌亭之寓。似達人之用晦、混塵蒙而自託、類君子之含道、処蓬蒿而不怍（質は城闕に滞ると雖も、策は已に雲路に成る。陳平負郭の居、韓信昌亭の寓。達人の晦を用うるに似て、塵蒙に混じりて自ら託し、君子の道を含むに類して、蓬蒿に処りて怍じず）。

と、前半期は歴史上の人物が発見されたかどうかに重点を置いていたが、ここでは俗中に埋もれていた頃の生活を讃美する。それは同じ苔でも、生ずる場所によって愛されたり憎まれたりするということを思って作ったと序に言う「青苔賦」（巻二）の「形は不用の境に措きて、迹を無人の路に託さん」という表現にも通じると思われるが、俗の中にあって自己の正義を守って暮らすという考え方で、仙界へのあこがれを含め隠逸への指向とも言える。

更に王勃が蜀より帰ってからの生活を楊烱は次のように述べる。

咸亨之初、乃参時選、三府交辟、遇疾辞焉。友人陵季友時為虢州司法、盛称弘農薬物。乃求補虢州参軍。……長卿坐廃於時、君山不合於朝、豈無媒也、其惟命乎。富貴比於浮雲、光陰踰於尺璧。著撰之志、自此居多（咸亨の初め、乃ち時選に参じ、三府交ごも辟するも、疾に遇いて辞せり。友人陵季友時に虢州の司法為り、盛んに弘農の薬物を称す。乃ち求めて虢州の参軍に補せらる。……長卿時に坐廃し、君山朝に合わず、豈に媒無からんや、其れ惟だ命なるのみ。富貴は浮雲に比し、光陰は尺璧に踰ゆ。著撰の志、此れ自り多きに居る）。

実際に病気であったのか仮病であったのかはわからないし、また事実であったかどうかも分からないが、彼は前半期には熱望していた朝廷からの召辟を断り、自ら求めて参軍として虢州へ赴く。この就職が生活の為でもあったことは王勃が自ら述べている[12]。

「咸亨初」とは裴行倹に書信を出した時期と重なる。王勃は自己の意見を開陳したが、裴行倹に代表される朝廷が彼に求めていたのは、サロンに受け入れられる文才だけであった。彼は失望し、虢州参軍時期からその免職後、著作により、受け入れられぬ自己の意見を述べようとしたのではないだろうか。

以上の王勃の作品に流れる感情と彼の生活や、後半期には裴行倹への書信を除き、もはや自薦文が一通も残っていないことから、王勃は自分の主張を曲げてまで世に出ようとは考えず、さらにその主張を受け入れてくれる、つまり自分の真の才を発掘してくれる人は朝廷にはいないと感じていたのではないだろうか。

このような王勃の意識、いわばサロンに受け入れられる文学者としてより、むしろ政治を志す者として世に立とうという意識、そしてそこから生まれる不遇感、その根底にあるのは何なのだろうか。

王勃の虢州での作に「続書序」（巻九）がある。これは彼の祖父王通の著作のひとつ『続書』百二十篇について、その闕を補修し、父の命で作った序文である。この作業について、「爰に衆籍に考え、共に奥旨に参ず。泉源浩然として、済る攸《ところ》を識るなし。嗚呼、小子、何ぞ敢て以て之れに当らん、其れ心力を尽したるかな（爰考衆籍、共参奥旨。泉源浩然、罔識攸済。嗚呼、小子、何敢以当之也、其尽心力乎）」と、苦労しつつも、本格的に祖父の著作に取り組んだことを語る。この作業は「総章二年自り始め、咸亨五年に洎ぶ」という長期のものであった。総章二年は王勃が蜀へ旅立った年でもある。我々は王勃の後半期の生活に彼の祖父王通の生き方との類似を見い出すことが出来る。

楊烱が王勃の虢州での著作について、「君（王勃）祖徳を思崇し、奥義を光宣せんとし、薛氏の遺伝を続ぎ、『（続）詩』・『（続）書』の衆序を制し、芸文を包挙し、克く前烈を融《あきらか》にす（君思崇祖徳、光宣奥義、続薛氏之遺伝、制詩書之衆序、包挙芸文、克融前烈）」と、王通の門人である薛収の没後、この作業を引き継いだことを述べている点や、この作業の影響もあるのが、この時期のみ、僅か三作であるが、自らの家系について言及していることを考えると、少なくとも虢州以降の生活にはこの祖父が影を落しているようだ。

三作のひとつ「倬彼我系」（巻三）は題名から明らかなように『詩経』にならった四言詩で、彼の先祖から王通を経て彼に至るまでの家系を九章に分けて述べる。その制作の意図について、王勃の兄励が序を付して次のように語る。

倬彼我系、舎弟虢州参軍勃所作也。傷迫乎家貧、道未成而受禄、不得如古之君子四十強而仕也。故本其情性、原其事業、因陳先人之迹、以議出処、致天爵之艱難也（「倬彼我系」は、舎弟虢州参軍勃の作る所なり。家の貧し

きに迫られ、道未だ成らずして禄を受け、古の君子の四十強仕の如きを得ざるを傷むなり。故に其の情性に本づき、其の事業を原《たず》ね、因りて先人の迹を陳べて、以て出処を議し、天爵の艱難を致すなり）。

王勃が先祖達の生涯について考察をめぐらせ、自分の不遇と祖先達の不遇を重ね合わせて考えていたと解説している。

王勃にとってその先祖達は誇るべきもので、彼は幼い頃からこの家の学問を学んだ。王勃は蜀での失意の生活の中で、王通の著作を通して彼らを再認識し、彼らの不遇な生涯を自分に重ね合わせた。それはまた、この一族の学術とそこに流れる意識を引き継いだということである。それが王勃の不遇の中身なのではないだろうか。

王勃の一族について、王勃が引き継いだ意識を中心に見てみたい。

四

王勃の家系は太原王氏の流れを汲む。その一族については、先に述べた王勃の祖父王通の言行を『論語』に擬して記録した『文中子中説』（『中説』と称される）から復元が可能である(13)。それによると北魏孝文帝の頃、南朝より北帰し、王通に至るまで代々地方の官僚に止まったが、皆儒家的な観念に基づいた政治論を著した。

王通も在野の儒学者として生涯を送ったが、彼の学は訓詁の学ではなく、儒家的理念を現実政治に行うことを目的とした。そして彼は自らを孔子を継ぐ者と自負していた。

彼はこの自負により、先にあげた『続書』など五経を続ぐことを意図する著作を行ったが、それはまた『中説』

王道篇によると、

吾欲修元経。稽諸史論、不足徴也。吾得皇極説義焉。吾欲続詩。考諸集記、不足徴也。吾得時変論焉。吾欲続書。按諸載録、不足徴也。吾得政大論焉（吾れ『元経』を修めんと欲す。諸を史論に稽うるに、徴するに足らず。吾れ『皇極説義』を得たり。吾れ『詩』を続がんと欲す。諸を集記に考うるに、徴するに足らず。吾れ『時変論』を得たり。吾れ『書』を続がんと欲す。諸を載録に按ずるに、徴するに足らず。吾れ『政大論』を得たり）。

とある。『皇極説義』『時変論』『政大論』は皆王通の先祖達の著作である。これが事実であるなら、王通の学問は彼独特のものではあるが、一方では彼の一族、つまり、北朝の地方知識人[14]の思想を集大成したという面もあるのではないだろうか。

王通の著作はすべて佚われ『中説』だけが残っている。だがこの書のモデルとなった『論語』が孔子の著作でないように、この書は王通の周辺の人々の手によって編集された。そしてその中心になったひとりが王通の子、王勃の父王福時であったことは間違いない。彼は王通の顕彰に努めた。

『中説』の中で、この一族は次の様に語られる。

文中子曰、甚矣、王道難行也。吾家頃銅川六世矣。未嘗不篤於斯。然亦未嘗得宣其用。退而咸有述焉。則以志其道也（文中子曰く、甚しきかな、王道の行い難きこと。吾が家頃《いま》銅川（王通の父）まで六世なり。未だ嘗て斯（注は「斯文」の意とする）に篤からざるはなし。然るに亦た未だ嘗て其の用を宣ぶるを得ず。退きて咸述ぶる有り。則ち以て其の道を志すなり）。（王道篇）

また、フィクションであるが、

越公初見子。遇内史薛公曰、公見王通乎。薛公曰、郷人也、是其家伝七世矣、皆有経済之道、而位不逢（越公（楊素）初めて子（王通）を見る。内史薛公（薛道衡）に遇いて曰く、公王通を見しかと。薛公曰く、郷人なり、是れ其の家七世を伝へ、皆経済の道有るも、位逢わずと）。（礼楽篇）

と、歴代有能でありながら、皆不遇に終ったことを嘆いている。

さて『中説』の中で王通が厳格な儒者として南朝文学を徹底的に批判していることは既に有名であるが、「子謂く、顔延之・王倹・任昉、君子の心有り。其の文約にして以て則なりと（子謂、顔延之、王倹、任昉、有君子之心焉。其文約以則）」（事君篇）と、評価されている南朝の文学者もいる。

王通とその周辺の人々は『中説』が『論語』の体裁をかりることにより王通＝孔子であることを暗示したり、志怪から伝奇の過渡的作品と評される『古鏡記（王度）』が王通の兄芮城府君の作とされるように[15]、この一族は文学についてかなり自由な考え方を持っていたように思われる。つまり、南朝文学でも良いものは取るが、決して規範とはせず、自己の思いを表現するに最もふさわしい形式を取るという風があったように思われるのである。その気風を王勃以前で最も端的に示すのが王通の弟王績である。王績については既に詳しい論考があるので[16]、ここでは王績もまた一族共通の不遇感を抱いていたことを指摘したい[17]。

隠逸詩人として知られる王績と厳格な儒者王通とは接点が少ないように感じられるが、王績もこの一族のひとりとして王通の学問を後世に伝えようとし、何より王通を尊敬していた。

昔者、吾家三兄、命世特起。光宅一徳、続明六経。吾嘗好其遺書、以為匡世之要略尽矣。然嶧陽之桐、必俟伯牙、烏号之弓、必資由基。苟非其人、道不虚行。吾自揆審矣、必不能自致台輔（昔者、吾が家の三兄、命世特に起つ。一徳を光宅し、続ぎて六経を明らかにす。吾れ嘗て其の遺書を好み、以為らく匡世の要略を尽したりと。然れども嶧陽の桐、必ず伯牙を俟ち、烏号の弓、必ず由基に資る。苟くも其の人に非ざれば、道虚しく行われず。吾れ自ら揆審するに、必ず自ら台輔を致す能わずと）。「答程（一作陳）道士書」巻四(18)

と、語ることからもわかる。

王績が青年時代に政治参加の意欲を抱きながら隋末の戦乱にその望みを絶たれたことは「晩年敘志翟処士」詩（巻三）に詠う。だが「自作墓誌文」（巻五）に、「数職を歴て一階を進む。才高くして位下く、責めを免るるのみ。天子知らず、公卿識らず、四十五十にして聞こゆる無きなり（歴数職而進一階。才高位下、免責而已。天子不知、公卿不識、四十五十而無聞焉）」と語るのは、陶淵明の文学をまねた彼の隠者のイメージが、決して気楽なものではなく、政治参加への希望が満されぬことから来る不遇感を秘めたものであったことを示している。

このように王勃の家系は北朝漢人の名門の流れを汲み、儒家的な家学の伝統を持って、常に政治参加の希望を抱いて来たが、その希望はかなえられず、一族の人々はその代償として著作を行ったのである。

王勃は「続書序」のなかで王通の学問を幼い頃から学んだと述べる。だが王通の学問とは以上に述べたように、一面ではこの一族の政治参加の為の著作を継いだ、いわば家学の集大成というべきものでもあったのである。

王勃は前半期に於て、この一族の政治参加の意欲を引き継ぎ、宮廷に受け入れられる文学を行い、出世を激しく求めた。この時期の王勃の文学は、政治参加の為の一段階として作られていたとも言いうる。

後半期、挫折を経た後、王勃の文学は不遇感が創作の動機となる。ここに王勃の文学は完成するが、それは彼の叔祖王績と同じく、政治参加の思いの満たされぬことから出て来たものであることは「倬彼我系」の最終章第九章に「役に従うは伊れ何ぞ、薄《せま》られて卑位を求む。労を告ぐるは伊れ何ぞ、来りて卿事に参ず。名は存し実は爽し、信に負き義に愆つ。静言し遐思すれば、中心是れ愧ず（従役伊何、薄求卑位。告労伊何、来参卿事。名存実爽、負信愆義。静言遐思、中心是愧）」と言うことに明らかである。

このように考えてくると、王勃の文学の根底にあるものは、彼の一族、即ち北朝の地方知識人の意識だったのではないだろうか。政治参加を求める熱意、そしてそれが満たされぬことから起る不遇感、それらは王勃が一族から引き継いだものであり、その激しさは、穏やかさを要求されるサロン文学とは対極のものであった。だがこの激しさを背景にして作られた文学こそが、文学の新たな可能性を切り開いたのである。

四傑のひとりひとりについて考察する必要はあるが、少なくとも王勃の文学には北朝の地方知識人の意識が流れていると思われるのである。

注

（1）「唐詩雑論・四傑」（『聞一多全集』三（北京 生活・読書・新知三聯書店　一九八二年）所収）。
（2）『新唐書』巻二〇一文芸・杜審言伝一二六上「（杜審言）少与李嶠・崔融・蘇味道為文章四友、世号崔李蘇杜」。
（3）駱賓王は『新・旧唐書』では「義烏人」とされるが、父の官に従い「博昌」で育ったとされる。高木正一「駱賓王の伝記と文学」（『六朝唐詩論考』創文社　一九九九年。初出は『立命館文学』二四五　一九六五年）参照。
（4）テキストは蔣清翊注『王子安集注』（蔣氏双唐館　一八八三年）を使用する。
（5）『新・旧唐書』の王勃の伝によると、彼はこの後の虢州参軍時期も、才能を鼻にかけ人々から嫉れたとある。

（6）他に「益州夫子廟碑」（巻十五）、「夏日仙居観宴序」、「夏日喜沈大虞三等重相遇序」、「秋晩什邡西池宴餞九隴柳明府序」（以上羅振玉輯『王子安集佚文』）。また「彭州九隴県龍懐寺碑」（巻十九）に見える柳明献、宇太初もこの人物のことと思われる。

（7）「蜀中九日」（巻三）「九月九日望郷台、他席他郷送客杯。人情已厭南中苦、鴻雁那従北地来」。『唐詩紀事』（巻八）によると、この詩は、盧照鄰と邵大震と唱和したものである。

（8）盧照鄰に「三月曲水宴得樽字」という詩があり、宴席での遊戯的な詩であったと考えられる。

（9）『旧唐書』巻八十四裴行倹伝三十四にも、ほぼ同じ内容の記録がある。

（10）例えば傅璇琮「楊炯考」（『唐代詩人叢考』（北京 中華書局　一九八〇年）所収）は、この逸話を疑っている。

（11）『旧唐書』巻八十四裴行倹伝三十四。

（12）「倬彼我系」（巻三）及び「送劼赴太学序」（巻八）に言う。

（13）王勃の家系については守屋美都雄『六朝門閥の一研究―太原王氏系譜考―』（東京　日本出版協同株式会社　一九五一年）に詳しい。

（14）王通や王勃が自らの家系を語る場合、彼らは南朝の頃の祖、王玄則より始めている。しかし、玄則の兄とされる王玄謨が『宋書』に伝を持つのに対し、玄則は正史に登場せず、彼以降の一族もその活動が明らかではない。このことは玄則という人物の南朝に於ける位置を示している。また、兄とされる玄謨が「老傖」と称されていたことは、この一族が北方人の気風を維持していたことを想像させる。一方、北帰後は河汾の地に豪族として根をはっていたことは、守屋氏が考証しておられる。以上の点から、王勃の一族は家祖として、南朝の頃の人物を挙げるが、北魏孝文帝以降、反動は時にあるものの、緩やかな漢化を続ける北朝における、土着の漢人知識人の一族とみなすことができる。

（15）『太平広記』（巻二三〇）。作者については諸説あるが、孫望「王度考上・下」（『学術月刊』上海人民出版社　一九五七年三月・四月）に従う。また『古鏡記』に対する評価は、『中国古典小説選四』（東京　明治書院　二〇〇五年）所収「古鏡記」にまとめられている。

（16）高木正一「王績の伝記と文学」（『六朝唐詩論考』（東京　創文社　一九九九年）所収。初出は『立命館文学』一二四　一九五五年十一月）。高木重俊「王績論」（『初唐文学論』（東京　研文出版　二〇〇五年）所収を参照。

（17）王績と王通のかかわりについては、吉川忠夫「文中子考―とくに東皐子を手がかりとして」（『史林』（史学研究会）五三―二　一九七〇年）を参照した。

（18）テキストは韓理洲校点『王無功文集』（上海古籍出版社　一九八七年）を使用。

王勃の序

もともと、詩の成長発展に注目してたてられた初・盛・中・晩の四分説[1]が唐代の時期区分として広く用いられているように、唐は詩の時代であった。王勃ら初唐四傑も聞一多氏以来、五言律詩の完成に貢献した王勃と楊炯、七言詩の成長に重要な役割をはたした盧照鄰と駱賓王というように、詩というジャンルを重視した位置付けがなされている[2]。

一方この四変説に対して『新唐書』文芸伝序は「唐天下を有つこと三百年、文章無慮三変す」ともっぱら唐代の文に注目して三変説を主張する[3]。その第一期について「高祖、太宗、大難初めて夷ぎ、江左の余風に沿い、絺句絵章、揣合低卬たり、故に王、楊これが伯と為る」と述べ、この時期の代表的文学者として王勃、楊炯を挙げており、彼ら四傑を駢文の優れた作者と認識していたことを示す。確かに「秋日登洪府滕王閣餞別序」や、楊炯「盂蘭盆賦」、盧照鄰「五悲」「釈疾文」、駱賓王「代李敬業伝檄天下文」といった作品がそれぞれ喧伝されるように、彼らは当時の文、いわゆる駢文[4]の作者としても評されていた。

単純に作品数だけをみても彼らの文学活動の中で駢文が大きな位置を占めていたことが分かるが、従来彼らの散文に注目した研究はあまり行なわれていないように思われる。しかし駢文を無視しては、四傑の文学の理解に大きな欠落が生じる危険があるのではないだろうか。

いま、王勃の集を検すると賦十二（〇）、詩九十五（〇）、表三（〇）、啓十（〇）、書五（〇）、疏一（〇）、序六十四（二十）、記一（〇）、論三（〇）、頌三（〇）、賛二（〇）、碑十一（〇）、行状二（一）、祭文六（六）、墓誌三（三）（括弧内は佚文で内数）[5]を数えることができる。文においては序というジャンルが圧倒的に多いことに気付く。

王勃は若くして世を去ったが、その人生の大半は故郷を離れ江湖を漂って過ごした。各ジャンルをみると、高位の者に自分の引立てを願って出した書や啓の作品の大部分は蜀に旅立つ以前の早い時期に、また碑の大部分は蜀での生活の時期にというように、彼の人生の一時期に集中的に作られたジャンルがある。[6]

それらに対して序は各地で作られ、彼の漂泊の人生を反映する。序は、恐らくは詩も同様であろうが、彼の生涯を通じて作られたジャンルであった。しかも単に漂泊したそれぞれの地で作られたばかりでなく、彼のその時々の心情が表現されているように思われるのである。

そこで王勃の序を取り上げ、まず彼の生涯がどのようにこのジャンルに投影されているかを観察し、王勃の文学における序の役割について考えさらに序というジャンルそのものについても考えてみたい。

一

王勃の伝記は四傑のひとり楊炯「王勃集序」が最も早いものとしてある。その他『新・旧唐書』や『唐才子伝』にも簡略な言及がある。近人では清の姚大栄、鈴木虎雄博士、田宗堯氏らの年譜や、四傑の研究のなかで王勃の生涯について言及したものがある。[7]王勃の作品に加えてそれらの研究を参看して彼の生涯を簡単に述べておきたい。

王勃、字は子安。絳州龍門の人。[8]生年は諸説あるが永徽元年（六五〇年）とするのが妥当なようである。一族は太原の王氏に属し、祖父は隋の在野の儒学者王通である。王勃は「続書序」「送劼太学序」、『詩経』にならった「倬彼我系」に自分の家系に対する誇りと家の学問的な雰囲気を述べており、彼の文学の根源にあったものを推測させる。

少年時代、諸書等しく彼の才童ぶりを記録する。王勃の兄達も優秀であったようで父王福時はよく子供自慢をして韓琬に「昔晋の王武子（王済）は馬を好む癖があったが、あなたは子供を誉める癖がある」とからかわれている。[9]しかし、その自慢はあながち親馬鹿ゆえでもなかったようで、杜審言の父杜易簡が王氏の三兄弟をみて「此れ王氏の三珠樹なり」と賞賛したと『旧唐書』文苑伝上にみえる。[10]

父の期待と愛情を受け勉学を続けた王勃は、朝廷より地方巡視に派遣され、龍門にやってきた劉祥道に上書して、その才能を認められた。彼の文集に録される「上劉右相書」（巻五）というのがその文であろう。麟徳初（六六四年）のことという。その後幽素挙に及第し、沛王李賢（後の章懐太子）のサロンに入った。[11]しかしある時、闘鶏の場で戯れで作った「檄英王雞文」が高宗の逆鱗にふれ、沛王府を出された。この後王勃は蜀に旅立つ。「入蜀紀行詩序」（巻七）によると「総章二（六六九）年五月癸卯」王勃二十歳の時であった。

ところで、王勃の代表作とされる「秋日登洪府滕王閣餞別序」が十四歳の時に作られたという説がある。[12]これは或いは「王勃集序」の「年十有四、時誉斯に帰す」という句が暗示を与えたのかもしれない。また「王勃集序」など伝記資料は沈黙しているが、王勃自身が「昔東呉に往き、已に梁鴻の志有り。今西蜀に来り、張戴の懐無きにあらず」（「緜州北亭群公宴序」巻七）と言うように、入蜀以前に江南地域を旅行しており、この事実もこの説を生んだ一因であろう。ただ、後に述べるように私はこの序がこの時期に作られたという考えには同意しがたく、彼の若い晩年の南方への旅の途上で作られたという説に従う。(13)

蜀では各地を転々とする生活ではあったが、「九月九日玄武山眺望詩」(14)に示されるように、四傑のひとり盧照鄰との交際をはじめ、王勃の文学が大きな成長を遂げた時期であった。

蜀での生活をきりあげ再び都に戻ったのは咸亨二・三年（六七一・二年）であったと考えられる。都に帰った彼は、薬草が多いという友人のすすめで、長安の西の虢州に参軍として赴任する。しかし奴隷を匿い、そのことがばれるのを恐れてその奴隷を殺し死刑となるところを大赦に遇い、除名に減刑される。のち復職するが、ついに職を捨て、先の事件に連座し交阯県令に左遷された父と南に向かい、(15)南海で溺死した。この旅行は上元二（六七五）年のことであり、その死は、この年、或いは次年と考えられる。

細かな点では分からないことが多い。しかし三十歳にならずして死んだ彼の人生が平坦でなったことと、彼が中国各地を彷徨ったことは理解されよう。

序は大部分の作品が、何処で、少なくともどのあたりで作られたかが分かる。王勃の人生とそれらの序を重ねてみると、作られた時期―それは作られた場所でもあるが―によって、それぞれある共通した雰囲気を持つことに気付く。

そこで王勃の生涯を、江南旅行を中心とした若い時期、蜀滞在期、虢州参軍時期、二度目の江南行となる交阯へ向かう途上の時期と区分し、それぞれの時期の序の特色をみてゆきたい。

二

王勃の江南時期の序が持つ雰囲気を示す代表的な作品は「秋日宴季処士宅序」（巻六）である。

若夫争名於朝廷者、則冠蓋相趨、遯迹於丘園者、則林泉見託。雖語黙非一、物我不同、而逍遙皆得性之場、動息匪自然之地（若し夫れ名を朝廷に争えば、則ち冠蓋相い趨き、迹を丘園に遯るれば、則ち林泉に託せらる。語黙は一に非ず、物我は同じならずと雖も、逍遙は皆性を得たるの場、動息は自然の地に匪ず）。

出世より自然のなかで、心にかなう暮らしの方に価値を持つという主張から文章は始まる。これは次の処士季某を導く為でもあるが、王勃自身にこの思いがあったことはいうまでもない。

故有季処士者。遠辞濠上、来游鏡中。披白雲以開筵、俯青渓而命酌。昔時西北、則我地之琳琅、今日東南、乃他郷之竹箭。又此夜乗槎之客、猶対仙家、坐菊之賓、尚臨清賞（故に季処士という者有り。遠く濠上を辞し、来りて鏡中に游ぶ。白雲を披きて以て筵を開き、青渓に俯して酌を命ず。昔時西北、則ち我地の琳琅、今日東南、乃ち他郷の竹箭たり。又た此の夜槎に乗るの客、猶お仙家に対するがごとく、菊に坐するの賓、尚お清賞に臨むがごとし）。

「来游鏡中」や「今日東南」という句から、この序が江南で作られたことがわかる。この部分は宴の主催者を紹介し、宴のすばらしさを述べる部分である。

既而依稀旧識、歓呉鄭之班荊、楽莫新交、申孔程之傾蓋[16]。向時朱夏、俄渉素秋。金風生而景物清、白露下而光陰晩。庭前柳葉、纔聴蟬鳴、野外蘆花、行看漚上（既にして依稀として旧識のごとければ、呉鄭の荊を班くを歓び、楽しきは新交より莫ければ、孔程の蓋を傾くを申ぶ。向時《さき》は朱夏なるも、俄かに素秋に渉る。金風生じて景物清く、白露下りて光陰晩し。庭前の柳葉、纔に蟬の鳴くを聴き、野外の蘆花、行きゆきて漚上に看る）。

宴席において友人を得たことを喜び、その場をとりまく自然の美しさを述べる。整った駢文であるが、特に風景の描写ではそれほど込み入った典拠も用いず平明に叙述している。

数人之内、幾度琴樽、百年之中、少時風月。蘭亭有昔時之会、竹林無今日之歓。丈夫不縦志於生平、何屈節於名利。人之情矣、豈曰不然（数人の内、幾度の琴樽、百年の中、少時の風月。蘭亭昔時の会有り、竹林今日の歓無し。丈夫志を生平に縦いままにせずして、何ぞ節を名利に屈せんや。人の情や、豈に然らずと曰んや）。

気のあった友人と美しい自然のなかですばらしい宴が何度行えようか。人間の持つ時間のなかで、その貴重さに思い至ったことが、王勃に自身の生き方まで言及させる。この部分がこの作品の主題である。

ここで述べられる王勃の感慨は、直接には前段の友人と自然の描写から導き出された。以下に見て行くように、友人と自然は王勃の序のほとんどすべてに現れ、彼が序を作る動機になっている。これらに対する王勃の描写とそこから導かれる彼の感慨に注目すると、それぞれの時期の特色が浮かびあがって来る。

この時期についていえば、「況や乃ち山水に偃泊し、風月に遨遊し、樽酒を其の外に於てし、文墨を其の間に於てするをや。則ち造化の我に於て得たり、太平の我を縦つや多し（況乃偃泊山水、遨遊風月、樽酒於其外、文墨於其間。則造化之於我得矣、太平之縦我多矣）」（「上巳浮江宴序」巻七）、「下官太玄尚お白く、其の心は丹の如し。忠信を将て以て賓朋を待ち、烟霞を用いて以て朝夕に付す（下官太玄尚白、其心如丹。将忠信以待賓朋、用烟霞以付朝夕）」（「冬日送儲三宴序」佚文）、「俗物去りて竹林清く、高人聚いて蘭筵粛たり（俗物去而竹林清、高人聚而蘭筵粛）」（「九月九日採石館宴序」佚文）など、友人や自然を何よりも最高の価値を持つものとして述べるものが他にもある。

自然については、「思いは良遊を日下に校し、逸気を雲端に賈わんと欲す。江山を引きて目に就か使め、烟霞を駆りて以て賞を縦いままにせん。生涯は詎幾ぞ、此の念い何にか期せん（思欲校良遊於日下、賈逸気於雲端。引江山使就目、駆烟霞以縦賞。生涯詎幾、此念何期）」（「秋日登冶城北楼望白下序」佚文）、「煙霞に俯して意を道い、窮達を捨てて心を論ず。万里に浮遊するも、佳辰は数有り、百年は飄忽として、芳期は詎幾ぞ（俯煙霞而道意、捨窮達而論心。万里浮遊、佳辰有数、百年飄忽、芳期詎幾）」（「九月九日採石館宴序」佚文）という表現、特に後の例は名利より自然を優先し、その理由として優れた自然に出会う機会は限られているからだと述べる。

友人についても「嗟乎、天下に游ばざる者、安くんぞ四海の交りを知らん、河梁を渉らざる者、豈に別離の恨みを識らんや（嗟乎、不游天下者、安知四海之交、不渉河梁者、豈識別離之恨）」（「越州永興李明府宅送蕭三還斉州序」巻八）と、反語を使って、別れの悲しみを激しい表現で述べるものがある。或いは「風期暗合し、即ち生死の交を為し、道徳懸符し、唯だ相知の晩きを恨む（風期暗合、即為生死之交、道徳懸符、唯恨相知之晩）」（「冬日送儲三宴序」佚文）とあるのを見ると、別れの悲しみの底には気の合う友人に出会ったことの喜びがあったことがわかる。友人との別れは、そのような時間が失われることの悲しみを激しい言葉で表現するのである。

このように、王勃は人生において稀な機会を得たという感激を序に表現するのである。そしてこの高揚を導いた源には、何よりも貴重なものとして友人や自然をみていた彼の思いがあるのである。

「秋日宴季処士宅序」は、最後にこの感激を詩にして人々に伝えようと述べて終わる。

人賦一言、各申其志。使夫千載之下、四海之中、後之視今、知我詠懐抱於茲日（人ごとに一言を賦し、各おの其の志を申べん。夫れ千載の下、四海の中、後の今を視るものをして、我が詠懐の茲の日に抱くを知らしめん）。

知己と呼べる友人、心揺さぶる自然を何より大切な価値あるものとし、それらに出会った感激を王勃は述べる。「使夫千載之下、四海之中、後之視今、知我詠懐抱於茲日」と、詩がそれを記念するために作られたと述べる。しかしもちろん、序自体がこの時間と場所の記念の作であることは一読すれば明らかである。

ところでこの句は蔣清翊の指摘を待つまでもなく、王羲之「蘭亭序」(17)の「後之視今、亦猶今之視昔」に基づく。王勃はこの言葉だけではなく、先の引用部分でも「蘭亭有昔時之会、竹林無今日之歓」と言っていたし、他にも「許玄度の清風朗月、時に相思を慰め、王逸少の修竹茂林、屢しば歓宴に陪す（許玄度之清風朗月、時慰相思、王逸少之修竹茂林、屢陪歓宴）」（「越州永興李明府宅送蕭三還斉州序」巻八）、「豈に徒だ茂林修竹は、王右軍の山陰の蘭亭のみ、流水長隄は、石季倫の河陽の梓沢のみならんや（豈徒茂林修竹、王右軍山陰之蘭亭、流水長隄、石季倫河陽之梓沢）」（「山亭興序」巻九）など、優れた宴の故事として蘭亭を意識していた。更に、「昔周川の故事、初めて曲路の悲しみを伝え、江甸の名流、始めて山陰の筆に命ず（昔周川故事、初伝曲路之悲、江甸名流、始命山陰之筆）」（「上巳浮江宴序」巻七）は、宴とともに文としての「蘭亭序」を意識していたことを示す。「蘭亭序」は後述するように、数少ない先行作品として、王勃は大いに参考にしたように思われる。表現においても「一觴一詠、聊縦離前之賞」（「冬日送儲三宴序」佚文）や「是日也……」など「蘭亭序」を借りた言葉がある。

では「後之視今、亦猶今之視昔」といった表現も、「蘭亭序」のイメージを借りて、表現を模倣しただけなのだろうか。まず「蘭亭序」ではどのようにこの表現がもちいられているかをみてみよう。「永和九年」と宴が行なわれた時間の紹介から始まるこの文章の前半部は、情景に触発され感情を述べた部分もあるが、概ね叙事的である。後半は王羲之がこの宴のなかで生じてきた感慨を述べた主情的な部分である。

夫れ人の相い与に一世を俯仰するや、或いはこれを懐抱に取って、一室の内に悟言し、或いは託する所に寄するに因って、形骸の外に放浪す。趣舎万ずに殊なり、静躁同じからずと雖も、其の遇う所に欣び、暫く己に得るに当っては、快然として自ら足り、老いの将に至らんとするを知らず。其の之く所の既に倦み、情は事に随いて遷るに及んでは、感慨これに係る。向の欣ぶ所は、俛仰の間に、已に陳跡と為る、猶おこれを以て懐いを興さざる能わず。況や修短は化に随い、終に尽くるに期するをや。古人云えらく、死生も亦た大なりと、豈に痛まざらんや。毎に昔人の興感の由を覧るに、一契を合するがごとし。未だ嘗て文に臨んで嗟悼せずんばあらざるも、これを懐に喩る能わず。固より知る死生を一とするの虚誕為り、彭殤を斉しとするの妄作為るを。後の今を視るは、亦た猶お今の昔を視るがごとし。悲しいかな。故に時人を列叙して、其の述ぶる所を録す。世殊なり事異なると雖も、懐いを興す所以は、其の致一なり。後の覧る者、亦た将に斯の文に感ずる所有らんとす。(18)

王羲之は人間が移りゆく時間のなかを流れてゆく存在であることに気付き、そのような考えを自分より前の人々も抱いていたし、自分もいずれは将来の人々に今の自分が過去の人を見ているように見られることに思いいたった。そしてそれ故この文章を作ったという。王羲之の感慨は「後之視今、亦猶今之視昔」という言葉に集約されている。この序のもっとも重要な句なのである。

「蘭亭序」のこの句は、人間の存在のはかなさから生まれた。この句には自分たちもまた流れる時間のなかに漂う人間の一人であるという、自分を特別視しない、人間の存在に対する客観的な認識がある。極めて冷静な意識の裏打ちがあるといえよう。

一方王勃であるが、実は彼がこの句を意識して用いている例が他にもある。

俾後之視今、亦猶今之視昔（後の今を視るものをして、亦た猶お今の昔を視るがごとからしめん）」（「上巳浮江宴序」巻七）

使古人恨不見吾徒、無使吾徒不見故人也（古人をして吾徒を見ざるを恨ましむるも、吾徒をして故人を見ざらしむことを無し）」（「九月九日採石館宴序」佚文）

王羲之の句と同じく、どの例も前の高揚を受け、文章のクライマックスで用いられている。ただ王勃の句はこのように使役の表現をとる。先の「秋日宴季処士宅序」は「時間を越え、地域を越えて今日のこの宴での我々の思いを知らせよう」、そして「後世の人々が我々を見るのを、我々が昔の優れた蘭亭の宴などを見るように見させよう」「昔の人に我々に会えなかったことを恨ませても、我々が友人に会えないということのないようにしよう」という高揚した表現は、王羲之とは全く逆に、自分達を特別とする意識を表しているのではないだろうか。

この三例はすべて若い江南旅行時期の序であり、これ以降の時期には「蘭亭序」の故事は引用しても、この二句を意識した表現は見られない。このことはこの句に込められた意識が、この時期特有のものであることを示していると言えよう。

王勃がこのような表現をしたのは、ひとつには王羲之と同じく流れる時間のなかで自分達のこの瞬間の思いを記録し、留めておきたいという思いであろう。しかしそれ以上に、王勃にはこの集まりを知らせるに足るものである、これを読んだ者は必ずや自分達を理解してくれるであろうという強烈な自信と楽天があったのではないだろうか。「九月九日採石館宴序」の「古人」と「故人」の使い分けはそこから出てきているのではないだろうか。

この自信と楽天こそが、王勃の若い江南旅行の時期の序に流れる特色である。この意識があればこそ、彼は名利より友人や好風景に価値があると高揚した精神のなかで叫ぶことができたのである。

作られた地が特定できない序や、長安、洛陽などで作られた序の幾つかは、江南旅行期の作品と似た高揚した雰囲気をもつものがあり、恐らく沛王府時期など江南旅行の前後に作られたと思われる。

この後、沛王府を追われてから蜀へ向かうまでの期間がある。彼がいつ沛王府を出されたかは不明であるが、追放から入蜀までの期間に作られたと考えられる序が三首ある。「夏日諸公見尋訪詩序」（巻七）「山亭興序」（巻九）「山亭思友人序」（巻九）である。[19] これらにはその前の序の根底にあった自信と楽天、特に楽天が影を潜める。「夏日諸公見尋訪詩序」は

天地不仁、造化無力。授僕以幽憂孤憤之性、稟僕以耿介不平之気。頓忘山岳、坎坷於唐堯之朝、傲想煙霞、顛頓於聖明之代。情可知矣（天地は不仁にして、造化は無力なり。僕に授くるに幽憂孤憤の性を以てし、僕に稟《う》くるに耿介不平の気を以てす。山岳を頓忘して、唐堯の朝に坎坷し、煙霞を傲想して、聖明の代に顛頓す。情や知る可きなり）。

と、世の中と自分との齟齬を述べる。そのために苦しまなくてもよいはずの社会で苦しんでいる自分を語る。このような苦しみは江南旅行の頃にはなかった。この苦しみの根底には「下官天性は任真、直言は淳朴なり。拙容陋質、眇小の丈夫、蹇歩窮途、坎壈の君子なり。文史は用うるに足り、道に非ざるの書は読まず、気調は不羈、

未だ可人の目を被むらず（下官天性任真、直言淳朴。拙容陋質、眇小之丈夫、蹇歩窮途、坎壈之君子。文史足用、不読非道之書、気調不羈、未被可人之目）」（「山亭興序」）。また「独行すること万里、天地の崆峒を覚え、高枕すること百年、生霊の齷齪を見る。俗人識らず、下士徒だ軽んずと雖も、天下を顧視すれば、亦た以て寰中の一半を敝う可きなり（独行万里、覚天地之崆峒、高枕百年、見生霊之齷齪。雖俗人不識、下士徒軽、顧視天下、亦可以敝（一作蔽）寰中之一半矣）」（「山亭思友人序」）と、江南旅行時期と同様な自負が、社会からはじき返されたことに対する不満があったことがわかる。「夏日諸公見尋訪詩序」は以下のように続く。

> 頼乎神交勝友、得山沢之蚪龍、隠路幽居、降雲霄之鸞鳳。楊公沈公、行之者仁義礼智、用之者乾元亨利。玄経苦而白鳳翔、素牒開而紫鱗降。金門待詔、謁天子於朝廷、石室尋真、訪下官於丘壑。幽人待士、非無北壁之書、隠士迎賓、自有西山之饌。席門蓬巷、佇高士之来游、叢桂幽蘭、喜王孫之相対（神交勝友の、山沢の蚪龍を得、隠路幽居に、雲霄の鸞鳳の降るを頼む。楊公沈公、之れを行なうは仁義礼智、之れを用うるは　乾は元《おお》いに亨り利す。玄経苦みて白鳳翔り、素牒開きて紫鱗降る。金門に詔を待ちて、天子に朝廷に謁し、石室に真を尋ねて、下官を丘壑に訪ぬ。幽人士を待つ、北壁の書無きに非らず、隠者賓を迎う、自ら西山の饌有り。席門蓬巷、高士の来游するを佇ち、叢桂幽蘭、王孫の相対するを喜ぶ）。

楊公や沈公が誰かは分からないが、彼の境遇の変化に関わりなく尋ねてきてくれた友人である。江南旅行の頃と同様、気のあった友人との交際であるが、王勃は王府を追われ、社会の「俗人」[20]たちから排斥されたことと、この時期の序の三首がみな「神交」という言葉を友人との交際に用いていることから考えると、王勃にとって友情がより高い価値を持って来たことを示していると思われる。

山南花圃、澗北松林。黄雀至而清風生、白鶴飛而蒼雲起。停琴緑水、仲長統之歓娯、置酒青山、郭子期之賓客。足可銀鉤、人探一字、四韻成篇(21)（山南の花圃、澗北の松林。黄雀至りて清風生じ、白鶴飛びて蒼雲起る。琴を緑水に停むるは、仲長統の歓娯のごとく、酒を青山に置くは、郭子期の賓客のごとし。銀鉤とす可きに足る。人ごとに一字を探り、四韻にて篇を成さん）。

「夏日諸公見尋訪詩序」は、このように述べて終わる。わからない部分を含むが、前半は王勃をとりまく自然を述べる。しかしそれが後漢の隠者仲長統につながってゆくことと、前段の「石室尋真、訪下官於丘壑」という句や「山人と対興するは、即ち是れ桃花の源、隠士と相い逢うは、菖蒲の澗と異らず。黄精野饌、赤石神脂。玉案金盤には、石髄を蛟龍の窟に徴し、山樽野酌には、玉液を蓬莱の峰に求む。……山情放曠なるは、即ち滄浪の水清く、野気蕭条なるは、即ち崆峒の人智なり（山人対興、即是桃花之源、隠士相逢、不異菖蒲之澗。黄精野饌、赤石神脂。玉案金盤、徵石髄於蛟龍之窟、山樽野酌、求玉液於蓬莱之峰。……山情放曠、即滄浪之水清、野気蕭条、即崆峒之人智）」（「山亭興序」）という表現から考えると、王勃は社会から完全に切り離された清浄な場所、時には仙界のような世界として自分をとりまく自然を見ていたように思われる。そしてこのような社会と対置される自然も友人に対する思いと同じく、社会から排斥されたことから生まれてきたのであろう。

王府を追われたのち、王勃は友情を比べることの出来ない絶対的な価値を持ったものとして考えるようになった。自然も好風景を楽しむということから、仙界をイメージさせるような社会から完全に切りはなされた別の世界として描かれるようになった。その変化は強い自負心(22)を持った王勃が、社会から排斥されたことによって生じたのである。

先に述べたように、この時から江南旅行の頃にあった楽天的な雰囲気が王勃の序から消える。その意味で「楽天知命一十九年」と言う「山亭興序」の句は極めて象徴的な一句であると言えよう。

三

王勃十九歳、王府を出され蜀へ旅立つ直前の序をみたが、ここでは二十歳、蜀での生活の最初期に属する「遊山廟序」（巻七）から王勃のこの時期の心情を探ってみよう。

　　吾之有生二十載矣。雅厭城闕、酷嗜江海。常学仙経、博渉道記。知軒冕可以理隔、鸞鳳可以術待。而事親多衣食之虞、登朝有声利之迫。清識滞於煩城、仙骨摧於俗境。嗚呼、阮籍意疏、嵆康体放、有自来矣（吾の生有るや二十載なり。雅《もと》より城闕を厭い、酷はだ江海を嗜む。常に仙経を学び、博く道記を渉る。軒冕は理を以て隔つ可く、鸞鳳は術を以て待つ可きを知る。而して親に事えて衣食の虞多く、朝に登りて声利の迫る有り。清識を煩城に滞らせ、仙骨を俗境に摧かる。嗚呼、阮籍意は疏、嵆康体は放、自りて来る有るなり）。

まず、人間社会を厭い、対極の世界として仙界を位置付ける。しかし仙界にあこがれながら、生活のために人間の社会で苦しまねばならないことをいう。「城闕」は王勃の作品によく現れる言葉である[23]。しかしこの時期から、単なる建築物ではなく、人間社会の比喩として用いられるようになる。「煩城」「俗境」も同様な意味を持つ。

　　常恐運促風火、身非金石、遂令林壑交喪、煙霞板蕩。此僕所以懐泉塗而惴恐、臨山河而歎息者也（常に運は

風火を促し、身は金石に非ざれば、遂に林壑をして交ごも喪わしめ、煙霞をして板蕩たらしむを恐る。此れ僕の泉塗を懐いて惴恐し、山河を臨んで歎息する所以の者なり）。

理想の暮らしを思いながら、現実の生活に苦しみ、生活のなかで時間が過ぎて行くことに焦りと悲しみをいう。
ここまでがこの序の前半部である。現実に足をとられて思うように生きられない苦しみに満ちている。

粤以勝友良暇、相与遊於玄武西山廟。蓋蜀郡三霊峰也。山東有道君廟、古者相伝以名焉爾。其丹壑叢倚、玄崖糾合。俯臨万仞、平視重玄。乗杳冥之絶境、属芬華之暮節。玉房跨霄而懸居、瓊台出雲而高峙（粤《ここ》に勝友良暇を以て、相い与に玄武西山廟に遊ぶ。蓋し蜀郡の三霊峰なり。山東に道君廟有り、古は相い伝えて以て焉に名づくるのみ。其の丹堅は叢倚し、玄崖は糾合す。俯して万仞に臨み、重玄を平視す。杳冥の絶境に乗じ、芬華の暮節に属す。玉房は霄を跨ぎて懸居し、瓊台は雲を出でて高峙す）。

ここから序が作られた場所についての叙述が始まる。まずこの場所が散体で説明される。そしてこの山の険しさと廟のさまが述べられる。作られた時期を示す「属芬華之暮節」について、蔣清翊注は十二月と九月とする二つの典拠を挙げる。(24) 決定はできないが、王勃は玄武山で九月九日に盧照鄰と詩を唱和しており、この序の最後にでてくる邵令遠もこの唱和に加わっていること(25)を考えると、九月九日の前後に作られた可能性が強いと思われる。
場所と時間が述べられ、大づかみの風景が述べられた。

亦有野獣群狎、山鶯互囀。崇松埒巨柏争陰、積瀬与幽湍合響。眇眇焉、逸逸焉。王孫何以不帰、羽人何以長往。其玄都紫微之事耶（亦た野獣の群狎し、山鶯の互いに囀ずる有り。崇松は巨柏と埒《ひと》しく陰を争い、積瀬と幽湍とは響きを合わす。眇眇焉たり、逸逸焉たり。王孫何を以て帰らざる、羽人何を以て長く往く。其れ玄都紫微の事か）。

山の自然がここで微視的に述べられる。この序の初めで王勃は社会に対する嫌悪と仙界に対するあこがれを述べる。それが伏線となり、前段とここの描写は単なる自然描写ではなく、彼が抜け出せないで苦しんでいる社会と対立する清浄な空間のイメージが出てくる。そのため最後の三句はかつて人間社会を嫌って去った王孫、羽人がなぜ帰ってこないのかと、この山を仙界と同じであるかのように言うのである。

方斂手鐘鼎、息肩巌石。絶視聴於寰中、置形骸於度外。不其然乎。時預乎斯者、済陰鹿弘胤、安陽邵令遠耳。盍詩以言志、不以韻数裁焉（方に手を鐘鼎に斂め、肩を巌石に息わす。視聴を寰中に絶ち、形骸を度外に置く。其れ然らざるか。時に斯に預る者は、済陰の鹿弘胤、安陽の邵令遠のみ。盍ぞ詩 以て志を言わざる。韻数を以て裁たざるなり）。

自分が仙界のような自然に身をおき、俗社会の感覚を絶って心静かでいられることと、その自然を共に味わえる友人を挙げる。

江南旅行の頃のように、王勃に自然を楽しんでいる描写がないわけではない(26)。しかし蜀滞在時期の序に描かれる自然は、「遊山廟序」のように嫌悪を感じながら逃れられない社会を強く意識して述べられることが多くなる。例えば、「下官人間の独傲、海内の少徒なり。志は王侯に屈さざるも、身は塵俗を絶たず、五岳に孤吟し、三山に長嘯す（下官人間独傲、海内少徒。志不屈於王侯、身不絶於塵俗、孤吟五岳、長嘯三山）」（「緜州北亭群公宴序」巻七）は、一見蜀に旅立つ直前の不遇感と似ている。しかし「身不絶於塵俗」という句は蜀滞在時期の感慨である。更に

「僕不幸、流俗に在りて煙霞を嗜む。林泉の比徳ならず、而して嵇阮と同時ならざるを恨む。良辰に処りて鬱怏とし、高風を仰いで杼軸たる者多きなり（僕不幸、在流俗而嗜煙霞。恨林泉不比徳、而嵇阮不同時。処良辰而鬱怏、仰高風而杼軸者多矣）」（「仲氏宅宴序」巻七）も、「遊山廟序」と同じく嫌悪を感じながら社会から脱出できないことをいう。このように自然そのものではなく、俗社会からの脱出の願望から自然が語られたり、より直接的に「煙霞の浩曠を視、城肆の喧卑を覚る（視煙霞之浩曠、覚城肆之喧卑）」（「登綿州西北楼走筆詩序」佚文）と、社会を激しく嫌悪しその対極の世界として自然が位置付けられるようになる。

もちろん、これほどの強い嫌悪を感じさせない「沖襟を俗表に縦いままにし、逸契を人間に留む。東山の賞焉にあり、南澗の情　遠からず（縦沖襟於俗表、留逸契於人間。東山之賞在焉、南澗之情不遠）」（「宇文徳陽宅秋夜山亭宴序」巻七）という表現もある。しかしこれも、本来俗界では味わえるはずのない、世俗に関わり合わない隠者のような気分をこの山亭では持てると言うのであって、基本にある社会に対する認識は同じである。

蜀滞在期、王勃は従来通り自然を直接描写しないわけではない。むしろ、以前より技巧的な描写さえある。しかしその一方で社会を「城闕」という言葉に象徴させたように、自然を「煙霞」といった言葉で象徴させて、具体的な自然ではなく観念的に表現するようになった(27)。そこには王勃の社会に対する強烈な嫌悪の情が見られる。王勃にとって自然は、社会の対極にある清浄で理想的な脱出先と見なされたのである。もちろん現実の蜀の風景の美が、王勃にそのような感情を抱かせたのかもしれないが、それとともにやはり王勃の社会に対する嫌悪を無視するわけにはいかない。王勃は蜀に旅立つ直前の頃には既に、自然を社会とは別の世界と考えていた。ところがその時には自然のなかに身を置こうとしていた彼は、蜀ではそれを不可能なこととして苦しんでいる。蜀をさまよう王勃にこの認識を与えたのは何であったのか。それは彼の序のもう一つの主題である友人に対する描写から見いだすことができる。

　薛昇華という人物との別れを述べる序をみてみよう。

　薛昇華は薛元超の子であり、薛道衡以来隋から唐初期にかけて活躍した一族の子[28]である。また王勃がいうように、王勃の一族と彼の一族は世代をついで交流があった。[29]彼もこの時期に蜀に滞在していた。

　夫神明所貴者道也、天地所宝者才也。故雖陰陽同功、宇宙戮力、山川崩騰以作気、星象磊落以降精、終不能五百年而生両賢也。故曰才難、不其然乎。今之群公、並受奇彩、各杖異気。或江海其量、或林泉其識、或簪裾其跡、或雲漢其志、不可双得也。今並集此矣、豈英霊之道長、而造化之功倍乎（夫れ神明の貴ぶ所の者は道なり、天地の宝とする所の者は才なり。故に陰陽功を同じうし、宇宙力を戮《あわ》せ、山川崩騰して以て気を作し、星象磊落として以て精を降すと雖も、終に五百年にして両賢を生む能わざるなり。故に曰く才難しと、其れ然らずやかと。今の群公、並びに奇彩を受け、各おの異気に杖る。或いは江海を其の量とし、或いは林泉を其の識とし、或いは簪裾を其の跡とし、或いは雲漢を其の志とし、双つながら得可からざるなり。今並びに此に集う、豈に英霊の道長く、造化の功倍ならんか）。

「秋夜於緜州群官席別薛昇華序」巻九

　この序は前後に分けることが出来る。前半はこの宴に参加した緜州の群官がそれぞれに優れた人物達であることをいう。宴の参加者を「群公」の一語でまとめ、「或」「其」を連用し四字句でリズミカルに紹介してゆくが、王勃の態度は極めて冷静である。ところが、後半、薛昇華との関係になるとこの雰囲気は一変する。

　然僕之区区、常以為人之百年、猶如一瞬。非不知風月不足懐也、琴樽不足恋也。事有切而未能忘、情有深而

未能遣。故僕射（於）群公、相知非不深也、相期非不厚也。然義有四海之重、而無同方之感（戚）、分（交）有一面之深、而非累葉之契。故与夫昇華者其異乎。嗟乎、積潘楊之遠好、同河汾之霊液。目（自）置良友、相依窮路。是月秋也、于時夕也。他郷怨而白露寒、故人去而青山迥。不其悲乎。盍各賦詩云爾（然らば僕の区区、常に以為えらく人の百年は、猶お一瞬の如しと。風月の懐うに足らず、琴罇の恋うるに足らざるを知らざるに非ざるなり。事切にして未だ忘るる能わざる有り、情深くして未だ遣る能わざる有り。故より僕の群公に於ける、相知の深からざるに非ざるなり、相期の厚からざるに非ざるなり。然れども義に四海の重有るも、同方の戚無く、交に一面の深有りて、累葉の契非ず。故に夫の昇華という者と其れ異なるか。嗟乎、潘楊の遠好を積み、河汾の霊液を同じうす。自ら置きて良友とし、相い依るに窮路においてす。是の月や秋なり、時に夕なり。他郷怨みて白露寒く、故人去りて青山迥か。其れ悲しからずや。盍ぞ各おの詩を賦さざると爾か云う）。

＊文字は『王子安集注』に従ったが、訓読で正倉院蔵『王勃詩序』の文字に従った部分は括弧で示した。以下同じ。

美しい自然も素晴らしい宴も、有限の人生のなかでは一瞬に過ぎないが、捨てきれないという。しかし薛昇華を導く部分では、社会を象徴する「群公」と薛昇華を対置し、「同方之戚」があり、「累葉之契」ある薛昇華のほうが大切であると、友情に高い価値があることを述べる。

この序は前半と後半、「群公」と薛昇華の対比によって構成されている。前半「才難、不其然乎」という『論語』泰伯篇の孔子の感嘆を借りて登場する群公は、それぞれの優れた面が述べられるものの、抽象的で、それ故に社交辞令的である。人生の有限を述べる詠歎から始まり、薛昇華との関係、現在の別れに至るまで王勃の感情に基づいて述べられている後半と好対照を示す。

この序はこれまでの序のように率直に友情を表現していない。むしろこのような対比の構造のなかに王勃の思いが隠されているのである。言い換えると、彼の感情は抑制されている。江南旅行時の序が、別れを含め友情をストレートに述べていたことと比べてみれば、その抑制はより明らかである。

王勃は入蜀以前の序で、最も価値のあるものとして、自然と友情を挙げていた。蜀滞在期の序でもその考えに違いはない。しかしそれらはどちらも直接表現するのではなく、それらと対立する社会を強く意識し、しかも象徴的に述べられるようになって来たのだ。自然と社会の対立は「城闕」と「煙霞」という言葉で語られた。一方人々との関係において、「群公」という言葉を王勃は、ある距離感をもって使っている[30]。この言葉も「城闕」同様、蜀滞在期から現れてくる。

「群公の善を好み、下官の俗を悪む」（「餞（蔣本作送）宇文明府序」巻八）。「群公は十旬の芳暇を以て、風景を候《うかが》いて情を延ばし、下官は千里の薄游を以て、山川を歴て賞を綴る（群公以十旬芳暇、候風景而延情、下官以千里薄游、歴山川而綴賞）」（「江浦観魚宴序」佚文）など、「群公」と「下官」の対は単に言葉の対ではなく、自分とは別の世界の人々という対比の意識が込められているのではないか。「秋夜於緜州群官席別薛昇華序」で、自分と薛昇華以外の宴の参加者を「群公」と総括してしまう言葉には、「城闕」と「煙霞」の如き嫌悪感は無いものの、時に自分とは異なる人々という区別が含まれているように思われる。蜀滞在期における序の変化の原因はこの言葉に示されているのではないだろうか。

王勃の文集にみえる碑の大部分がこの時期に作られたものであることは、蜀における彼の生活を示している。また、この時期の序のなかには、彼の庇護者であったであろう人々が主催する宴において作られたものがある。

それらの作品のなかには、例えば「梓潼南江汎舟序」（巻六）、「晩秋遊武擔山寺序」（巻七）、「夏日仙居観宴序」（佚文）など公的な宴で作られたものもある。それらは多くの典拠を散りばめ、整然とした対句で構成されているが、形式的でかつ没個性的である。[31] つまりこの時期の序は、これまでのように自分や自分と共通の価値観を持った人々との宴においてのみ序を作ったのではなく、必ずしも価値観を共通にしない参加者もいたであろう場で、一参加者として求めに応じて序の作成を命ぜられることがあったようだ。王勃の蜀での生活は気のあった人々と気に入った風景だけを鑑賞してはいられなかったのである。

もちろん自然についても観念的ではなく素直な自然の描写があり、友情についても高揚した心情を表白したものがある。「夫れ鳥散じて背飛するに、尚お悲鳴の思い有り。獣分れて馳騖するに、猶お狂顧の心を懐く。況んや人に在りてをや、能く別れを恨む者無からんや（夫鳥散背飛、尚有悲鳴之思。獣分馳騖、猶懐狂顧之心。況在於人、能無別恨者也）」と詠いだす「秋日送沈大虞三入洛詩序」（佚文）は、全篇に渡って二人との別れの悲しみを素直に述べる。[32] ただこのような例はあるにせよ、この時期の王勃は序の創作の場の変化に示されるように、生活の為に社会に身を置かざるを得ず、そのことに嫌悪を感じ続けていた。それが対極のものとして自然を求めさせたのである。そしてそれが対極であるが故に実際の風景以上に理想化抽象化されたのである。

宮廷のサロンから弾き出され、王勃は蜀に旅立つことによってサロン文学と訣別したつもりであった。しかし生活のため、地方のサロン文学に参加することを余儀なくされた。地方とはいえサロン文学に参加した彼は、そのことによって逆に自分の文学が従来のサロン文学に盛り切れないものであることに気付いたのではないだろうか。沛王府を追われたことが王勃の文学に独自性を与えた外的要因とするなら、[33] 蜀での生活はその内的要因と言える。

蜀滞在期間は王勃の文学にとって非常に大きな意味をもつ。蜀での文学活動を通して得た文学と人生に対する認識は、虢州参軍以降の序に結実する。

四

蜀から帰還し、虢州参軍の官を失い交阯に旅立つまでを、王勃の人生の一時期とする。確実にこの時期の作品といえる序は、王勃の祖父王通の著作『続書』に付した「続書序」（巻九）で、「咸亨五年」と作られた時間が記されている。また弟劼が太学に入るのを送った「送劼赴太学序」（巻八）、更に「夏日宴宋五官宅観画幛序」（巻六）も、宋五官が宋之問のことで、彼が虢州の人であるのでこの時期の作とされる。但しこの序は、幛に描かれている絵を整った対句で述べた詠物的な作品で、王勃自身の感情は全く現れない。蜀の時期の序の幾つかと同様、社交的な序と言える。

これらの序以外は推測の域をでないが、虢州付近から王勃の故郷龍門に至る汾水沿岸の幾つかの土地でつくられた序は、共通する雰囲気を持ち、制作時期が接近しているように思われる(34)。

「送劼赴太学序」のなかで「常に道未だ成らずして禄を受くるを恥じ、古の君子の如く、四十強仕を得ざるを恨む。而して房族は多く孤にして、飦粥さえ継がず、父兄の命に逼られ、饑寒の切なるを観る（常恥道未成而受禄、恨不得如古之君子、四十強仕也。而房族多孤、飦粥不継、逼父兄之命、覩饑寒之切）」と述べるように、参軍に就いたのは生活の為であった。蜀滞在時期と同様、王勃は厭うべき社会から逃れることが出来なかったのである。

虢州時期、王勃は自分の場所は、社会には無いとはっきりと表明する。王勃がこれまでの生活で得たひとつの結論であった。

「冬日羈游汾陰送韋少府入洛序」（巻八）を見てみよう。

游汾勝壌、楼船高漢帝之詞、卜洛名都、城邑弁周公之迹。仰天文而窺日月、雖共光華、憑地理而考山川、即殊南北（汾の勝壌に游べば、楼船 漢帝の詞を高うし、洛を名都とトし、城邑 周公の迹を弁ず。天文を仰いで日月を窺えば、光華を共にすと雖も、地理に憑りて山川を考うれば、即ち南北を殊にす）。

序が作られた場所と、韋少府が向かう洛陽が紹介され、そのはるかな距離を思いやることから文章は始まる。続いて宴の主賓であり、旅立つ韋少府について述べられる。

韋少府玉山四照、珠胎一色、縦横振鋒穎之才、吐納積江湖之量。子雲筆札、擁鸑鳳於行間、孫楚文辞、列宮商於調下。牽糸一命、披林野而随班、考績三年、指蘭台而赴選（韋少府は玉山の四照し、珠胎の一色たり、縦横に鋒穎の才を振い、吐納は江湖の量を積む。子雲の筆札、鸑鳳を行間に擁し、孫楚の文辞、宮商を調下に列ぬ。牽糸一命、林野を披きて班に随い、考績三年、蘭台を指して選に赴く）。

韋少府が優れた才能を持ち、この地で功績をあげ、さらなる昇進を目指して上京すると、彼の旅の目的を述べる。

移征駕、背長亭。地隔風煙、人離歳月。寒原冠蓋、既同斟桂之歓、岐路風塵、即断驚蓬之思（征駕を移し、長亭に背く。地は風煙を隔て、人は歳月に離る。寒原の冠蓋、既に斟桂の歓を同じうし、岐路の風塵、即ち驚蓬の思を断つ）。

送別の宴の風景と、宴における王勃の感慨を述べる。送られる人を述べ、送別の宴を述べた王勃の思いは自分に帰ってくる。

下官詩書拓落、羽翮摧頽。朝廷無立錐之処、丘園有括嚢之所。山中事業、暫到漁樵、天下棲遅、少留城闕。忽逢萍水、対雲雨以無聊、倍切窮途、撫形骸而何託（下官は詩書拓落、羽翮摧頽す。朝廷立錐の処無く、丘園括嚢の所有り。山中の事業、暫く漁樵に到り、天下に棲遅し、少《しばら》く城闕に留まる。忽ち萍水に逢うも、雲雨に対して以て無聊たり、倍《ま》すます窮途に切にして、形骸を撫して何にか託さん）。

前半の四句は、王勃がこれまでの生活から得た苦い結論と言える。恐らく若い時期の作と考えられる「感興奉送王少府序」（巻八）の「僕… 羽翼未だ備わらざれば、独り草沢の間に居る。翅翮若し斉わば、即ち雲霄の上に在り（羽翼未備、独居草沢之間、翅翮若斉、即在雲霄之上）」という句との間の落差は、その苦さを示す。王勃は自分を、残る人ではなく、残される人ととらえているのである。

この時期、王勃は「下官は狂走不調、東西南北の人なり。歳月に流離し、山川に羈旅す（下官狂走不調、東西南北之人也。流離歳月、羈旅山川）」（「夏日登韓城門楼寓望序」巻六）、「下官以て窮途万里、轄に脂させしを動かし以て長駆す（下官以窮途万里、動脂轄以長駆）」（「春夜桑泉別王少府序」巻九）など、他の作品でも人生を振り返って、同様な苦い述懐をしている。これらの句は、これまでの生活について、自分の思いとかけ離れた方向へ進んでしまったことに対する失意と徒労感を示す。

そのような思いが現在の生活に反映されていることを示すのが、後半の句である。彼は丘園に暮らすことを決意しながら、蜀滞在期にあれほど厭った「城闕」に留まる現状を述べる。怒りや社会からの脱出という願望を表白するでもなく、ただ展望の開けぬ自分を語る。

於時氷霜裂地、星象迴天。朔風動而関塞寒、明月下而楼台曙。各題一字、伝之両郷云爾（時に氷霜 地を裂き、星象 天を迴る。朔風動きて関塞寒く、明月下りて楼台曙く。各おの一字を題し、之れを両郷に伝えんと爾か云う）。

最後に時間が示され、この場の詩を人々に伝えようと述べて終わる。

この序は蜀滞在時期に見られた対比の表現を用いて、前途に希望を持って旅立つ韋少府と、見送る王勃という構造になっている為に、よりはっきりと王勃の失意と諦念が浮かび上がって来る。

この失意と諦念は、自分の生涯を振り返ることによって生まれてきた。彼はもはや栄達は諦めたように思われる。低い官位で「城闕」に留まるのはあくまでも生活の為であって、彼の意識は「山中事業、暫到漁樵」という表現に込められているのではないだろうか。或いは『旧唐書』の彼の伝に、薬草の多いことに魅力を感じて虢州に赴任したという、彼の行動とも重なる表現と言えるかもしれない。

下官才不曠俗、寵（識）不動時。充皇（帝）王之万姓、預乾坤之一物。早師周礼（孔）、偶愛儒宗、晩読老荘、動（重）諳真性。進非干物、自疎朝市之機、退不邀栄、誰識王侯之貴。散琴尊（樽）於北阜、喜耕鑿於東陂。野老（客）披荷、暫辞幽澗、山人売薬、忽至神州。……（六句略）……交情独放、已厭人間、野性時違（馴）、少留都下（下官才は俗と曠《へだ》たらず、識は時を動かさず。帝王の万姓を充し、乾坤の一物に預る。早に周孔を師とし、偶たま儒宗を愛す、晩に老荘を読み、重ねて真性に諳う。進むは物を干むるに非ず、自ら朝市の機に疎く、退くは栄を邀めず、誰か王侯の貴きを識らん。琴樽を北阜に散じ、耕鑿を東陂に喜ぶ。野客荷を披き、暫く幽澗を辞し、山人薬を売り、忽ち神州に至る。……交情独放、已に人間を厭い、野性時に馴れ、少く都下に留まる）。

「秋晩入洛於畢公宅別道王宴序」巻八

過去と現在で自分の生きる指針が変わったということを述べる「早師周礼（孔）、偶愛儒宗、晩読老荘、動（重）諧真性」という句は、彼の叔祖王績、そして彼自身も愛読したと思われる阮籍の詩[35]を意識しているかもしれない。しかし彼のこの時期の特色である、自分の人生を振り返るということを端的に示す句である。また、「野老（客）披荷、暫辞幽澗、山人売薬、忽至神州」と、本来の自分の生活の場が「幽澗」であって、「都下」にはしばらく留まるだけであるというのも、先の序と同様の意識を示す。このように自分のこれまでの人生を総括し、その結果精神的にだけでも社会から距離をおき、別の価値観を持って暮らしたいというのが、この時期の王勃の思いではなかっただろうか。

もちろん、社会と距離を置くということは、友人との交際までも断ち切ると言うことではない。例えば「夫れ益者三友なれば、則ち道術存す可く、同心二人なれば、則ち金蘭浴す可し。況や詩書の旧好、楽広の高天を披き、郷党の新知、顔回の陋巷を掃うをや（夫益者三友、則道術可存、同心二人、則金蘭可浴。況乎詩書旧好、披楽広之高天、郷党新知、掃顔回之陋巷）」（「夏日登龍門楼寓望序」巻六）は、王勃の江南旅行時期の高揚は無いけれども、交友の楽しさが述べられている。しかし「顔回之陋巷」と栄達を目標とせず、社会と距離をおいて生涯を過ごした顔回に自らを喩えていることは、この面においても、虢州参軍前後の時期の心情が反映されていたことを示すものである。

このような社会と距離をおき、むしろ自然のなかに生活の場を求めるという王勃の意識は、「則ち鶯花の乱れ下ち、戯鳥の平飛する有り。荷葉滋く暁霧繁く、竹院静かにして炎気息む（則有鶯花乱下、戯鳥平飛、荷葉滋而暁霧繁、竹院静而炎気息）」（「夏日登韓城門楼寓望序」巻六）や「中園の弱柳煙を含み、曠野の陰雲日を蔽う。低虹水を飲み、渓谷に向いて全く斜なり、戯鳥空を淩せ、林亭に狎れて半ば度る（中園之弱柳含煙、曠野之陰雲蔽日。低虹飲水、向渓谷而全斜、戯鳥淩空、狎林亭而半度）」（「夏日登龍門楼寓望序」巻六）、或いは「既にして星河漸く落ち、煙霧仍お開く。高林静かにして霜鳥飛び、長路暁けて征驂動く（既而星河漸落、煙霧仍開。高林静而霜鳥飛、長路暁而征驂動）」（「春夜桑泉別王少府序」巻九）のように、彼の自然をみる眼を変化させた。もちろんこれらは整然とした対句をもちいた技巧的な駢文であるが、しかし極めて素直で叙情的な描写である。江南旅行時期の楽しみを尽くす場としての自然や、蜀滞在時期の社会と対立する自然といった、思いいれや観念的な描写に対して平明に自然が描かれる。

この時期の序は過去を振り返ることが多くなり、その結果序に王勃の諦念が色濃く表れる。しかしその一方である種の精神的な安定があり、特に自然描写においてきわめて平明で叙情的な表現が行なわれるようになった。この諦念と自然の表現は、前者は多少変化して、後者はより洗練されて王勃の晩年期に引き継がれる。

五

王勃の交阯への旅程は、故郷龍門を出て洛陽から運河を利用して淮陰・楚州を通過し、江寧・洪州と長江を遡った。(36)

「白露涼風之八月」という句がある「秋日餞別序」（巻八）は、この旅の出発に当って洛陽で楊炯との別れの席で作られたとする説がある。そうであれば、王勃の人生の最後の時期となる南方への旅は、この序から始まったことになるが、この時期の序として明確なのは五篇である。その内、南海において作られた「鞶鑑図銘序」（巻九）は、別人の手になる銘文に付された序である。これを除くとわずかに四篇となる。しかし彼の代表作とされる「秋日登洪府滕王閣餞別序」（巻八）がこの中に含まれている。

予章故郡、洪都新府、星分翼軫、地接衡廬。襟三江而帯五湖、控蛮荊而引甌越。物華天宝、龍光射牛斗之墟、人傑地霊、徐孺下陳蕃之榻。雄州霧列、俊采星馳。台隍枕夷夏之交、賓主尽東南之美（予章の故郡、洪都の新府、星は翼珍に分かれ、地は衡廬に接す。三江を襟し五湖を帯し、蛮荊を控え甌越を引く。物華天宝、龍光 牛斗の墟を射、人傑地霊、徐孺 陳蕃の榻を下す。雄州霧列し、俊采星馳す。台隍は夷夏の交に枕し、賓主東南の美を尽くす）。

まず土地の説明から文章は始まる。続いて洪州の優れた産物と人物を紹介する。最後の二句は、そのような広大で豊かな地である洪州の中心南昌と、そこに優れた人物が全て集まったと、宴の行なわれた場所を褒め称える。このように大きく宴の行われている位置を述べた後、最後の句を引き継ぎ、焦点を絞ってゆくように宴席に入って行く。

都督閻公之雅望、棨戟遥臨、宇文新州之懿範、襜帷暫駐。十旬休仮、勝友如雲、千里逢迎、高朋満座。騰蛟起鳳、孟学士之詞宗、紫電青霜、王将軍之武庫。家君作宰、路出名区、童子何知、躬逢勝餞（都督閻公の雅望、棨戟遥かに臨み、宇文新州の懿範、襜帷暫く駐まる。十旬の休仮、勝友雲の如く、千里に逢迎し、高朋座に満つ。騰蛟起鳳なるは、孟学士の詞宗、紫電青霜なるは、王将軍の武庫。家君宰と作り、路名区に出で、童子何ぞ知らん、躬ら勝餞に逢う）。

宴の主催者、参加者を誉め称える。一方自分は宴に招かれたわけではなく、偶然にも行き会わせただけであると言うのは、或いは謙虚に述べたのかもしれない。

時維九月、序属三秋。潦水尽而寒潭清、煙光凝而暮山紫。儼驂騑於上路、訪風景於崇阿。臨帝子之長洲、得天人之旧館。層台聳翠、上出重霄、飛閣翔丹、下臨無地。鶴汀鳧渚、窮島嶼之縈迴、桂殿蘭宮、即岡巒之体勢（時は維れ九月、序は三秋に属す。潦水尽きて寒潭清く、煙光凝りて暮山紫なり。驂騑を上路に儼み、風景を崇阿に訪ぬ。帝子の長洲に臨み、天人の旧館を得たり。層台翠を聳えさせ、上重霄に出で、飛閣丹を翔ばせ、下無地に臨む。鶴汀鳧渚は、島嶼の縈迴を窮め、桂殿蘭宮は、即ち岡巒の体勢なり）。

この部分は宴の行われた時間を述べる。晩秋の風景を述べ、その描写に導かれていよいよ滕王閣が現れてくる。まず滕王閣を外から眺める。王勃が旅の途中でみた印象が元になっているのかもしれない。

披繡闥、俯雕甍。山原曠其盈視、川沢紆其駭矚。閭閻撲地、鐘鳴鼎食之家、舸艦迷津、青雀黄龍之軸（舳）。雲（虹）銷雨霽、彩徹区明。落霞与孤鶩（霧）斉飛、秋水共長天一色。漁舟唱晩、響窮彭蠡之浜、雁陣驚寒、声断衡陽之浦（繡闥を披き、雕甍に俯す。山原曠しくして其れ視を盈たし、川沢は紆がりて其れ矚を駭かす。閭閻地を撲ち、鐘鳴鼎食の家あり、舸艦津に迷い、青雀黄龍の舳あり。虹銷え雨霽れ、彩徹り区明かなり。落霞と孤霧と斉しく飛び、秋水は長天と共に一色なり。漁舟晩を唱い、響きは彭蠡の浜に窮まり、雁陣寒きに驚き、声は衡陽の浦に断つ）。

外から建物を眺めていた眼は、いまは滕王閣から外をみる眼に変わっている。その視線も滕王閣をとりまく洪州のまちの繁栄からしだいに遠くの風景へと移動してゆく。

遥襟甫暢、逸興遄飛。爽籟発而清風生、繊歌凝而白雲遏。睢園緑竹、気淩彭沢之樽、鄴水朱華、光照臨川之筆。四美具、二難幷。窮睇眄於中天、極娯游於暇日。天高地迥、覚宇宙之無窮、興尽悲来、識盈虚之有数

（遥かなる襟《おも》い甫めて暢び、逸興遄《すみやか》に飛ぶ。爽籟発して清風生じ、繊歌凝りて白雲遏む。睢園緑竹、気は彭沢の樽を淩ぎ、鄴水朱華、光は臨川の筆を照らす。四美具わり、二難幷す。睇眄を中天に窮め、娯游を暇日に極む。天高く地迥か、宇宙の無窮を覚え、興尽き悲来り、盈虚の数有るを識る）。

ここではじめて宴の様子を述べる。前に宴の参加者を紹介した部分はあったが、どのような宴であったかを描写するのは僅かに「睢園緑竹、気淩彭沢之樽、鄴水朱華、光照臨川之筆」という部分だけである。しかもそれは決して具体的な描写ではなく、駢文の特色のひとつである典拠をつらねて比喩的に示されだけである。

これまで王勃は高位の或いは庇護者の宴に参加した場合、主催者と宴を褒め称える極めて没個性的な序を作ったことがあった。同じ高位者主催の宴ではあるが、この序は、少なくとも宴のすばらしさを称えることが主題ではない。ここまで見てきたように、むしろ自分の視線に素直な描写を行なっている。そしてこのような自然の描写は虢州参軍期の態度を引き継ぐものである。

続く「四美具、二難幷」以降は、自然の描写から次第に自分の感慨の描写に移ってゆく。自然ばかりでなく、自分の感慨についても心の動きを素直に写す。王勃はここで天地自然の無限に対して、人間の有限という感慨をわきあがらせる。これは最初の江南旅行の頃の序に強い影響を与えた王羲之の「蘭亭序」を意識しているのかもしれない。ただ江南旅行のころは有限であるからこそ、自分達の今を記録し伝える必要があると自信に満ちていたが、いまは時間の前に無力な人間の存在に対する悲しみに変化している。

望長安於日下、目（指）呉会於雲間。地勢極而南溟深、天柱高而北辰遠。関山難越、誰悲（非）失路之人、溝水相逢、尽是他郷之客。懐帝閽而不見、奉宣室以何年（長安を日下に望み、呉会を雲間に指す。地勢極まりて南溟深く、天柱高くして北辰遠し。関山越え難く、誰か失路の人に非ざらん、溝水相い逢うは、尽く是れ他郷の客。帝閽を懐うも見えず、宣室を奉ずるは以て何の年ぞ）。

友人のいる都や江南は遠く、旅にある身の悲しみを述べる。人間の存在についてこころ動いた王勃が、焦点を自分に絞って述べてゆく。以下、自然の描写と同様、自身の感慨も心に浮かぶがままに述べてゆく。

嗟乎、時運不斉、命途多舛。馮唐易老、李広難封。屈賈誼於長沙、非無聖主、竄梁鴻於海曲、豈乏明時。所頼君子見機（安排）、達人知命。老当益壮、寧移白首之心、窮且益堅、不墜青雲之志。酌貪泉而覚爽、処涸轍以相歓。北海雖賖、扶揺可接、東隅已逝、桑楡非晩。孟嘗高潔、空余報国之情、阮籍猖狂、豈効窮途之哭（嗟乎、時運斉しからず、命途舛くこと多し。馮唐老い易く、李広封じ難し。賈誼の長沙に屈するは、聖主無きに非ず、梁鴻の海曲に竄《のが》るるは、豈に明時の乏しからんや。頼る所は君子の安排、達人の知命なり。老いて当に益ます壮なるべければ、寧ぞ白首の心を移さん、窮して且つ益ます堅にして、青雲の志を墜さず。貪泉を酌みて爽を覚え、涸轍に処りて以て相い歓ぶ。北海賖《とお》しと雖も、扶揺接す可し、東隅已に逝くも、桑楡晩きに非ず。孟嘗の高潔、空しく報国の情を余し、阮籍の猖狂、豈に窮途の哭を効わんや）。

今度は時間を遡り、才能がありながら不遇に終わった過去の人物を思い浮かべる。そしてそれらの人物をみならい自分もくじけることなく生きて行きたいと述べる。自らを励ます部分である。

勃三（五）尺微命、一介書生。無路請纓、等終軍之弱冠、有懐投筆、愛宗愨之長風。舎簪笏於百齢、奉晨昏於万里。非謝家之宝樹、接孟氏之芳鄰。他日趨庭、叨陪鯉対、今茲捧袂、喜託龍門。楊意不逢、撫凌雲而自

惜、鍾期相遇、奏流水以何慚（勃は五尺の微命、一介の書生なり。路に纓を請うは無けれども、終軍の弱冠に等しく、懐いは筆を投ずるに有りて、宗慤の長風を愛す。簪笏を百齢に舎て、晨昏を万里に奉ず。謝家の宝樹に非ざるも、孟氏の芳鄰に接す。他日庭を趨らば、叨《みだり》に鯉の対うるに陪せん、今茲に捧袂して、喜びて龍門に託さん。楊意逢わざれば、淩雲を撫して自ら惜み、鍾期相い遇わば、流水を奏して以て何をか慚ん）。

歴史上の人物によって自らを励ました王勃は、これからの生き方について述べる。官僚としての出世は放棄し、父に仕えると言う。最後の隔句対は今日の宴に招かれた感謝をいう。この部分は多分に宴の主催者に対する礼儀の意味もあるであろう。「龍門」という言葉は、王勃が蜀に旅立つまでの生涯の前半期、推薦を願って出した手紙に多く用いられた言葉である[37]。世に出ることを諦めたかにみえるこの時期の王勃には、やや奇異な言葉のように思える。しかし前半生のような自分の才能をみつけてもらいたいという願望を込めた言葉ではなく、自分の才能を認め発揮する場所を与えられた感謝の言葉として、ここでは用いられていると思われる。

嗚呼、勝地不常、盛筵難再、蘭亭已矣、梓沢丘墟。臨別贈言、幸承恩於偉餞、登高作（能）賦、是所望於群公。敢竭鄙懐、恭疏短引、一言均賦、四（八）韻倶成、請灑潘江、各傾陸海云爾（嗚呼、勝地は常ならず、盛筵は再びし難し、蘭亭は已みなん、梓沢は丘墟たり。別に臨みて言を贈る、幸いにして恩を偉餞に承く、高きに登りて能く賦す、是れ群公に望む所なり。敢えて鄙懐を竭し、恭しみて短引を疏す、一言均しく賦し、八韻倶に成さん、請うらくは潘の江のごときを灑ぎ、各おの陸の海のごときを傾けんことをと爾か云う）。

最後に作詩の縁起を述べて終わる。

以上のように「滕王閣序」は視線の移動や感情の流れを文字に写し、この場所と時間と、そしてそれらに触発されて興る彼の思いをあますところなく述べており、単に「落霞与孤霧（鶩）斉飛、秋水共長天一色」の句に代表される表現だけでなく、内容においても彼の序の集大成と言える。しかし先にも少しふれたが、同じような高位の者が主催する宴席で作られた序と異なり、この作品は宴の主催者のためではなく自分のための序といった雰囲気がある。それはなぜなのだろうか。

この時期の序に共通して見られるのは、例えば「滕王閣序」の「地勢極而南溟深、天柱高而北辰遠、関山難越、誰非（悲）失路之人、溝水相逢、尽是他郷之客。懐帝閽而不見、奉宣室以何年」と言う、前途に対する不安である。「嗟乎、九江別れを為し、帝里は雲端に隔たる、五嶺方に踰んとして、交州は天際に在り。方に去舳を厳め、且に窮途に対さんとす（嗟乎、九江為別、帝里隔於雲端、五嶺方踰、交州在於天際。方厳去舳、且対窮途。）」（「江寧呉少府宅餞宴序」巻八）これらは全く旅の前途に対する不安を述べたものであるが、「嗟乎、此の歓再びし難し、慇懃たり北海の樽、相い見るは何の時ぞ、惆悵たり南溟の路（嗟乎、此歓難再、慇懃北海之樽、相見何時、惆悵南溟之路）」（「秋日楚州郝司戸宅遇餞崔使君序」巻八）という表現は、前途の不安とともに、彼方に去ってしまえば、最早このような宴に参加する機会はあるまいという悲しみも述べられている。

『旧唐書』文苑伝に載る伝記によると、王勃は交阯に向かう旅行の途中「江中」で「採蓮賦」（巻二）を作って意をあらわし、その辞は甚だ美であったという。彼が文学的才能を発揮したかったのだとするなら、世に出ることはないと考えていた王勃が、これらの宴を最後の機会とする思いを秘めつつ序を作ったのではないか。序は宴を記念するのではなく、自分を記念するために作られたのである。先に述べたように、「滕王閣序」の「龍門」という言葉も、このような王勃の心情から考えれば、必ずしも奇異ではない。

参加した宴を記録しておきたいという衝動は、この時期以前にも多かれ少なかれあった。特に最初の江南旅行にはそのような思いが大変強かったことは既に指摘した。しかし、その時は素晴らしい宴を文字に定着させ人々に知らしめたいという思いが根底にあった。それに対してこの時期は、去ってゆく自分の存在を残しておきたいという悲しみが根底にあったのである。

以上、王勃の人生を区分し、時期ごとに作られた序の特色について考察した。序はそれぞれ前の時期の成就を受け継ぎ、重層的に成長して行く。しかしその一方で、王勃の抱いた各時期の特徴的な感情も浮かび上がってきた。それは強いて単純化すれば、自信―社会に対する嫌悪―あきらめ―悲しみと変化して行く。序の底に流れる感情は、王勃の境遇の変化と対応していた。序は王勃の生涯と密接に結びついたジャンルであったのである。

王勃の文学において序というジャンルは、実は詩より以上に大きな位置を占めていたのではないだろうか。

六

序とはどういうジャンルなのかを考えるために、ここで一旦王勃から離れ、彼に至るまでの序というジャンルの歴史を概観しておきたい。

もともと建物の壁を意味した「序」[38]が、文学のジャンルをも指すようになったのは、後にみる『文体明弁』序説によると序と緒や叙との音通であったことが理由のようである。

文学におけるジャンルの意識が明確になってきた六朝時代、序はどのようなジャンルとして考えられていたのだろうか。『文心雕龍』には「詳らかに論の体を観るに、条流に品多し。……序は事を次し、引は辞を胤ぐ」（論説十八）。また、「史・論・序・注は、即ち覈要に師範す」（定勢三十）と序は史・論・注といったジャンルとともにまとめられている。序は叙事や議論の為のジャンルとみなされていた。時代ははるかに下るが明の徐師曾『文体明弁』序説の定義はこの考えを引き継ぎ、より明確に「『爾雅』を按ずるに云く、序は、緒なりと。字亦た叙に作る、其の善く事理を叙べ次第の序有ること糸の緒の若きなるを言うなり。……其の体を為すや二有り、一は議論を曰い、二は叙事を曰う[39]」と述べる。

具体的にはどのような作品があるだろうか。真偽はさておき、先秦時代に「算経序」「宋玉集序」「呂氏春秋序意」といった序がある[40]。漢代になると、「叙」という字が使われることもあるが、序と名付けられた文章が既に多く作られている。それらはこの時代の中心的なジャンルであった賦に付された作品をはじめ、著作や作品に付された文であった。いわゆる「端書き」であって、あくまでも本文の附属で、独立した作品とはみなされていない。しかし『文選』が二巻九篇の作品を採録して序の類をたてていることは、先の『文心雕龍』とあわせ考えると梁代には序がジャンルとして確立していた。

『文選』が採る九篇について見てみると、「毛詩序」「尚書序」「春秋左氏伝序」はそれぞれ書物の解説として付けられた文、「三都賦序」「思帰引序」「豪士賦序」は作品に付された紹介の文である[41]。顔延之と王融の「三月三日曲水詩序」は年中行事の宴で人々の作った詩をまとめたものに付された文であるが、宴の様や自分の思いを述べるより、皇帝や王朝の政治を言祝ぐことに重点がある。最後の「王文憲集序」は故人の文集に付され、その人物を紹介したものである。『文選』に載る作品群は確かに『文体明弁』序説がいう叙事的、或いは作者の見解を表明する議論の文章である。そして六朝時代までの序をみてみると、「三月三日曲水詩序」のような宴席で作られた序やその場の人々の詩をまとめるとき付された序はほんのわずかであり、(42)ほとんどすべてが他の三種のどれかに属する作品であった。

唐になって序というジャンルに新しい要素が加わったと述べるのは、清代桐城派の古文家姚鼐である。彼は『古文辞類纂』において序を序跋類と贈序類にわける。(43)序跋類は著作の序とし、贈序類については「贈序類……唐初人に贈る、始めて序を以て名づく。作者亦た衆し。昌黎に至りて、乃ち故人の意を得たり」と説明する。またこの派の流れを汲み、林訳小説の名で一世を風靡した林紓も『春覚斎論文』に姚鼐のこの意見を引用し、続けて陳子昂や李白さえも駢文の序を書き、六朝の積習に馴染んでしまっていることを嘆いている。(44)この二人の古文家の説からは文体においては六朝以来の駢文を用いながら、初唐において新たな主題の序が登場し、それがジャンルの一分野として定着したということがわかる。

ところで『文選』を嗣ぐ意図をもって編纂された『文苑英華』は、唐代の作品を中心に採録している。(45)王勃の作品も序はもちろん、それ以外のジャンルの作品も多く採られている。中国のおける王勃の作品の保存という点で『文苑英華』が果たした役割は大きい。(46)『文苑英華』は『文選』にならって序の類をたてるが、その下にさらに以下のような小目をたてている。（括弧内の数字は王勃の作品数）

文集（〇）・遊宴（二十）・詩集（〇）・詩序（二）・餞送（十二）贈別（五）・雑序（五）

ただ、少なくとも王勃の序の配属から考えると、この分類は細かすぎるように思われる。例えば、王勃の「送李十五序」（巻八）と駱賓王の作とされる「贈李八騎曹序」（『駱臨海集箋注』巻九）は、若干の文字の異同が有るだけだが、前者は餞送の部に、後者は贈別と別々に配属されているように、実際には餞送と贈別とのあいだで作品の内容に大きな違いはない。また「緜州北亭群公宴序」（巻七）も遊宴に入っているが、「請命離前之筆、為題別後之資」という句から考えれば、餞送或いは贈別類に入れることも可能である。分類は内容より作品名に従って行なわれているようである。そのような問題はあるが、それぞれのカテゴリーを把握する為に、小目の最初に挙げられている作品を見てみよう。作者を述べないものは王勃の作品である。

・文集―「庾信集序」（隋・宇文逌）
・遊宴―「春日孫学士宅宴序」
・詩集―「玉台新詠序」（陳・徐陵）
・詩序―「夏日諸公見尋訪詩序」
・餞送―「秋日登洪府滕王閣餞別序」
・贈別―贈「贈陳八秀才赴挙序」（唐・欧陽詹）、
　　別「秋晩入洛於畢公宅別道王宴序」
・雑序―「帝範序」（唐太宗）

各目の作品は古い順にならぶ。これらの作品と王勃の序の有無を見てみると、王勃に作品がない（残っていない）文集、詩集の序は南北朝の人物の作品が挙がるが、その他の項目は雑序を除き、すべて王勃から始まっている。

次にこの小目を、姚鼐の指摘に重ね合わせて見よう。彼が言う贈序類に当たるのは餞別と贈別で、確かにこの二つが『文苑英華』の序類全四十巻のうちの十七巻を占め、唐におけるこの類の序の盛行を示している。そしてそれらの項目が王勃の作品から始まることで明らかなように、王勃以前にこの唐代の特色的な新しい種類の序は現れてこない。少なくとも現存しないのである。

以上のことから、王勃の序は、六朝の序を引き継ぐものではなく、唐になって登場してきた新しい種類の序であったことがわかる。(47) ただし王勃の序の数は圧倒的であるが、多寡の差はあるものの四傑全員がこの小目に属する序を作っている。(48) 作品の制作時期の前後は明かに出来ないが、王勃からではなく、四傑からと言う方が正確かもしれない。いずれにせよ、姚鼐は「初唐」と言うだけで明言しないが、王勃は序というジャンルに新しい要素を加え文学に定着させるうえで重要な役割を果たした。但し、その新しさは贈別のカテゴリーに限定されるものではないように思われる。『文苑英華』の作品を見れば、遊覧や別れと目的に違いはあっても、大部分がある場所に人々が集った際に作られたものであった。この集うということに新しさがあると、私は考える。

王勃の序が作られたような、人々がある場所に集い宴を開いて詩を作るということは過去にも多くあった。むしろ六朝末期にはそういった場が文学創作の中心であったといってもよい。しかしそのような場で作られた詩群に序を付すということは、過去にはあまり行なわれていなかった。なぜ、王勃はそのような序を作ることをはじめたのだろうか。

再び彼の序に戻って、この問題を考えてみたい。

七

王勃の序は、ある場所に人々が集まって詩を作り、それらをまとめる際に付された文である。王勃の序が付された詩はどのような作品であったのか。詩との関係から王勃が序を作った理由を考えてみたい。

王勃の序は六十四篇、詩は九十五首が伝わる。それらのうち、詩と序が同時に、そして同じ場で作られたとはっきり指摘できるのは、実は二組だけである。(49) また、幾人かの人々がともに作ったと言うことから、『全唐詩』等を検しても、王勃の序と同じ場で作られたと確認出来る詩は見つけられない。恐らく詩は佚したと考えられる。序を見ると、それらの詩は、幾つかのパターンはあるが、以下のように作詩の条件が与えられていたことを述べるものが多い。


人分一字、四韻成篇。　「越州秋日宴山亭序」・「張八宅別序」

人分一字、七韻成篇。　「夏日仙居観宴序」

人賦一言、倶□四韻。　「与邵鹿官宴序」

各賦一言、倶題六韻。　「越州永興李明府宅送蕭三還斉州序」

一言均賦、六韻斉疏。　「上巳浮江宴序」

一言同賦四韻。　「九月九日採石館宴序」

倶題四韻、不亦可乎、人賦一言其詞。「秋日登冶城北楼望白下序」

人賦一言、同疏四韻。　「別盧主簿序」

一言均賦、四（八）韻倶成。　「秋日登洪府滕王閣餞別序」

人賦一言、四韻成作。　「江浦観魚宴序」

人賦一言、倶裁四韻。　「与員四等宴序」

人探一字、四韻成篇。　「冬日送閭丘序」「夏日諸公見尋訪詩序」「登綿州西北楼走筆詩序」

人探一字、四韻裁成。「夏日喜沈大虞三等重相遇序」
一字用探、四韻成作。「秋日送沈大虞三入洛詩序」
須探一字。「春日送呂三儲学士序」
人采一字、四韻成篇。「春日孫学士宅宴序」
人採一字、四韻成篇。「夏日宴張二林亭序」
人採古韻、成者先呈。「秋日宴洛陽序」
各題四韻、共用一言。「楽五席宴群公序」
各贈一言、倶裁四韻。「秋日送王贇府兄弟赴任別序」

このように作詩において、韻が与えられ、句数も決められていたのである。また王勃と同じ頃蜀に滞在していた盧照鄰の「宴梓州南亭詩序」（『幽憂子集』巻六）は「咸請賦詩、六韻成章云爾」と句数の制限しか言わないが、この時の詩は「宴梓州南亭得池字詩」（巻三）と韻が与えられていたことを示し、王勃の「遊山廟序」（巻七）が「盍詩以言志、不以韻数裁焉」と、わざわざ断っているのも逆に、韻や句数を予め決めておくことが一般的であったことを示していると思われる。他の条件を言わない序の場合も、実際には作詩に条件が与えられていたのかもしれない。

帝里寒光尽　帝里　寒光尽き、
神皐春望浹　神皐　春望浹《あまね》し。
梅郊落晩英　梅郊は晩英の落ち、

柳甸驚初葉　　柳甸は初葉に驚く。
流水抽奇弄　　流水に奇弄を抽き、
崩雲灑芳牒　　崩雲は芳牒に灑ぐ。
清尊湛不空　　清尊湛えて空しからず、
暫喜平生接　　暫く喜ぶ平生の接を。

「春日宴楽遊園賦韻得接字」詩（巻三）

この詩と同時に作られた序はないが、一般的に序はこのような詩群に付されていたのであろう。美しい春の風景と宴の楽しさを歌うが類型的で、序に見られるような王勃自身の感慨は何一つ述べられていない。このようなその場で与えられた題や韻に従って即興で詩を作ることは、六朝時代においてはよく行なわれたことであった。そこでは如何に早く機知に富んだ詩を作るかが文学的才能を測る基準であった[50]。

王勃らもある場所に集まったとき、蘭亭の集いのように自己の感慨を自由に詩に述べたのではなく、むしろ六朝末期の習慣に従い、上のような制約が与えられた詩を作ったのである。もちろんこれは文学的才能を示す機会であったであろう。しかし、その詩はその場の感慨を盛るよりも、機知を示す遊戯性の強い作品であった。

六朝末の文学者には、彼らが同じ場所同じ時に作ったことを示す詩が多くある。だが簡単に作詩の縁起だけを書いた序が時にあるものの、基本的に王勃のような序は全く見られない。陳の後主の詩などはその縁起が題になっている例さえあり[51]、滅びたというよりも初めから作られなかったと考えてよいであろう。王勃らは、六朝の習慣に従った詩を作りながら、六朝には無かった序を付すことを始めたのである。

王勃ら四傑とともにこの時期の中心的存在であり、少し遅れて活動した文学者に「文章四友」と称される、崔融、李嶠、杜審言、蘇味道がいる。(52)しかし彼らには少なくとも現在まで伝わる序はない。(53)このことは王勃以降、初唐の文学者の多くが序を作っていることを考えると多少奇妙な感じがする。彼らは則天武后が権力を握っていたころの文学者で、概ね彼女や彼女の周辺のサロンを活動の場所とし、そこで行なわれる宴において主催者の求めに応じて遊戯的な詩を作った。彼らもまた文学活動の場、文学特に詩の傾向において六朝時代を引き継いでいたのである。しかし、序の有無という観点から彼らと王勃の相違点を考えてみると、それぞれの活動の場の違いに気付く。

四友も王勃もある場所に集い、そして与えられた制約のなかで即興で詩を作った。しかし四友は権力者の主催するサロン、つまり六朝を引き継ぐ場で文学創作を行った。王勃とは明らかにその場所を異にしているのである。それは単に中央と地方という違いではない。むしろその場を構成する人間の違いである。

四友の活動の場は基本的に構成員も六朝時代同様であったのに対し、王勃のそれは六朝時代であれば文学に関わらない階級の人々であった。「未だ一同高選有らざるも、神は吏隠の間に怡ぶ（未有一同高選、神怡吏隠之間）」（「秋晩什邡西池宴餞九隴柳明府序」佚文）という言葉に示されるように、王勃と共に宴に連なった人々は下級地方官僚、或いは官僚と成ることを希望しつつ、不遇の思いを抱いて、故郷を離れ各地をさまよう人々であったのである。

王勃が序に述べてきたのは、一貫して故郷を離れた悲しみや、そのような生活のなかで同じような境遇の人々に出会った喜び、さらに邂逅ののちの別れの悲しみであった。この悲しみ、喜びの感情は王勃だけのものではなく、その場の人々共有する感情であった。これらの官僚として移動を余儀なくされる人々にとって、次にいつ会えるか分からぬ集いは、六朝時代のサロンに集う人々とはその時間とその場所が持つ意味が、全く異なっていたであろう。しかしそのような彼らに与えられていた表現は、六朝の価値に従い文学的手腕を示すための技巧を凝らした詩であった。序にみられた作詩上の制約は、文学の外面的な制約ではあるが、内面の発想、表現の制約にもなったであろう。つまり従来の文学では盛りきれない感情を持ちながら、それを盛るにふさわしい表現をこの層の人々はまだ獲得していなかったのである。王勃を含め、各々の宴に参加した人々の詩がほとんど現存していないということは、単に無名の下級官僚であったからというだけではなく、ここに原因があるのではないだろうか。

このような、いわば表現すべき感情と表現への欲求を持ちながら、ふさわしい表現をもてないでいた階層の人々が託したのが、序というジャンルであったのではないだろうか。遊戯的な詩と素直な叙情の序の間にある落差、六朝時代に無く、唐になって急増するという事実には、そのような人々の存在と序というジャンルの強い結びつきがあったのである。

序が付された詩群が六朝時代以来の方法であることは、この時期の文学が六朝の影響から完全に自由ではなかったことを示している。しかしそれを作らせた場とともに、序は六朝文学の内的外的羈絆からの離脱を模索する初唐文学の具体的な動きを示すものではないだろうか。唐代が詩の時代であったことは言うまでもないことである。しかし王勃という文学者を見てきたとき、唐代の文学は、詩からではなく、序から始まったと言うことが出来るのではないだろうか。

唐代文学の中心的ジャンルである詩との関係は、稿を改める必要があるが、最後に王勃の序の技法に詩との接近があること、つまり序は下級官僚の感情を代弁しただけではなく、成熟した表現を持っていたことを述べておきたい。

もともと駢文は平仄の配置、対句の使用など、音声やリズムに気をつけた、いわば非常に詩的な散文である。王勃の序は平仄配置の整斉といった従来の規範だけではなく、隔句対の多用など、より流麗なリズムに意を用いている。例えば、言葉を繰り返すことによりひとつの雰囲気を醸し出すかもしだすものとして

博我以文章、期我以久要。「初春於権大宅宴序」（佚文）
造化之於我得矣、太平之縦我多矣。「上巳浮江宴序」（巻七）
知軒冕可以理隔、鸞鳳可以術待。「遊山廟序」（巻七）
王孫何以不帰、羽人何以長往。「遊山廟序」
何年風月、三山滄海之春、何処風花、一曲青渓之路。「還冀州別洛下知己序」（巻九）
文章可以経緯天地、器局可以蓄洩江河。七星可以気衡、八風可以調合。「山亭思友人序」（巻九）
栄者吾不知其栄、美者吾不知其美。「山亭興序」（巻九）

などがある。第六例は「可以」を連続させて一種高揚した精神を示している。また一風変わった例としては、「蒼蒼葭菼、傷白露之遷時。淡淡波瀾、喜青天之在矚」（「秋晩什邡西池宴餞九隴柳明府序」佚文）と、漢賦に見られるような、同じ部首の漢字を連続して用いる句もある。

更に以下のような反復表現は、この時期に流行した歌行詩で多用された技法で、王勃や序の発展を支えた人々が、このジャンルに強い文学的興味を抱いていたことをはっきりと示している。

客中送客、誰堪別後之心、一觴一詠、聊縦離前之賞。「冬日送儲三宴序」（佚文）

臨春風而封春□、接蘭友而坐蘭室。「初春於権大宅宴序」（佚文）
聴孤鳴而動思、怨復怨兮傷去人。聞唳鶴而驚魂、悲莫悲兮愴離緒。「冬日送閭丘序」（佚文）
喜莫喜於此時、楽莫楽於茲日。「夏日喜沈大虞三等重相遇序」（佚文）
或出或処、人多朝野之歓、以嬉以遊、時極登臨之所。「秋日宴洛陽序」（巻七）
光陰難再、子卿殷勤於少卿、風景不殊、趙北相望於洛北。「還冀州別洛下知己序」（巻九）

また、「泣窮途於白首、白首非臨別之秋。嗟歧路於他郷、他郷豈送帰之地（「越州永興李明府宅送蕭三還斉州序」巻八）と、しりとり式の表現も一例だけある。これも初唐の歌行においてよく使用された技巧である。これらの技巧が特定の詩人の作に多用されたことは鈴木修次氏に指摘があるが[54]、このように詩のみではなく、序というジャンルにおいても用いられていることは注意しておく必要があろう。

序が当時の詩において流用していた新しい技法に敏感に反応していること、見て来たように極めて叙情的な内容であることから考えると、王勃の序は詩に近い意識をもって作られていたと言えよう。少なくとも「端書き」ではない。それは『文体明弁』序説が定義したように、六朝までの議論、叙事の序とは全く別のジャンルともいいうる新しい序であった。

王勃の序は、唐になって台頭してきた新しい階層の人々が、自分達の新しい感情の表現を求めて模索していた時期の、つまり初唐という時期の文学を象徴する新しいジャンルであったのである。そして、序というジャンルを生涯を通じて作り続けた王勃は、その生涯が新しく台頭してきた人々を象徴するばかりでなく、新しい感情を盛りうる序を発見し、ひとつのジャンルとして文学に定着させたことによってこそ、初唐を代表する文学者であったといえるのではないだろうか。

結　語

小論は王勃ら四傑がもともと駢文の名手として評されていたことから、王勃の駢文のなかで圧倒的に作品数が多く、また彼の生涯を通じて作り続けられた序というジャンルに注目した。

序は重層的に成長してゆくが、王勃の境遇を反映し、自信、社会に対する嫌悪、あきらめ、悲しみと基調が変化する。王勃の研究は詩が取り上げられることが多かったが、このように序こそが、王勃の生涯と密接に結びついたジャンルであったのである。

ところが王勃の序は、過去に作られた同じ序と題される作品とはむしろ断絶を感じるほどに、その雰囲気を異にしていた。しかし過去にあまり例を見ない反面、王勃ら四傑は皆同様な序をつくり、彼ら以降にそのような作品が序として文学史定着する。これに対し序が付された詩群は六朝文学の習慣のまま、韻や句数を指示された、遊戯性の強いものであったと想像される。

このような序の革新性と詩の保守性という食い違いの原因には、序が作られた場の構成員の違いがある。王勃の序が作られた宴に参加した人々は、主に故郷を離れ各地をさまよう下級官僚であり、六朝時代まで文学を作る階層の人々ではなかった。彼らは同様な境遇の人と出会い、宴を開き、宴席の伝統として詩を作りあった。しかし六朝的な遊戯性の強い詩ではその思いを述べられない、少なくとも述べきれなかったと思われる。その役割を担ったのが、詩群をまとめる序というジャンルであったのである。

初唐は様々な意味で文学的に模索の時期であった。唐の文学を代表するジャンルである詩でさえ、模索中であった。その中で、これまで文学の担い手ではなかった新しい階層が登場し、従来の遊戯的な詩では盛りきれない彼らの新しい感情を表現するジャンルとして序が、初唐になって注目されたのではないだろうか。序というジャンル勃興の中心的役割を果たした王勃は、その人生も含め、初唐を代表する文学者であったと言えよう。

序というジャンルは、彼の詩以上に王勃の人生と密接に結びついていた。そして文学史上においても、王勃の序がもつ意義は、詩以上に大きく位置付けられなければならないのではないだろうか。

注

（1）四分説は宋の厳羽『滄浪詩話』に始まる。明の高棅『唐詩品彙』が初、盛、中、晩唐と分類した。

（2）「唐詩雑論・四傑」（『聞一多全集』三所収）。他に手近な文学史を検すると例えば、鄭振鐸著『挿図本中国文学史』（北京　人民文学出版社　一九五七年）、前野直彬編『中国文学史』（東京大学出版会　一九七五年）なども詩を中心に述べている。

（3）但し、三変説は『唐文粋』に始まる。

（4）「駢四儷六、錦心繡口」（柳宗元「乞巧文」『柳河東先生集』巻十八）など、駢文という名称は後の時代に現れる。

（5）テキストは蔣清翊『王子安集注』（上海古籍出版社　一九九五年）、羅振玉輯『王子安集佚文』（一九二二年。以下、佚文と表示）を使用。この数字のうち、詩の「田家三首」は王績の集にも入っている。序の「三月上巳祓禊序」「游冀州韓家園序」は蔣が既に王勃の作ではないと指摘している。また「送李十五序」と詩と共に録される「聖泉宴序」は駱賓王の集にも採録されており、それらを引くと、詩は九十二首、序は六十一篇になる。

（6）書啓については、拙論「王勃試論―その文学の淵源について―」で少し触れている。また碑文は、『王子安集注』巻十六～二十に録されるが、蜀滞在時期でないものは、「広州宝荘厳寺舎利塔碑」（巻十八）一篇だけである。

（7）王勃の年譜は清の姚大栄「王子安年譜」（『惜道味斎集』所収）、鈴木虎雄「王勃年譜」（『東方学報 京都』一九四四年一月）、田宗堯「王勃年譜」（『大陸雑誌』第三十巻第十二期 一九六五年）。劉汝霖「王子安年譜」（『王子安集注』附録）、その他、傅璇琮撰「盧照鄰楊炯簡譜」（『盧照鄰楊炯集』徐明霞校点（北京 中華書局 一九八〇年））、植木久行『詩人たちの生と死』（東京 研文出版 二〇〇五年）などを参照した。

（8）「王勃集序」や『唐才子伝』は太原祁の人とするが、王勃自身が「夏日登龍門楼寓望序」（巻六）で「郷党新知」と述べている。

（9）「唐王福時、名行温恭……子勔・勮・勃、倶以文筆著天下。福時与韓琬父有旧、福時及婚崔氏、生子勧。嘗致書韓父曰、勔・勮・勃文章並清俊、近小者欲似不悪。韓復書曰、王武子有馬癖、明公有誉児癖、王氏之癖、無乃多乎」（『太平広記』巻二四九）。

（10）「勃六歳解属文、構思無滞、詞情英邁、与兄勔・勮、才藻相類。父友杜易簡常称之曰、此王氏三珠樹也」。

（11）「王勃集序」は侍読とし、『新・旧唐書』『唐才子伝』は修撰とする。

（12）「王勃著滕王閣序、時年十四、都督閻公不之信。勃雖在座、而閻公意属子壻孟学士者為之、已宿構矣。及以紙筆延譲賓客、勃不辞譲。公大怒、払衣而起、専令人伺。……又云、落霞与孤鶩斉飛、秋水共長天一色。公矍然而起曰、此真天才、当垂不朽矣。遂亟請宴所、極歓而罷」（『唐摭言』巻五）。

（13）近人の研究でも鈴木虎雄博士、田宗堯氏の年譜や、駱祥発『初唐四傑研究』（北京 東方出版社 一九九三年）などは、この若い江南旅行のときに作られたとする。

（14）「九日登玄武山旅眺云、九月九日望遥空、秋水秋天生夕風。寒雁一向南飛遠、遊人幾度菊花叢。盧照鄰和云、九月九日眺山川、帰心帰望積風煙。他郷共酌金花酒、万里同悲鴻雁天。玄武山在今東蜀。高宗時、王勃以檄鶏文、斥出沛王府、既廃、客剣南、有遊玄武山賦詩。照鄰為新都尉、大震其同時人也」（『唐詩紀事』巻八）。

（15）一般に、父は既に交阯に着任しており、王勃は一人で南に向かったとされるが、私は交阯には父子同行したのではないかと考えている。「王勃南行考―父子同行の可能性」で述べた。

（16）正倉院蔵『王勃詩序』は程を郯に作る。このことは「テキストとしての正倉院蔵『王勃集序』」を参照。

（17）「蘭亭序」が最初から「序」と呼ばれたかは疑問があるとされる（福本雅一『瘦墨集』東京　二玄社　一九八四年）。ただここではこの問題にはかかわらず、王勃の序に先行する同種の文章として「蘭亭序」を考える。

（18）「蘭亭序」の書き下しにしなかった前半を原文で挙げておく。「永和九年、歳在癸丑、暮春之初、会于会稽山陰之蘭亭、修禊事也。群賢畢至、少長咸集。此地有崇山峻嶺、茂林修竹、又有清流激湍、映帯左右、引以為流觴曲水、列坐其次。雖無糸竹管絃之盛、一觴一詠、亦足以暢叙幽情。是日也、天朗気清、恵風和暢、仰観宇宙之大、俯察品類之盛、所以游目騁懐、足以極視聴之娯、信可楽也」。

（19）「山亭興序」に「楽天知命十九年」とあって、作られた時期がわかる。そして「山亭思友人序」を「山亭興序」と同じ時の作品とすることは、鈴木博士をはじめ諸家の一致するところである。

（20）「百年奇表、開壮志於高明、千里心期、得神交於下走」（「山亭興序」）。「雖形骸真性、得礼楽於身中、而宇宙神交、巻煙霞於物表」（「山亭思友人序」）。

（21）蔣清翊はこの部分に脱落が有ることを疑っている。

（22）例えば「嗟乎大丈夫、荷帝王之雨露、対清平之日月。文章可以経緯天地、器局可以蓄洩江河。七星可以気衝、八風可以調合。独行万里、覚天地之崆峒、高枕百年、見生霊之齷齪。……至若開闢翰苑、掃蕩文場。得宮商之正律、受山川之傑気。雖陸平原曹子建、足可以車載斗量、謝霊運潘安仁、足可以膝行肘歩。思飛情逸、風雲坐宅於筆端、興洽神清、日月自安於調下」（「山亭思友人序」）などは彼の強い自負が示されている部分である。

（23）この言葉の示す意味の違いを明確にするため、この時期の前後の用例をそれぞれ挙げる。「川原何有、紫蓋黄旗之旧墟、城闕何年、晋宋斉梁之故迹」（「秋日登冶城北楼望白下序」佚文）は、若い時期の江南旅行期、「群公葉県鳧飛、入朝廷而不出、下走遼川鶴去、謝城闕而依然」（「秋晩入洛於畢公宅別道王宴序」巻八）は、虢州参軍時期である。

（24）『初学記』三、梁元帝纂要日、「十二月曰暮節」。謝霊運九月従宋公戯馬台集送孔令詩「雲旗興暮節」。

（25）註（14）参照。

(26)「金風高而林野動、玉露下而江山清」(「宇文徳陽宅秋夜山亭宴序」巻七)、「紅蘭翠菊、俯映砂亭、黛柏蒼松、深環玉砌。参差夕樹、煙侵橘柚之園、的歴秋荷、月照芙蓉之水」(「越州秋日宴山亭序」巻六(蔣清翊は「越州」は益州に作るべきだと指摘し、『佚文』は「新都県楊乾嘉池亭夜宴序」に作る))など。

(27) もちろん、この時期以前にもこの言葉はあるが、この時期以降で自然の象徴であると思われるものには、「悼夫煙霞遠尚、猶嬰俗網之悲」(「張八宅別序」佚文)、「玄談清論、泉石縦横、雄筆壮詞、煙霞照灼」(「秋晩入洛於畢公宅別道王宴序」巻八)などがある。

(28)『旧唐書』巻七十三薛収伝二十三。

(29) 薛昇華の祖父の薛収は、王通の弟子であり、王績には「薛記室収過荘見尋率題古意以贈詩」(韓理洲校点『王無功文集』巻二)という作品がある。

(30)「蜀城僚佐、陪騁望於春郊、青渓逸人、奉淹留於芳閣」(「春日序」佚文)の「蜀城僚佐」という句も同様な雰囲気を持つであろう。また蜀滞在時期以降の作で、この言葉を使うものには「秋晩入洛於畢公宅別道王宴序」(巻八)、「秋日登洪府滕王閣餞別序」(巻八)などがある。

(31) 例として「夏日仙居観宴序」(佚文)を挙げておく。「咸亨二年四月孟夏、龍集丹紀、兔躔朱陸。時属陸亢、潤褰恒雨。九隴県令河東柳易、式稽彝典、歴禱名山。爰昇白鹿之峯、佇降玄虬之液。楊法師以烟霞勝集、諧遠契於詞場、下官以書札小能、叙高情於祭牘。羞薫葉、奠蘭英。舞闋哥終、雲飛雨驟。霊機密邇、景況昭然。瞻列欠而廻鞭、顧豊隆而転軑。停歓妙域、列宴仙壇。清秘想於丹田、滌煩心於紫館。神襟独遠、如乗列子之風、澊候高褰、以滅劉昆之火。于時、気疎瓊圃、漏静銀宮。葉聚氛濃、花深潤重。撫銅章而不媿、坐瑶席而忘言。雖恵化傍流、信無慙於響応、而浅才幽讃、亦有助於明祇。敢分謗於当仁、庶同塵於介福。人分一字、七韻成篇」

(32) 王勃は、この二人にまた遇っている(「夏日喜沈大虞三等重相遇序」佚文)。そして「重相遇序」には、「柳明府」という人物が登場する。この人物は、王勃の蜀滞在時期の庇護者九隴県令柳太易のことと思われるので、この作品も蜀の時期と考えた。ただ「秋日送沈大虞三入洛詩序」に「余乃漂泊而沈水国」という言葉があり、「水国」が蜀を指す例があるのかは教示を乞いたい。

(33) この点は、「王勃試論」を参照されたい。

(34) 田宗堯年譜を参照した。

(35) 阮籍「詠懐詩十五」に「昔年十四五、志尚好詩書。被褐懐珠玉、顔閔相与期……」とある。阮籍の影響は特に王績に顕著であるが、王勃の他の序にも彼が詠われている。

(36) 「過淮陰謁漢祖廟祭文」（佚文）は上元二年八月十六日の日付をもち、「秋日楚州郝司戸宅遇餞崔使君序」（巻八）も同じく上元二年八月の日付をもつ。「江寧呉少府宅餞宴序」（巻八）は「便値三秋」と言う。

(37) 「上武侍極啓二」（巻四）、「上李常伯啓」（巻四）、「上明員外啓」（巻四）、「上絳州上官司馬書」（巻五）にみえる。

(38) 「序、東西牆也。从广予声」（『説文解字』九篇下）。

(39) 『文章弁体序説　文体明弁序説』（人民文学出版社　一九六二年）。

(40) 「算経序」「宋玉集序」は後世の偽作である。

(41) 賦や詩の項目に本文に付されている序もある。しかし陸機「豪士賦序」などは本文が伝わらず序だけが残っている。これら三序がみな晋代の作品なのは、序というジャンルの確立時期を考えるヒントになるかもしれない。

(42) 遺漏を恐れるが管見の限り、晋では「金谷詩序」（石崇）、「蘭亭序」「臨河叙」（王羲之）、「蘭亭序」（孫統）、「華林園詩序」（程咸）、「七月七日玄圃園詩序」（潘尼）、「遊斜川詩序」（陶淵明）、「廬山諸道人遊石門詩序」（慧遠）。梁では「三月三日曲水詩序」（簡文帝）。隋では「従駕大慈照寺詩序」（盧思道）がある程度である。しかもこのうちのいくつかは単に縁起を記した短いものである。

(43) 雑記類に柳宗元の序を入れており、実際には三類に分けていることになる。

(44) 「唐初雖傑出如陳子昂、然其別中岳二三真人序、則皆用駢儷之句、如「悠悠何往、白頭名利之交、咄咄誰嗟、玄運盛衰之感」、語至凡近。其余則李白為多、白送陳郎将帰衡岳序、如「朝心不開、暮髪尽白。登高送遠、使人増愁」句則狃於六朝積習、金陵与諸賢送権十一序、如「歳律寒色、天風枯声 雲帆渉渓、罔若絶雪、挙目四顧、霜天峥嶸」。気幹雖佳、仍落庾子山窠臼。……夫文章至於子昂、太白、尚何可議。不過唐世一有昌黎、以呑言咽理之文、施之贈送序中、覚唐初諸賢、対之一皆無色」（『春覚斎論文』流別論十三（北京人民文学出版社　一九五三年））。

（45）花房英樹「文苑英華の編纂」（『東方学報　京都』第十九冊　一九五〇年十二月）

（46）「王子安集十六巻……明以来其集已佚……此本乃明崇禎中、閩人張燮、捜輯文苑英華諸書、編一十六巻」（『四庫全書総目』集部別集類二）とある。

（47）ちなみに『文選』の作品を仮に各々の項目に分類したなら、顔延之、王融の作だけは遊宴、或いは宴という言葉がないので詩序にも分類されるかもしれないが、六朝の序の大部分を占める三種類の序のうち「王文憲集序」は文集序、詩集序に、「毛詩序」などのグループは雑序に入るであろう。

（48）楊炯は「宴族人楊八宅序」「送東海孫尉詩序」「登秘書省閣詩序」など十一篇の序のうち十篇。盧照鄰は「宴梓州南亭詩序」「宴鳳泉石翁神祠詩序」「七日綿州泛舟詩序」など七篇のうち四篇。駱賓王は「秋日於益州李長史宅宴序」「冒雨尋菊序」「晦日楚国寺宴序」など九篇のすべてがいわゆる贈序である。

（49）「秋夜於緜州群官席別薛昇華序」と「別薛華詩」、「別盧主簿序」と「送盧主簿詩」が同じ宴で作られたと考えられる。「秋日登洪府滕王閣餞別序」と「滕王閣」歌も同じ宴席とされているが、序に言う作詩の条件「一言均賦、四（八）韻俱成」が詩と一致しないので、少なくとも序が作られた時の詩ではない。詳細は、「正倉院蔵『王勃詩序』中の「秋日登洪府滕王閣餞別序」」で述べた。同様に「上巳浮江宴序」と同名の詩が二首あるが、序の作詩条件と詩は一致しない。

（50）森野繁夫『六朝詩の研究』（広島　第一学習社　一九七六年）に多くの例がひかれている。

（51）「初唐の「序」」に紹介した。

（52）「（杜審言）少与李嶠、崔融、蘇味道為文章四友」。（『新唐書』巻二〇一文芸伝上杜審言伝一一六）。

（53）杜審言の送別宴で、陳子昂が序を作っており（彭慶生『陳伯玉集校注』巻七）、彼らも序が作られる環境と無縁であったわけではない。

（54）鈴木修次「初唐詩における反復的表現の技巧について」（『日本中国学会報』第十四　一九六二年）。

初唐の「序」

ここで考えようとする種類の序は、これまで適切に定義された名称がないように思われる。中国の散文を分類するうえでよく利用されるものに、清の姚鼐が編集した『古文辞類纂』がある。(1)しかしその分類は中唐以降の文学状況に即して行われたもので、それをすべて初唐の文学に当てはめることができるかどうかは検討を要する。姚鼐はこの書において散文を十三のジャンルに分けた。そのなかの「贈序類」と「序跋類」のふたつが序に相当する。

「序跋類」は、「詩書には皆序あり。而して儀礼は篇後に記有り。皆儒者の為る所にして、其の余の諸子は、或いは自ら其の意を序し、或いは弟子これを作る。……余、古文辞を撰次するに、史伝を載せず。……惟だ太史公・欧陽永叔の表志の序論数首を載す。序の最も工なる者なり（詩書皆有序。而儀礼篇後有記。皆儒者所為、其余諸子、或自序其意、或弟子作之。……余撰次古文辞、不載史伝……惟載太史公欧陽永叔表志序論数首、序之最工者也）」と言い、このジャンルが一編の著作の前後にあって、その著述意図を述べたり、内容を要約した文章であると説明する。定義通り司馬遷「十二諸侯年表序」を採録作品群の最初に置き、このジャンルが古くより確立していたという説明に対応させている。(2)

一方「贈序類」については次のように言う。

老子曰、君子贈人以言。顔淵子路之相違、則以言相贈処。梁王觴諸侯於范台、魯君択言而進。所以致敬愛陳忠告之誼也。(3) 唐初贈人、始以序名、作者亦衆。至於昌黎、乃得古人之意、其文冠絶前後作者……（老子曰く、君子人に贈るに言を以てすと。顔淵・子路の相違は、則ち言を以て相い贈るの処なり。梁王は諸侯を范台に觴し、魯君は言を択びて進む。敬愛を致し忠告を陳ぶる所以の誼なり。唐初人に贈るに、始めて序を以て名とし、作る者も亦た衆し。昌黎に至りて、乃ち古人の意を得、其の文 前後の作者に冠絶す）。

別れの場や宴会の席において相手の為になる言葉を贈ることが、このジャンルの源であるという。しかし姚鼐は、このジャンルの確立者として中唐の韓愈を考えており、実際、彼がこのジャンルに採録した作品群は韓愈のものから始まっている。確かに韓愈の送別の序は有名な「送孟東野序」をはじめ、ほとんどが自身の考えを展開しつつ旅立つ相手を励ますといった内容であり、「所以致敬愛陳忠告之誼」を示した一種の議論の文章である。そして、中唐以降の送別の序は概ねこの形式を襲っている。

ただ私が注目したいのは「唐初贈人、始以序名、作者亦衆」という姚鼐の指摘である。彼は唐の初期に人々が序という名称の文章を作るようになったという。(4) しかしその現象の意味や、或いは具体的な作者作品については言及していない。小論はこの姚鼐の指摘を手がかりに、唐に入って急増したとされる新しいタイプの序の実体とその意味について考えようとする。

その前にまず、姚鼐のこの指摘の実否を確認し、あわせて考察の対象となる「序」というジャンルについて、今少し明確にしておきたい。

一

唐代の作品をジャンルごとに分類したものとして、最初に指を屈すべきは、『文苑英華』であろう。(5)この書から、唐に入ると「序跋」ではない序が増えてくるという、姚鼐の指摘について考えてみよう。

『文苑英華』には序が一ジャンルとして立てられており、さらに文集（巻六九九～巻七〇七）・遊宴（巻七〇八～巻七一二）・詩集（巻七一二～巻七一四）・詩序（巻七一五～巻七一七）・餞送（巻七一八～巻七三三）・贈別（巻七三四）・雑序（巻七三五～巻七三八）というように下位分類が行われている。但し『文苑英華』の分類は少々煩瑣であり、また作品の配属は、その題名に従って機械的に行われたように思われる。(6)分類に全く問題がないわけではないが、『文苑英華』の分類と姚鼐の分類はある程度つきあわせて比較することが可能である。

姚鼐が言う「序跋類」は、概ね現在我々が一般的にイメージする序や跋を中心にしていると考えてよく、『文苑英華』が立項する「文集」「詩集」はここに含まれる。『文苑英華』がこの類の初めに南北朝末期の作品（宇文逌「庾信集序」・徐陵「玉台新詠序」）をおいたことも、「序跋類」が古くよりあったとする姚鼐の考えと軌を一にしている。さらに両書がともに採録している作品をくらべ合わせれば、「詩序」の一部も「序跋類」に含まれると考えられる。(7)次に「贈序類」であるが、姚鼐がこの類において採った韓愈の作品のほとんどすべてが『文苑英華』では「餞送」「贈別」に入っており、姚鼐の「唐初贈人、始序以名、作者亦衆」という発言は、直接にはこの二類の、特に初唐の作品群のことを指して言っていると考えられる。作者と作品の数をみれば、彼の指摘は首肯される。では、姚鼐の二つの類に重ならない『文苑英華』の序、即ち「遊宴」「雑序」それに「詩序」の幾つかの作品は、どのような性格をもった序なのだろうか。「雑序」はその分類の原則を見いだすことは容易ではない。だが「遊宴」は如何であろうか。

実は姚鼐は「序跋類」「贈序類」の外に、序と題された作品を「雑記類」というジャンルに配属させている。具体的には韓愈「鄆州渓堂詩并序」や柳宗元「陪永州崔使君遊讌南池序」などの作品である。『文苑英華』は韓愈のこの作品を採らないが、柳宗元の作品を「遊宴」の部で採っている。「雑記類」に載る序について、林紓『春覚斎論文』は姚鼐の説を敷衍して次のように解説している。「（姚鼐が言う）いわゆる全く碑文の体を用いるというのは、祠廟庁壁亭台の類で、事を記してしかも石に刻まないというのは、山水遊記の類である」、さらに「しかしながら災害の勘案・運河の浚渫・塘の築造・祠宇の修築・亭台の記録は、必ず一類と為すべきである。書画を記し、古器物を記す、これもまた別の一類とし、山水を記すものもまた別に一類とし、……遊讌觴詠の事に至っては、また別に一類と為すべきだ」。また林紓は、柳宗元の作品の外に「雑記類」に含まれるべき作品として、王羲之「蘭亭序」と李白「春夜宴桃李園序」を挙げる[9]。『文苑英華』が「遊宴」に分類した作品が、まさにぴったりとこの定義と重なることになる。さらに林紓は「遊讌觴詠の若きは、或いは唱和の什有れば、則ち其の首に冠する者は序と為し、否なれば則ち専ら其の事を記すも亦た可なり（若遊讌觴詠、或有唱和之什、則冠其首者為序、否則専記其事亦可）」とも言っており、そうであれば『文苑英華』の「詩序」を含むことが可能になる。ここに言う「遊讌觴詠」の序も「贈序類」と同じく、王羲之「蘭亭序」のような少数の先行する作品はあるものの、唐代前半期に特によく作られた序であることは『文苑英華』の「遊宴」に載る作品群を眺めれば理解されよう。

姚鼐は序を「序跋類」「贈序類」「雑記類」に分けた[10]。しかし『文苑英華』を検すると、唐代前半期の作品の中には、送別の宴であったことが明らかなのに「遊宴」に分類されている作品もある[11]。これは一つには先に指摘したように『文苑英華』の機械的な分類によって起こったミスであろう。だが唐代前半期の序には、送別と遊宴を明確に区別して作ろうとする意識はさほど強くは無かったように思われ、それがより大きな原因と考えられる。しかし『文苑英華』に採録されている作品群を通覧すれば、「遊宴」の序は白居易あたりを最後に衰退していくことが読みとれ、中唐時期から以降の文学を分類の基準とした姚鼐が、序を三種類ではなく二種類とし、「雑記類」の序を独立させなかったことも理解できるのである。但し中唐以降の文学状況に照らして行われた『古文辞類纂』の分類の必然性が、同時に唐代前半期においても必然となるわけではないことは言うまでもない。

現在、「贈序類」は既にひとつのジャンルとして定着していると言ってよかろう。しかしそれ故にこそ文学史に登場し、ジャンルとして確立以前の初期の状態を無視することは正しい態度ではあるまい。姚鼐はこのジャンルの発生を唐の初期と指摘した。では、なぜこの時期にこの種の新しいタイプの序が大量に作られるようになったのか。そしてその現象は文学史においてどのような意味をもっているのか。このような問題が解明されなければ、中唐におけるこの種の序の変容や一つのジャンルとして文学史に定着したことの意味も、正確に把握することは不可能なのではないだろうか。

初唐の「序」は新しく登場したものの常として、まだ未分化の状態であり、『文苑英華』や『古文辞類纂』の分類に収まりきらない部分をもっている。そこで姚鼐が指摘した、唐になって急増する「序」とは、宴席（送別もまた宴の一態である）に複数の人々が集い、その場で詩を作り（その作詩は和韻や次韻詩のように主従的、或いは往復的な様式ではなかったと思われる）、それら詩群をまとめるに際して付された文章と定義しておきたい。今後小論において、断りなく序という場合は、このような文章を指していると考えていただきたい。

考察に入る前に、唐以前の序のありさまについて、簡単に述べておきたい。

二

唐になって急速に増加した序であるが、唐より以前に同種の序が全く無かったわけではない。林紓が指摘した王羲之「蘭亭序」は、その最も有名かつ初期の作品である。蘭亭のみではなく、三月三日の宴における作詩は晋代以降盛んに行われたとされる。(12)現存の資料から見る限り、序もこの行事と密接に関連していたようである。最初期の作品であり、王羲之がそれに似ていると評され喜んだという石崇「金谷詩序」(13)は日時を言わないが、一部しか伝わらない程咸「華林園詩序」（題名は厳可均輯『全晋文』による）は、上巳節の宴に詠われた詩をまとめる際に付された文であった。ただ石崇・王羲之らの宴が私的なものであったのに対し、程咸の場合は「有詔乃延群臣」という句から、(14)公的な宴であったことがわかる。序がつくられた宴は、その出発点において既に公私の違いがあった。その後三月三日の宴で作られた序は、『文選』に録される顔延之・王融「三月三日曲水詩序」など公的な宴における作だけで、(15)蘭亭で行われたような私的宴での作は、現在に伝わるものはない。

もちろん宴において詩が詠われたのは、上巳節ばかりではない。そのようななかで陶淵明「遊斜川詩序」、潘尼「贈二李郎詩序」、嵇含「詩序」（題名はすべて厳可均輯『全晋文』による）などは私的な宴、しかも潘尼、嵇含の作は送別の宴での詩に附された序であり、初唐の序の先声と考えることが可能である。これらが石崇・王羲之の作とともに、このような序が恐らく初めて作られるようになったと思われる晋代に、既に存在することは注目に値する。しかもこの後、このような私的宴の序は作られなくなっているのである。もちろん、私的宴の作品は、それが私的であるが故に佚われれやすく、現在まで伝わらなかったという可能性も否定できない。しかし南北朝時代は、上巳節などの節句ばかりでなく、頻繁かつ日常的に宴が行われ、そこに集った人々が席上詩を賦すことは極めて一般的な文学習慣であった[16]。そのような宴における詩は残っているのに、それらと同時に序が作られたということが明確である例は、かほどに少ないというのはどういうことであろうか。

例えば陳の徐伯陽の伝に「太建初め、中記室李爽・記室張正見・左民郎賀徹・学士阮卓・黄門郎蕭詮・三公郎王由礼・処士馬枢・記室祖孫登・比部賀循・長史劉刪等、文会の友と為り、後蔡凝・劉助・陳暄・孔範も亦た預かる、皆一時の士なり。游宴して詩を賦し、勒成して巻軸とし、伯陽其の集の序を為り、盛んに世に伝わる」（『陳書』巻三十四文学伝二十八）とある。これは『隋書』（巻三十五経籍志四集部総集類）に「文会詩　三巻　陳仁威記室徐伯陽撰」とあるのがそれであろうが、これらの記述からみると、序は宴に集った人々の詩群をそのたびごとに纏めて付したのではなく、複数回の宴において作られた詩をひとつに纏める際に作られたと考えられる[17]。即ち現在は佚われた彼の序文は、従来からあった「序跋類」に分類すべき作品だったのである。

「遊讌觴詠」の宴は、文学の場として機能していた。そしてそれらの宴ごとに詩は纏められたであろうが、しかしそのたびに序を附すということは、文学的習慣としては決して確立したものではなかったと考えられるのである。

南北朝時代においては一般的ではなかった序が、なぜ唐になると作られるようになったのだろうか。この問題について、まず序に何が書かれているのかという、文学作品としてこの時期の序がもつ特色と、宴席の性格と序との関係という二点に分け、前後の時代の文学的状況を参考にしつつ考えてみたい。

唐代における序の隆盛という現象に関して、王勃は量的にも無視し得ない大きな位置を占めている。また彼を筆頭とする四傑の生涯は、その後の唐代の文学者達の先蹤であった。彼等はみな官僚としては下位に呻吟し、鬱勃とした不平を胸に生涯を送った。特に王勃は各地を旅し、その土地々々の宴席で序を作っている。その意味で序は彼の生涯を反映している(18)。そして序に何が表現されるかという問題についても、その方向を決定付ける役割を果たしたように思われる。そこでまず彼の「贈別」と「遊宴」の序を見てみよう。

下官以窮途万里、動脂轄以長駆、王公以傾餞百壺、別芳筵而促興。是以青陽半序、明月中宵、離亭擁花草之芳、別館積琴歌之思。去留歓尽、動息悲来。惜投分之幾何、恨知音之忽間。他郷握手、自傷関塞之春、異県分襟、意切悽惶之路。既而星河漸落、煙霧仍開。高林静而霜鳥飛、長路暁而征驂動。含情不拝、空佇聴於南昌、揮涕無言、請投文於西候。因探一字、四韻成篇（下官窮途万里なるを以て、轄に脂させしを動かして以て長駆し、王公餞の百壺を傾くるを以て、芳筵に別れんとして興を促す。是を以て青陽は半ば序し、明月の中宵に、離亭は花草の芳を擁し、別館は琴歌の思を積む。去留ともに歓を尽くし、動息ともに悲しみ来る。投分の幾何なるを惜しみ、知音の忽ち間たるを恨む。他郷の握手、自ら関塞の春を傷み、異県の分襟、意は悽惶の路に切なり。既にして星河漸く落ち、煙霧仍お開く。高林静かにして霜鳥飛び、長路暁けて征驂動く。情を含んで拝せず、空しく聴を南昌に佇め、涕を揮いて言う無く、請うらくは文を西候に投ぜよ。因りて一字を探り、四韻にて篇を成さん）。　「春夜桑泉別王少府序」巻九(19)

下官狂走不調、東西南北之人也。流離歳月、羈旅山川。輟仙駕於殊郷、遇良朋於異県。面勝地、陟危楼。放曠懐抱、駆馳耳目。韓原奥壌、昔時開戦闘之場、秦塞雄都、今日列山河之郡。池台左右、覚風雲之助人、林麓周迴、観巌泉之入興。則有驚花乱下、戯鳥平飛。荷葉滋而暁霧繁、竹院静而炎気息。賞歓文酒、思挽雲霄。人賦一言、庶旌六韻云爾（下官 狂走不調、東西南北の人なり。歳月に流離し、山川に羈旅す。仙駕を殊郷に輟め、良

朋に異県に遇う。勝地に面し、危楼に陟る。懐抱を放曠し、耳目を駆馳せしむ。韓原の奥壌、昔時戦闘の場を開き、秦塞の雄都、今日山河の郡を列ぬ。池台の左右、風雲の人を助くを覚え、林麓の周廻、巌泉の興に入るを観る。則ち鶯花の乱れ下り、戯鳥の平飛する有り。荷葉滋りて暁霧繁く、竹院静かにして炎気息む。賞は文酒を歓び、思いは雲霄を挽く。人ごとに一言を賦し、庶わくは六韻に旌わさんとしかいう)。

「夏日登韓城門楼寓望序」巻六

一読して感じられることは、この二首が韓愈ら中唐以降の序と、文体とともに雰囲気も大いに異にしているということである。同じ送別の宴における序でも、王勃の「春夜桑泉別王少府序」は、主賓である王某がなぜ、何処へ行くのかは全く言及しない。また旅立つ王への励ましや慰めの言葉もない。宴のありさまと、その場に流れる主客の思いを整った駢文で流麗に表現し、ひたすら別れの悲しみを述べる。

王勃の序がこのような内容になっているのは、彼自身の不遇の思いを基調として持っていたからではないだろうか。「夏日登韓城門楼寓望序」に、より明らかに見えるように、王勃は自分の不遇の訴えに耳を傾け、その不遇に理解を示してくれる人間や、自分と同様に不遇である人物との出会いや別れの悲喜を序において述べる。このことは彼の序だけではない。盧照鄰が「宴梓州南亭詩序」（巻六）の末尾で「百年の歓再びならず、千里の会何ぞ常ならん。下客悽惶として、暫く帰轡を停め、高人の賞玩、豈に斯文を輟んや（百年之歓不再、千里之会何常。下客悽惶、暫停帰轡、高人賞玩、豈輟斯文）」と表現する別れの悲しみや、駱賓王が「夫れ天下の通交、筌蹄を忘るる者蓋し寡し。人間の行楽、烟霞を共にする者幾何ぞ（夫天下通交、忘筌蹄者蓋寡。人間行楽、共烟霞者幾何）」（「晦日楚国寺宴序」巻九）と冒頭に詠う友人と出会うことの喜び、これらはみな、彼ら自身の不遇を基底として表現されたものであり、初期の序の作者達が共通に抱いた思いなのである。彼ら四傑の序は出会いの喜び、別れの悲しみを述べた、非常に感傷的な文章であったのである。

序というジャンルにおいて、王勃ら四傑に続いて登場してきたのは陳子昂と宋之問である。特に陳子昂には不遇を基調とした序が多く、四傑の序の傾向を引き継いでいると言える。しかし、陳子昂には彼等と異なった視線から表現された序が幾篇かある。王勃・盧照鄰・駱賓王の不遇は、自分の置かれている状態をさしていた。少なくとも彼等が不遇と考えていた人物には、常に自分が含まれていた。一方陳子昂は自分ではなく、宴の主賓に視線を合わせているものがある。たとえば彼の代表作の一つとされる「送吉州杜司戸審言序」(20)（巻七）である。この序は題名から明らかなように、杜審言が吉州（江西省）の司戸参軍に左遷された際の送別宴での作品である。

この序において、陳子昂は王勃のように自身の感情を正面から強く述べない。むしろ宴の主賓であり、送られる人物である杜審言に対する言及に終始する。

嗟夫徳則有鄰、才不必貴。昔有耕於巌石、而名動京師、詞感帝王、乃位卑武騎。夫豈不遭昌運哉。蓋時命不斉、奇偶有数。当用賢之世、賈誼竄於長沙、居好文之朝、崔駰放於遼海。況大聖提象、群臣守規（嗟夫　徳は則ち鄰有り、才は必ずしも貴からず。昔巌石に耕せしに、而かも名は京師を動かし、詞は帝王を感ぜしむるも、乃ち位は武騎に卑しきもの有り。夫れ豈に昌運に遭わざらんや。蓋し時命の斉しからず、奇偶数有らん。賢を用いるの世に当たりて、賈誼は長沙に竄たれ、好文の朝に居りて、崔駰は遼海に放たる。況んや大聖の象を提し、群臣の規を守るをや）。

冒頭、才能のあるものが必ず栄達するわけではないと、それぞれの時代の人間の運不運について言う。王勃らもたびたび同じような言及を行っているが、彼らの場合、そこから導かれるのは自分自身であった。ここでは次に続くのは杜審言の不遇である。優れた才能を持ちながら、下位に呻吟し、さらには不羈の性格によって遂に朝廷を追われることになったという。

杜司戸炳霊翰林、研幾策府。有重名於天下、而独秀於朝端。徐陳応劉、不得劗其壘、何王沈謝、適足靡其旗。而載筆下寮、三十余載、秉不羈之操、物莫同塵、含絶唱之音、人皆寡和。群公愛禰衡之俊、留在京師、天子以桓譚之非、謫居外郡。蒼龍闔茂、扁舟入呉。告別千秋之亭、迴棹五湖之曲。朝廷相送、駐旌蓋於城隅、之子孤游、淼風帆於天際。白雲自出、蒼梧漸遠。帝台半隠、坐隔丹霄、巴山一望、魂断渌水。於是邀白日、藉青蘋。追瀟湘之游、寄洞庭之楽。呉歈楚舞、右琴左壺、将以緩燕客之心、慰越人之思。杜君乃挟琴起舞、抗首高歌、哀皓首而未遇、恐青春之蹉蛇。且欲携幽蘭、結芳桂。飲石泉以節味、詠商山以卒歳。返耕餌朮、吾将老焉。群公嘉之、賦詩以贈、凡四十五人、具題爵里（杜司戸は霊を翰林に炳らかにし、幾を策府に研く。重名は天下に有りて、而も朝端に独秀たり。徐陳応劉も、其の塁を劗《けず》るを得ず、何王沈謝も、適さに其の旗を靡《なびか》すに足る。而して筆を下寮に載ること、三十余載、不羈の操を秉れば、物の塵を同じうする莫く、絶唱の音を含めば、人の皆和するは寡なし。群公は禰衡の俊を愛して、留めて京師に在らしむるも、天子は桓譚の非を以て、外郡に謫居せしむ。蒼龍の闔茂にありしとき、扁舟呉に入らんとす。別を千秋の亭に告げ、棹を五湖の曲に廻らさんとす。朝廷相い送り、旌蓋を城隅に駐め、之子の孤游、風帆を天際に淼《ひろ》うす。白雲自ら出で、蒼梧漸く遠し。帝台半ば隠れ、坐は丹霄を隔て、巴山一たび望みて、魂は渌水に断つ。是において白日を邀え、青蘋を藉く。瀟湘の游を追い、洞庭の楽を寄す。呉歈楚舞、琴を右にし壺を左にし、将に以て燕客の心を緩うし、越人の思いを慰めんとす。杜君乃ち琴を挟み起ちて舞い、首を抗して高く歌い、皓首にして未だ遇わざるを哀しみ、青春の蹉蛇たるを恐る。且に幽蘭を携え、芳桂を結ぶを欲せんとす。石泉を飲みて以て味を節し、商山を詠じて以て歳を卒えん。返りて餌朮を耕し、吾れ将に老いんとす。群公これを嘉し、詩を賦して以て贈る、凡そ四十五人、具に爵里を題す)。

杜審言の人となりとそれ故に左遷されるに至ったことを述べたあと、送別の宴が行われている場所を紹介する。その描写は感情移入されることなく、客観的にその場を述べてゆく。ただ駢文の特色である対偶表現を利用し、現在のこの場と杜審言の旅途とが対比的に表現され、そこに送る者の送られる者に対する感情が示されていると言えるかも知れない。最後に、杜審言自身の宴に於ける態度と感情を述べて序を終える。そこには杜の態度に対する共感と称賛が示されている。

杜審言という人物が傲慢で、人と相容れない性格であったらしいことは『新・旧唐書』の彼の伝に言及がある。[21]しかしこの序で陳子昂が述べるのは、杜審言という有能な人物を三十年も下位の役人に置いておき、今度は「外郡に謫居」させるという朝廷の行為に対する怒りである。「群公愛禰衡之俊、留在京師、天子以桓譚之非、謫居外郡」という表現には、群公(我々)と天子(朝廷)との杜審言に対する評価の違いがはっきり示されている。陳子昂のその他の送別の序にも、有能な人物が下位にあることを述べたものがある。

例えば「永淳二年四月孟夏、東海の斉子、此州に宦たり。黄綬にして位は軽しと雖も、而れども青雲の器は重し。故に能く邦君に委ねられて坐嘯し、刺史に屈されて名を知らる(永淳二年四月孟夏、東海斉子、宦於此州。雖黄綬位軽、而青雲器重。故能委邦君而坐嘯、屈刺史而知名)」(「暉上人房餞斉少府使入京府序」巻七)。県尉である斉某は、その才能に比べれば「黄綬位軽」であるが、上司に信頼され高官に名を知られている。この序は、彼の入京をはげますが、現在の彼の位と才能の乖離を言っている。

また「少府叔は鳳彩龍章、才高くして位下し。班超 遠く慕いて、毎に関塞の勲を言い、梁竦 長く懐いて、州県の職と為るを恥ず（少府叔鳳彩龍章、才高位下。班超遠慕、毎言関塞之勲、梁竦長懐、恥為州県之職）」（「餞陳少府従軍序」巻七）も、有能な人物が、その才に相応しい職についておらず、前途を切り開くために西域遠征に参加する、その送別の宴で作られた序である。駱賓王の西域遠征参加はよく知られているし、[22]陳子昂も北方への遠征に参加した経歴がある。この時期、下級官僚たちが現状を打破しようと遠征に参加することは決して少なくはなかった。即ち、この序を贈られた陳某の決断は特殊なことではなく、このような行動をとらせたのは、陳子昂の表現を使えば、彼らの脳裏に常に「才高位下」という不遇の思いがあったからとさえいえるのである。

王勃らの序が不遇であることの嘆きを表白するものであるとするなら、陳子昂の序は彼も含めた才能を自負する人物が、それに相応しい評価を受けないことに対する抗議が込められていると言えるのではないだろうか。

さてこのような自分にではなく、送られる相手に焦点を当てた作品は、実は陳子昂に始まるのではなく、四傑のひとり楊炯が既に作っている。「序跋類」に該当する「王勃集序」を除く、楊炯の十篇の序のうち、送別の宴で作られた序は三篇である。そのうちの二篇は送られる人物の不遇をいう。その部分を挙げておく。

東川孫尉、文章動俗、符彩射人。官裁下士、宣大夫之三徳、運偶上皇、作東南之一尉。庸才擾擾、流俗喧喧、談遠近為等差、叙中外為優劣。殊不知三元合朔、九州同軌（東川の孫尉、文章は俗を動かし、符彩は人を射る。官は下士を裁するは、大夫の三徳を宣し、運は上皇に偶し、東南の一尉と作る。庸才は擾擾とし、流俗は喧喧として、遠近を談じて等差と為し、中外を叙して優劣と為す。殊に知らず三元 朔を合し、九州 軌を同じうするを）。

「送東海孫尉詩序」巻三

孫某が地方官吏として赴任する際の送別の宴において作られた序である。この人物は優れた才能を持ちながら、下級官吏として地方へ赴任する。そのため一般人はとやかくいうが、それはそういう批判をする者が間違っているのだと、彼の赴任を弁護する。

　楊炯や陳子昂のこの序は、王勃と異なり、送られる相手に焦点を合わせている。それが出来たのは、楊炯と陳子昂の序が、都で開かれた宴で作られたということもあるのではないか[23]。彼らの序は、都にあって都を出て行く者を送った宴で作られた。一方、王勃の序は、ほとんどが地方の宴で作られた。いわば、楊炯等が送り出した者が任地に向かう途中、或いは着任した場で作られた序なのである。王勃も彼らも、共に異郷に在って互いに何処かへ移動して行くという点で、共通する心情を表明することが容易であった。

　こう考えれば楊炯や陳子昂と王勃の表現の違いは、不遇感というひとつの感情について、嘆くことに重点があるか、抗議を重点とするかという違いであり、宴の参加者みなの底にあった感情は異ならないのではないだろうか。

　例えば楊炯の「送徐録事詩序」（巻三）は、陳子昂「餞陳少府従軍序」にあった梁竦の故事[24]が用いられている。しかし同じ典拠を使用しながら、それによって表現される内容は異なる。この序において楊炯はまず、徐録事がいかに優れた人物であるかを述べた後、「粤に永淳元年、孟夏四月に在り、始め内率府録事を以て出でて蒼渓県主簿に摂す。彼の漆園の荘周に同じく、聊か賤職に居り、安定の梁竦に異り、人を労するを殫《や》まず（粤在於永淳元年、孟夏四月、始以内率府録事出摂蒼渓県主簿。同彼漆園之荘周、聊居賤職、異乎安定之梁竦、不殫労人）」と言う。徐録事は荘子や梁竦の如き才能と大志を隠して、下位の地方役人となる。彼のそのような本質を知る我々は、その地位によって眼を曇らされることなどないと、「送東海孫尉詩序」と同じく、旅立つ者を慰めその赴任を弁護する。陳子昂は梁竦の感慨を注目して、有能な者が下位に有ることの不当と、その強い決意を称える為に梁竦を用いた。一方楊烱は、梁竦と同じ感慨を懐きながら出仕せざるをえない、つまり同じ下位に甘んじる（甘んじなければならない）者の有能をいう為にこの故事を用いている。このような違いがあるが、楊烱と陳子昂はともに、外の世界ともいうべき自分達以外の者に対してこの人物を弁護し、抗議していることに注意すべきではないだろうか。ここには彼を知る者は自分を筆頭とする我々宴の参加者なのだという強烈な共感が込められているのである。

王勃、盧照鄰、駱賓王と楊烱、陳子昂の間には、以上のように共感と抗議のように異なる面もある。しかし彼らはともに、「悲しきかな、年華将に晩なんとして、志事寥落たり。公孫弘の甲第、天子未だ知らず、王仲宣の文章、公卿未だ識らず（悲夫、年華将晩、志事寥落。公孫弘之甲第、天子未知、王仲宣之文章、公卿未識）」（王勃「守歳序」巻七）のように、自分達が認められないという、社会における自分及び自分達の位置に対する不満を懐いていた。このような自分たちの位置の認識が、通奏低音の如く彼等の序に流れているのである。その思いが自分に向かえば悲哀になり、自分の周辺の人物に向かえば弁護や抗議になるのである。

このような自分達の意識と社会の現実とのズレは、彼等が集った宴の描写にも反映されている。王勃の「若し夫れ名を朝廷に争えば、則ち冠蓋相い趨き、迹を丘園に遯るれば、則ち林泉に託さる（若夫争名於朝廷者、則冠蓋相趨、遯迹於丘園者、則林泉見託）」（「秋日宴季処士宅序」巻六）という表現に典型を見ることができる。またこれほどはっきりとは言わない場合でも官という社会と、自分たちの宴席は隔絶した場所であるという、ある意味で高踏的な表現が特に王勃の前半期の序には多い[25]。官に身を置く人物が宴に参加している、或いは宴の主催者であった場合でも、「群公は玉律の豊暇を以て、林壑に傃《むか》いて情を延ばし、錦署の多間に、巌泉を想いて興を結ぶ（群公以玉律豊暇、傃林壑而延情、錦署多間、想巌泉而結興）」（「晩秋遊武擔山寺序」巻七）や「柳明府は銅章の暇景に藉り、道を隣郊に訪ね、賓明府は錦化の余間に□し、驩を妙境に追う（柳明府藉銅章之暇景、訪道隣郊、賓明府□錦化之余間、追驩妙境）」（「秋晩什邡西池宴餞九隴柳明府序」佚文）、「邵少と鹿少は休沐を以て春に乗じ、仲長の別館を開く（邵少鹿少以休沐乗春、開仲長之別館）」（「与邵鹿官宴序」佚文）と言うように、少なくとも今この宴の時は、官という立場を離れた時間であり、また空間であるとして描く。[26] これは四傑の序に共通するものであり、また陳子昂も基本的に宴の場をそのように表現する。ただ陳子昂は例えば「余独り一隅に坐し、孤り五蠹に憤る。身は江海に在りと雖も、而して心は魏闕に馳す（余独坐一隅、孤憤五蠹。雖身在江海、而心馳魏闕）」（「喜遇冀侍御珪崔司議泰之二使序」巻二）と官にいないが朝廷を思っているという、一見宴の場と政治の場を対極においた王勃らと対立するかにみえる表現がある。しかし序全体をみると、「几に隠《よ》りて一笑し、臂を把りて林に入る……山林の幽寂と、鐘鼎の旧游と、語黙譚詠、今復た一たび得たり（隠几一笑、把臂入林……山林幽寂、鐘鼎旧游、語黙譚詠、今復一得）」と、現在の立場は官と野と異なっていても、結局は我々は同心であり友人であるということを、陳子昂がこの序の主題としていることがわかる。宴の場を官位という社会的身分が外れた、理解しあえる人々との結びつきの場であると高揚して語る王勃らと同じく、陳子昂も宴を友情に最高の価値を置く場として表現しているのである。

これら初唐の序に共通する特色は、中下級官僚を形成していた士人層が連帯し始めたことを示すものである。このの ち唐代文学の基調となる友情と連帯は、序とともに宴席で詠われた詩によってではなく、実はまず序において先鋭に詠われたのである。

さて韓愈・柳宗元をはじめとする中唐以降の序＝「贈序類」の作品も、主に地方官僚として赴任する友人の送別のために、その多くが作られている。それらは不本意な赴任に沈む相手に、教訓やその役目の意義を語って不満を解き、その旅を励ますといった、まさに「所以致敬愛陳忠告之誼」を内容とする議論の文章であった。一方初唐の序は、これまで見てきたように、出会いの喜びと別れの悲しみを詠う、非常に感傷的な文章である。それは、韓愈らの序が、公的な立場から自分たちの存在の意味を主張した文学であり、王勃や陳子昂らの序が、公的な存在たらざるを得ない自分たちの、私的な場における感情を表白したものであったからではないだろうか。

初唐の序と中唐の序の内容の違いを生んだ理由については、幾つかのことが考えられる。しかしそれらの問題は、序の作られた場の違い、或いは序の作者のその場における位置の違いということに集約されるように思われる。そこで次に、序がつくられた場である宴について考えてみよう。彼らにとって宴とはどのような場であったのだろうか。

三

まず、初唐において、宴と文学創作がどのように関わっていたかを示す資料を見てみよう。

「太宗　洛陽の宮に在りて、積翠池に幸し、宴酣にして各おの一事を賦せしむ。帝は尚書を賦して曰く……（魏）徴は西漢を賦して曰く（太宗在洛陽宮、幸積翠池、宴酣各賦一事。帝賦尚書曰……徴賦西漢曰）」（『唐詩紀事』巻四魏徴）。ちなみにこの宴の詩は、太宗をはじめ幾人かの作品が残っている。

「（楊）師道退朝の後、必ず当時の英俊を引き、園池に宴集す、而して文会の盛、当時比ぶる莫し。雅より篇什を善くし、又た草隷に工みなれば、酣賞の際、筆を援きて直書するも、宿構の如き有り（師道退朝後、必引当時英俊、宴集園池、而文会之盛、当時莫比。雅善篇什、又工草隷、酣賞之際、援筆直書、有如宿構）」（『旧唐書』巻六十二楊師道伝十二）

「太宗嘗て侍臣学士と舟を春苑に泛べ、池中異鳥有りて波に随いて容与す、太宗撃賞すること数四、座の者に詔して詠を為さしめ、（閻）立本を召して写さしむ（太宗嘗与侍臣学士泛舟於春苑、池中有異鳥随波容与、太宗撃賞数四、詔座者為詠、召立本令写焉）」（『旧唐書』巻七十七閻立本伝二十七）

「帝（中宗）及び后数しば（長寧公主宅に）臨幸し、酒を置き詩を賦し、群臣に属和せしむ（帝及后数臨幸、置酒賦詩、群臣属和）」（『唐詩紀事』巻一中宗）。

以上は、四傑や陳子昂らが参加したような宴ではなく、皇帝をはじめとする貴顕の宴である。宴席において必ず詩を賦すことが行われていたことがわかる。もちろん宴席における作詩は、初唐にのみに特有な活動ではない。むしろ文学の発生と宴は、非常に密接な関係にあると考えられる。またそのような原初的形態にまで遡らずとも、宴の参加者達がそこでそれぞれに詩を作るというのは、曹操・曹丕を中心としたグループからは明らかに始まっている。(27)しかし先の資料に併せて『全唐詩』を検すると、初唐期、宴席では、概ねある制約のもとに詩が作られていたことがわかる。それは宴席の場で、何か題を指定して即興で詩を賦させる詠物詩や、使用する韻を割り当てて詩を作る賦韻詩といった、いわゆる「賦得詩」であった。(28)四傑らの宴でも「人探一字、四韻成篇」のように、作詩に制約が与えられたことを示す記述が多くの序に見られる。(29)詩にも「宴梓州南亭得池字」詩（『盧照鄰集箋注』巻三）や「送魏兵曹使嶲州得登字」詩（『陳子昂集校注』巻二）といった題名があり、彼らの宴席でも貴顕の宴と同様、賦韻詩のような、その場で条件を与えられ、早さを競う作詩が行われていたのである。

これら宴席で作られた詩は、即興の技巧を競う一種のゲームのようなものであったが、このような文学的習慣は南朝の斉・梁の頃に既に確立していた。(30)更に初唐における宴席の詩の大部分を占める、その場で韻を与えられて詩を賦すという様式も、曹景宗の逸話(31)から考えると梁の頃には確立していたと思われる。陳になると、例えば陳の後主（陳叔宝）「立春日汎舟玄圃各賦一字六韻成篇（座有張式・陸瓊・顧野王・謝伸・褚玠・王縡・傅縡・陸瑜・姚察等九人上）」や「上巳宴麗暉殿各賦一字十韻詩」のように、詩題に韻を分けたことを明示するものが現れるようになる。(32)

この陳の後主の詩題を見ると、初唐の宴において作られた詩の多くが、非常に似た制約のもとに作られていたことがわかる。このことは、初唐の文学が六朝文学の形式を襲ったものであったということであり(33)、形式は価値・評価と結びついているのが常である以上、宴席を支配していた文学的雰囲気も南朝文学の価値・評価であったということを示している。宴席における「賦得詩」は、初唐の文学が六朝の文学的価値観を踏襲していたことを具体的な形で示しているのである。(34)そもそも宴席＝文学の場ということ自体が、南朝文学を引き継いだものであったことは、いまさら言うまでもなかろう。初唐の宴という文学の場は、そこでの創作の形態、ひいてはそこを支配していた文学観も全く、南朝のそれを踏襲したものなのである。なぜ四傑や陳子昂らは南朝の文学様式を模倣した宴席で、南朝の文学的価値に従った作詩を行いながら、南朝の文学習慣にはなかった序を作ったのだろうか。

序が詩の為の、まさに〝端書き〟であるなら、陳の後主の詩題は既に充分にその役割をはたしている。先の詩を例にとれば「立春日（何時）汎舟玄圃（何処で）各賦一字六韻成篇（どのような制約があったか）座有張式・陸瓊・顧野王・謝伸・褚玠・王縡・傅縡・陸瑜・姚察等九人上（誰と）」詩を作ったかが記されている。ただこの記録の重点は「各賦一字六韻」という、どのような制約の下に詩を作ったかを書き留めることにあると思われる。なぜなら先にも述べたように、六朝においてはこのような宴が日常的に行われていたからである。少なくとも宴は極めて日常的な文学活動の場として機能していたのである。つまり、宴における作詩も日常のことなら、陳の後主の狎客の例に示されるように、宴の参加者もまたいつものメンバーなのである。(35)故にあるひとつの宴を特別視する必要などなかったのである。あくまでもある日の宴において、どのような韻が与えられ、その韻で如何に巧みに詩を賦したか、その作品こそが記録されなければならないのである。その意味で陳の後主の詩題は、当初より現在見る形であったかどうかに問題はあるにせよ、必要にして充分な詩の〝端書き〟としての機能をもっている。

　このことと対比させて考えてみると、初唐の序は、なぜこの宴が行われたのかと、作者を含む人々がここに集った理由や、宴がどのような場所でどのような雰囲気をもって行われたかといったような、宴そのものを記録することに重点があったように感じられる。それは、例えば王勃が友人と出会ったことを喜び、その別れを悲しむ「相い与に千里を隔て、九関に阻まる。後会は期す可からず、倚伏安んぞ能く測らん（相与隔千里、阻九関。後会不可期、倚伏安能測）」（「秋日送沈大虞三入洛詩序」佚文）というような描写から読みとれるように、彼らはこの宴（出会い）が一回性のものであり、再会は不可能であると認識していたことによる。宴に対してこのような感情を懐いていたことを、よりはっきりと読みとれる陳子昂の作品を挙げよう。

日月交分、春秋代謝。昔歳居単閼、適言別於茲都、今龍集昭陽、復相逢於此地。山川未改、容貌俱非。叙名宦而猶嗟、問郷関而不楽。雲天遂解、琴酒還開。新交与旧識俱歓、林壑共煙霞対賞。江亭迴瞰、羅新樹於階基、山榭遥臨、列群峰於戸牖。爾其丹藤緑篠、俯映長筵、翠渚洪瀾、交流合座。神融興洽、望真情高。覚清渓之仙洞不遥、見蒼海之神山乍出。既而行舟有限、嗟此会之難留、別日無期、歎分岐之易遠。徘徊北渚、惆悵南津。江陵之道路方賒、巴徼之雲山漸異。嗟乎、離言可贈、所願保於千金、別曲何謡、各請陳于五字（日月交ごも分れ、春秋代謝す。昔歳は単閼に居り、適たま茲の都に言別し、今 龍集は昭陽にして、復た此の地に相い逢う。

山川未だ改まらざるに、容貌倶に非なり。名宦に叙せらるるも猶お嗟き、郷関を問いて楽しまず。雲天遂に解け、琴酒還た開く。新交と旧識と倶に歓び、林壑と煙霞と共に対賞す。江亭に迴瞰すれば、新樹を階基に羅ね、山榭に遥かに臨めば、群峰を戸牖に列ぬ。爾れ其の丹藤緑篠、俯して長筵に映じ、翠渚の洪瀾、交りて合座に流る。神は融け興は洽く、望は真に情は高し。清渓の仙洞遥かならざるを覚え、蒼海の神山乍ち出ずるを見る。既にして行舟限り有り、此の会の留め難きを嗟き、別日期無く、分岐の遠ざかり易きを歎く。北渚に徘徊し、南津に惆悵す。江陵の道路方に賖《とお》く、巴徼の雲山漸く異る。嗟乎、離言贈る可く、願う所は千金に保たれ、別曲何を謡わん、各おの請うらくは五字に陳べよ）。

「忠州江亭喜重遇呉参軍牛司倉序」巻七

陳子昂が都にあったときの友人である呉某・牛某と、恐らくは彼らが江陵方面の任地に赴く旅の途中で再会した喜びと別れの悲しみを述べる。共に異郷の地で出会い、彼らばかりではなく、「新交与旧識」と言うように、そして杜審言の左遷を送った序で、その宴の参加者が四十五人であったと言うのと同様に、多くの人々が参加した宴であったと考えられる。その宴の場である江亭を取り巻く自然を細密に描き、そのことによって宴の楽しさを表現している。しかし「既而」と、宴の時間の推移を示し「行舟有限、嗟此会之難留、別日無期、歎分岐之易遠」と、宴の終焉と、そして次に何時会えるかわからないと別れを嘆く。

時間の有限性に対する人間の悲しみは、このジャンルの先蹤と言うべき王羲之「蘭亭序」が「夫れ人の相い与に一世を俯仰するや、或いはこれを懐抱に取って、一室の内に悟言し、或いは託する所に寄するに因って、形骸の外に放浪す。趣舎万ずに殊なり、静躁同じからずと雖も、其の遇う所に欣び、暫く己に得るに当たっては、快然として自ら足り、老いの将に至らんとするを知らず。其の之く所の既に倦み、情は事に随いて遷るに及んでは、感慨これに係る。向の欣ぶ所は、俯仰の間に、已に陳跡と為る、猶おこれを以て懐いを興さざる能わず。況や修短は化に随い、終に尽に期するをや。古人云えらく、死生も亦た大なりと、豈に痛まざらんや。……固より知る死生を一とするの虚誕為り、彭殤を斉しとするの妄作為るを。後の今を視るは、亦た猶お今の昔を視るがごとし」と表白している。王勃をはじめ、初唐の序が「蘭亭序」から影響を受けていることは間違いない。陳子昂にも「歓窮まり興洽く、楽しきは往き悲しきは来る。鸞鶴の存せざるを悵み、鴺鳩の久しく没するを哀しむ。徘徊して永歎し、慷慨して長く懐う。東方明けて畢昴升り、北閣曙けて天雲静なり。悲しきかな向きの得る所、已に何《いくばく》も無く失われ、今の遊ぶ所、復た有物に羈がる（歓窮興洽、楽往悲来。悵鸞鶴之不存、哀鴺鳩之久没。徘徊永歎、慷慨長懐。東方明而畢昴升、北閣曙而天雲静。悲夫向之所得、已失於無何、今之所遊、復羈於有物）」（「薛大夫山亭宴序」巻七）と、「蘭亭序」を意識した表現があるが、初唐の序が言う悲しみは、宴の時間が流れ、宴そのものが終わってしまうことに対する悲しみなのである。

「安くんぞ意を放ち歓を留め、老いを遺れ死を忘れざるを得んや（安得不放意留歓、遺老忘死）」という表現は、或いは王羲之の影響があるかも知れないが、それに続いて陳子昂が「金壺漏は晩く、銀燭花は微なり。北林の烟月光無く、南浦の星河曙に向かう（金壺漏晩、銀燭花微。北林之烟月無光、南浦之星河向曙）」（「冬夜宴臨邛李録事宅序」巻七）というのは、宴の終わり＝人々の離散を言っているのである。このように「蘭亭序」の影響の有無に拘わらず、送別の宴での序をはじめほとんどの作品において「既にして歓楽極まり、良辰征く。白日に攀じて迴らさず、浮雲を唱いて告別す。山光は黯黯として、緑樹の将に曛なんとするを凝らし、嵐気沈沈として、蒼雲を結びて遂に晩る。同交未だ阻まず、風月は留む可しと雖も、岐路方に乖き、関山恨みを成す（既而歓楽極、良辰征。攀白日而不迴、唱浮雲而告別。山光黯黯、凝緑樹之将曛、嵐気沈沈、結蒼雲而遂晩。雖同交未阻、風月可留、岐路方乖、関山成恨）」（「暉上人房餞斉少府使入京府序」巻七）と、時間が過ぎて宴が終り、そして別れなければならない悲しみが述べられる。

陳子昂の序に見られるような詠嘆は、王羲之の詠嘆よりもはるかに直接的で形而下的なものである。王羲之のそれは、人間一般が普遍的にもつ存在の不安定さに対する認識を源としたが、初唐の序は、宴の一回性、今現在の時間の有限に対する思いから生まれたものなのである。即ち彼等は「蘭亭序」の最も重要なモチーフを変化させて用いているのである。これは南朝で行われた宴席の文学とは異なり、初唐の四傑や陳子昂の参加した宴が、一回限りのもので日常的に行われるといった性格のものではなかったからなのである。それ故に詩そのものより前に、詩が作られた宴を記録しなければならなかったのである。詠物詩が登場してから陳の後主まで六朝文学は、詩を作るに際して与えられる制約をより厳しく、即時性を要求する方向に進んできた。初唐の詩も六朝文学の進んできた流れに乗って「賦得詩」が作られたのであった。つまり詩は六朝からの流れを引き継いでいるのである。しかし、序は詩と同じ流れに乗って生まれてきたものではない。むしろその流れを断ち切って、別の意識から生まれてきたものなのである。

初唐の文学が、六朝文学から文学の方法とともに、文学の場もまた受け継いでいたことは確認しておかねばならない。しかし人々が一所に集うという点に、六朝と異なる宴の新しい意味が生まれたのである。

四傑や陳子昂が参加した宴にはどのような人物がいたのだろうか。序に名前が挙げられている人物たちをみると、王勃は道王・畢公（「秋晩入洛於畢公宅別道王宴序」巻八）や都督閻公（「秋日登洪府滕王閣餞別序」巻八）、陳子昂では東平王（「金門餞東平序」巻七）、弋陽公（「梁王池亭宴序」巻七）、薛大夫（「薛大夫山亭宴序」巻七）のように、王族・貴族や高官の参加者がいた。しかし、大部分は明府（県令）を最高とする中下級官僚たちである（盧照鄰・駱賓王の場合、序から読みとれる宴の参加者はすべてこのクラスである）。彼らの宴に参加した人々は、六朝の宴に集った人々と階層が異なるのである。少なくとも王勃や陳子昂らが参加した宴における中心的存在が、貴族から士人、しかも朝廷の高官ではない士人に移動していることは明らかである。都の官僚であった時期をもつ楊炯にしても、その序には高官は登場しない。考えてみれば、蘭亭の宴に連なった人々もまた、所謂山陰の名士たちであり、永和二年三月上巳の宴は二度と行えないにせよ、この宴の後、会うことが困難であったという人々ではなかった。(36)

唐初期の士人は、六朝貴族のような安定した生活をもたない。(37)自負を胸に低い官位に甘んじて東奔西走する、意にそぐわぬ官僚生活が現実の姿であった。しかしそのような生活であるが故に逆に、集まるという行為に過去の六朝貴族にはなかった新しい感動が生まれたのである。即ち集まるということの新鮮さ、その場での出会いの感動である。六朝において彼ら士人は文学の主役でもなかったし、ましてや彼ら独自の文学の場をもつことなどなかった。唐に入って、彼らは赴選、赴任の途上、或いは任地でと、各地を転々とする不遇な官僚生活を主な原因として、集まる機会を持つようになった。しかし蓄積した文学の方法も、独自の文学を主張するだけの力もなかった彼らは、同時代を支配していた六朝貴族の文会をまねるしかなかった。だが、そのような旧来の文学の方法、「賦得詩」では、彼らの宴の場の感情を表現し伝えることはできなかった。そこで生まれてきたのが序ではなかったであろうか。そのような意味で、序は決して詩群の為の〝端書き〟の位置にとどまるものではない。むしろ詩群より重要な、少なくとも詩とは異なる、独自の意義をもった一つのジャンルであったと言ってよい。更に序の内容と序が作られた宴の場、宴に集った人々を考えるならば、序こそが唐になって文学の場に登場し、やがては文学の担い手になってゆく士人が、自分たちの表現手段として獲得した最初のジャンルであったと考えてよいのではないだろうか。

初唐の序は新興士人の手によって文学史に登場してきた。繰り返しになるが、中唐の序も士人から士人に贈られたものである。しかし中唐の序は大部分が作者と贈られる者との間に個別的な結びつきをみることが可能であり、序はそのような両者の関係を基礎に作られている。だが初唐の序は、作者と作品が贈られる者との間に強い結びつきがある場合でも、その関係の表白とともに集団の感情が詠われなければならなかった。初唐の序の作者は、極端に言うと、序を書くという役割が与えられた宴の一参加者に過ぎなかったからである。このことも両時期の作品に異なった雰囲気を与えているのである。

新しい文学の胎動を示す一方で、個人の独自の感情を十分に表現しきれないという点は、新興の序とその創作の場である宴が持っていた過渡的な状態を如実に示すものである。その点から言っても序は、初唐を象徴するジャンルであった。即ち、序は、初唐という時期の文学と社会の状況を極めて強く反映したものであった。

このような、新しさと古さが同居する四傑や陳子昂が参加した文学の場に対し、六朝文学の伝統をより正統的に受け継いだ宮廷とその周辺の宴においても序が作られるようになる。このような貴顕の宴において序を作った文学者の代表として宋之問を挙げることができる。彼自身は、貴顕の生まれではなく、四傑や陳子昂と同じ階層の出身であるが、主に則天武后が権力を掌握していた時期に、権力者の宴に侍り[38]、幾篇かの序を現在に残している。

一人御暦、乾坤尽覆載之功、四海為家、朝野得歓娯之契。若乃侯門向術、近対城隅、帝子垂休、時過戚里。銀鑪絳節、辞北禁而渡河橋、駿馬香車、出東城而臨甲第。林園洞啓、亭壑幽深。落霞帰而畳嶂明、飛泉灑而迴潭響。霊槎仙石、徘徊有造化之姿、苔閣茅軒、髣髴入神仙之境。芳醪既溢、妙曲新調。林園過衛尉之家、

歌舞入平陽之館。是日也、涼陰稍下、溽暑将闌。前階晩而白露生、後池夕而秋風起。重茲行楽、欣陪駟馬之遊、継以望舒、不頓六龍之轡。爰命牋札、咸令賦詩。記清夜之良遊、歌太平之楽事。各探一字、先成受賞云爾（一人暦を御し、乾坤覆載の功を尽す、四海家と為し、朝野歓娯の契を得たり。若乃《もし》侯門術に向かえば、近きは城隅に対し、帝子休を垂るれば、時に戚里を過ぐ。銀鑪と絳節は、北禁を辞して河橋を渡り、駿馬と香車は、東城を出でて甲第に臨む。林園洞啓し、亭壑幽深なり。落霞帰りて畳嶂明かに、飛泉灑ぎて迴潭響く。霊槎仙石、徘徊すれば造化の姿有り、苔閣茅軒、髣髴として神仙の境に入る。芳醪既に溢れ、妙曲新たに調さる。林園衛尉の家を過ぎ、歌舞平陽の館に入る。是の日や、涼陰稍く下り、溽暑将に闌けんとす。前階晩に白露生じ、後池夕に秋風起る。茲の行楽を重ね、欣んで駟馬の遊に陪し、継ぐに望舒を以てし、六龍の轡を頓めず。爰に牋札を命じ、咸な詩を賦せしむ。清夜の良遊を記し、太平の楽事を歌わん。各おの一字を探り、先に成るもの賞を受くとしかいう）。　「奉陪武駙馬宴唐卿山亭序」巻六

宋之問の序は、行われた場所や詩の創作はもちろん、参加者もまた六朝時代の再現とも言い得る宴において作られたものであった。そのような宴の場で序が作られたことは、唐に於ける序制作の流行の広がりとみることが可能である。宋之問による皇帝とその周辺の貴顕によって開かれた宴の序、また朝廷の官僚達の宴の序である楊炯「登秘書省閣詩序」「崇文館集詩序」（ともに巻三）、更に王勃の序のなかに少数みられる地方の官僚が、官僚としての立場で主催した宴において作られた作品など[39]は、これまで見てきた序と内容がやや異なっている。これまで見てきた序は宴席の自分達の感情が反映され、非常に叙情的であったのに対し、これらの序は感情はさほど述べられることがなく、宴の目出度さや素晴らしさをひたすら表現した叙事的な文章である。それは、前者が私的な宴であったのに対し、後者が公的なあるいは公的要素をもった宴であったという、宴のもつ性格の違いにある

と思われる。つまり一方が宴を社会的身分の否定或いはそれと切り離された場とし、序にその考えを反映させたのに対し、これらの序は宋之問の序の題名の「奉陪」という言葉が象徴するように、社会的身分による相互の関係が序に大きな影を落としているのである。

王羲之「蘭亭序」は、参加者の社会的階層は異なるが、王勃らの宴の先蹤とみなすことができる。その理由は、それが私的な宴であったという共通性があるからである。一方、同じ上巳節の宴でも『文選』に載る顔延之と王融の二篇の序は、皇帝の命令で行われた、正しく公式な宴における作品であった。六朝時代の宴の再現のような初唐の公的な宴において作られた序は、理屈から言えば『文選』の二篇の序に似ていることになる。しかし顔延之や王融の作を代表とする六朝の公的な宴での序は、宴そのものより、宴もまたその一要素としながら王朝や皇帝の治世を頌えることに重点がある。その宴で作られた詩群に付された文であるがゆえに〝序〟と称されるが、極論すれば必ずしも序でなくとも表現可能な内容であった。それに対し宋之問の「奉陪武駙馬宴唐卿山亭序」は最初の対句に「一人御暦、乾坤尽覆載之功、四海為家、朝野得歓娯之契」と治世を言祝ぐ表現はあるものの、それ以降は宴に向かう道筋の様子や宴の場のすばらしさ、宴の豪華さ、さらには宴の終わりの名残惜しさと、宴のすべてを事細かに描いている。そのように描写することにより、この宴を他の宴と異なるものとして特異化させているのである。このことは大きくは皇帝の治世を言祝ぐことになるが、それ以上に宴そのものの記録として印象付けられる。ひとつひとつの宴を特化し、それを記録することは、王勃らの序にみられた宴の一回性の悲哀とは異なるが、個別の宴を忘れがたい記憶として印象づけようとする意図によると考えられる。その点では宋之問の序も、宴を特別なものとし、それを記念し記録しておこうという意識によって作られた、初唐の序であったのである。(40)

ちなみに、初唐のこの種の宴において作られた序の大部分は『文苑英華』では「遊宴」に採録されている。「遊宴」の部は柳宗元と白居易の各二篇（柳宗元の二篇のうち一篇は「餞送」にも録される）を最後の作品とする。このことは、六朝的宴の場が、最終的にこの時期に消滅したことを暗示する。(41) また逆に公的・私的の区別なく、初唐の多くの作がこの項目に含まれていることは、先ほど述べた序の作者の宴における立場を含め、初唐の宴の雰囲気を示しているとも言えるのである。

初唐において貴顕が主催し恐らくは貴顕が集った六朝時代と同様の宴は、六朝のように日常的に開かれた（ここで言う日常的とは、先に紹介した陳の後主の例の如く、基本的にいつもの場所、いつものメンバー、いつものようにその場で作詩に条件を加えるということが行われた宴をさす）(42)。そして宋之問はこのような公的な宴の序を最も多く、そして最も典型的に作った人物であった。しかし少なくとも現在に伝わる彼の序は、「上巳泛舟昆明池宴宗主簿席序」「春遊宴兵部韋員外韋曲荘序」「送尹補闕入京序」（みな巻六）のような、士人たちとの私的宴における作品の方が多い。現在伝わる状況が当時の状況と同じであるとは即断できないが、宋之問の序作品から、貴顕の宴とともに、或いはそれ以上に、士人たちが送別や節句を機会として私的な宴を開くことが多くなっていたことがわかる。それは文学の場としての宴が、初唐に於いてその持つ意味を変化させつつあったことを示すものである。(43) そしてこの変化は、見方を変えれば、六朝的文学価値の低下を意味するものでもあった。しかしながら、これらのことは直ちに文学の場としての宴そのものが衰退したということではない。むしろ初唐は、宴に新しい意味を与え、宴を新たな文学の場として再生させたといえるのである。

初唐の宴は、新しい文学の揺籃の場でもあったのである。序の文学史への登場は、そのことを象徴するものであったのである。

初唐の序は、この時期の文学と社会の状況を反映して生まれたものであった。

四

初唐の文学は、端的に言えば六朝以来の文学的伝統を引き継いだ「賦得詩」に代表されるような遊戯的文学が、六朝以来の文学の場である宴席において行われていたのである。もちろん文学において遊戯性は一概に否定されるべきではない。しかし初唐においてそのような詩作が行われた宴の場の雰囲気は、決して遊戯的ではなかったのである。何よりもまず、貴族による宴席だけでなく、中下級官僚である士人の宴が、中国各地で行われるようになった。彼らは六朝の文学的価値を否定するのではなく、それに従った創作を行った。それがこの時期において依然として支配的な価値であったからである。しかし六朝時代の宴がいわば日常的に開かれたものであったのと異なり、初唐の彼ら士人の宴は、その終了が直ちにそこに集った人々が解散し、各地に別れて行くことを意味し、その別れは次回を約束できないものであった。宴の場に流れる感情は、六朝時代には無かった友情や不遇といった激しい感情であり、それは「賦得詩」では盛ることの出来ない感情であった。彼らは、その感情の表現を希求し、そして生まれたのが序であった。序は士人たちの為の表現手段であったのであり、それゆえ六朝文学においてはあまり表面に現れてはこなかった、横の連帯が強く表現されているのである。

初唐になって序が大量に作られるようになった背景には、士人たちが宴を構成するようになったという新しい事態があるのである。しかし一方で六朝時代と同じ階層を主な参加者とする貴顕の宴においても、少数ではあるが序が作られるようになった。またその一バリエーションとして社会的な身分差を明確に反映させた序も幾つか作られている。士人達の宴が自分達の感情に忠実で、身分を無視した、友情の支配する場として序に描かれていたのに対して、このような宴の序はより公的雰囲気をもち叙事的である。だが宴そのものを記念しようとしている点で、士人達の私的な宴の序と目的を同じくする。そしてこのように宴そのものが記録する対象となったことは、初唐の文学環境が宴を日常のこととする六朝と異なりはじめたことを示すものと考えられるのである。

様々な宴席において作られた初唐の序から読みとれることは、一言でいえば士人階級の台頭である。彼等は中下級の官僚として激しく中国各地を移動しつつ、「新知」「旧識」という言葉に象徴されるように連帯を広げていった。しかしこの時期の序の基底にある不遇感からは、彼等が自分たちの立場の脆弱さを自覚していたことを読みとることができる。時代はまだ士人の時代ではなかったのである。また、個別的な強い結びつきを基本として、作者が直接相手に語りかける中唐以降の「贈序類」の序に較べ、初唐の序がいわば集団の叙情を最優先に述べなければならなかったという点は、この時期の文学の過渡的な様相を端的に示すものである。文学もまた、完全には彼等のものではなかったのである。ただ「賦得詩」という貴族の時代であった六朝の文学習慣と方法を否定するのではなく、その慣習に従うなかで自分達の表現媒体として、序という新しいジャンルを発見し成長させたことは、初唐の新しい文学状況として注目しなければならない。

おわりに

このの ち、士人の社会における位置の上昇と、詩が士人の表現手段となることと並行して、序はその文学的意味を変化させてゆく。最初に序というジャンルを定義しにくいと述べたのは、唐一代において勃興し成長確立したこのジャンルは、どの時期に焦点を当てるかによって、もつ意味を異にするからである。しかしその変容は、常に士人たちのその時期の立場をストレートに反映しているように私には思える。

初唐の序は、文学の世界に新しく登場してきたこの階層の為の新しい表現手段であった。序は、その出発点から士人たちの政治・社会への登場と結びついていたのである。姚鼐が「贈序類」という名称を与えた時期の序とは、貴族の退場、士人の地位の確立の時期ともいえると思われるが、(44)その時期の序に対する考察は今後の課題としたい。

小論は唐になって大量に作られるようになった序というジャンルがもつ意味を、初唐という時期に限定して若干の考察を加えた。そのことによって、複雑な様相をもつこの時期の文学状況の一端を具体的に見ることができたのではないかと考える。

注

（1）手近な書物の中で、『古文辞類纂』のジャンル分類に基づいているものを幾つか挙げておくと、日本では、小川環樹・西田太一郎『漢文入門』（東京　岩波書店　一九五七年十一月初版）。前野直彬「「文体」について」（『春草考』（東京　秋山書店　一九九四年二月）所収、初出は『唐宋八家文』（尚学図書　一九七六年））。佐藤一郎『中国文章論』（東京　研文出版　一九八八年五月）など。中国では褚斌傑『中国古代文体論概説』（北京大学出版社　一九八四年）などがある。

（2）このほかにも例えば『文心雕龍』も「論説篇」や「定勢篇」などで序について述べている部分があるが、内容から「序跋類」のことであると考えられる。また任昉撰『文章縁起』陳懋仁の注も「序者、所以序作者之意、謂其言次第有序、故曰序也。漢書曰、書之所起遠矣。至孔子纂焉、上断于堯、下訖于秦、凡百篇而為之序」と言い、これも姚鼐のいう「序跋類」のみを意識していたことがわかる。唐より以前に於いて、序とは序跋のみを指していたと考えてよかろう。

（3）　三つの逸話はそれぞれ『孔子家語』観周篇「（孔子）及去周、老子送之曰、吾聞富貴者送人以財、仁者送人以言。吾雖不能富貴、而窃仁者之号、請送子以言乎」。『礼記』檀弓篇下「子路去魯、謂顔淵曰、何以贈我。曰、吾聞之也。去国則哭于墓而后行、反其国不哭展墓而入。謂子路曰、何以処我。子路曰、吾聞之也。過墓則式、過祀則下」。『戦国策』魏策二「梁王魏嬰觴諸侯於范台。酒酣、請魯君挙觴。魯君興。避席択言曰……今主君兼此四者、可無戒与。梁王称善相属」。最後の逸話だけは宴席が舞台となっているが、他の二話はともに、送別の際にはなむけに贈られた言葉である。但し宴席の話も、魯君が語る内容は、他の話と同じく忠告である。

（4）　但し『六朝麗旨』は姚鼐の定義を肯定しつつ、次のように言う。「昌黎集多有送人序。文蓋取古人臨別、贈言之義。六朝卻無此体、其実未嘗不有也。如梁簡文与蕭臨川書、全是録別、亦猶送人之序。但其文則名為書耳。古文辞類纂云（贈序類の定義を引用）其言是矣。特未知六朝則名書。姫伝先生、其殆未一攷其源乎」。序によって表現される内容は、六朝時代は書のジャンルが担当していたとしている。適否はさておき、この言及からも六朝時代までは「贈序類」というジャンルを立てるほど、作品は豊富ではなかったと考えてよかろう。

（5）　もちろん『文苑英華』以外にも、『唐文粋』をはじめ、唐代の文学作品を集めた幾つかの書物がある。しかし、そもそも『唐文粋』という書物が、『文苑英華』に対する反発から生まれたのであるから『文苑英華』が後世に与えた影響は大きい。また『唐文粋』の序の分類は「集序」「天地」「修養」「琴」「博奕」「鳥獣」「果実」「著譔」「唱和聯題」「歌詩」「錫宴」「讌集」「餞別」となっている。この項目をみると、作品の作られた目的・場所と作品の内容による分類とから構成され、分類基準に統一性が見いだし難く、『古文辞類纂』の分類と比較検討することはできない。

（6）　これについては「王勃の序」で指摘している。王勃「送李十五序」と駱賓王「贈李八騎曹序」は文字に多少の異同があるだけの、同文である。しかし前者は「餞送」に後者は「贈別」に分類されていることが、その具体的な例となろう。

（7）　『古文辞類纂』序跋類が載せる唐代の作品は以下の通り（括弧内は『文苑英華』での所属）。韓愈「読儀礼」「読荀子」（共に雑文）。「韋侍講盛山十二詩序」「荊潭唱和詩序」「上巳日燕大学聴弾琴詩序」（共に詩序）。「張中丞伝後叙」（紀述）と柳宗元「論語弁二首」「弁列子」「弁文子」「弁鬼谷子」「弁晏子春秋」「弁鶡冠子」と「愚渓詩序」（詩序）である。

（8）『古文辞類纂』贈序類に載る韓愈の作品のうち、「愛直贈李君房別」が雑文類であるのを除き、他の作品（「送王秀才含序」「送董邵南序」「送孟東野序」「送高閑上人序」「送廖道士序」「送竇従事序」「送楊少尹序」「送李愿帰盤谷序」「送区冊序」「送鄭尚書序」「送殷員外序」「送幽州李端公序」「送王秀才塤序」「贈張童子序」「与浮図文暢師序」「送石処士序」「送温処士赴河陽軍序」「贈崔復州序」「送水陸運使韓侍御帰所治序」「送湖南李正字序」「送鄭十為校理序」「送浮屠令縦西遊序」）は皆、『文苑英華』は「餞送」「贈別」に採録する。

（9）前後の省略した部分も含め、原文は以下の通り。「按姚氏所言、蓋指柳子厚陪永州崔使君遊讌南池序及序飲・序棋也。然右軍之蘭亭、李白之春夜宴桃李園、雖序亦記、実不権輿于柳州。所謂全用碑文体者、則祠廟庁壁亭台之類。記事而不刻石、則山水游記之類。然勘災・濬渠・築塘・修祠宇・紀亭台、当為一類。記書画・記古器物、又別為一類。記山水又別為一類。記瑣細奇駭之事、不能入正伝者、其名為書某事、又別為一類。学記則為説理之文、不当帰入庁壁。至遊讌觴詠之事、又別為一類。綜名為記、而体例実非一」（『春覚斎論文』流別論十四（范先淵校点　北京　人民文学出版社　一九五九年）。

（10）ただし姚鼐以降も、少なくとも序という文体に関して「序跋」「贈序」「雑記」という分類が、確立したとは言えないようである。手近な総集をみると、『駢文類纂』『皇朝駢文類纂』などは、姚鼐の説は参照しているものの、「記」をひとつのジャンルとし、序は「序跋」と「贈序」をひとつにまとめている。六朝までの駢文作品の総集である『駢体文鈔』『四六法海』はともに、いわゆる「序跋」の作品のみを採録し、ある意味では姚鼐の説を補強する。また、姚鼐に先んじて、この種の序を指摘したものに、明の呉訥『文章弁体序説』がある。この書は呂祖謙の『宋文鑑』の説を引用して「東萊云、凡序文籍、当序作者之意、如贈送燕集等作、又当随事以序其実也。大抵序事之文、以次第其語、善叙事理為上。近世応用、惟贈送為盛。当須取法昌黎韓子諸作、庶為有得古人贈言之義、而無枉己徇人之失也」といっている。

（11）例えば王勃の「仲氏宅宴序」「緜州北亭群公宴序」（共に巻七）は内容からみると餞別の宴の場で作られたと考えられるが、『文苑英華』は「遊宴」に分類している。

（12）釜谷武志「三月三日の詩　両晋詩の一側面」（『神戸大学文学部紀要』第二二号　一九九五年）を参照。

(13)『世説新語』企羨篇「王右軍得人以蘭亭集方金谷詩序、又以己敵石崇、甚有欣色」。

(14) この句は『北堂書鈔』（巻一三二 幕二）では、序のなかの一句とされる。しかし逯欽立氏は『北堂書鈔』を引いたうえで、もともとは詩と序の両方があったが、のち脱落が生じたとし、この一句は「乃」を取り去って、本来は詩の一句であったと考えておられる（『先秦漢魏晋南北朝詩』北京　中華書局　一九八三年）。

(15) 他に梁簡文帝「三月三日曲水詩序」が伝わる。宋の袁淑「游新亭曲水詩序」は一部が残っているが、そこからは公私の別は分からない。また西涼の李暠に「上巳曲水讌詩序」なる作品があったことが記録されている。恐らく公的な宴における序と思われるが、もちろん判断はできない。さらに三月三日に関わらないが、公的な宴において詩が詠われ、同時に序が附された例として、潘尼「七月七日玄圃園詩序」（極短いものであり、恐らくは一部分であろう）、盧思道「従駕大慈照寺詩序」がある。

(16) 宴席において詩を作ったという話柄は、六朝期においては枚挙の暇ないほど多い。とりあえず宴席賦詩の雰囲気をよく伝えている梁・陳の時期のものを挙げる。「（昭明太子）毎游宴祖道、賦詩至十数韻、或作劇韻、皆属思便成、無所点易」（『南史』巻五十三昭明太子伝四十三）。「文帝嘗宴群臣賦詩、徐陵言之、帝即日召（陰）鏗預宴、使賦新成安楽宮。鏗援筆便就、帝甚歎賞之」（『南史』巻六十四　陰鏗伝五十四）。この二例から、本文で述べるように、六朝末期の宴ではその場で韻や題が与えられ、その制約に従って如何に早く詩を作るかが評価の対象になっていたことがわかる。

(17) 魏の文帝の「叙詩」（厳可均輯『全三国文』による）は、『初学記』（巻十　皇太子三）では単に「魏文帝集曰」としており、序の早い例とするには危険であろう。更に現在に伝わるのは一部分であろうと思われるが、彼は太子時代、いろいろな場所で開いた宴の席上、人々に自分とともに詩を作らせたという言及があり、恐らくは過去の多くの宴席で作らせた詩を纏める際の文章であったと思われる。この種の営為は早い時期からあったと考えられる。

(18) 拙論「王勃の序」を参照されたい。

(19) 使用したテキストは蔣清翊注『王子安集注』（上海古籍出版社　一九九五年）、なお王勃の作品で「佚文」は、羅振玉が日本に伝わる残巻から佚文を翻字した『王子安集佚文』をさす。この後小論で引用する他の文学者の作品は以下のテキストを用いた。ここでまとめておく。楊烱、徐明霞点校『楊烱集盧照鄰集』（北京　中華書局　一九八〇年）。盧照鄰、祝尚書箋注『盧照鄰集箋注』（上海古籍出版社　一九九四年）。駱賓王、陳熙晋箋注『駱臨海集箋注』（上海古籍出版社　一九六一年）。陳子昂、彭慶生校注『陳子昂集校注』（合肥　黄山書社　二〇一五年）。宋之問、陶敏等校注『沈佺期宋之問集校注』（北京　中華書局　二〇〇一年）。

(20)　この履歴は『旧唐書』（巻一九〇上文苑上杜審言伝一四〇）に「累転洛陽丞。坐事貶授吉州司戸参軍、又与州僚不叶……」（『新唐書』（文芸上杜審言伝一二六）もほぼ同文）と、彼の伝にも記されている。

(21)　例えば『新唐書』杜審言伝に「擢進士、為隰城尉、恃才高、以傲世見疾。蘇味道為天官侍郎、審言集判、出謂人日、味道必死。人驚問故、答日、彼見吾判、且羞死。又嘗語人曰、吾文章当得屈・宋作衙官、吾筆当得王羲之北面。其矜誕類此」（『旧唐書』も同文）。

(22)　高木正一「駱賓王の伝記と文学」（『六朝唐詩論考』（東京　創文社　一九九九年）所収。初出は『立命館文学』二四五　一九六五年十一月）参照。

(23)　張志烈『初唐四傑年譜』（成都　巴蜀書社　一九九三年）、『楊烱盧照鄰集』、「陳子昂年譜」（『陳子昂集校注』付録）、傅璇琮主編『新編唐五代文学編年史　初盛唐巻』（瀋陽　遼海出版　二〇一二年）などを参照。それらによれば「送徐録事詩序」を作った永淳元年、楊烱は太子詹事府司直・崇文館学士であった。陳子昂は「送吉州杜司戸審言序」を作った時、右拾遺であった。

(24)　『後漢書』梁竦伝二十四「竦生長京師、不楽本土、自負其才、鬱鬱不得意。嘗登高遠望、歎息言曰、大丈夫居世、生当封侯、死当廟食。如其不然、閑居可以養志、詩書足以自娯、州郡之職、徒労人耳。後辟命交至、並無所就」。

(25)　王勃の生涯それぞれの時期の序の特色は「王勃の序」を参照いただきたい。

(26)　このような表現に『世説新語』を出典とする典拠が用いられていることが、しばしばある。いうまでもなく『世説新語』は世俗や社会を無視し、私生活の充実を図った魏晋南朝貴族の逸話を集めた書物である。四傑たちは、貴族生活やその放埓な生活に対する憧れとしてではなく、世俗的価値より個人的価値を優先させた生き方に憧れを感じていたように思われる。このことも本文に後述するように、彼等の新しい価値に基づいた『世説新語』の読み方であったといえるのではないだろうか。

(27)　この点については森野繁夫『六朝詩の研究』（広島　第一学習社　一九七六年）などに既に考証がある。

(28)　日本に『翰林学士集』の名で伝わる許敬宗の文集も、唐太宗の宴席で賦韻詩が行われていたことを示す。

(29)　序に見える作詩の条件は、王勃については「王勃の序」で指摘した。なおこの王勃の序は、正倉院御物に「王勃詩序残巻」として保存されており、その価値については羅振玉や内藤湖南博士などがつとに言及している。日中文化交流研究会編『正倉院本王勃詩序訳注』（翰林書房　二〇一四年（その一部は『正倉院本王勃詩序の研究Ⅰ』（神戸市外国語大学外国学研究所　一九九五年）として発表されている）は、両先生の研究から現在に至るまでの研究史を踏まえ、さらにそれぞれの作品に訳注が附されたものである。ただこの作詩の条件を述べた部分の注は、例えば「さあ皆で一言詩を賦して（各賦一言）」（於越州永興県李明府送蕭三還斉州序）、「人ごとに一言を賦し（人賦一言）」（秋日宴山庭序）、「ちょっと皆で作ってみて（一言均賦）」（上巳浮江宴序）となっている。また中国古典文学大系二三『漢・魏・六朝・唐・宋散文選』（平凡社　一九七〇年）に選抜されている王勃のいわゆる「滕王閣序」においても「一言均賦」の部分の注は「少し賦ってみたところ」となっている。中国においてもこの序の同部分に注して「意謂主人発出一句倡議、請大家都作一首四韻詩」（『唐代文選　上』孫望・郁賢皓主編　江蘇古籍出版社　一九九四年）となっているものがある。しかしこれらの部分はそのような意味ではない。例えば駱賓王「初秋於竇六郎宅宴得風字」詩の序は「盍陳六義、請賦一言、即事凝毫、成者先唱云爾」と言い、また陳子昂「春晦餞陶七於江南同用風字詩」の序も「同賦一言、倶題四韻」となっている。これらの例からわかるように、「一言」は一字・一韻と同じ意味であり、「参加者がみな同じ韻で（一言均賦）」や「それぞれに一つ韻を分けて（人賦一言）」のように解釈するべきである。

(30)　このような、南朝の詠物詩の習慣については斯波六郎「「賦得」の意味について」（『中国文学報』第三冊　一九五五年）、網祐次『中国中世文学研究　南斉永明時代を中心として』（東京　新樹社　一九六〇年）が詳しい。

(31)　『南史』巻五十五曹景宗伝四十五「景宗振旅凱入、帝於華光殿宴飲連句、令左僕射沈約賦韻。景宗不得韻、意色不平、啓求賦詩。帝曰、卿伎能甚多、人才英抜、何必止在一詩。景宗已酔、求作不已。詔令約賦韻。時韻已尽、唯余競病二字。景宗便操筆、斯須而成」。

(32) 陳後主の詩は逯欽立輯『先秦漢魏晋南北朝詩』を使用した。また後主の詩のうち、宴席で複数の人々とともに作られたことが題名から明らかなものは、「献歳立春光風具美汎舟玄圃各賦六韻詩（座有張式・陸瓊・顧野王・殷謀・陸琢・岑之敬等六人上）」（括弧内は割注の形で書かれていることを示す。本文も同じ）、「上巳玄圃宣猷堂禊飲同共八韻詩」など、楽府詩を除く二十六首のうち、十七首と多数を占める。

(33) 初唐の文学が六朝のそれを踏襲していたことについては、多くの指摘がある。またその習慣や方法も引き継いでいたことについても、例えば明の胡応麟が「詠物起自六朝、唐人沿襲、雖風華競爽、而独造未聞。惟杜諸作自開堂奥」（『詩藪』内編巻四）と指摘している。

(34) ただし分韻・探韻といった具合に分れる賦韻詩は、全く六朝の形式と同様であったというわけでもないように思われる。洪邁は「南朝人作詩多先賦韻、如梁武帝華光殿宴飲連句、沈約賦韻、曹景宗不得韻、啓求之、乃得競病両字之類是也。予家有陳後主文集十巻、載王師献捷、賀楽文思、預席群僚、各賦一字、仍成韻、上得盛・病・柄・令・横・映・夐・并・鏡・慶十字。宴宣猷堂、得迮・格・白・赫・易・夕・擲・斥・坼・啞十字。幸舍人省、得日・謐・一・瑟・畢・訖・橘・質・帙・実十字。如此者凡数十篇。今人無此格也」（『容斎続筆』巻五　作韻先賦韻）という。彼がいう今人は、無論宋代を指すのであろうが、これを読むと南朝時代は使用する同韻の字すべてが指定されていたようである。しかし唐では一字を挙げるだけで、それと同じ韻の字を自由に使用できたようで（何句目に挙げられた字を使うことが望ましいというような緩やかな規範はあったようであるが）、基本的な形式は南北朝の習慣を踏襲しているものの、唐において既に変化していたのである。この初唐の賦得詩については、改めて考えてみたい。

(35) 「（後主）常使張貴妃・孔貴人等八人夾坐、江総・孔範等十人預宴、号曰狎客。先令八婦人襞采箋、製五言詩、十客一時継和、遅則罰酒。君臣酣飲、従夕達旦、以此為常」（『南史』巻十　陳本紀下十）。また、本文の詩題に名前が挙がる九名の多くは、他の詩でも頻出する。基本的に宴の参加者は固定していたのである。

(36) 蘭亭の宴の参加者は、小尾郊一博士が「蘭亭の詩」（『中国文学に現れた自然と自然観―中世文学を中心として―』（東京　岩波書店　一九六二年所収）において詳細に考証しておられる。それらの人々は蘭亭の付近に滞在する、いわゆる山陰の名士たちであった。

(37) 彼らはさほど豊かではなかったようだ。例えば王勃は「倬彼我系」（巻三）や「送劼赴太学序」（巻八）で、意にそまぬ宮仕えをしなければならなかったのは、家の窮迫の為であるという。盧照鄰も晩年に、友人達に自分の医薬費を求める手紙（「与在朝諸賢書」「与洛陽名流朝士乞薬直書」「寄裴舎人諸公遺衣薬直書」ともに巻七）を送っている。そのなかで家系の没落も述べている。彼らは士人としての使命感とともに、生活の為官僚として生きていかねばならなかったのである。

(38) 『新・旧唐書』の宋之問の伝や残された詩をみると、彼がその時々の権力者に侍り、その宴に参加して詩文をもって奉仕していたことが浮き離りになる。

(39) 例えば王勃「夏日仙居観宴序」（佚文）などは、宴の主催者や参加者の身分を強く意識して書かれている。

(40) ただし宋之問「早秋上陽宮侍宴序」（巻七）の一篇だけは『文選』の序と同様、権力者則天武后の治世を褒め称えることを主な内容とする序である。

(41) 姚鼐が、中唐以降の文学を基準として分類を行ったということは、このことからも明らかである。

(42) 初唐においても、太宗の時期の詩の創作とその創作の場の雰囲気は『翰林学士集』からうかがうことができる。また則天武后・中宗の治世期でも日常的に宴が行われたことは、例えば『唐詩紀事』巻一「中宗」の項の記事がすべて宴にかかわっていることからも明らかである。その宴席賦詩は六朝と異ならない。

(43) 『文苑英華』の遊宴の項をみれば、このような貴顕が主催した公的な宴における序は、玄宗皇帝やその側近達の宴席に侍った張説・王維といった文学者の作品を最後に減少してゆく。このことは庇護者の下での創作といった狭い世界からの文学の離脱を示す。宮廷という保守的世界において六朝文学はその後も生き残るが、玄宗皇帝の宮廷の宴がその最後の開花のように、今のところ私には思われる。

（44）『古文辞類纂』が送別の宴における序に限定し、『文苑英華』の「遊宴」にあたる序を立項しなかったことは、中唐以降の社会状況を反映するものであった。送別の宴は、いうまでもなく人の移動を示すものである。それに対して遊宴とは、基本的には本来の場があって一時的にそこを離れて、或いはその場で遊ぶということであり、それは言い換えると、その人に安定した場があることを意味する。そのような安定は、典型的には貴族あるいは貴族的な生活基盤をもつ者によって達成される。「遊宴」の衰退はそのような基盤の消滅を暗示し、「贈序」の隆盛は、人々が官僚或いは僧侶といった社会的身分を新たな生活の基盤として、移動を常態とするような生活に入ったことを反映していると言えるのではないだろうか。この推測を補強するのが、我が国の漢文学の状況である。奈良平安の漢文学が当初、南朝から初唐の影響を強く受けたことは多くの指摘がある。しかも序というジャンルにおいては初唐の影響を強く受けたという。ところが日本の序は中国の如く、その後ドラスティックな変化はみられず、むしろ「贈序類」に含まれるであろう送別の序は少なく、この一時代を通じて作られ続けたのは「遊宴」に分類される種類の序が大部分であり、しかもそれら序の内容は当時の貴顕の生活と結びついたものが多いようである（日本古典文学大系六九『懐風藻・文華秀麗集・本朝文粋』小島憲之校注　岩波書店　一九六四年所収「懐風藻解説」、及び大曾根章介『王朝文学論攷』岩波書店　一九九四年を参照）。平安時代が貴族の時代であったことは周知の事実である。序というジャンルの受容と時代状況の関係を考えるうえで、我が国のこのような序の傾向は大いに参考になると思われる。

王勃・楊烱の陶淵明像

　どの国においても、その名前がある特定のイメージと分かち難く結びついて言及される人物がいる。しかしそのイメージは人物の一面を示すものではあっても、必ずしもその人物の全人格を含んでいるわけではない。またあるひとりの人間が特定のイメージと結びつくようになるのは、本人よりむしろ他の複数の人間による作業が必要である。そのようにしてできあがったイメージは、もはや本人とは無関係とまでは言えないものの、本人とは別にひとり歩きを始める。

　陶淵明もそのような人物のひとりである。「陶淵明」として人々にイメージされてきたものが、陶淵明その人への接近を妨げてきたとさえいえなくはない。しかし逆にそのイメージを検証することによって、人はそこに何を託したのか、そしてどのような意識がそのイメージを創りだしたのかということを浮かびあがらせることもまた可能ではないだろうか。

　初唐の四傑、王勃・楊烱・盧照鄰・駱賓王の詩文には、修辞全盛時期の文学者ということもあり、多くの歴史上の人物が登場する。(1) 陶淵明もそのなかのひとりである。駱賓王が僅か一編でしか言及しないのをはじめ、陶淵明に対する言及が他の歴史上の人物に較べ群を抜いて多いというわけではない。しかし彼ら以前の文学作品において、陶淵明はそもそも言及されること自体が少ない人物であった。そして王勃・楊烱・盧照鄰の陶淵明に対する言及は過去の陶淵明像とやや異なる点があるように感じられる。そこで小論において、まず、それがより顕著に現われている王勃と楊烱の陶淵明に対する言及を取り上げ、二人の描く陶淵明像にどのような特色があり、そこには彼らのどのような意識が反映されているのかということについて考えてゆきたい。

小論は陶淵明という人物が、実際にどのような人物であったかを問題にするのではない。王勃・楊烱が陶淵明という人物をどのようにイメージしていたか、そしてなぜそのような陶淵明像を構成することができたのかを問題とする。そしてそのイメージを通して、陶淵明の文学受容の前提となるものを考察しようとする。

一

王勃・楊烱の陶淵明像がどのようなものであるかをみる前に、彼らに至るまでに陶淵明がどのような人物としてとらえられてきたかを、伝記資料を中心にみておこう。もちろん陶淵明だけのことではないが、伝記というものもまたニュートラルにその人物を描きだすものではなく、伝記の作者による意識・無意識の偏向があるのはやむを得ない。ただ陶淵明の場合はその人物像を形成するうえでこれら伝記資料は特に大きな役割を果したたと、私には思われる。

まず陶淵明の伝記資料として挙げなければならないのは、彼の友人でもあった顔延之「陶徴士誄」（『文選』巻五十七）である。その序のうち、陶淵明の生涯に言及している部分を引く。

有晋徴士尋陽陶淵明、南岳之幽居者也。弱不好弄、長実素心。学非称師、文取指達。在衆不失其寡、処言逾見其黙。少而貧病、居無僕妾。井臼不任、藜菽不給。母老子幼、就養勤匱。遠惟田生致親之議、追悟毛子捧檄之懐。初辞州府三命、後為彭沢令、道不偶物、棄官従好。遂乃解体世紛、結志区外。定跡深棲、於是乎遠。灌畦鬻蔬、為供魚菽之祭。織絇緯蕭、以充糧粒之費。心好異書、性楽酒徳。簡棄煩促、就成省曠。殆所謂国爵屏貴、家人忘貧者歟。有詔徴為著作郎、称疾不到。春秋若干。元嘉四年月日、卒于尋陽県之某里（有晋の徴士尋陽の陶淵明は、南岳の幽居者なり。弱くして弄を好まず、長じて実に素心なり。学は師を称するに非ず、文は指の達することを取れり。衆に在りて其の寡を失わず、言に処りて逾いよ其の黙を見わす。少くして貧と病とあり、居に僕妾無し。井臼は任ねず、藜菽は給せず。母老い子幼くして、養に就き匱しきに勤む。遠く田生が親を致すの議を惟い、追って毛子の檄を捧ずるの懐いを悟る。初め州府の三命を辞し、後彭沢の令と為るも、道物に偶せず、官を棄てて好みに従う。遂に乃ち体を世紛に解き、志を区外に結べり。跡を深き棲に定め、是に於てか遠ざかる。畦に灌ぎ蔬を鬻いで、魚菽の祭に供することを為す。絇を織り蕭を緯んで、以て糧粒の費に充つ。心に異書を好んで、性酒徳を楽しむ。煩促を簡き棄て、省曠を就し成す。殆んど所謂国爵貴を屏け、家人貧を忘るる者か。詔有りて徴されて著作郎と為るも、疾と称して到らず。春秋若干。元嘉四年月日、尋陽県の某里に卒す）。

顔延之は陶淵明という人物を「南岳之幽居者也」と定義する。そのため社会との関わりについてはわずかに「初辞州府三命、後為彭沢令」と「有詔徴為著作郎、称疾不到」というだけで、その他は陶淵明の家庭生活と、そこに彼が精神的満足を感じていたことを種々に技巧を凝らして述べる。そしてその生活態度はこの引用に続く部分で「苟くも允に徳義あれば、貴賤　何ぞ算えんや（苟允徳義、貴賤何算焉）」と総括される。

顔延之の陶淵明像はその後も踏襲され、陶淵明自身の作品である「五柳先生伝」が一種の自伝と信じられたこと[2]と相まって、より鮮明な陶淵明像が出来あがってゆくこととなった。沈約が陶淵明の伝を『宋書』隠逸伝中においたそのことが、陶淵明がどのようにイメージされていたかを示している。この伝では陶淵明の経歴がより詳しく述べられる。また陶淵明の作品も引用されているが、その主要な内容はもちろん隠者であったということである。「帰去来兮辞」の引用に続けて、彼の生活の逸事を連ねることにより、陶淵明の生活の場が故郷の田園であったことを暗示する。

更に陶淵明の文集を編集するほど彼の文学を愛した梁昭明太子（蕭統）の手になる陶淵明の伝も、陶淵明が官を辞めて以降の逸話が全記述の三分の二程度を占める。しかもこれらの三つの伝記を較べると、後のものほど陶淵明の田園での生活がより詳しく述べられるようになっている。例えば『宋書』では、「潜　音声を解さず、而して素琴一張　絃無きを畜わえ、酒の適うこと有る毎に、輒ち撫弄して以て其の意を寄す。貴賤之に造る者、酒有れば輒ち設け、潜　若し先ず酔えば、便ち客に語り、我酔いて眠らんと欲す、卿　去る可しと。其の真率　此の如し（潜不解音声、而畜素琴一張無絃、毎有酒適、輒撫弄以寄其意。貴賤造之者、有酒輒設、潜若先酔、便語客、我酔欲眠、卿可去。其真率如此）」などの記述が加わり、昭明太子の伝では、檀道鸞との対話や潯陽三隠の一人とされたこと、更に陶淵明の生き方を理解し協力した妻の話まで出て来るというように、陶淵明の隠者としての像が次第に強調されて行く。陶淵明像の形成過程をうかがうことができる。

そして、これらの伝記や、彼が当時の文学傾向と異なり、詩文において自身の生活の場として田園を詠ったことも[3]、この像をより確固としたものにしたと考えられる。鍾嶸『詩品』（中品）において「豈に直に田家の語を為すのみならんや、古今隠逸詩人の宗なり（豈直為田家語邪、古今隠逸詩人之宗也）」と、陶淵明の詩を弁護しているのも、逆に言えば当時の人々が陶淵明の文学を「田家語」と考えていたことを暗示している。

人格と文学は一致すると考えられていた中国文学のなかでも陶淵明は、蕭統が「余 其文を愛嗜し、手より釈す能わず、尚お其の徳を想い、時を同じうせざるを恨む（余愛嗜其文、不能釈手、尚想其徳、恨不同時）」（「陶淵明集序」『梁昭明太子文集』巻四）というように、特に強くそれが意識されていたと思われる。周知のごとく文学者としての陶淵明は六朝時代において、さほど高い地位を与えられていなかった。しかし蕭統が編集した『文選』に選ばれた陶淵明の作品や、また少数ではあるが明かに陶淵明の作品中の語句を意識して用いる詩文からも、これらの伝記資料によって形成された陶淵明像が定着していたことがわかる。なかでも江淹の「陶徴君田居」[4]（『文選』巻三十一）は、陶淵明の作品に擬したものであるが、陶淵明の文学の特色を表現するとともに、陶淵明という人物のイメージを如何に反映させるかということも考慮が払われている。陶淵明について直接言及する詩文は少ないが[5]、陶淵明の詩文の言葉を用いている作品はいくつかある。ここでは「三径」[6]や「籬下」「菊」といった陶淵明の詩文の特色的な言葉を用いる庾信（『芸文類聚』巻三六　人部二十は庾肩吾とする）の作品を例としておこう。

九丹開石室　　九丹もて石室を開き
三径没荒林　　三径は荒林に没す
仙人翻可見　　仙人は翻《かえっ》て見る可く
隠士更難尋　　隠士は更に尋ね難し
籬下黄花菊　　籬下には黄花の菊
丘中白雪琴　　丘中には白雪の琴

方欣松葉酒　　方に松葉の酒を欣び
自和遊仙吟　　自ら遊仙の吟に和す（仙、『類聚』は山に作る）

「贈周処士」（『庾子山集注』（中華書局　一九八〇年）巻四

処士に贈った詩で、仙人の棲むが如き人里離れた隠者の住まいと生活が描かれ、その住まいの描写に陶淵明の詩文の言葉が用いられている。陶淵明という人物がどのような人物としてイメージされていたかはこの詩からも明かであろう。

先に述べたように、六朝時期においてはもともと陶淵明に対する言及が少ない。しかし陶淵明の詩文の語彙を用いているものも含めて、ほとんどが庾信の例のように、人里離れた地で暮らす隠者の像として彼を描写する。社会と関わらず、田園を生活の場とし、いくぶん孤独の影はあるが、自身の生活に満足している高潔な隠者というのが、六朝における陶淵明像であったといえよう。

二

王勃・楊烱が描く陶淵明像を見てみよう。

王勃・楊烱が彼らの作品の中で言及する陶淵明は、大きく分けて二つの種類がある。一はある人物を陶淵明に擬するものと、自分や自分をとりまく状況を表現するために陶淵明を用いる場合である。

まず楊烱の例を挙げる。

祖敉、周褒郡南和県長。陶元亮摂官於彭沢、道契羲皇、陳仲弓歴職於太丘、徳符星緯。飄風驟雨、不入灌壇之郷、暴武蒼鷹、潜出瑕丘之境（祖の敉、周の褒郡南和の県長たり。陶元亮は官を彭沢に摂するも、道は羲皇に契し、陳仲弓は職を太丘に歴しも、徳は星緯に符す。飄風と驟雨は、灌壇の郷に入らず、暴武と蒼鷹は、潜かに瑕丘の境を出ず）。

「唐上騎都尉高君神道碑」巻八(7)

墓に埋められる墓誌銘に対し神道碑は墓の外に樹てられる。どちらも究極的には葬られた人物を誉め称えることを目的とする文章である。これは高則という人物を顕彰する為に書かれた文章で、ここに引いたのはその祖父で、北周の県長であった高敉という人物について述べた部分である。

この部分は「祖敉、周褒郡南和県長」だけが、実際に必要な情報である。以下にはこれに関係する典拠を連ね、整然とした対句を用いて、県長であったという事実を修飾する。続く二組の隔句対の前の対一・三句は、陶淵明と陳仲弓即ち後漢の陳寔が対になっている。ここに言うように陳寔が太丘の県令、陶淵明も彭沢の県令であったという経歴に注目して用いられているのであり、しかもこの文章の主題から考えても、優れた県令として用いられている。後の対は灌壇や瑕丘が優れた県令を得て、災害もおこらず、姦悪な人物のいなくなった(8)が、南和もその土地のようであったとその治政を賞讃する。後の対は優れた人格により、その土地がよく治まったと為政者としての成果をいう。では前の陶淵明と陳寔の対は何を表現しようというのか。

もう少し、同様の例を見てみよう。

若乃時之不与、数之不通、貴賤任於天、窮通由於命。左太冲之詠史、下僚実英俊之場、嵇叔夜之著書、賤職為老荘之地。雖復勢力以高下相懸、尊卑以商周不敵、孔宣父中都之小宰、幽厲多藉於陪臣、陳仲弓太丘之一

官、公卿有慙於県長。是以徳成者上、道在斯尊。陶潜則安枕北窓、言偃則鳴絃東武、抑揚足以儀四海、顧盼足以破三軍（若し乃ち時の与せず、数の通ざざれば、貴賤は天に任せ、窮通は命に由る。左太冲の詠史は、下僚は実に英俊の場、嵇叔夜の著書は、賤職を老荘の地と為す。復た勢力は高下を以て相い懸り、尊卑は商周を以て敵せずと雖も、孔宣父は中都の小宰、幽厲は陪臣に藉くこと多く、陳仲弓は太丘の一官、公卿は県長に慙ずる有り。是を以て徳成る者は上、道在るは斯れ尊し。陶潜は則ち枕を北窓に安んじ、言偃は則ち絃を東武に鳴らし、抑揚は以て四海を儀するに足り、顧盼は以て三軍を破るに足る）。

「益州温江県令任君神道碑」（巻七）

この作品も先に引いた作品と同じく神道碑である。ただ作品は県令で終わった任晃という人物の為に作られた。ここに挙げたのは文章の冒頭部分の一節である。具体的にこの人物の履歴について述べるに先だって置かれるこの部分は、作品全体のいわば総説の役割を担っている。

まず「時之不与、数之不通、貴賤任於天、窮通由於命」と人間を支配する天命について左思と嵇康を例に述べる。そして孔子や、先の作品でも言及されていた陳寔のような優れた人物が、地方の官僚として、本来の能力を発揮する機会を得なかったと言う。県令という職に対する楊炯の考えが、この二人に具象された部分である。楊炯はこの神道碑で、任晃は県令のような地位で終わるような人物ではなかったと言う。確かに実際に京畿の県を例外として、地方であれば上県でも従六品上、下県なら従七品下という中下位の職であり(9)、楊炯ならずとも高位とは形容し難い地位であった。

しかし彼の叙述はここで完結せず、陶淵明が言偃、即ち孔子の弟子子游と対を構成して言及される。楊炯は他にもう一例「南華は吾師なり、親しく賤職に居る、東方は達人なり、卑位に安んず。然る後に武城の絃唱、礼楽の中に優游し、彭沢の琴樽、羲皇の表に散誕す。……死生は命なり、貴賤は時なり（南華吾師也、親居賤職、東方達人也、安乎卑位。然後武城絃唱、優游礼楽之中、彭沢琴樽、散誕羲皇之表。……死生命也、貴賤時也）」（「原州百泉県令李君神道碑」巻七）と、陶淵明と子游を対にする作品がある。これも県令という低い地位に優れた人物が就いているという、運命の不合理を指摘したあとに、陶淵明を登場させる。楊炯がこのように言及する陶淵明は、六朝時代のように田園に隠居して暮らしている陶淵明ではなく、その前の社会にあった時期、県令であった陶淵明に注目しているのである。

県令としての陶淵明を用いる例は王勃にもある。

昔者陶潜彭沢、罔聞仁祠之風、潘岳河陽、未入菩提之域。兼其美者、著在我柳君乎（昔　陶潜の彭沢は、仁祠の風を聞く罔し、潘岳の河陽は、未だ菩提の域に入らず。其の美を兼ぬる者は、著《いちじるし》きは我が柳君に在るか）。

「梓州玄武県福会寺碑」巻十九[10]

これは隋の大業年間（六〇五～六一六）に玄武県の県令であった柳辺なる人物が、その地の福会寺の規模を拡大したことを讃えた部分の末尾である。潘岳は「衆の疾む所と為り、遂に栖遅すること十年」（『晋書』巻五十五潘岳伝二十五）にして就いた官が河陽県の県令であった。最後の官と最初の官の違いはあるが、両者は同じく県令就任の履歴がある。ここでは「陶淵明や潘岳でさえ柳辺には及ばない」と優れた県令としてこの二人を挙げる。王勃も陶淵明の県令であったという履歴に注目し、それを肯定的に評価していることは明らかであるが、県令としての何について評価しているのかという、具体的な治政は述べていない。

王勃には陶淵明と潘岳を対にして述べている例が幾つかあるが、彼らがともに県令であったということに注目して述べている例を、もう一つ挙げる。

伏惟丈人……三冬文史、先兆跡於青衿、百里絃歌、即馳芳於墨綬。彭沢陶潜之菊、勝気仍存、河陽潘岳之花、芳風遂遠（伏して惟うに丈人は、……三冬の文史、先ず跡を青衿に兆し、百里の絃歌、即ち芳を墨綬に馳す。彭沢の陶潜の菊、勝気仍お存し、河陽潘岳の花、芳風遂に遠し）。

「上明員外啓」（巻四）

王勃は「伏惟丈人」以降、明某の家柄より始め、彼の閲歴に従ってそれぞれの段階でこの人物を誉め称える。引用した部分は県令であった時期への言及である。そしてここでもまた、過去の優れた県令として陶淵明と潘岳が用いられている。

他にも王勃は「県令衛玄、……栄は銅墨より高くして、任は弦歌に屈す。浹辰にして風化大いに行なわれ、踰月にして姦豪屛気す。陶潜彭沢、自ら高人を得、王吉臨卭、仍お重客を延く（県令衛玄……栄高銅墨、任屈弦歌。浹辰而風化大行、踰月而姦豪屛氣。陶潜彭沢、自得高人、王吉臨卭、仍延重客）」（「梓州郪県兜率寺浮図碑」（巻十七））と、失意のうちに故郷に帰ってきた司馬相如を保護した王吉と対にして県令としての陶淵明を用いている。陶淵明が高人を得たというのは、或いは顔延之などが王勃の意識にあるのであろう。(11) これも具体的にはわからない。更に「臨卭の客位、自ら文雅の庭に高く、彭沢の賓門、猶お壺觴の境を主とす。曠懐は以て物を御するに足り、長策は以て人を服するに足る（臨卭客位、自高文雅之庭、彭沢賓門、猶主壺觴之境。曠懐足以御物、長策足以服人）」（「益州夫子廟碑」巻十五）と王吉と対にする例がある。これは王勃の蜀滞在時期の庇護者である彭州九隴県の県令柳太易を称えている。

このように楊烱・王勃はともに、陶淵明を彭沢の県令であったという履歴に注目し、典拠として用いる。それは六朝時代に、陶淵明が田園に暮らす隠者としてイメージされていたのとは大きく異なる。しかし王勃・楊烱は県令としての陶淵明に何を見ていたのであろうか。他の県令であった人物ではなく、なぜ陶淵明でなければならなかったのだろうか。

三

まず陶淵明と対になってあげられている人物達、陳寔・子游・潘岳・王吉を手がかりに考えてみよう。

陳寔は後漢の人で、宦官と対立した士大夫階層のリーダー的存在であった。『後漢書』陳寔伝五十二によると、彼は清廉で見識のある人物であり、そのことを示す多くの逸話が『世説新語』にも載る。党錮の禁によって、陳寔は太丘の県令を最後に故郷に隠棲して終わった。本伝に「徳を修め清静にして、百姓以て安んず」云々とあり、太丘の県令として治績があったとされる。しかし楊烱が「徳符星緯」というのは、おそらく「陳太丘　荀朗陵に詣る、貧倹にして僕役無し、乃ち元方をして車を将かせ、季方をして杖を持ちて後に従わしむ。長文は尚お小なれば、車中に載著す。既に至れば、荀は叔慈をして門に応じ、慈明をして酒を行し、余の六龍をして食を下さしむ、文若は亦た小なれば、膝前に坐著せしむ。時に太史、真人東行すと奏す（陳太丘詣荀朗陵、貧倹無僕役、乃使元方将車、季方持杖後従、長文尚小、載著車中。既至、荀使叔慈応門、慈明行酒、余六龍下食、文若亦小、坐著膝前。于時太史奏、真人東行）」という『世説新語』徳行篇一を典拠としていると思われる。この逸話は、県令としての政治にも、県令という身分にも関わるものではない。楊烱は陳寔の職位ではなく、人格に注目して用いていると考えられる。先に挙げた「益州温江県令任君神道碑」では陳寔は陶淵明と対になってはいないが、楊烱はやはり陳寔を人格の高さと県令という地位の乖離として用いている。

子游（言偃）についても、楊烱は人格と地位の乖離の比喩として用いているように思われる。子游は武城の宰であった。『論語』陽貨篇の「子武城に之き、絃歌の声を聞く。夫子完爾として笑いて曰く、雞を割くに焉くんぞ牛刀を用いんと。子游対えて曰く、昔者 優や、諸を夫子に聞く、曰く、君子道を学べば則ち人を愛し、小人道を学べば則ち使い易しと。子曰く、二三子、偃の言是なり、前言はこれに戯れしのみと」というのが話しの全文である。陶淵明も「聊か絃歌して、以て三径の資と為さんと欲す」（『宋書』本伝）と言うように、子游は県令を示す典拠として用いられる。一般的には武城という小さな地域を治めるだけの子游が治政の大道である礼楽を用いて民を教化しようとしていることを孔子がからかい、逆に子游の真面目一方の反論に、前言を取り消したという話しとされる。(12) ただ「割雞焉用牛刀」という孔子の言葉について、有能であるのに武城のような小さな町の長でしかないという、子游の不遇を惜しんだという解釈もある。(13) 楊烱も後者のようにこの逸話を理解していたように思われる。「鳴絃」や「絃唱」は人民を教化する方法であり、治政を指していると考えられなくはないが、「武城絃唱、優游礼楽之中」という表現は、自らが絃唱を楽しんでおり、そのような精神的な楽しみによって、下位にあることを気にしなかったというのであり、この句も県令であった人物の精神のありようについて述べている。

このように楊烱は陶淵明と対句を構成する人物を、優れた人格をもちながら県令という低い地位にあった人物の喩えとして用いているのである。そこには、県令で終わった人物の不遇に対する感慨が込められている。

一方陶淵明との対に潘岳や王吉を用いる王勃の場合には、県令であった人物の不遇を言うことを直接の目的とはしていない。王吉は先にも述べたように、失意のうちに帰郷した司馬相如を保護した臨卭の長である。彼は地位の違いを越えて相如に敬意を払い、相如を土地の名士に紹介した。[14] 王勃が「重客」と述べているのもそれを踏まえている。ここでは県令という官に在る人物が、優れた人物と身分にこだわらずに交際し、その人を保護したという。楊烱が優れた人格であるにもかかわらず地方の県令という低い官位であったとするのに対し、王勃は優れた人物に慕われ、満ち足りた精神を持って生活を送る人物が県令であったというのである。その言及の意図は楊烱と同様、行政官としてではなく県令の見識と人格を評価することにある。もう一例の「臨邛客位、自高文雅之庭」も、優れた人物を見抜き保護したといい、その上で、人格によって県内を平和に教化したと、県令であった人物を褒め称えるのである。

死者を称える楊烱の場合と異なり、王勃が王吉を用いて称える相手は現職の、或いはその時点で県令である人物であり、叙述は県令としての身分や治政も多少は意識させているが、むしろ優れた人物を見抜き交際する心の広さ、高潔さを言うことに重点がある。

潘岳は、彼が河陽県の県令となり、県内一円に桃の花を植えさせたという故事を用いる。[15] このことは『晋書』潘岳伝にはなく、庾信「河陽一県併びに是れ花、金谷従来満園の樹」(「春賦」巻一)や「若し金谷満園の樹に非ざれば、即ち是れ河陽一県の花」(「枯樹賦」巻一)というのが、早い言及のようである。しかし花を楽しむことや華やかさをいう庾信の例から考えると、王勃も潘岳の県令であったときの逸事として用いているものの、それよりもいわば花を愛でる優雅な心のありようを喩えるために述べていると考えられる。少なくとも王勃は、県令という行政者として潘岳に重点を置いて表現しているわけではない。

つまり王勃・楊烱はともに官僚としての県令ではなく、県令であった人物の精神の高さ、県令の人格の比喩としてこれらの人物を用いている。県令が最後の官職であった人物を対象とする楊烱の文章は、県令という職が、その人格に相応しい地位ではなかったということを表現するために典拠が用いられる。王勃は県令が行った事業を記念した文章で、過去の王吉や潘岳のような県令より優れているとして述べている。何が優れているかという点には、微妙な違いはあるが、ともに、官僚としての治績ではなく、県令であった人物や県令である人物の優れた人格や人間性に注目しているのである。そこには県令の地位が、その人格の高さに対応していないという思いが込められている。

さて、陶淵明は彭沢の県令をわずか八十日ほどで辞めて故郷に帰り、その後出仕することはなかった。県令としてどのような功績をあげたか諸資料は沈黙しているし、常識的にもこのような短期間に何等かの治績があったとは考えにくい。そして王勃・楊炯も陶淵明を、何等かの政治を行なった県令、言い換えると官僚として有能な人物としてではなく、彼と対になっている人物たちと同様の観点から言及しているようである。

楊炯の陶淵明に言及する句をもう一度挙げると、「陶元亮摂官於彭沢、道契羲皇」「陶潜則安枕北窓、言偃則鳴絃東城」「彭沢琴樽、散誕羲皇之表」である。これらの句の「彭沢」は、確かに陶淵明が県令という職に就いたという履歴に注目して用いられている。しかしこの三例の表現はまた、すべて陶淵明「与子儼等疏」を下敷きとしている。『宋書』本伝にこの文章が録されているが、「子に書を与えて以て其の志を言い、幷せて訓戒を為す」というように、陶淵明が自らの人生観を述べ、そこから子供達に仲良く暮らすようにと戒めた手紙である。以下に関係部分を挙げると、

少年来好書（一作少学琴書）、偶愛閑静。開巻有得、便欣然忘食。見樹木交蔭、時鳥変声、亦復歓爾有喜。嘗言五六月、北窓下臥、遇涼風暫至、自謂是羲皇上人。意浅識陋、謂斯言可保。日月遂往、緬求在昔、眇然如

何（少年来　書を好み（少くして琴書を学び）、偶たま閑静を愛す。巻を開きて得ること有れば、便ち欣然として食を忘る。樹木　蔭を交え、時鳥　声を変ずるを見れば、亦た復た歓爾として喜び有り。嘗て言えらく五六月、北窓の下に臥し、涼風の暫ち至るに遇えば、自ら謂う是れ羲皇上の人と。意浅く識陋なるも、斯の言保つ可しと謂う。日月遂に往く、緬かに在昔を求むれども、眇然として如何）。

ここで陶淵明は「偶愛閒静」「欣然忘食」「歓爾有喜」と連ねて、それに続けて「夏に北向きの窓辺に寝ころんでいて、涼しい風が吹いてくると、その心地よさはまるで自分がいにしえの伏羲氏の時代の民になったかのようだ」と言ったことがあると言う。書物の気に入った部分、枝を繁らせ陰をつくる樹木に季節々々の鳥が鳴きかわすとき、そして夏の涼風と、陶淵明は人生で感じる、そしてそれはまた平凡な日常の生活のなかひとコマであるが、そのような様々なよろこびを言う。楊烱が用いているのはそのうちの「五六月、北窓下臥、遇涼風暫至」の部分である。陶淵明が列挙している好ましく感じるものの最後におかれ、そしてそれを「自謂是羲皇上人」と喩える。この部分は、彼が生活において感じる最高の価値を、象徴的に述べた句であるといえよう。

この書簡は、陶淵明自身が「吾が年五十を過ぐ」といっているように、晩年、彭沢の県令を辞職して時間を経て書かれたものである。もちろん、北窓云々の言葉も県令の時期の感慨とは言えない。陶淵明の個人的、私的な生活における幸福であり、私的生活の価値の表明であって、県令という公的社会的生活における感慨とは異なる。だが楊烱はこれを逆手にとって県令という低い地位にあったが、そのような社会的な価値意識とは別の価値観をもち、それによってその地位に不満を持つことなく、むしろ充実自足した幸福な生活を送った人間であったということを主張するのである。陶淵明と対を構成している人物像とあわせ考えると、楊烱は陶淵明を官位の高下ではなく、別の価値軸をもって生きた人物とみていたことは間違いあるまい。

王勃の「彭沢陶潜之菊、勝気仍存」「彭沢賓門、猶主壺觴之境」という表現も、県令としての陶淵明であるよりも、生活者としての、人間としての陶淵明に注目していることは明かであろう。先の例はいうまでもなく、「廬を結びて人境に在り、而して車馬の喧しき無し。君に問う何ぞ能く爾ると、心遠く地自ら偏なり。菊を采る東籬の下、悠然として南山を見る。山気日夕に佳く、飛鳥相い与に還る。此の中に真意有り、弁ぜんと欲して已に言を忘る」（「飲酒二十首其五）などが意識されている。この詩の言葉を用いていた庾信の詩は、単に回りの風景の描写のために利用されていたに過ぎなかった。しかし、陶淵明の菊を言う作品(16)は、彼の私的な生活における感慨を込めた作品であるとともに、その生活の充実を詠ったものなのである。王勃も「菊」を風景としてではなく、このような陶淵明の感慨を反映させて用いている。

酒は「飲酒二十首序」に「余閑居して歓び寡く、兼ねて比ごろ夜已に長し。偶たま名酒有りて、夕として飲まざる無し。影を顧りみて独り尽し、忽焉として復た酔う。既に酔うの後、輒ち数句を題して自ら娯しむ（余閑居寡歓、兼比夜已長。偶有名酒、無夕不飲。顧影独尽、忽焉復酔。既酔之後、輒題数句自娯）」というように、陶淵明の生活とは切り離せない。そればかりか「酒は能く百慮を祛い、菊は解く頽齢を制す」（「九日閑居」）と、菊とともに彼の内面を探るうえでも重要な言葉である。王勃は菊と酒にそのような陶淵明の生活のなかの感慨と充実を象徴させているのである。

楊烱・王勃は陶淵明が彭沢の県令であったという点に注目して典拠として用いる。しかし「北窓」「菊」そして「壺觴（酒）(17)」という陶淵明の作品を強く意識させる言葉を用いることにより、「彭沢」という彼の社会における履歴以上に、それとは対立する個人の生活の充実という、内面の価値軸を確固として持った人物としての陶淵明をイメージしているのである。彼らが描く陶淵明は私的生活の充実に価値をおく人物であって、社会を拒絶するわけではないが、その価値とは別の価値をもって生きる人物なのである。そのことは王勃・楊炯が県令ではない人物や、県令と関わらない情景の描写において、陶淵明や彼の作品を意識して用いている場合を見ても明かである。以下にその例を見てみよう。

王勃の代表作とされる「秋日登洪府滕王閣餞別序」（巻八）に「睢園の緑竹、気は彭沢の樽を淩ぎ、鄴水の朱華、光は臨川の筆を照らす（睢園緑竹、気淩彭沢之樽、鄴水朱華、光照臨川之筆）」と、自分が参加している宴会の雰囲気を紹介する為に陶淵明を用いる。また次のように県令の典拠の時のように、潘岳と対にする場合がある。

友人河南宇文嶠、清虚君子、中山郎余令、風流名士。或三秋意契、闢林院而開襟、或一面新交、叙風雲而倒屣。彭沢陶潜之菊、影泛仙樽、河陽潘岳之花、光県妙理。巌巌思壁、家蔵虹岫之珍、淼淼言河、各探驪泉之宝（友人河南の宇文嶠、清虚の君子たり、中山の郎余令、風流の名士たり。或いは三秋の意を契し、林院を闢きて襟を開き、或いは一面の新交、風雲を叙して屣を倒にす。彭沢陶潜の菊、影を仙樽に泛べ、河陽潘岳の花、光を妙理に県ける。巌巌として壁のごときを思い、家ごとに虹岫の珍を蔵し、淼淼として河のごときを言い、各おの驪泉の宝を探る）。

「宇文徳陽宅秋夜山亭宴序」巻七

これは蜀滞在時期の序で、徳陽県の県令である宇文嶠主催の宴であったため、県令としての陶淵明、潘岳が多少意識されているかもしれない。しかし、ここに描かれているのも、陶淵明の飲酒の如き宴席の楽しさと、潘岳の河陽県のような風景の美しさを言う。

潘岳と対にして宴の楽しさを表現する例は他にもある。例えば蜀滞在時期、王某という県令が下僚とともに郊外にピクニックに行ったときの描写に「明明たる上宰、粛粛たる英賢、還た穎川の駕を起し、重ねて華陰の市に集う。時に歳は青道に游び、景は丹空に霽る。桃李明らかにして野径春に、藤蘿暗くして山門古し。琴を横たえ酒に対すは、陶潜彭沢の游、美貌多才は、潘岳河陽の令（明明上宰、粛粛英賢、還起穎川之駕、重集華陰之市。于時歳游青道、景霽丹空。桃李明而野径春、藤蘿暗而山門古。横琴対酒、陶潜彭沢之游、美貌多才、潘岳河陽之令）」（「春日序」佚文）とある。これも陶淵明と潘岳を用いて宴を楽しむ県令の様子を述べている。また「河陽の採犢、光は一県の花を浮べ、彭沢の仙杯、影は三旬の菊を浮ぶ（河陽採犢、光浮一県之花、彭沢仙杯、影浮三旬之菊）」（「九月九日採石館宴序」佚文）も宴の様をいう。陶淵明の酒と菊のイメージをかりて、王勃が参加した宴を表現している。陶淵明を用いて盛んな宴会の様を表現し、更に菊・琴などの言葉を用いることにより、それが心にかなった宴であることをいうのである。

陶淵明は「篇篇酒有り」（「陶淵明集序」『昭明太子文集』巻四）と称され、酒を詠うことは多い。しかし彼の酒は先にあげた「飲酒二十首序」からもわかるように、王勃が詠うような盛んな宴における飲酒ではない。王勃は酒・菊さらには琴と陶淵明の詩文を用いて宴を表現するが、王勃は人々と集った宴席であって、陶淵明がひとり菊をながめ興にまかせて琴を奏でる飲酒とはかなり様相を異にする。

楊烱も県令ではない陶淵明について言及している。

爾其臨牕有風、閉戸多雪、自得陶潜之興、仍秉袁安之節。既幽独而多閑、遂憑茲而偏閲。読易則期於素隠、習礼則防於志悦。儻叔夜之神交、固周公之夢絶（爾《しから》ば其れ牕の風有るに臨み、戸の雪多きに閉すは、自ら陶潜の興を得、仍お袁安の節を秉れり。既に幽独にして多閑、遂に茲に憑りて偏閲す。易を読めば則ち素隠を期し、礼を習えば則ち志悦を防ぐ。儻いは叔夜の神交のごとく、固より周公の夢絶ゆ）。

ここでは陶淵明も袁安も「臥る」という動作に注目して引用されている[18]。陶淵明の方はこれまでの例と同様「北窓」の句を下敷にしている。楊烱も自分の私的生活の感興をこの典拠を用いて表現し、満足を示すのである。最初に見たように庾信は処士に贈る詩を作り、その人物が暮らす場所を表現するのに陶淵明の詩文の語彙を用いた。しかし楊烱は、自分の価値観をはっきり把握し、ゆったりと安定した精神をもって過ごす暮らしを表現するのに陶淵明の句を典拠とする。つまり、庾信は陶淵明のイメージを借りて、外部（隠者の暮らし）を表現するが、楊烱は内部（精神）を示そうとする。

王勃は自分たちの興趣を説明するのに陶淵明を用い、楊烱は個人の生活における精神のありようを陶淵明を用いて表現する。そのような違いはあるが、どちらも県令としての陶淵明について言及したときと同じ表現を下敷きとしている。このことから王勃・楊烱は県令であったときの陶淵明に注目しているのではなく、その履歴は利用しても、用いられている陶淵明の作品や言葉から、陶淵明の精神的な充実や人生における価値観に注目していたということが見てとれる。

王勃と楊烱は、陶淵明の人生の短い期間である彭沢県令という履歴に言及し、王勃は菊と酒という言葉によって、楊烱は北窓の句によってその像を肉付けする。具体的な言葉はそれぞれ異なるが、それらを用いて描き出される陶淵明像は、ともに社会にあっても自分の生活を確固としてもち、私的生活の充実を実現させた人物の姿である。官位の高下といった価値軸ではなく、自分自身の生活の充実を最高とする価値意識をもった人物として描いているのである。

彼らの描くこのような陶淵明像は、六朝時期に描かれた陶淵明像と明らかに異なっている。六朝の陶淵明像は田園という場と不可分であった。その場があってはじめて陶淵明は、精神の充実を獲得したとする。しかし王勃・楊烱の描く陶淵明は、田園という場は問題としない。六朝の陶淵明は田園という場で社会と関わることを避けて暮らす隠者のイメージであるが、王勃・楊烱の陶淵明は、王勃の一例(19)を除いて、隠居ということは問題にしない。その精神のあり方（それは実際には隠居によって生まれてきたと言えるが）のみに注目して作られているのである。つまり王勃・楊烱の陶淵明に対する言及は、田園に隠居していたという外形に対する注目から、陶淵明の内面へと注目する部分が移っているといえるのである。

陶淵明の文学は田園での生活と分かち難く結びついている。その意味では六朝の陶淵明像は間違っていない。しかし陶淵明は人生の最初から田園に隠居していたのではなく、官僚であった時期もある。ただ思うようにいかない官僚生活のせいもあって、彼は日常の生活を述べ、またその一端として人生の充実や幸福について述べる。陶淵明は日常生活の詩人であったともいえよう(20)。日常生活の様々な感情は、それが普遍的な感情であればあるほど、その感情がどこで生まれたかという場は問題ではなくなる。王勃・楊桐は、どのような場所であるかを問題にせず、むしろ普通の生活を送る人間としての陶淵明像を創り出したのである。彼らが描く陶淵明は六朝と異なる、新たな陶淵明像と称することが可能であろう。だが六朝と彼らの間にあって陶淵明について言及している人物として、王績の存在を無視するわけにはいかない。

四

王勃の叔祖（祖父王通の弟）王績は「嘗て愛す陶淵明、醴を酌み枯魚を焚く」（「薛記室収過荘見尋率題古意以贈」巻二）[21]など、陶淵明に対する敬愛の念を表明し、幾つかの詩文で陶淵明について言及している。その中には「陶生云う、富貴は吾が願いに非ず、帝郷は期す可からずと。又云う、盛夏五月、東窓の下に跂脚し、涼風の蹔く至る有れば、自ら謂う是れ義皇上の人かと。嗟乎、意に適うを楽と為す、雅より吾が意に会す（陶生云、富貴非吾願、帝郷不可期。又云、盛夏五月、跂脚東窓下、有涼風蹔至、自謂是羲皇上人。嗟乎、適意為楽、雅会吾意）」（「答処士馮子華書」巻四）のように、楊烱が用いていた「北窓」の句を用い、自らの生き方にしたいと表明するものもある。

しかし「昔蔣元詡の三逕、陶淵明の五柳。君平坐して市門に卜し、子真躬ら谷口に耕す。或は闤閈に託し、或は山藪に潜む、咸な性を遂げて楽しみを同じうし、豈に方を違へ守を列ねんや。余亦た求むる無し、斯れ焉に独り遊ばん（昔蔣元翊（一作詡）之三逕、陶淵明之五柳。君平坐卜於市門、子真躬耕於谷口。或託闤閈、或潜山藪、咸遂性而同楽、豈違方而列守、余亦無求、斯焉独遊）」（「遊北山賦」巻一）というように、陶淵明を他の人物達とともに彼の理想とした隠者のひとりとして言及するものや、

阮籍生年嬾　　阮籍生年嬾く
嵇康意気疎　　嵇康意気疎なり
相逢一飽酔　　相い逢えば一に飽酔し

独坐数行書　独坐すれば数行の書
小池聊養鶴　小池には聊か鶴を養い
閑田且牧猪　閑田に且く猪を牧す
草生元亮逕　草は生ず元亮の逕に
花暗子雲居　花は暗し子雲の居
倚杖看婦織　杖に倚りて婦の織るを看
登壟課児鋤　壟に登りて児に鋤を課す
迴頭尋仙事　頭を迴らし仙事を尋ぬるも
併是一空虚　併せて是れ一に空虚たり
「田家三首其一」巻二

のように、自分の暮らしを構成している一要素を表現する為に陶淵明を用いている。陶淵明その人について言及するものと、陶淵明を用いて自分を語るものの違いはあっても、王績にとって陶淵明は世と関わらない生活を送った人物であった。そしてその像には生活の場としての田園が重要な要件として描きこまれている。それは

幽人似不平　幽人平かならざるに似
独坐北山楹　独坐す北山の楹
携妻梁処士　妻を携えしは梁処士
別婦許先生　婦と別れしは許先生
擯俗労長歎　俗を擯け長歎を労し

尋山倦遠行　山を尋ぬるも遠行に倦む
空山斜照落　空山に斜照落ち
古樹寒烟生　古樹寒烟生ず
解組陶元亮　組を解くは陶元亮
辞家向子平　家を辞するは向子平
是非何処在　是非何処に在りや
潭泊苦縦横　潭泊縦横に苦しむ
「山中独坐自贈」巻三

と陶淵明が官をやめたことを言ったり、「淵明酒に対して、復た礼義の能く拘するに非ず、叔夜琴を携え、惟だ烟霞を以て自適す（淵明対酒、非復礼義能拘、叔夜携琴、惟以烟霞自適）」（「答刺史杜之松書」巻四）と、礼儀が象徴する社会生活の秩序からの解放について述べるように、社会からの離脱の願望つまり官を含めた社会への嫌悪の裏返しとして、陶淵明が用いられているのである。

王勃・楊烱が陶淵明の履歴で注目したのは、彭沢県令という官僚時期であった。王績も陶淵明を彭沢と呼んでいる例が二首ある。(22)そのうち「酒甕は歩兵より多く、黍田は彭沢より広し（酒甕多於歩兵、黍田広於彭沢）」（「遊北山賦序」巻一）は確かに県令としての逸話を用いるが、単に自分の酒好きと自足を言う為であって、王勃・楊烱のような意味を持って「彭沢」の語は用いられてはいない。王績の描く陶淵明像もまた基本的に、陶淵明が故郷に隠居してからの像なのである。

王績にとって陶淵明は社会を捨てて田園を生活の場とした人物であった。自らもそのようであった王績にとって、陶淵明は一種理想の人物としてイメージされていたのである。社会と隔絶した田園を生活の場として限定することは、ときに孤独な隠者の像としての表現のなかに反映される。ただ陶淵明の生活の中から生じる感慨についても王績は注目しており、そのような視線から描かれた王績の陶淵明像には王勃・楊烱の陶淵明像の先声となる面がないわけではない。また文学作品の中で、陶淵明に言及した早い時期の人物として彼の功績は評価されねばならない。しかし彼の描く陶淵明像は六朝の陶淵明像を引き継ぎ、それを集大成したというべきものであった。(23)

以上のことからも王勃・楊烱の陶淵明像は王績とは異なる、即ち過去の陶淵明像とは異なる新しい陶淵明像であると確認してよかろう。

五

王勃・楊烱はなぜ、このような新しい陶淵明像を創り出せたのだろうか。そして彼らの描く陶淵明像には、どのような意識が込められているのだろうか。

王勃・楊烱の陶淵明像は、王績までの陶淵明像に較べると、隠者のイメージが希薄である。そしてふたりは、陶淵明の精神の充実に注目し、それが生まれて来る生活の場である「田園」には注目しない。

楊烱は死者を悼む神道碑で陶淵明の名前を出していた。それは県令で終わった人物の不遇に対する同情の為であった。県令という地位に終わった人物は、しかし高い人格を持っていたという別の価値軸を示すことによって、不遇を明確にする。この価値軸は、官の高下という価値観とは別の基準を提示するものであった。官の高下という社会における人間の価値に対し、それはいわば個人の存在の意味の主張である。後者の観点に立てば、私的生活の充実を表明する陶淵明の詩文は、彼らの主張に適合する内容を表現していた。彼らは田園に隠居する陶淵明ではなく、私的生活を語る陶淵明を発見したのである。

このような陶淵明の発見は、実は彼ら自身の発見でもあった。王勃は主に序というジャンルのなかで、自然や酒を楽しむ場を表現する際、陶淵明を典拠とする。その場は自分と同様、現実社会では下位に呻吟する人々との出会いと別れの高揚を伴っていた。王勃はこのような場で、社会的地位だけが人間をはかる基準とはならないこと、また官僚としての生活だけが唯一の価値ではなく、それより大切な価値がこの宴に集う人々の間に共有されていることに気付いた。彼はその表現を陶淵明の文学の中に見つけたのである。王勃・楊炯の描く陶淵明像には、県令に象徴される低い地位にある士人層の不遇感が込められている一方、そのような官位とは別の価値観を主張し、それを共有することの高揚が込められているのである。そのような意味で、私的生活の充実に人生の価値があることを詠った陶淵明が、彭沢県令の履歴を持つことは、武城県令であった子游、太丘県令であった陳寔とともに、自分達の官僚生活とそこから起こる感慨を投影させる人物として最適な人物として発見されたのではなかったか。

王勃・楊炯の陶淵明像には、このように彼ら自身の新たな価値観の発見と主張が込められていたのである。彼らの描く陶淵明像に王績にみられたような孤独な隠者の影がないのはこの発見による。また逆にこの発見が陶淵明を田園から解放したのである。田園に隠居することによってのみというのではなく、社会にあっても人生の充実は図れる、否、むしろ図りたいと彼らは考えた。そして不遇を嘆くばかりでなく、官位とは別の価値があるとする主張、このような自覚が王勃・楊炯を取り巻く士人層には生まれつつあったのである。王勃・楊炯は陶淵明を借りて、精神の充足とそれを感じることが出来る時間が最も重要なのだということを宣言しているのである。

彼らがイメージする陶淵明は、抽象的な言い方であるが、唐代の勃興した士人層の自画像といえよう。

陶淵明やその文学に対する言及が占める割合は、彼らの作品において言及される他の人物に較べて多いわけではない。しかし彼らは陶淵明に新たな人間の生き方の可能性を見いだし、その言及には彼ら自身の価値観が込められているのである。彼らの陶淵明像は、従来あまり言及されることのなかった陶淵明について言及したという現象面でのみ評価されるべきではない。むしろ官僚世界において呻吟する彼らは、陶淵明を社会にありながら私的世界を充実させた理想的人物として描いているという点でこそ評価されなければならないのである。

おわりに

ある人間に対する理解といったものには、大なり小なり評価する側の意識が反映される。理解の限界と称されるものはこのようなことを指すのかもしれない。限界はその人間の限界であるとともに、その時代の限界でもある。王績までの陶淵明像と王勃・楊烱の陶淵明像の違いは、時代の限界を示していると言えよう。王勃・楊烱の描く陶淵明と彼の文学に対する言及は、主として神道碑や序といったジャンルにおいてなされている。神道碑は直接には書かれた人物の子孫を読者として想定しており、序はその宴の参加者を読者としていた。いずれも王勃・楊烱を取り巻いていた、今となっては無名の、しかし彼らと同様の境遇にある人間達である。王勃・楊烱の作品は、そのような人々の感情を代弁するものでもある。王勃・楊烱の描く陶淵明像と彼ら以前の陶淵明像との違い、そこには初唐の新興知識人の新しい価値観が反映されていたともいえるのではないだろうか。

六朝における陶淵明像は、召されても仕えなかった徴士という側面が重視されていた。そのため彼は田園での生活と切り離し難く結びつけられていた。楊明照氏によると清の紀昀は「淵明を称して彭沢と為すは、乃ち唐人の語なり、六朝は但だ徴士の称有りて、其の官を称せざるなり」と述べているという。[24]それは既に楊氏が指摘するように正しくはない。[25]しかし確かに唐に入ってから、陶淵明は彭沢と呼ばれることが多くなり、また官にあった時期の陶淵明にも言及されるようになる。だが何より唐以降は陶淵明という人間、その人格に対する興味が強くなって来るように思われる。そのような視点の変化による陶淵明像の移り変わりを紀昀は「徴士」から「彭沢」という呼称の変化にみたのではないだろうか。王勃・楊烱の陶淵明像は、まさにそのような六朝時期には無かった新しい視点によって描かれたものであった。そして時代とともに大きく変化してゆく陶淵明に対する評価を、仮に陶淵明評価史とでも称するならば、王勃・楊烱が描く陶淵明像は、一つのエポックとして重視されなければならないのであろう。紀昀の指摘は正確ではない。しかし極めて示唆に富む発言であると私には思える。

王勃・楊烱の文学作品のなかには、陶淵明についての言及だけでなく、他にも明かに陶淵明の詩文の語彙を意識して用いているものもある。しかし彼らの陶淵明に対するイメージを把握しなければ、彼らが陶淵明の文学をどのように受容し、また影響を受けたかということについて述べることは危険である。もし小論で述べてきたことが、大きく間違っていないのであれば、この考察が次の課題となる。

注

（1）「故世称王楊盧駱。照鄰聞之曰、喜居王後、恥在駱前。時楊之為文、好以古人姓名連用、如張平子之略談、陸士衡之所記、潘安仁宜其陋矣、仲長統何足知之。号為点鬼簿。駱賓王文好以数対、如秦地重関一百二、漢家離宮三十六。時人号為算博士」（『朝野僉載』巻六）。これは楊烱の文学の特色を言うだけだが、四人のなかで楊烱の文学が特にその傾向が強かったというのであろう。彼らの文集を読めば、彼らがともにこのような特色をもっていたことが分かる。

（2）「（陶）潜少有高趣、嘗著五柳先生伝以自況、曰、……（五柳先生伝）……其自序如此、時人謂之実録」（『宋書』巻九十三陶潜伝五十三）。

（3）陶淵明の文学が当時の文学と異なっていたということは、例えば都留春雄・釜谷武志著『陶淵明』（東京　角川書店　一九八八年）。また釜谷武志「六朝における陶淵明評価をめぐって」（『未名』七号　一九八八年）などに指摘がある。

（4）「種苗在東皐、苗生満阡陌。雖有荷鉏倦、濁酒聊自適。日暮巾柴車、路闇光已夕。帰人望煙火、稚子候檐隙。問君亦何為、百年会有役。但願桑麻成、蚕月得紡績。素心正如此、開逕望三益」。

（5）詩文に陶淵明の名前を直接あげている例に、梁の元帝のとき陶淵明と同じく彭沢の県令となった張正見がある。しかし「揺落山中曙、秋気満林隈。蛍光映草頭、鳥影出枝来。残暑避日尽、断霞逐風開。空返陶潜県、終無宋玉才」（「還彭沢山中早発」（『廬山記』巻四）は、県令としての陶淵明を言うより、彭沢と言う地の典拠として陶淵明を用いている。

（6）この言葉自体は、「蔣詡帰郷里、荊棘塞門、舎中有三径不出」に基づくが、陶淵明は「帰去来兮辞」で「三径就荒」と言い、この詩は蔣詡より陶淵明の「三径」を意識していると考えられる。

（7）徐明霞点校『楊烱集盧照鄰集』（上海古籍出版社　一九八〇年）。

（8）灌壇は「博物志曰、文王以太公為灌壇令、朞年、風不鳴条。文王夢一婦人甚麗、当道而哭。問其故、曰、我泰山之女、嫁為西海婦。欲帰、灌壇令当道有徳、吾不敢以乗風雨過」（『芸文類聚』巻六四　居処部四）。瑕丘は「鍾離意別伝、意遷東平瑕丘令、男子倪直勇悍有力、便弓弩飛射、走獣百不脱一。桀悖好犯長吏。意到官、召署捕賊掾、勅謂之云、令昔嘗破三軍之衆、不用尺兵、嘗縛暴虎、不用尺縄、但以良詐為之耳。……所謂上徳之政、鷹化為鳩、暴虎成狸、此之謂也」（『太平御覧』巻二六八職官六十六良令長下）を指すか。

（9）『旧唐書』巻四十三志二十四職官志二。また『新唐書』巻四十九下志三十九下百官志四下。

（10）テキストは蔣清翊注『王子安集注』（上海古籍出版社　一九九五年）、羅振玉輯校『王子安集佚文』（一九二二年）を使用。

(11)「顔延之為劉柳後軍功曹、在尋陽、与潜情款。後為始安郡、経過、日日造潜、毎往必酣飲致酔。……」(『宋書』陶潜伝)。他にも江州刺史王弘が身分を越えて彼と交際を求めたことなどが記されており、王吉と対にしていることを考えると、これらの逸事を王勃は意識しているのであろう。

(12)「疏……　夫子莞爾而笑曰、割雞焉用牛刀者、莞爾小笑貌。言雞乃小牲、割之当用小刀、何用解牛之大刀、以喩治小何須用大道、今子遊治小用大、故笑之」(『論語注疏』巻十七)。

(13)「疏。……繆播曰……亦一云、謂孔子入武城、聞子游身自絃歌以教民也。……牛刀、大刀也。割雞宜用雞刀、割牛宜牛刀、若割雞而用牛刀、刀大而雞小、所用之過也。譬如武城小邑之政、可用小才而已。用子游之大才、是才大而用小也。故繆播曰、惜其不得導千乗之国、如牛刀割雞、不尽其才也」(『論語集解義疏』巻九)。このように絃歌を子游自身の行為とする説があった。

(14)「会梁孝王卒、相如帰、而家貧、無以自業。素与臨卭令王吉相善、吉日、長卿久宦游不遂、而来過我。於是相如往、舎都亭。臨卭令繆為恭敬、日往朝相如。相如初尚見之、後称病、使従者謝吉、吉愈益謹粛。臨卭中多富人、而卓王孫家僮八百人、程鄭亦数百人、二人乃相謂曰、令有貴客、為具召之。並召令。令既至、卓氏客以百数、至日中、謁司馬長卿、長卿謝病不能往、臨卭令不敢嘗食、自往迎相如、相如為不得已、彊往、一坐尽傾」(『史記』司馬相如伝五十七)。

(15)『白孔六帖』巻七十七。

(16)陶淵明が菊を用いている例は他に、「九日閑居序・詩」「和郭主簿其二」「飲酒二十首其七」「帰去来兮辞」の計六例である。各々において菊は彼の心情を表す重要な役割を与えられている。

(17)陶淵明が酒以外に酒を意識する「壺觴」という言葉を用いている例は、「帰去来兮辞」に「携幼入室、有酒盈罇。引壺觴以自酌、眄庭柯以怡顔」とある。

(18)「録異伝曰、漢時大雪、積地丈余。洛陽令身出按行、見民家皆除雪出。至袁安門、無有路。謂安已死、令人除雪、入戸、見安僵臥。問何以不出。安曰、大雪人皆餓、不宜干人。令以為賢、挙為孝廉。」(『芸文類聚』巻二天部下)。

(19)盧照鄰と唱和した「三月曲水宴得煙字」(巻二)だけが「彭沢官初去、河陽賦始伝」と歌い出し、陶淵明、そして潘岳が官を辞めた後の隠居の生活の充実を言う。この詩は遊戯的な詩であるが、唯一隠者としての陶淵明を描いているということと、盧照鄰と同詠であるという意味で注意が必要である。

(20) 注（3）釜谷武志論文参照。

(21) テキストは韓理洲校点『王無功文集』（上海古籍出版社　一九八七年）を使用。

(22) もう一例は「贈学仙者詩」（巻二）である。陶淵明が県令であったことと関わらない。しかし「伶人何処在、道士未還家。誰知彭沢意、更道歩兵耶」というように仙界の存在さえ否定し、生きることに苦しむ隠者としての陶淵明を描いていることは、王績の他の陶淵明に言及する作品と同様である。

(23) 陶淵明に直接言及するのではないが、「新園且坐」（巻三）の「松裁一当伴、柳種五為名。独対三春酌、無人来共傾」などは、陶淵明の詩文を意識するが、彼よりもさらに孤独であったことを言うのではないだろうか。

(24) 楊明照『文心雕龍校注拾遺』巻八隠秀第四十（上海古籍出版社　一九八二年）。

(25) 楊氏は鮑照に「学陶彭沢体」があることを証拠とされる。管見の限り、唐以前に陶淵明を彭沢と称している例は他に、隋の孫万寿に「酒随彭沢至、瑟（『古詩紀』作琴）即武城弾」（「別贈詩」『文苑英華』巻二八六）という例がある。陶淵明と子游を対にしており、楊烱の先例としても注目される。

盧照鄰の陶淵明像

現在、六朝時代を代表する詩人として高い地位が与えられている陶淵明が、同時代においてさほど評価されず、その後も文学者としては長く黙殺に近い状態であったことは周知のことである。(1)ところが王勃・楊烱・盧照鄰・駱賓王という初唐の四傑のうち駱賓王が一篇でしか言及していないのを除き、(2)他の三人には陶淵明その人や陶淵明の作品を典拠として用いた詩文がそれぞれ幾つかある。その時代が、まだ陶淵明に対して沈黙の時代であった(3)ことを考えると、彼ら三人に言及があることは注目すべき事実であるといえよう。

このことについて、私は先に「王勃・楊烱の陶淵明像」（以降、前稿と略す）で、二人の言及を取り上げ、この事実が持つ意味について考えを述べた。今回、盧照鄰の陶淵明像をとりあげ、盧照鄰が描く陶淵明像には、彼のどのような意識が反映されているのかという問題を軸に、王勃・楊烱の陶淵明像とあわせ、彼ら三人の陶淵明像が示す意味など、前稿で述べることのできなかった問題について、若干の考えを述べてみたい。

前稿の繰り返しになるが、六朝から王績までの陶淵明像と、王勃・楊炯の陶淵明像について、まず簡単に述べておきたい。

一

六朝から王績までの陶淵明像は、江淹「雑体詩三十首」(『文選』巻三十一)のうちの一首で陶淵明の詩に擬した「陶徵君田居」詩を代表とすることができる。この時期の陶淵明は朝廷から招かれても仕えなかった「徵君」であり、田園で実際に労働し、そこに密着して生きる隠者のイメージであった(4)。唐にはいって陶淵明に言及する王績も六朝の像を引き継ぎ、田園に暮らす隠者として陶淵明を描写する。

王勃・楊炯はこのような過去の陶淵明像に対して、新しい陶淵明像を描出した。彼らは陶淵明を田園という場から切り離したのだ。彼らは「与子儼等疏」のなかの「嘗つて言えらく五六月中、北窓の下に臥し、涼風の暫ち至るに遇えば、自ら謂う是れ羲皇上の人と」という句や、「菊」「酒」などの言葉によって、陶淵明が私的世界の充実を表現していることに注目した。そしてそれらを典拠に、自分達あるいは県令であった人の精神の充実を賞讃し、社会の価値とは異なる価値の存在を主張した。彼らは官職の高下といった社会の地位を絶対とせず、私的世界の充実に価値があることを表明したのだ。陶淵明は、社会とは別の世界で生きる隠者ではなく、社会の中で、しかし自分の私的な領域を見失わない人物として発見された。そしてこのような陶淵明のイメージは、彼らの実際の社会に於ける不遇感が昇華されたものであった。

このような陶淵明に対するイメージの変化を紀昀は「淵明を称して彭沢と為すは、乃ち唐人の語なり、六朝は但だ徴士の称ありて、その官を称せざるなり」と指摘をしている。(5) この呼称の変化には、唐以前と以後で陶淵明という人物に対する視点が変わったということが象徴されているのである。王勃・楊烱にとって陶淵明は「徴士」としてではなく、「彭沢」県令という、さほど高くない官にあっても、その内面の自由を守った人物であり、社会にあって社会とは別の価値観を持って生きた人物だったのである。

このような初唐に至るまでの陶淵明像を踏まえたうえで、盧照鄰が描く陶淵明像についてみてゆくこととする。

二

盧照鄰の詩文において、陶淵明に言及するのは三篇である。三篇とも王勃・楊烱の場合と同様、賞讃の対象として述べられる。ただし彼の陶淵明像は二人ほど、過去の陶淵明像との間に明確な断絶を感じさせない。

風煙彭沢郷　　風煙　彭沢の郷
山水仲長園　　山水　仲長の園
繇来棄銅墨　　繇来　銅墨を棄つ
本自重琴樽　　本自り琴樽を重んずればなり
高情邈不嗣　　高情　邈として嗣れず
雅道今復存　　雅道　今復た存す
有美光時彦　　有美　時彦を光らせ

養徳坐山樊　養徳 山樊に坐す
門開芳杜逕　門は芳杜の逕に開き
室距桃花源　室は桃花の源を距つ
公子黄金勒　公子 黄金の勒
仙人紫気軒　仙人 紫気の軒
長懐去城市　長く懐う城市を去り
高詠狎蘭蓀　高く詠じて蘭蓀に狎れんと
連沙飛白鷺　連沙 白鷺飛び
孤嶼嘯玄猨　孤嶼 玄猨嘯く
日影巌前落　日影 巌前に落ち
雲花江上翻　雲花 江上に翻る
興闌車馬散　興闌にして車馬散じ
林塘夕鳥喧　林塘に夕鳥喧し

「三月曲水宴得樽字」詩巻一[6]

彭沢の語を用いて陶淵明を言う。陶淵明と後漢の隠者仲長統を対にして詠い出すこの詩は、彼らの生活に対するあこがれを述べてゆくが、「門開芳杜逕、室距桃花源」というように描かれる生活の場は、仙界のように社会から隔絶した世界である。

陶淵明を彭沢という県令であった地で喩えるという点では、王勃・楊烱と同様である。しかし盧照鄰の「彭沢」

は「棄銅墨」と言うように、嘗て彭沢の県令を務めたこともあったが、現在は隠棲している陶淵明とでも解するべき「彭沢」であり、王勃と楊烱、特に楊烱が県令である陶淵明として使用した「彭沢」とは、やや異なっている。その一方で、後半に描かれる世界は、六朝の陶淵明像とさほど異ならないと言わざるをえない。ただ「銅墨」という官を棄てたのが、「琴樽を重んじる」がゆえという表現は、田園を陶淵明の自明の場とした六朝の像には無かった。

他の二篇はともに県令の地位にある人物を陶淵明を用いて賞賛する。一は、「干時春也慨然有江湖之思寄此贈柳九隴」詩（巻二）で全三十六句である。「琴を提げてゆくこと一万里、書を負うてゆくこと三十年」と詠いだされるこの詩は、まず盧照鄰自身の孤独な旅を描写する。

そして、

遥聞彭沢宰　　遥かに聞く彭沢の宰
高弄武城弦　　高く弄す武城の弦
形骸寄文墨　　形骸　文墨に寄せ
意気託神仙　　意気　神仙に託す
我有壺中要　　我に壺中の要有り
題為物外篇　　題して物外の篇と為す
将以貽好道　　将に以て好道に貽らんとするも
道遠莫致旃　　道遠くして旃を致す莫し

相思労日夜　相い思いて日夜を労し
相望阻風煙　相い望むも風煙に阻まる
……　……
倘遇鸞将鶴　倘《も》し鸞と鶴に遇わば
誰論貂与蟬　誰か貂と蟬を論ぜん。
莱洲頻度浅　莱洲　頻《しばし》ば浅きを度り
桃実幾成円　桃実　幾たびか円を成す
寄言飛鳧舄　言を寄す飛鳧の舄に
歳晏共聯翩　歳晏　共に聯翩せんと

と、九隴県県令である柳太易(7)を陶淵明に擬し、そのような彼を慕わしく思うという。ここでの「彭沢」は王勃等と同じく、彭沢の県令陶淵明の意味で使う。しかしそれは県令としての治政によってではなく、あくまでも柳太易の個人的な、そしてそれは盧照鄰自身の希求でもある、脱俗の指向に対して向けられているのである。この詩は同じ願望をもつ人物に会いに行けぬ悲しみを述べることに重点があり、盧照鄰と柳太易との間の一種の友情を主題とした詩であるとみなすことができる。

この詩は県令の典拠として陶淵明が武城の宰であった子游とともに用いられている。それに続く表現は、同じ理想のもつ柳太易に会えない悲しみをいう。しかし「形骸寄文墨、意気託神仙」は、肉体は官僚として社会にあるが、心は仙界にといい、後半でも「倘遇鸞将鶴、誰論貂与蟬」と、理想の世界を象徴する鸞、鶴を、官僚を象徴する貂と蟬によって対称させているように、県令として社会に在りながら、理想の世界を別にもつと、両方の世界の存在を認めている。

もう一篇は「楊明府過訪詩序」（巻六）である。この序は『世説新語』のなかの逸話を典拠として友情を述べ、それに続けて自分の暮らす風景を描写する。そして最後に「豈に臨邛の樽酒をして、歌賦　声無からしめ、彭沢の琴書をして、田園　詠を寝《や》めしめんや（豈使臨邛樽酒、歌賦無声、彭沢琴書、田園寝詠）」と述べて終わる。具茨山に隠居していた盧照鄰を尋ねて来た楊某が明府（県令）であったことから、相手を王吉や陶淵明に比擬する。始めの二句、失意のうちに故郷に帰って来た司馬相如を保護した臨邛県令の王吉の如き楊明府との宴席であれば、文学が無いわけに行かないと解すると、後の陶淵明を言う二句も、陶淵明の如き県令の楊明府の情操であれば、「田園」に文学はやむことなどないという意になる。そうであれば、盧照鄰は、自分が療養しているこの場所を「田園」と称していると解される。いずれにしても、盧照鄰は「田園」という言葉を陶淵明と連続して用いる。王勃や楊烱のように、陶淵明と田園は切り離してはいない。

これらの表現から考えると、「彭沢」は、県令の高潔な人格の譬喩として用いられているものの、基本的には隠逸を指向する人物のイメージであり、盧照鄰の描く陶淵明像は六朝の陶淵明像に近いように思われる。ただ、「楊明府過訪詩序」が、〈彭沢〉という官と〈田園〉という生活の地を並挙するように、盧照鄰の描く陶淵明は、後者が高い価値を持つとしながらも、前者の存在を認めてもいる。この像は、六朝時代のもっぱら隠者としてイメージされた陶淵明とは異なる。盧照鄰は、官職を代名詞とする社会と、私的生活の場である田園に両属する人物として陶淵明を描いているのではないだろうか。

盧照鄰が、県令の譬喩として陶淵明を言う場合、王勃・楊烱のようにそれによってその人物の精神の充実のみを言うわけではない。しかし九隴県令について「形骸寄文墨、意気託神仙」と言い、楊明府を「彭沢琴書」と言うのは、その人物の指向するもの、私人としての精神の在処をいっている。県令として社会に在りながら、一方で高潔な精神を懐いている人物を「彭沢」の語で象徴させているのである。二つの世界の存在を提示しているという点で「三月曲水宴得樽字詩」も変わりはない。

盧照鄰は一方で官に代表される現実の世界を見ながら、或いはそこに所属しながら、もう一方で個人の生活の場から生まれる感情を眺めるという一種の複眼的視線を持って陶淵明を描いているように思われる。

盧照鄰は一方には社会があり、現実には自分もそこに所属しながら、その社会を外から眺めるような描写が、幾つかの作品に見られる。例えば陶淵明の「帰去来兮辞」を意識すると思われる句を含む「元日述懐」詩（巻二）は、

筮仕無中秩	筮仕　中秩無く
帰耕有外臣	帰耕　外臣有り
人歌小歳酒	人は歌う小歳の酒
花舞大唐春	花は舞う大唐の春
草色迷三径(8)	草色　三径に迷い
風光動四隣	風光　四隣を動かす
願得長如此	願わくは長く此の如きを得て
年年物候新	年年　物候　新たならん

と、元日の華やかさを描く。彼はそれに背を向けているのではないが、彼自身はその華やかさの外にある。このような華やかな社会の外にあるという意識は、陶淵明を意識させる表現を用いてはいないが、盧照鄰の代表作の一つとされる「長安古意」（巻二）でも見られる。この歌行は、長安の繁華とその移ろいを流麗に描いて行きながら、その一方で、「寂寂寥寥たり揚子の居、年年歳歳一牀の書。独り南山の桂花の開く有りて、飛び来たり飛び去って人の裾に襲す（寂寂寥寥揚子居、年年歳歳一牀書。独有南山桂花開、飛来飛去襲人裾）」と、繁華と別の時間の流れのなかで生きる揚雄の生活が描かれる。また晩年の自叙伝ともいうべき「釈疾文・粤若」（巻五）においても自分と社会の乖離を「先朝吏を好み、予方に孔墨を学ぶ、今上法を好み、予晩に老荘を受く。彼の円鑿にして方枘、吾れ齟齬して当る無きを知る（先朝好吏、予方学於孔墨、今上好法、予晩受乎老荘。彼円鑿而方枘、吾知齟齬而無当）」のように、対比して描いた。

このような社会と同化せず、社会を外から見つめる視線は、「元日述懐」詩のような明るい雰囲気の詩においてさえも「筮仕無中秩、帰耕有外臣」と言うように、思うように行かぬ人生、社会との葛藤によって生まれてきたものなのかもしれない。そうであれば、彼も王勃や楊烱に見られたように、官僚としての不遇の思いが、それとは別の世界を思い起こさせ、その表現を希求するなかで、陶淵明に注目することになったのだろうか。つまり、官の世界の価値と異なる私の世界の価値に気付かされたことが、盧照鄰に陶淵明を発見させる契機になったのだろうか。

王勃・楊烱が、私的価値の優越を主張する為に陶淵明に言及したのに対し、盧照鄰の陶淵明像は、一方で彭沢に象徴される官の社会に在りつつ、その対極にある充実した私的世界を持つ人物を示すために陶淵明を用いる。盧照鄰は両極の世界の存在、官として社会に在るが、その世界の価値に全面的に依拠してはいないという人物を陶淵明によって表現しているのである。盧照鄰のこのような複眼的な視線は、全て陶淵明の詩文を用いて表現されるわけではない。しかし、この両極の存在の認識に、盧照鄰の陶淵明像の特色があるのではないだろうか。そのような陶淵明像を彼が提示できた理由について、今少し盧照鄰の作品を検討してみたい。

三

盧照鄰が官と対極の世界として私的な感情の世界を持つことができ、更にそれを陶淵明あるいは彼の詩文を用いて表現できたのはなぜだろうか。陶淵明の作品を下敷にして作られた次の詩から、その理由をうかがうことができるように思われる。

帰休乗暇日　　帰休　暇日に乗じ
饁稼返秋場　　饁稼して秋場に返る
径草疏王篲　　径草　王篲にて疏し
巌枝落帝桑　　巌枝　帝桑を落す
耕田虞訴寝　　耕田　虞訴寝み
鑿井漢機忘　　鑿井　漢機忘る
戎葵朝委露　　戎葵　朝に露に委ね
斉棗夜含霜　　斉棗　夜に霜を含む

南澗泉初洌　　南澗　泉初めて洌に
東籬菊正芳　　東籬　菊正に芳し
還思北窓下　　還た思う北窓の下
高臥偃羲皇　　高臥し羲皇に偃すかと

「山林休日田家」巻三

最後の三句は、王勃や楊烱が注目した陶淵明の「飲酒詩」や「与子儼等疏」などを典拠とする。盧照鄰はそれらの作品を下敷きとして、自分の生活の一端を描く。陶淵明の詩文は、どちらも社会とは関わらない彼の私的な生活のなかの感慨であり、そしてその生活の充実を表白している。しかし、詩題や第一句から考えると、盧照鄰は官吏としての生活を持ちつつ、そこから離れ私的世界に戻り、その風景とそこからわき起こる感情を記録しているのだ。この陶淵明の作品を典拠として表現されるやすらぎは、詩で述べてきた私的世界の中から生まれた感情を総括するものである。この詩の他にも、同じく休暇によって得られたやすらぎを詠う「山荘休沐」詩（巻三）は、陶淵明への言及やその詩文の語彙を用いてはいないが、詩の最後は「田家自ら楽しみ有り、誰か肯て青溪に謝さん（田家自有楽、誰肯謝青溪）」と、仙界でなくとも、このような世界にやすらぎがあるといっており、盧照鄰は社会と隔絶した仙界ではなく、それと並存する世界として田園の世界があるとした上で、それを官と対比させているのだ。

盧照鄰は官に象徴される社会と、個人の内面を見つめる私的場所という二つの対極的世界を同時に視野に入れることができ、後者を陶淵明や彼の詩文を用いて表現した。このように社会と私的世界を相対化できた理由は、極めて当り前のことではあるが、盧照鄰が官僚として生きる世界以外に、これらの詩で述べているようなもうひとつの生活の場を持っていたからである。

もちろん盧照鄰に限らず六朝の文学者たちも、私的な生活の場を持っていた。しかし彼らは、そのような私的な生活の場やそこから生じる感慨を、官に象徴される社会と同じ地平に置き表現することに、文学的関心はなかった。(9)それに対し盧照鄰は二つの世界を行き来し、それぞれを断絶させない。

四

盧照鄰が描く陶淵明像は六朝時代や王績のような完全に社会に背を向けた隠者の像ではないが、かといって生活の場から切り離し、専らその精神の充実に注目した王勃・楊炯の像ほど徹底したものでもない。つまりどちらか一方の価値を絶対化するものではなく、むしろ両者を相対化している。盧照鄰の陶淵明像は、田園の世界の存在を知りつつ、社会にある人間の姿である。このような盧照鄰の描く陶淵明像は王績と王勃・楊炯の中間にあり過渡的な像であるといえる。しかし過渡的であるがゆえに逆に、彼の陶淵明像には王勃・楊炯も含めて、彼らが陶淵明を発見し得た理由をとく鍵が潜んでいるように思われる。先にみた盧照鄰が官に代表される社会とは別に個人の生活の場をもっていたということを手がかりにこの問題をもう少し考えてみたい。

盧照鄰が「余が家咸亭中良賤百口あり、家の難に丁りて自り、私門の弟妹凋喪し、七八年間貨用都て尽く（余家咸亭中良賤百口、自丁家難、私門弟妹凋喪、七八年間貨用都尽）」（「寄裴舎人諸公遺衣薬直書」巻七）というのは、彼の人生のある時期まで田地を所有していたということを示すものである。当然ながらその田地が「山林休日田家」「山荘休沐」詩が作られたその場所であるとは断言できないが、ともかく官という社会とは別の、私的な生活の場を持っていたのである。このことは陶淵明が隠逸の生活でわき起こる感慨を表現した作品に対して、盧照鄰には共感できる経験が基盤としてあったと言えるのではないだろうか。もちろん田地のような、私的な生活の場をもっていたのは盧照鄰に限らない。むしろ同時代の士人階層の大多数は、同様であったと思われる。しかしそのような場を持っていたことと、その場を社会と同一の地平におく視点を持つこと、さらにはその場の価値を認め文学に表現することとの間には大きな距離がある。なぜ盧照鄰には可能であったのか。

唐代に入って陶淵明の文学に言及するのは、王勃の叔祖にあたる王績にはじまる。彼は社会に背をむけた自分の姿勢を、陶淵明を用いて表現した。そして盧照鄰が「山林休日田家」のように官に所属しつつも、それとは別の私的な場所における精神の安定を陶淵明とその詩文で表現した。王勃・楊炯は、陶淵明の暮らした田園という場所は問題とせず、むしろ彼の精神生活の充実に注目し、その世界の価値を主張した。このように陶淵明像は田園に暮らす「徴士」から、社会と個人の生活の場の価値を相対化した人物、そして社会に暮らしつつも、社会における官僚としての地位の高下ではなく、人間そのものの価値の主張を象徴する「彭沢」へとイメージが広がって行った。

これらの陶淵明像の基底には、官僚の秩序とは異なる自分たちの私的な生活の場の価値の認識という共通性があった。そして王績と盧照鄰には、作品で詠っているように、それを実感させる生活の場があった。二人は、それによって官僚に象徴される社会と、個人の私的生活を相対化できたのである。そのことが彼らに陶淵明を発見させた。

ここで気付くのは初唐において陶淵明に言及する王績と盧照鄰・王勃・楊炯が、盧照鄰が范陽の盧氏、王績、王勃が太原王氏、楊炯が弘農華陰楊氏と、北朝の漢族の流れをくむ一族の出身であるということである。(10)但し彼らはいわゆる旁系であって氏族の中心的な一族ではない。王勃の家は文中子王通を顕彰するなかで学問の家柄を言う[11]が、その先祖を正史等によって確認することはできない。楊烱も同族の人物の墓誌で先祖を誇るが、祖父・父の名も官歴も不明である[12]。盧照鄰は二〇〇五年、弟の盧照己の墓誌が発見されたが[13]、それによれば祖父と父は隋・唐初期に地方下級官僚で終わった。北朝の漢族は、異民族王朝に対し出仕に慎重であり、政権との距離を保ちつつ、豪族として独自の生活基盤を維持したとされるが[14]、王績や盧照鄰の詩文から推量すると、彼らの家は小規模な田地を保有していたが、しかし生活の為、官僚となることを目指さざるを得ない知識人の家であったと考えられる。彼らの家は、陶淵明の生活を詠う文学が実感できる家の出身であったのである。陶淵明は長江流域の人であるが、陶淵明と彼の文学に対し従来と異なる視座を獲得できたのは、むしろこのような北朝の漢族の田園（農地）という私的生活の場と官界に両属せざるを得ない暮らしから生まれた意識が引き継がれていたからと考えられないだろうか。

「三月曲水宴詩」は盧照鄰が樽字、王勃が煙字で詩を作った同時の作であり、また九隴県県令柳太易を間に挟んで、盧照鄰「于時春也慨然有江湖之思寄此贈柳九隴」と、王勃「春思賦」が対応しているといった関係を指摘できる[15]。もちろん王勃・楊烱・盧照鄰の三人の陶淵明像が、どのように相互に影響を与えあっているのかは、にわかには判定できない。ただ盧照鄰が二人より二十年あまり年長であること、その陶淵明像が官と隠逸の両属の姿を示していることを考えれば、盧照鄰によって発見され、王勃・楊烱によって展開されたと想像することも可能なように思われる。

いずれにせよ王勃・楊烱にとってはもちろん、以上見てきたように盧照鄰にとっても陶淵明は、社会に世を向けた隠者ではない。彼らが陶淵明やその詩文を県令の典拠として、また特に前稿で述べたように、王勃が宴席の楽しさを陶淵明の詩文を典拠として用いたときには、県令をはじめ宴の参加者も、王勃の表現を理解し、共感したであろう。つまり同時代の読者にも共通の陶淵明像が形成されていたことも忘れてはなるまい。即ち新しい陶淵明像の起点には、農地を維持する北朝漢族の生活と官界に対する意識があったと思われるが、しかし、特に王勃・楊炯の描く陶淵明像が同時代の、さほど高くない官位にある人々にとっても共感できる普遍的な像として受け入れられるようになっていたことも、陶淵明像の変化の中に含まれなければならない。このような周辺の人々にとっても、陶淵明は「徵士」であってはならなかったのである。

おわりに

盧照鄰や王勃・楊炯の陶淵明理解は決して彼の文学を全面的に理解していたというものではない。それは彼らが陶淵明の詩文を典拠として用いているのが、「与子儼等疏」や「飲酒二十首其五」など特定の作品に限定されることからも明らかである。しかしそれでも、彼らの陶淵明像は六朝とは異なる新しい陶淵明像であり、それは陶淵明に対する関心と理解が高まってゆく文学史のなかで、重要な位置を占めている。前稿で述べたように、彼らの陶淵明像には、唐代の新興知識人の新しい価値観が反映されており、陶淵明の発見は、彼ら自身の発見でもあった。

王勃・楊炯の陶淵明像は、私的生活の価値の主張として、新興知識人層は共感をもって受け入れた。社会と個人の生活の場を相対化する盧照鄰の陶淵明像は、その意味で過渡的といわざるをえない。彼が陶淵明の文学から私的生活の価値を抽出できたのは、もちろん強烈な自負の一方で、現実には下位に苦しむ新興の唐代知識人としての意識を持っていたからであろうが、一方では、小規模な田地を維持しつつ下級官僚として社会とかかわらざるを得なかった北朝の漢人の意識を受け継いでいたからではないだろうか。

盧照鄰・王勃・楊烱の陶淵明像は新興士人たちの独自の価値観の主張と、彼らの表現の開拓を示すものであり、特に盧照鄰の陶淵明像は唐以降の陶淵明像の原初的な姿と言えるものであった。しかしそのような造形を彼に可能にさせた理由の中には、北朝漢族の意識があったのではないだろうか。(16)

注

（1）伊藤正文「盛唐詩人と前代の詩人」（『建安詩人とその伝統』東京　創文社　二〇〇二年。初出は『中国文学報』八・十）、特に「三の四陶淵明」を参照した。他に釜谷武志「六朝における陶淵明評価をめぐって」（『未名』七号　一九八八年）などを参照。

（2）駱賓王が陶淵明について直接言及しているのは「秋日餞尹大往京詩序」（巻二）の「剣彩沈波、砕楚蓮於秋水、金暉照岸、秀陶菊於寒隄」の部分である。陳熙晋（『駱臨海集箋注』上海古籍出版社　一九八五年）は、駱賓王の詩文の中に陶淵明の作品を典拠とする言葉があると指摘している。しかしそれは言葉の出典として陶淵明の作品が引かれているのであって、駱賓王が陶淵明を意識して用いているとは考えにくい。

（3）六朝の詩集をみると、「桃花源記」を典拠とした表現があるものの、その他の彼の作品を下敷にした詩はにわかには指摘できない。つまり陶淵明は文学者としてはせいぜい「桃花源記」の作者としてしか六朝の文学者には記憶されていなかったといえるのではないだろうか。この問題については注（1）伊藤正文論文が参考になる。

（4）陶淵明の伝が『宋書』隠逸伝に録されていることもそれを証明しよう。また彼の伝記は後になるほど、隠者としての影を濃くしている。詳しくは前稿を参照されたい。

（5）前稿注（24）を参照。

(6) テキストは祝尚書『盧照鄰集箋注』(上海古籍出版社　一九九四年)を使用。
(7) 後述するように王勃「春思賦」などにも九隴県令であったこの人物の名前がある。
(8) 祝尚書は、この句に対して帰去来兮辞「三逕就荒、松菊猶存」を典拠として指摘している。
(9) 注(1)釜谷論文を参考にさせていただいた。
(10) 初唐四傑のなかで駱賓王だけが陶淵明に対する直接的言及が無いということも、この考えを補強する事実として、再度指摘しておきたい。
(11) 「王勃試論」を参照いただきたい。
(12) 傅璇琮「盧照鄰楊炯簡譜」(『楊炯盧照鄰集』付録)参照。
(13) 「洛陽盧照己墓発掘簡報」(『文物』二〇〇七年第六期)によると、二〇〇五年道路工事中に発見された。この墓誌について、胡可先「《盧照己墓誌》及相関問題」(『出土文献与唐代詩学研究』北京　中華書局　二〇一二年)の論考がある。
(14) 谷川道雄『中国中世社会と共同体』(東京　国書刊行会　一九七六年。特に第Ⅲ部　士大夫倫理と共同体および国家)。森三樹三郎『六朝士大夫の精神』(京都　同朋社　一九八六年。特に第一章五北朝士大夫の風気)などを参照した。
(15) どちらが先に作ったかを判断することは私の手にあまるが、それぞれの内容から考えて全く無関係に作られたとは考えにくい。
(16) このことは、初唐四傑というグループの成立と相互の影響関係を考えるヒントになるかもしれない。

Ⅱ　日本伝存『王勃集』の意義

テキストとしての正倉院蔵『王勃詩序』

はじめに

正倉院に初唐の文学者王勃の文集の一部が蔵されていることは、羅振玉氏[1]、内藤湖南博士[2]によって紹介されて以来、よく知られている。「王勃詩序」と称され、この時期に勃興してきた文体で、王勃の生涯を強く反映する〈序〉という作品群[3]の一部が筆写され残されているのである。筆写されている王勃の序は全部で四十一篇、現在中国に残されている王勃の文集には見えない佚文が二十篇と半分を占める。

この佚文の多さが既に正倉院蔵本の価値の高さを示している。正倉院が蔵する「王勃詩序」については、日中文化交流史研究会編『正倉院本王勃詩序訳注』（東京　翰林書房　二〇一四年。その一部は、『正倉院本王勃詩序の研究Ⅰ』（神戸市外国語大学外国学研究）として一九九四年に発表されている。）に翻字、訳注と一字索引が付されており便利である。また中国伝存作品と正倉院王勃詩序作品との文字の異同は、『正倉院蔵《王勃詩序》校勘』（香港大学饒宗頤学術館　二〇一一年）がある。

本稿はこれらの研究を踏まえつつ、正倉院に蔵される「王勃詩序」（以降とりあえず正倉院本と称する）のテキストとしての特色や意義について紹介したいと思う。正倉院本の特色は、中国で行われているテキストと対照比較してみることによって、より明らかに浮かび上がってくると思われる。そこで、本稿では佚文についてはひとまずおき、中国にも伝存している作品に絞って考察を加えてゆきたいと思う。

正倉院本と『王子安集注』（現行本）

王勃の文集は、彼の死後まもなく兄弟の手によって収集編纂された。王勃とともに四傑と称された文学者のひとり、楊烱の手になる序文には、その間の事情が述べられている。しかしこの文集は早くに滅び、現在通行している文集は、明になって再編集されたもので、宋代に編纂された『文苑英華』などから抜き出された、いわゆる輯本である。清代の蔣清翊という人物が更に作品を収集し、中国に伝わる作品に注を付した。王勃の作品の読解には、一般にこの蔣清翊が注を付した『王子安集注』光緒九（一八八三）年　呉蔣氏双唐碑館刊本（上海古籍出版社　一九九五年排印）が用いられるので、我々も正倉院本との対照として『王子安集注』を用いることにする（以降とりあえず現行本と呼ぶ）。

蔣清翊は十年の歳月をかけて現行本を完成させたというだけあり、その注は極めて詳細である。ただ、蔣清翊が注を付した王勃の作品は、中国において伝写を重ねたものであったため、その過程で文字や文意が変えられたり、理解できなくなったりした部分が生じてしまっている。彼自身も、基づく典拠が分からなかったり、文意の通じない部分について、出典未詳とか、伝写の過程における書き誤りの可能性があると指摘している。前者については『正倉院本王勃詩序訳注』でも指摘があるので、ここでは後者について紹介しよう。

例えば、「山家興序」（現行本では「山亭興序」）という詩序がある。現行本「山腰半折」と作る句について、蔣清翊は「〈折〉は是れ〈坼〉の訛」と断言している。正倉院本は彼の指摘通り「山腰半坼」に作っている。また「上巳浮江宴序」で現行本が「雲開勝地」と作る句について、蔣清翊は「〈雲開〉未詳、疑うらくは是れ〈霊関〉の訛ならんか」と注記している。これも正倉院本は「霊関勝地」に作っている。これは蔣清翊の学識を示すものであると同時に、正倉院本のテキストとしての優秀さを如実に示すものであるとも言えよう。

先に紹介したように、現行本は王勃の文集が失われたのち、『文苑英華』を主要なソースとして再編集された。伝写の間に文字に変化が生じていたことは、先の例でも明らかであるが、『文苑英華』自体も、既に文字の異同が生じていたことを記録している。王勃の「秋晩入洛於畢公宅別道王宴序」の「俗寵不動時、充皇王之万姓」という二句について『文苑英華』は「寵」の字の下に「一に〈識〉に作る」、「皇」について「一に〈帝〉に作る」と注記している。さらに「英王入座、牢醴臨筵」の句の「牢醴」の下にも「一に〈醴酒〉に作る」と注して、文字の異なるテキストが存在していたことを明示する。これらの異同について正倉院本を検してみるに、三例とも一作として挙げられた字になっている。なぜ『文苑英華』が一作の方を採らなかったのかは分からない。しかしここに挙げた例は、正倉院本には、その文字に作る根拠があったということを示している。そしてそれは、正倉院本鈔写の時期を考えると、王勃の当初のテキストであったと考えてよかろう。

正倉院本の誤字・書き落とし

正倉院本が王勃の文集の初期の姿を伝えているとしても、それは無謬のテキストというわけではない。そもそもそれを専業としない人間が、ある程度の量の文章を一字も間違えずに写すなどということはありえない。小学校以来の自分自身の経験を振り返ってみても、そのような人間の存在を私は信じられない。ワープロソフトが普及した現在でさえ、変換ミスがある。ましてや手書きであれば、なおさら誤字脱字といったミスが起こる可能性は高い。いささか感情に走りすぎたが、正倉院本にももちろん誤りがある。「寤寐奇託」（「聖泉宴序」）の〈奇託〉は、現行本では〈寄託〉に作っている。「栄林之足道」（「秋日楚州郝司戸宅遇餞霍（崔）使君序」）の〈栄林〉は、現行本は〈栄枯〉とする。さらに「乃知両卿投分」（「宇文徳陽宅秋夜山亭宴序」）の〈両卿〉も、現行本は〈両郷〉としている。これらは文章の上から考えても現行本の方が意味が通じるものである。字形の類似から、筆写する際に間違えたと思われる。現代の我々（私）もよく犯してしまう誤り、誤字である。

また、王勃の詩序はすべて駢文で綴られている。駢文には典拠の利用、平仄の交代、そして対句による文章構成という特色がある。特に後二者により、極めてリズミカルな表現が行われる。以下に指摘するのは、駢文という文体がもつこのような特色から考えて、おかしいと思われる部分である。脱字というより脱句とでも称すべき書き落としである。正倉院本は日本人によって筆写されたとされる。このミスは、ある意味で極めて日本人的な間違いと言えるかもしれない。或いは、蔵中進氏が予想されているように、時間的な余裕なく、慌ただしく筆写作業を進めたことによって生じたのかもしれない。(4) 具体的に見てみよう。

正倉院本の「方欲斂手鍾鼎、息肩巌石。絶視聴於度外、其不然乎」（「遊廟山序」）という文章の並びは、第三句が孤立しており、対句を主な構成要素する駢文としておかしい。現行本を見てみると、この部分は、「……絶視聴於寰中、置形骸於度外。」という対句になっている。正倉院本の筆写者は両句に共通する〈於〉に引きずられ「前の三字〈於〉後の二字」、としてしまったのであり、本来は現行本の「〇〇〇於〇〇、〇〇〇於〇〇」という対句の形であったはずである。

もうひとつ同様の誤りを指摘しておこう。

　王子猷之独興、不覚浮舟。
嵇叔夜之相知。
　乃知両卿投分、林泉可攘袂而遊。
千里同心、煙霞可伝檄而定。

これは先にも少し挙げた「宇文徳陽宅秋夜山亭宴序」の一部である。後半四句は第一句と第三句、第二句と第四句が対になる、いわゆる隔句対を構成している。前半は第一句目と第三句目が対になっているのに、第二句に対応する句がない。現行本を見てみると果たして、

　王子猷之独興、不覚浮舟。
嵇叔夜之相知、欣然命駕。
琴樽佳賞、始詣臨邛。
口腹良遊、未辞安邑。
　乃知両郷投分、林泉可攘袂而遊
千里同心、煙霞可伝檄而定。

と、二句目と対になる四句目が存在するばかりでなく、さらにもう一組の隔句対が書き落とされていたことがわ

かる。

『正倉院本王勃詩序訳注』が指摘するように、現行本でも「亦当将軍塞上、詠蘇武之秋風、隠士山前、歌王孫之春草」（「越州永興県李明府送蕭三還斉州序」）という四句を書き落としている例がある。この隔句対は一つの意味のまとまりも構成しているのであるから、そのユニット全部を書き落としてしまうというミスは、ある程度理解できるミスであろう。それと比べたとき、対句の片方を欠落させてしまっている正倉院本の方は、初歩的なミスと言わざるをえない。しかし、これらの書き落としは、筆写者のこの作業における態度を浮かび上がらせるミスでもあるのではないだろうか。

「真面目」に筆写されたテキスト

対句の一方を書き落とすというようなミスは、実はテキストとしての正倉院本の優秀さを暗示してもいるのではないか。即ち、このような書き落としは、原本を機械的に写してゆこうという筆写者の姿勢を裏側から照らし出しているように思われるのである。少なくとも筆写対象を作品として読解・鑑賞しようする態度からは生まれることのないミスである。とすると、正倉院本は、筆写者が、いわば読者としての態度から生じる恣意的な書き換えを行っていない、優れたテキストである可能性が高いのではないだろうか。

近代的なテキスト批判という観点に立てば、筆写者の手になる書き換えというのは重大な問題であるが、伝写の時代には決して少なくなかったように思われる。この王勃の作品群においては、主に典拠を踏まえた表現に端的に表れているように思われるので、現行本との対照から少し指摘したい。

「送劼赴太学序」は弟の劼の送別の宴で作った序である。この序には「大雅不云乎、無念爾祖。易不云乎、幹父之蠱。書不云乎、友于兄弟。詩不云乎、求其友生。四者備矣」と、儒家の経典である『詩経』『易経』『尚書』からの引用が続く部分がある。この部分を現行本に照らしてみると「不云乎」の〈乎〉の有無はひとまずおくとして、後半の部分に、「書不云、惟孝友于。詩不云、不如友生」と異同がある。これは『尚書』は「惟孝友于兄弟」という句を典拠としている。この句からの四字の選び方が異なるのである。『詩経』についても、小雅・伐木「求其友声（生）」を引くのに対し、現行本の方は同じ小雅・常棣の一句を引く。

もう一例挙げてみよう。「秋日宴山庭序」（現行本は「秋日宴季処士宅序」）に「依稀旧識、款呉鄭之班荊、楽莫新交、申孔郯之傾蓋」という隔句対がある。〈款〉を〈歓〉に作るという違いもあるが、ここで問題にしたいのは、第四句である。現行本は「申孔程之傾蓋」と作っている。〈郯〉と〈程〉の一字が異なる。これも典拠に基づく言葉の組み合わせ方の違いである。蔣清翊が注するように、この句は『孔子家語』の「孔子之郯、遭程子於塗、傾蓋而終日（孔子郯に之く、程子に塗に遭う、傾蓋して日を終う）」を踏まえている。孔子と程子という登場人物に注目して〈孔程〉としたのが現行本である。しかしこの句に対応する第二句が『春秋左氏伝』の「伍挙奔鄭……声子将如晋、遇之於鄭郊、班荊相与食（伍挙　鄭に奔る……声子将に晋に如かんとして、之に鄭の郊に遇い、班荊して相い与に食らう）」を踏まえて、〈呉鄭〉と人物＋地名の組み合わせで言葉を作っているので、第四句も〈孔程〉という人名＋人名ではなく、〈孔郯〉という人名＋地名の組み合わせであった可能性もある。もちろん、正倉院本が間違っているのかもしれない。ただ、この異同には筆写者の知識が反映されていることは疑いのないことであり、単純な誤写とは区別して考える必要があるであろう。一般的に典拠を踏まえた言葉の場合、出典に対する理解が深いほど、筆写者の書き換えの可能性は大きくなると思われる。その一方で、書き換えというのは、正倉院本の筆写者の態度から最も遠い行為であったように考えられる。

正倉院本は単純な書き間違いや書き落としといったミスはあるものの、基本的に当初の文字を保存していると思われる。それゆえ、正倉院本と現行本の文字の異同については、細心の注意が払われなければならない。

正倉院本と現行本の対立

現行本では「越州秋日宴山亭序」、正倉院本では「新都県楊乾嘉池亭夜宴序」と題名も異なる作品がある。越州は現在の浙江省紹興、新都は四川省成都の東北にある町。文章を読むと、正倉院本の題名の方がよいと思われ、蔣清翊も〈越州〉は〈益州（四川省）〉に作るべきだと指摘している。しかしここではこのことについてはこれ以上論じない。問題にしたいのは、現行本の「是以東山可望、林泉生謝客之文、南国多才、江山助屈平之気」という隔句対である。〈謝客〉即ち謝霊運と屈原と文学者を対応させているのをはじめ、大変整った対句である。ところが正倉院本は、第一句が「則知東扉可望」となっている。確かに〈南国〉に対応する熟語としては〈東扉〉より、〈東山〉の方がよいかもしれない。蔣清翊は〈東山〉について、「謝太傅盤桓東山（謝太傅は東山に盤桓す）」（『世説新語』雅量篇）と六朝初期の政治・文化の大立て者謝安を典拠として引く。また謝霊運の詩賦にも「東山」の語があこがれの地といったイメージで用いられている例がある。しかし正倉院本の〈東扉〉の語も根拠があるのである。

昏旦変気候　昏旦　気候変じ

山水含清暉　山水 清暉を含む
清暉能娯人　清暉 能く人を娯ませ
遊子憺忘帰　遊子 憺として帰るを忘る。
出谷日尚早　谷より出ずるは 日尚お早く
入舟陽已微　舟に入るは 陽已に微なり
林壑斂瞑色　林壑 瞑色を斂め
雲霞収夕霏　雲霞 夕霏を収む
芰荷迭映蔚　芰荷 迭いに映蔚し
蒲稗相因依　蒲稗 相い因依す
披払趨南逕　披払して 南逕に趨り
愉悦偃東扉　愉悦して 東扉に偃す
慮澹物自軽　慮いは澹かに 物自ら軽く
意愜理無違　意は愜いて 理違う無し
寄言摂生客　言を寄す 摂生の客
試用此道推　試みに此の道を用いて推せと

『文選』巻二十二に載る謝霊運「石壁精舎還湖中作（石壁精舎より湖中に還るの作）」である。山水を詠った謝霊運の代表的な詩のひとつであり、〈東扉〉の語も含め、王勃の対句はこの詩を意識していたように思われる。この部分は当初のテキストが〈東扉〉に作っていた可能性が高いのではないだろうか。先に指摘した一つの典拠からどのように文字を選ぶかも含め、注意深い蔣清翊ですら疑問をもたないこのような改字が、伝写のうちに行われた部分が現行本には存在すると思われる。我々はこのテキストと現行本の文字の異同について、その異同に隠されている意味についても注意深く検討しなければならないのである。

このような異同について、最後にもうひとつ指摘しておこう。「秋日登洪府滕王閣餞別序」、いわゆる「滕王閣序」は、王勃の代表作とされる。この文にまつわる逸話が唐末の王定保の『唐摭言』に記録されている。この地の都督閻公が滕王閣で宴会を開き、参加者に序文を求めた。皆辞退するなか王勃は断らなかった。娘婿に序文を書かせるつもりであった閻公は怒って、奥に引っ込んでしまい、部下に様子をうかがわせた。第一の報告は、文の出だしであった。閻公は「是れ老生の常談」、陳腐であると評した。次の使者が続きを知らせると、「沈吟して言わず」と黙り込んでしまい、「落霞与孤鶩斉飛、秋水共長天一色」の対句が伝えられると、驚いて立ち上がり「此れ真に天才、当に不朽を垂るべし」と叫び、彼を厚くもてなしたというのが、簡単なあらすじである。

『唐摭言』の描写の巧みさもあって、「滕王閣序」とこの対句はまさに、不朽の名文と名句となった。しかしそれゆえに、この対句についてさまざまな批判が起こった。その論は二種類に大別できる。ひとつは「〇〇与〇〇＊＊、〇〇共〇〇＊＊」という構成の七字の対句は、六朝末期から王勃の頃に多く作られ、これを飛び抜けた名句とするに当たらないというもの。もうひとつが、文字の解釈に関わるもので、特に〈落霞〉と〈孤鶩〉がともに飛ぶという情景に批評が集中している。〈鶩〉は家鴨（アヒル）で、飛べないとする説、いや野鴨で飛べるという反論。さらに〈落霞〉は夕焼けではなく蛾の一種で、この句は〈鶩〉が小虫を追って食べようとしている様子の描写なのだという説なども提出されている。

これらの論評は、なぜこの対句だけが特筆されるのか。それに値する対句なのかという疑問が出発点になっている。指摘されるように「滕王閣序」のこの対句の形式は、六朝末期から初唐の作品に散見される。そのなかでこの対句が他の対句から抜きん出た名句とされるようになったのは、『唐摭言』に載る物語の力が大きいのではないだろうか。この句に対する論評やこの句を踏まえた表現が、唐末の『唐摭言』以前の評論や詩文に見いだせないこと、他の言葉はさておき、〈孤鶩〉はこの作品以前の用例を見つけにくい言葉であるのに、宋代以降、この対句の作品によって詩語となったと感じられる状況などはこのことを暗示していないだろうか。少なくともこの対句が人口に膾炙するうえで、この物語が果たした役割は大きい(5)。

ところで、中国で論争となっているこの名句の文字に異同があるのである。正倉院本は〈孤鶩〉を〈孤霧〉に作る(6)。そしてこれまで見てきたような正倉院本の性格から考えて、この異同は単なる誤字とは言い切れないものがあるように思われるのである。あるいは『唐摭言』が逸話のなかでこの対句を記録したことによって、〈孤鶩〉の語が定着したのであって、それ以前には〈霧〉と作るテキストが存在した可能性もあるのではないだろうか。〈霧〉であった場合には、この対句に対する批判の幾つかは根拠を失う。

〈孤霧〉も用例の少ない言葉であるが、〈孤霧〉を検索してみると、中国語のウェブサイトで、「滕王閣序」やこの対句そのものを紹介しているもの、この対句を明らかに意識している表現に、〈孤鶩〉ではなく〈孤霧〉と表記しているものが散見される。これは〈霧〉字でも対句として充分鑑賞に堪えることを側面から支持している。同じ発音である〈鶩〉と〈霧〉の、この対句における用字の違いには、対句からどのような風景をイメージするかという、読者の側の問題が含まれていると言えよう。ただ、正倉院本の筆写者には、そのようないわば作品鑑賞という意識が希薄であったと考えられる以上、〈鶩〉であるか〈霧〉であるかも、充分考察に値する異同と言えよう。

正倉院本がもつ可能性

以上、駆け足で正倉院に蔵される「王勃詩序」の特色を紹介してきた。正倉院本は筆写年代から、今では見ることの出来ない、王勃の最初の文集を筆写したものであったと考えられている。現在通行している蔣清翊注の『王子安集注』と文字の異同を検してみると、誤字や書き落としといった不注意によるミスはあるものの、『王子安集注』が伝写を重ねたことによる誤字や、意識的無意識的な書き換えが行われた可能性があるのに対し、正倉院本は忠実に写そうという意志をもって筆写されたテキストとであることがわかった。今後、正倉院本と現行本との文字の異同に充分な注意を払い、その異同の意味を吟味することにより、王勃の文集の初期の形態を浮かび上がらせることが可能になるであろう。そればかりではない。序という文体が、王勃の生涯を反映し、また彼の時代に勃興してきた文体であるがゆえに、王勃の文学、ひいては初唐の文学の実態を解明する可能性をも秘めている。「王勃詩序」は正倉院に収蔵されていたがゆえに、千三百年あまりの歳月を経て、現代の我々にその姿を伝えることができた。正倉院が果たしてきたタイムカプセルとしての役割を具体的に示す優れた文物であり、日本が世界に誇るべきテキストのひとつであることは論を待たない。今回触れることができなかったが、筆写されるほど愛された王勃の文学が、日本文学にどような影響を与えたかといった問題など、様々な角度からこのテキストを考察することによって、王勃の文学と「王勃詩序」のもつ重要さはより明確になると思われるが、すべては将来を期したい。

(7)

注

（1）『王子安集佚文』一九一八年。のち増補改訂版が一九二二年に作られた。

（2）「正倉院尊蔵二旧鈔本に就きて」（『内藤湖南全集』巻七、初出は一九二二年）

（3）「王勃の序」、「初唐の「序」」を参照されたい。

（4）「正倉院本「王勃詩序集」について」（『正倉院本王勃詩訳注』所収）。

（5）この物語自体は、晩唐、羅隠による「中元伝」が最初の記録のようである。「王勃「滕王閣序」中の「三尺微命、一介書生」句の解釈」を参照されたい。

（6）このことを羅振玉氏をはじめ、何林天校注『重訂新校王子安集』（太原　山西人民出版社　一九九〇年）、『正倉院本王勃詩序訳注』も指摘していないのは不思議である。

（7）巻尾に「慶雲四年（七〇七年）」とある。

＊小論は、二〇〇六年七月二十九日、九州大学文学部で行われた「日本人と漢籍・日中文化交流研究会」における報告に加筆したものである。当日貴重な御教示を賜った、神鷹徳治先生をはじめ諸先生方にあらためて感謝を申し上げたい。

王勃佚文中の女性を描く二篇の墓誌

初唐の文学者王勃の詩文集は、彼の死後早い時期に兄弟によって編纂された。しかし明代には散逸してしまい、現在、清代に蔣清翊が再編集し注した『王子安集注』が通行している。ところが我が国で明治以降、この通行本に見えない佚文が幾つか発見された。正倉院に保存されていた詩序については、「テキストとしての正倉院蔵「王勃詩序」」として紹介した。正倉院所蔵の巻子本以外にも、東京国立博物館所蔵（以前の所蔵は富岡家と神田家）と上野氏所蔵の巻子本がある。これらは原『王勃集』の巻二十八と二十九・三十に当たり(1)、墓誌三篇（巻首の目録は四篇であるが、一篇は本文を欠く）、行状一篇、祭文六篇、及び王勃の一族・友人の手紙といった作品が録されている(2)。

これら佚文については、正倉院本と同じく、内藤湖南・羅振玉が注目し、紹介がなされている(3)。正倉院本が文学性の強い詩序であるのに対し、これらの佚文は、内藤博士が指摘するように、王勃の伝記や唐初期の歴史の欠を補う資料としての重要性を持っている。しかし、四字句六字句の隔句対を中心に構成され、平仄の配置も整斉で、典拠を多用した文章は、駢文の精華とも言うべき作品であり、当時の観点から言えば、紛れもなく文学作品と呼ぶべきものであった。ここでは、上野本によって伝わった墓誌のうち、女性の為に作られた二篇を紹介し、併せて王勃の文学について考えてみたい。

帰仁県主墓誌

この墓誌は、駢文で書かれた序が一四〇五字、押韻する銘の部分は四十八句二〇〇字と三篇の墓誌のなかで飛び抜けて長文である。

李元吉の娘

帰仁県主について王勃は「皇唐高祖の孫、前斉大王の女」と紹介する。即ち、唐初代皇帝高祖李淵の四男、李元吉の娘である。李元吉は、当時皇太子であった李建成に荷担し、二代皇帝となる李世民を排除しようとしたが、武徳九年（六二六）、所謂「玄武門の変」で、世民の先制攻撃によって建成とともに殺害された。『旧唐書』（巻六十四高祖二十二子巣王元吉伝十四）『新唐書』（巻七十九高祖諸子巣王元吉伝四）によると、彼の五人の男児は全員誅殺され、彼の財産は没収された。しかし彼女を含む女児は、どうやら許されたらしい。

『新・旧唐書』を調べたところ、李元吉には彼女以外に、少なくともあと二人の娘があった。李世民は彼女らをそれぞれ県主に封じて、有力な家臣に降嫁させている。ひとりは寿春県主に封ぜられた女性である。この女性は、楊師道の子予之に嫁した。楊師道は、隋の王族の血をひく。かの魏徴に代わって侍中となり、のち吏部尚書に就いており、太宗李世民の治世初期の高級官僚のひとりである。ただ、予之については、父師道の伝に附して短い、しかも不名誉な記述があるだけである。そうであるから、寿春県主については、嫁いだという事実以外、何もわからない。

もうひとりは和静県主に封ぜられ、薛元超に嫁した。薛元超は隋の代表的文学者薛道衡の孫に当たる。元超も「長ずるに及んで善く文を属る。太宗甚だ之を重んじ、巣剌王（李元吉）の女和静県主を尚せ令む」（『旧唐書』巻七十三薛元超伝二十三）とあるように、有能な人物であり、和静県主との結婚も太宗のお声掛かりであった。彼は第三代皇帝高宗李治の代になっても優れた官僚として政治に貢献した。特に彼が「寒俊」、つまり貴族階級ではない、新興の知識人を積極的に推薦し世に出したことは、その伝記に特記されている。「寒俊」に属する王勃たち四傑のうち、薛元超は特に楊炯との関係が深く、楊炯も「王勃集序」で彼の名を盧照鄰と並称してその文学への貢献を称賛している。また薛元超の死後、伝記資料として「中書令汾陰公薛振行状」（『楊炯集』巻十）を作り朝廷に提出している。和静県主は長命したようであり、則天武后から玄宗皇帝の頃の政治家であり、文学界のリーダーでもあった張説が「祭和静県主」（『文苑英華』巻九九四）という祭文を作っている。ただ、多分に儀礼的であり、この祭文から彼女の人となりや生涯を具体的に知ることはできない。

さて、帰仁県主に封ぜられたこの女性であるが、中国に記録は残っておらず、日本に伝わったこの墓誌によってのみ、その存在が確認された人物である。しかし、他の二人と異なり、技巧的な対句と大量の典拠という厚いベールを通してではあるが、墓誌から彼女の生涯をかなり詳しく知ることが出来る。

結婚まで

墓誌は時系列で書かれている。記述に従って、この女性の生涯を見てゆこう。王勃は太宗の即位を述べたあと、

○　●　●　○
想維城而結欷、眷盤石而追懐。
○　●　○　●　○　●
雖三王絶淮国之封、而五女厚梁園之邑。

維城を想いて結欷し、盤石を眷《かえり》みて追懐す。三王　淮国の封を絶つと雖も、五女　梁園の邑を厚うす。
（原文の横の○は平声、●は仄声を示す。以下同。）

と続ける。「維城」も「盤石」も皇帝を支える皇族を指す。「淮国」の句は漢の淮南王劉長のことで、彼は驕慢で朝廷を軽視していたが、後に自殺させられ、封域は三人の王に分割された。「梁園」も漢の梁王劉武が作った「兎園」というサロンを言う。枚乗や司馬相如など文学者がそこに集まった。彼も朝廷と対立し、憂悶のうちに死んだが、五人の娘には領地が与えられた。この四句は帰仁県主が、父が朝廷に逆らって殺された人物であったことと、彼女自身は皇族としての待遇が与えられたことを言うのであろう。墓誌によれば、総章元（六六八）年、四十四歳で死んだ彼女は、父元吉が殺された時、わずか二歳であった。父の横死後、彼女は宮中で養育されたようである。

○　●　●　○
楊妃以亡姚之重、撫幼中闈。
●　○　○　●
某姫以生我之親、従栄内閤。

楊妃 亡姚の重を以て、幼を中闈に撫す。某姫 生我の親を以て、栄を内閤に従う。

楊妃と某姫の二人の女性が対で登場する。第一句の「亡姚」は『晋書』（巻九十五芸術伝六十五）に「郭麐 有晋の姚を亡ぼすを知り、姚を去りて晋に帰せんとす（史臣曰……郭麐知有晋之亡姚、去姚以帰晋）」とある。亡国を予想し、正統な王朝晋に逃れた（郭麐は失敗したが）ということを言うので、楊妃は、恐らく李元吉の正妃であった楊氏を言うのであろう。彼女は元吉の死後、太宗の後宮に入り、曹王の明を産んでいる。そして某姫は生母であろう。彼女たちが幼い帰仁県主を保護養育したのだ。

現政権に敵対した者の娘として、宮中は、実際には恐らく居心地のよい場ではなかったであろう。

●○○●

奉盥餌於前廂、侍温清於側寝。

○●○●○

二尊斉養、誠周於造次之間、

●●●○●

四徳兼□、行満於危疑之地。

盥餌を前廂に奉じ、温清を側寝に侍る。二尊 斉しく養い、誠は造次の間にも周く、四徳 兼ねて□、行いは危疑の地にも満つ。

文学的誇張はあるであろうが、彼女の生活は他の皇族の女性と同じではなかったであろう。特に隔句対は、彼女の気の張る生活を語るものではないだろうか。

結　婚

墓誌によれば、その慎ましさによって次第に人望を集めた彼女は、貞観十八年（六四四）、帰仁県主に封ぜられ、長道公の第二子に嫁した。

長道公は姜謩という人物で、『旧唐書』（巻五十九）『新唐書』（巻九十一）に立伝されている。それによると彼は隋末、李淵を知り、その将来に期待し李淵に協力したとあり、唐王朝成立に功績のあった人物である。王勃も帰仁県主の降嫁を、父の功績によるものと典拠を用いて表現している。李元吉に何人の娘がいたのかは不明であるが、彼女も他の二人と同様に結婚に当っては優遇されたことがわかる。但し姜謩は貞観元年に既に世を去っている。伝記には、高麗遠征で戦死した確、字は行本という子供の名が挙がっているが、この墓誌で「姜府君」と呼ばれる人物には、該当しないように思われる。

貞観廿一年

ややあって、墓誌が次に時間を示すのは「貞観廿一祀 其の憂に丁る」[4]である。この句に続けて、

爰有中詔、称哀内府。

○●●○

仰風林而標影、陟霜岵而摧心。

●　●　○　●
絶漿過乎七日、泣血周乎四序。
○　●　●　○
充窮之感、指蒼極而神飛、
●　○　○　●
孺慕之哀、攀紫宸而思越。
○　●　●　○
雖聖懐喩旨、帝簡相尋、
●　○　○　●
而積痛□酸、天情殆殞。

爰に中詔有り、哀を内府に称す。風林を仰いで影を標し、霜岵に陟りて心を摧く。漿を絶つこと七日に過ぎ、泣血すること四序に周し。充窮の感、蒼極を指して神は飛び、孺慕の哀、紫宸に攀じて思いは越ゆ。聖懐 旨を喩し、帝簡 相い尋ぐと雖も、積痛 □酸、天情殆ど殞つ。

とあり、彼女にとってこの人物の死は大事件であった。ちなみに、長大なこの墓誌で、最初の四句のように句末の平仄が乱れるのは、ごく僅かである。

「聖懐喩旨、帝簡相尋」と、皇帝さえ心配させるほど帰仁県主を悲しませたこの人物は誰であろうか。湖南は、夫の姜府君と考えている。しかし「充窮之感、指蒼極而神飛、孺慕之哀、攀紫宸而思越」と親の死を悲しむ意味を持つ言葉[5]と、その悲しみの向かう方向が宮中を指しているこの表現から考えると、宮中に暮らす彼女の生母、先の「某姫」だったのではないだろうか。この部分は、決して幸福ではなかったであろう宮中での生活のなか、冷視に堪えて彼女を育てた人物の死を悼む、県主の気持ちが強く表現されていると考えるべきなのではないだろうか。

この後、子供の誕生、春や秋の宴など、帰仁県主と姜府君の間に流れた穏やかな時間の描写に続き、総章元年の彼女の死が記録される。

墓誌の序文は、最後に彼女の人生が総括される。そのなかに、

○●●○

懼盈讖於鴆毒、慮不憑栄。

●○○●

懐賤業於殷憂、神無忤色。

盈讖を鴆毒より懼れ、慮いは栄に憑らず。賤業を殷憂より懐い、神に忤色無し。

という対句がある。私には難解な四句で、或いは誤写があるのかもしれないが[6]、この部分は単に彼女の人間としての美徳を言っただけではなく、怯え、慎重に暮らさなければならなかった、彼女の生涯を象徴する表現なのではないかと考えられる。

葬儀に際し、朝廷より手厚い礼が行われたという表現のあと、残された家族が描写される。洛州参軍の彀の、子供としての深い追悼の思いは、

○●●○
持縑負米、□極於難追。
●○○●
緑爼玄觴、敬深於如在。

縑を持ち米を負い、□は追い難きを極め、緑爼　玄觴、敬は在すが如きより深し。

そして残された姜府君について、

○●●○
悼存亡之不再、愴今昔之俄然。
●○○●
歩朗月以長懐、傃秋風而累歎。

存亡の再びならざるを悼み、今昔の俄然たるを愴む。朗月に歩みて以て長く懐い、秋風に傃《むか》いて累ね歎く。

と、その索漠とした心情が描写され、序の部分は終わる。

賀抜氏墓誌

女性の為に作られたもう一篇の墓誌は「唐故河東処士衛某夫人賀抜氏墓誌」である。「帰仁県主墓誌」に比べると、かなり短い。

結　婚

墓誌の通例として、この女性の出自・先祖が述べられた後、賀抜氏が紹介される。夫人は、

○●○●○
先人有訓、将辞班掾之家。
●○●○●
君子好仇、自入王凝之室。

先人　訓有り、将に班掾の家を辞せんとし、君子　好仇、自ら王凝の室に入る。

と、漢代の学者、班固の家の女性班昭（曹大家）や、六朝時代、王凝の妻となった謝道蘊のように、知的な家庭で教育を受け、「実に河東の令望なり」と称される衛家に嫁ぎ、睦まじい家庭を築いた。

寡　婦

しかし続いて、

○●●○
既而陶門鶴寡、大野鸞孀。

…（二句略）…

●　●　●　○

携撫孤幼、綏緝宗鄰。

既にして陶門の鶴は寡《ひと》りにして、大野の鸞は孀たり。……孤幼を携撫し、宗鄰を綏緝す。

とある。「陶門」は、若くして寡婦となり、一人で子供を育てた『列女伝』に載る魯の女性を指す。「大野鸞孀」は何を典拠とするか分からないが、この墓誌の銘文の「陶寡節を標し、桓嫠鏡と作す（陶寡標節、桓嫠作鏡）」がこの部分と反映しあっているとすれば、同じく『列女伝』に載る劉長卿の妻で寡婦となった後、再婚を避けるため自ら耳を削いだという桓鸞の娘を指すのかもしれない。いずれにせよこの部分は、彼女が、夫に先立たれ、遺児を育て一族を支えたことを言っているのである。

母を悼む

彼女が育てた子供が成長し「秩は千鍾を累ね、堂は九仞に崇し」という高位に達しうる才能を得たと、彼女の養育の努力や、安楽な老年の可能性を言ったあと、一転して

○　●　●　○

蘭陔動詠、□□厚礼之思。

●　○　●　●　●

蓼径含酸、遽軫窮遂之酷。

蘭陔　詠を動かし、厚礼の思いを□□す。蓼径　酸を含み、遽かに窮塗の酷を軫む。

と、墓誌は彼女の死を述べる。ただ、「蘭陔」「蓼径」は『詩経』を典拠とし、親に孝養を尽くそうとして出来なかった子供の後悔を指しており、この部分は子供の視点から、母の死に対する無念さを述べる。[7]

この表現の少しあとに「郤缺」と「黔婁」を対にした句がある。共に春秋時代の人で、前者は、不遇の夫を支えた妻、後者は夫の死後も夫の意志を守った妻を表現するための典拠として用いられている。こうして見ると、この墓誌は、賀抜氏が、寡婦であったということを出発点に、苦労をして家を守り、子供を育てたことを言い、その描写も、賀抜氏の心情を述べるより、この女性を見てきた子供の視点による。

唯一、彼女自身の言葉、意志が表現されているのが遺言の部分である。賀抜氏は、仏教信者であった。そして合葬を「非古」として（言葉自体は『礼記』檀弓上に出る）、薄葬を遺命とした。しかしその結びは、子の衛玄が遺命に従ったということを言うもので、母と子の関係が意識される表現になっている。そして、このような母への視点を象徴するように、この墓誌の序は子の悲しみを十四句にわたって連続して述べて終わる。

訣墓を越えて

この二篇の墓誌を、王勃はともに依頼を受けて作った。しかし執筆時の王勃の立場は大きく異なる。伝記によると、王勃は戯れに作った「檄英王雞文」が高宗の逆鱗にふれ、沛王府を追われ、総章二年、長安から蜀へ旅立つ。「帰仁県墓主誌」が作られた総章元年は、王勃が王府を出される直前に当たり、世に出る手がかりを求めて盛んに有力者に自分の文章を提出して、推挽を求めていた時期である。準王府とも言える姜府君の邸宅に出入りしていた可能性も考えられる。このような王勃の状況を考えると、興醒めではあるが、整った駢文で綴られたこの墓誌には、追悼の思いばかりではなく、彼の将来への思惑が込められていたかもしれない。

一方「賀抜氏墓誌」を依頼した衛玄は、王勃の蜀滞在時の庇護者の一人であった。(8)その意味では、この墓誌は生活の為という要素がより強かったかもしれない。

冷たく言ってしまえば、王勃のこの二篇の墓誌は「諛墓」の文と言えるかもしれない。しかし、以上見てきたように、王勃は、「帰仁県主墓誌」では、時系列で流れる文章のなかに、彼女の感情を組み込むことで、帰仁県主の生涯に父元吉の横死が深い影を落としていたことを暗示した。「賀抜氏墓誌」では、描写の視点を墓誌の依頼者である衛玄の心情に合わせることにより、苦労した母に報いることが出来なかったという、衛玄の悲しみを通奏低音として、寡婦であった賀抜氏の生涯を浮かび上がらせた。これらの文章が、単に技巧的表現によって構成されただけの、平板で無内容なものではないことは、明らかであろう。

この二篇の墓誌は、日本にしか伝存していない。そしてこの二人の女性も、中国には何の記録も残っていない。しかし、二人の女性の心情と立場に焦点をあわせ、彼女たちがどのように生きたかを述べるこの墓誌は、唐初期の歴史資料としてではなく、やはり何よりも王勃の文学作品として貴重であると言うべきではないだろうか。

注

（1）それぞれ戦前に景印が刊行されているが、現在、東京国立博物館に所蔵される巻二十九・三十及び神田本は、博物館ウェブサイト、e-国宝からも見ることが出来る。また大阪市立美術館編『唐鈔本』（京都　同朋社　一九八一年）にはそれらの写真版と参考文献が挙げられている。

（2）このほかにＭＯＡ美術館所蔵、国宝『翰墨城』に「伝橘逸勢筆詩序切」と称される古筆切が伝わる。これは『王勃集』巻二十八から切り取られた「陸□□墓誌」の銘文の一部と思われる。「伝橘逸勢筆「詩序切」と上野本『王勃集』の関係」を参照されたい。

（3）これら三本についての紹介は、注（1）の『唐鈔本』の参考文献を参照。他に、興膳宏「上野本『王勃集』のことなど」（『中国古典と現代』東京　研文出版　二〇〇八年所収。初出は「『日本中国学会便り』二〇〇四年第一号）がある。

（4）「丁其憂」を羅振玉、陳尚君『全唐文補編』上（北京　中華書局　二〇〇五年）は「丁某憂」に作るが、景印本では「其」字に見える。

（5）「充窮」は『礼記』檀弓上の「始めて死すれば、充充として窮する有るが如し」を典拠とする。孔穎達は親の死に対する子供の態度と注する。また陳・徐陵の「（陳）文帝哀策文」に「充窮寄る靡く、孺慕奚ぞ憑らん」（『芸文類聚』巻十四帝王部四）とある。

（6）例えば「楽府解題曰……其旨言、彫室麗色、不足為久懽、宴安酖毒、満盈所宜敬忌」（『楽府詩集』巻六十一雑曲歌辞君子有所思行所引）とある。この部分、「盈識」は盈の識り、或いは誤写であるかもしれない。

（7）『詩経』小雅・南陔序「南陔孝子相戒以養也」。また束晳「補亡詩六首」（『文選』巻十九）「循彼南陔、言採其蘭」。『詩経』小雅蓼莪序「蓼莪刺幽王也。民人労苦、孝子不得終養爾」。

（8）「梓州郪県兜率寺浮図碑」（『王子安集注』巻十七）に「県令衛玄、海内高流、河東望族。栄高銅墨、任屈弦歌。浹辰而風化大行、踰月而姦豪屏氣。陶潜彭沢、自得高人、王吉臨邛、仍延重客（県令衛玄、海内の高流、河東の望族。栄は銅墨に高く、任は弦歌に屈す。浹辰にして風化大いに行われ、踰月にして姦豪気を屏ぐ。陶潜の彭沢、自ら高人を得、王吉の臨邛、仍お重客を延く）」と、家柄がよく、県令などには勿体ないないほど才能があり、人柄も優れていると、褒め称えている。

王勃「滕王閣序」中の「勃三尺微命、一介書生」句の解釈

「秋日登洪府滕王閣餞別序」（以下「滕王閣序」と略す）は、多くの典拠をちりばめ、様々な字数の対句を連用しつつ平仄配置もほぼ整斉と、王勃の代表作であるばかりでなく、中国文学史上、優れた駢文作品の一つと評される。

ところで、奈良の正倉院に「王勃詩序」と称される巻子本（以下正倉院本と称する）が伝存している。末尾に「慶雲四年」（七〇七年）という紀年があり、王勃没後三十年ほど後に書写された、現存する最古の『王勃集』の一種である。古いばかりではなく、原本の文字を正確に書写しようとしていたようであり、テキストとしても信頼性が高い。(1) その抄写された四十一篇の序作品の中に、「滕王閣序」も含まれている（図1）。『文苑英華』所載の「滕王閣序」とは、数え方にもよるが五十三箇所の異同がある。その内の幾つかは、新たな解釈の可能性を示す文字や、従来の解釈に改変を迫る句が含まれている。

小論で取り上げようとする「勃三尺微命、一介書生」の対句は、従来解釈が分かれている部分であるが、正倉院本は、この部分を「勃五尺微命、一介書生」としている（図2）。「三」と「五」はどちらも数字であり、かつ書き誤り易い文字であるが、私は正倉院本の「五尺」が、『王勃集』の当初の文字であったのではないかと推測

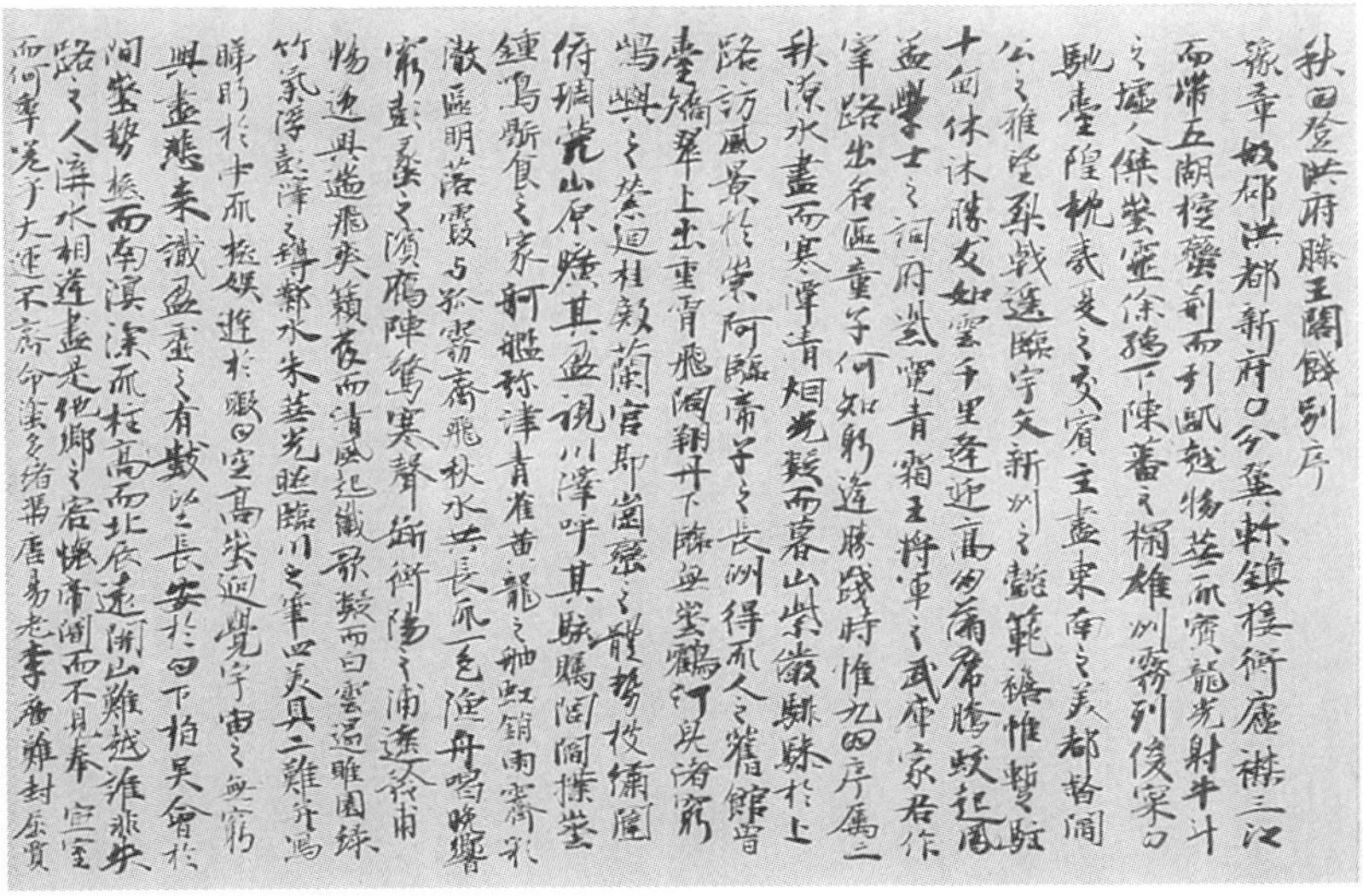

図１　滕王閣序

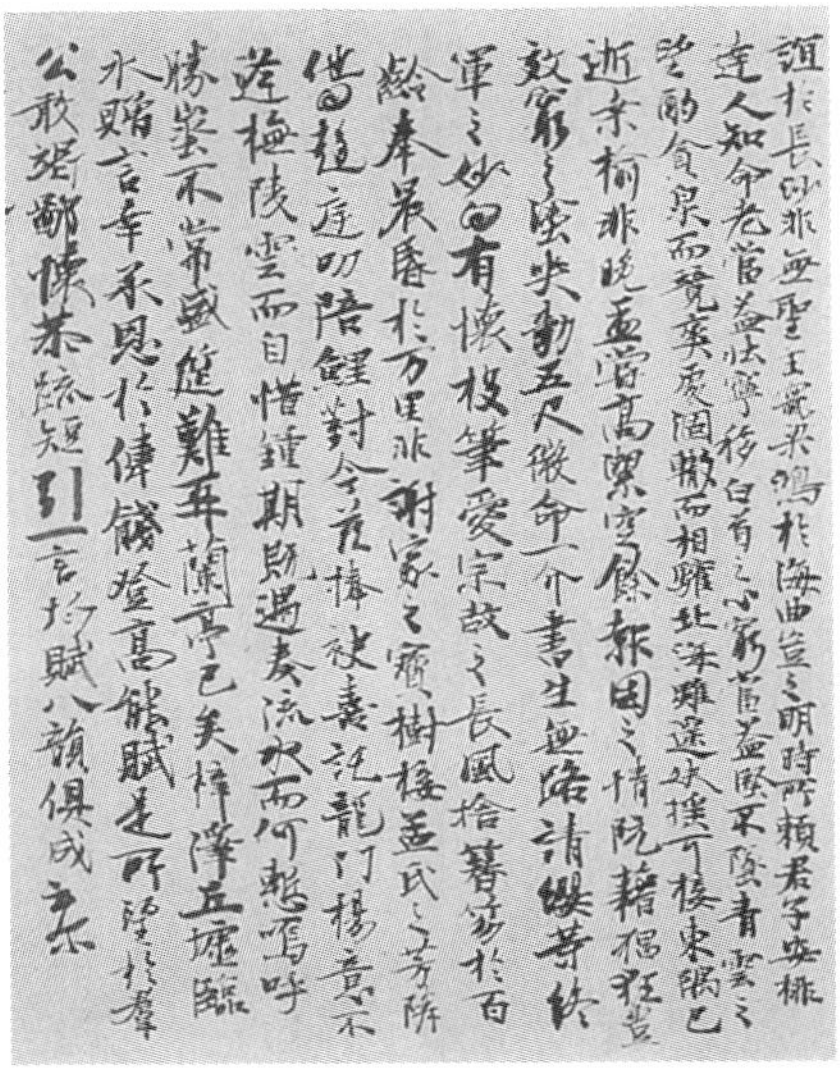

図２

している。もしそうであれば、正倉院本によって、従来の解釈を訂正し、王勃がこの対句に込めた意図を正しく解釈することが可能となるのではないだろうか。

一

正倉院本の「五尺」に対する私の考えを述べる前に、「三尺微命」に対するこれまでの解釈を整理しておこう。清末の人蔣清翊は、中国に伝わる王勃の作品すべてに詳細な注を付した。だが、残念ながらこの句の「三尺」については注を付していない。しかし『古文真宝』（後集巻三）や『古文観止』（巻七）など幾つかの選集が「滕王閣序」を採録している。それぞれ「『歴代名文』に云う、三尺は其の小を言うと（歴代名文云、三尺言其小）」、「方に自己を説（到）うならん（方説到自己）」など、簡略な注が付されているだけで、具体的にどのように解釈しているのかが分かり難い。ただ、後述するように、一般的に「三尺」は王勃の身長と解されていたようである。

この句に新しい解釈を出したのは、民国時期の高歩瀛『唐宋文挙要』（乙編巻一）である。やや長くなるが、その注を引用する。

三尺句蔣氏無注。案礼記玉藻曰、紳制士長三尺。周礼春官典命、鄭注曰、王之下士一命。子安曾為虢州参軍、故自比於一命之士、曰三尺微命也。又疑三尺或指法律言、漢書杜周伝…（略）…。旧唐書勃伝曰、官奴曹達抵罪、匿勃所、懼事洩、輒殺之、事覚当誅、会赦除名。三尺微命、自傷曾罹法律、生命甚微也（「三尺」の句は蔣（清翊）氏注する無し。案ずるに『礼記』玉藻に曰く、紳の制 士は長さ三尺と。『周礼』春官典命、鄭注に曰く、王

の下士一命と。子安　曾て虢州参軍と為る、故に自らを一命の士に比し、「三尺微命」と曰うならん。又た疑うらくは「三尺」或いは法律を指して言うならん、『漢書』杜周伝に…（略）…。『旧唐書』（王）勃伝に曰く、官奴曹達　罪に抵り、勃の所に匿る、事洩るるを懼れ、輒ち之を殺す、事覚われ当に誅さるべきに、赦に会い名除かる」と。三尺微命は、自ら曾て法律に罹り、生命甚だ微なるを傷むなり）。

高歩瀛は身長説に言及していないが、「三尺」に対して、二つの解釈の可能性をその根拠となる典拠とともに提示する。一つは、三尺を紳の長さとするものである。古代にあって紳の長さは身分によって異なり、下級の官僚はその長さが三尺であった。それを典拠として下級官僚を意味すると解する。第二は法を指すとし、法律に触れ死刑になりかけた身と解釈するのである。この後、幾つかの訳注と関係論文を見てみると、下級官僚説が支持されているように感じられるが、現在まで身長説を含む三説が並行して行われている。例えば、日本には三種の訳がある。一つは『中国古典文学大系二三　漢・魏・六朝・唐・宋散文選』（伊藤正文・一海知義編　東京　平凡社　一九七〇年）で、「この私は、とるに足らぬ三尺の童子であり、まだ一介の書生にしかすぎない」（二四三頁）と、身長説を採る。一方『新釈漢文体系一六　古文真宝（後集）』（星川清孝　東京　明治書院　一九六三年）は、「私、王勃は、三尺の小身の微々たる生命の者、一人の書物を読む人間にすぎないのである」と訳し、語釈の部分で、「三尺微命　三尺の微身の意。小さな存在である。謙遜の語。勃が当時十三・四歳であったから三尺というとの説もあるが、妥当ではない。微々たる身ということを誇張して三尺といったものと解する」（一四二頁）。下級官僚説、法律に触れた身説のどちらに立つかはあまり明らかではないが、身長説は明確に否定している。

中国では、王力『古代漢語（修訂本）』第三冊（北京　中華書局　一九八五年）は、高歩瀛の注に従うとして「三尺」

を「衣帯を結んで垂らした部分の長さを指す（指衣帯結余下垂的部分（紳）的長度）」とし、この句を虢州参軍という下級官僚であった自分と解釈する（一一七七頁）。また孫望・郁賢皓主編『唐代文選』上（南京　江蘇古籍出版社一九九四年）も高歩瀛の二説を紹介のうえ、下級官僚説に立つ。但し、下級官僚は「思うに此は自分が以前沛王府修撰と為ったことを言うのであろう（按此当自謂其曾為沛王府修撰）」と指摘する（二八四頁）。さらに『唐文選』（李浩選　北京　人民文学出版社　二〇一一年）は、「童子を指すという説がある。……考えるに、王勃がこの文章を作った時には既に二十才を過ぎていたので、自分を三尺童子と称する理由はないように思う（或言指童子。……按、勃為此文已過冠年、似無自称為三尺童子之理）」と、三尺が童子を指すとする説に疑義を呈し、この部分に続けて高歩瀛の注を紹介し「可備参考」と、下級官僚とする説を支持している。このように日中の注釈も、三尺を身長に解するものと、下級官僚に解するものの二説に分かれる。(2) また官僚と解釈するものも、その具体的な官職については意見を異にしている。これらの解釈の分岐には、星川先生の語釈にも指摘があるように、「滕王閣序」が何時、王勃が何歳の時に作られた作品であるかという問題がかかわっているのである。蔣清翊は、題名下の注で、『唐摭言』（巻五）の「王勃滕王閣序を著す、時に年十四。都督閻公之を信ぜず……（王勃著滕王閣序、時年十四。都督閻公不之信）」と言う記録を引用する。即ち蔣清翊は、この序は王勃十四歳の時に作られたと考えていたのである。テキストによっては十三歳とするものもあるが、この逸話から「滕王閣序」が、王勃の少年時代に作られたとする説がある。

ただこの逸話は、李剣国氏『唐五代志怪伝奇叙録』（南開大学出版社　一九九三年）に拠れば、晩唐の文学者羅隠の「中元伝」が最初の記録であり、『唐摭言』はむしろ、王勃が馬当山でその神と出会い、神の力で遥か遠い南昌まで一夜で到着したといった、荒唐無稽な部分を削除して記録したとされる。(3) そうであれば、この記録は事実としてより、十三或いは 十四歳の、まだ無名の少年王勃がこのような長大な駢文を書いたということを重要なモチーフとする物語と考えるべきではないだろうか。そしてこの物語を下敷きとして、「三尺」を彼の身長とする解釈が生まれてきたと考えられる。なぜなら、この物語を敷衍した『醒世恒言』（巻四十）「馬当神風送滕王閣」では、序作成の名誉を奪われた閻公の女婿呉子章が王勃を「是れ何たる三尺の童稚ぞ。先儒の遺文を将て、偽りて自己の新作と言う（是何三尺童稚。将先儒遺文、偽言自己新作）」と罵る場面や、二句をまとめる形で、劇中の王勃に、自身を「三尺書生」と称させている例があるからである（『雑劇三集』（清・鄒式金輯）所収「滕王閣」[4]）。このように逸話から広まった説話世界では、王勃の若さは次第に強調され、それに伴い三尺が身長として定着していったと思われる。

　このような三尺を身長と解する説に対し、高歩瀛氏が三尺を紳の長さ、あるいは法律書を指すとされた新たな主張を受けて、仮に十三・四歳の少年であっても三尺は小さすぎるという批判が提出される。早く屈万里先生は「「滕王閣序」的両箇問題」（『大陸雑誌』第十六巻第九期　台北　同雑誌社　一九五八年）で、明確に三尺身長説を否定した。氏は「滕王閣序」制作時、王勃が十三・四歳であったとする説を退け、「三尺微命」について、次のように言う。「「三尺微命」の三尺二字について、一般の人はみな子供の身長を言うと考えているが、実際には違う。なぜならもし子供の身長を指すと言うなら、『孟子』に「五尺之童」という既に定まった典故があるのに、子安（王勃）は棄てて用いなかったようであるからだ。一歩譲って、もし典故を用いていないとしても当時の尺度に照らして言うと、十三・四歳の子安は、身長は絶対に三尺に止まらない（近人の考証に依れば、唐代の一尺は、ほぼ三分の一メートルに相当する）（「三尺微命」的三尺二字、一般人都認為是指童子身材的高度説、実際上也不是。因為如果指童子身材的高度説、則孟子裏有「五尺之童」的現成典故、子安似乎不至於棄而不用。退一歩講、如果不用典故而照当時的尺度説、則十三四歳的子安、身高也決不止三尺（拠近人考証、唐尺一尺、約合今三分之一公尺））」と述べ、続けて高歩瀛の注解を引用し、その説に賛成している。

屈万里先生が「滕王閣序」制作年を王勃二十六歳時とする点については、検討を必要とする。しかし、三尺を身長と解する説への反対は、伝承を無批判に受容してきた従来の解釈に対する劃期的な批判であった。この後、幾つかの論文が身長を指すとする説を批判する。(5)

三尺を身長とする説は、高歩瀛氏と屈万里氏により、かなりの打撃を受けたと言えよう。では、正倉院本のように「五尺微命」であった場合、どのように考えればよいのだろうか。特に屈氏論文は、三尺が小さすぎるということを身長説否定の理由の一つとされている。そうであれば、五尺であったならば、この句はやはり王勃の身長を示していたと考えてよいのだろうか。(6)そしてそこからさらにこの句を、現在学界において否定されつつある「滕王閣序」が、王勃十三・四歳時に作られたとする説の有力な根拠として提示できるのだろうか。(7)

二

王勃は自らの身長を指して「五尺」と称しているのだろうか。中国国家計量総局主編『中国古代度量衡図集』（北京 文物出版社 一九八一年）に拠れば、唐代の一尺は約三〇・〇㎝である。五尺は一五〇㎝前後、三尺だと九〇㎝程度になる。屈万里先生が指摘されたように、十三・四歳の身長として「三尺」は小さすぎる。五尺ならば、十三・四歳の少年の身長と言えるかもしれない。しかし、私は、この句では、王勃は典拠として「五尺」を用いているのであって、彼の実際の身長と見なす必然性はないのではないかと考える。

先に引用したように、屈万里氏は「五尺」に典拠があることを指摘されている。氏が指摘するのは『孟子』滕文公上「許子の道に従えば、則ち市賈 弐ならず、国中 偽り無し、五尺の童をして市に適かしむと雖も、これを或欺する莫し（従許子之道、則市賈不弐、国中無偽、雖使五尺之童適市、莫之或欺）」であろう。これは許子、即ち許行の説を信奉する陳相が、孟子との論争の際に発した言葉である。価格を劃一化すれば、〈五尺の子供〉を買い物に行かせても、商人が子供だからと欺いて高く売ったりはしないと主張する。確かに、この部分の五尺は間違いなく子供の身長である。[8] だが、私は「勃五尺微命」の「五尺」は、『孟子』ではなく、『荀子』仲尼篇「仲尼の門人、五尺の豎子も、言に五伯を称するを羞ず、是れ何ぞや（仲尼之門人、五尺之豎子、言羞称乎五伯、是何也）」と、孔子の門に学ぶ者は、〈五尺の少年〉でさえ、五覇のことを口にするのを恥じたという句を、典拠とするべきではないかと考える。

『荀子』を典拠とする例には、例えば「夫れ仁人は、其の誼を正しうして、其の利を謀らず。其の道を明らかにして、其の功を計らず。是を以て仲尼の門、五尺の童も、五伯を称するを羞ず。其の詐力を先にして、仁誼を後にせしが為なり。苟《かり》そめに詐を為すのみにして、故に大君子の門に称するに足らざるなり（夫仁人者、正其誼、不謀其利。明其道、不計其功。是以仲尼之門、五尺之童、羞称五伯。為其先詐力、而後仁誼也。苟為詐而已、故不足称於大君子之門也）」（『漢書』巻五十六董仲舒伝二十六）。更に「五尺の童子、晏嬰と夷吾とに比するを羞ず（五尺童子、羞比晏嬰与夷吾）」（『文選』巻四十五揚雄「解嘲」）をはじめとして多数の例を挙げることができる。『孟子』の例に近い単純に少年の身長を示すために「五尺」が用いられている例ももちろんあるが、私の調査では、上のように〈ほんの少年でさえ〉という『荀子』のニュアンスで用いられている例が圧倒的に多い。その状況は初唐においても変わらない。例えば崔融「為朝集使于思言等請封中岳表」（『文苑英華』巻六〇〇）「五尺の童児も、覇道を論ずるを羞じ、八十の父老は、帝力を知らず（五尺童児、羞論霸道。八十父老、不知帝力）」、「五尺の童子も尚お以て愚と為す（五尺童子尚以為愚）」（『龍筋鳳髄判』巻三）のほか、「曾て試みに之を論ずれば、世の従仕する者、若し之をして将と為さしめて、しかも才に韜略無く、之をして吏と為さしめて、しかも術に循良靡く、之をして文を属らしめて、しかも辞賦に閑ならず、之をして学を講ぜしむるに、経典に習れずんば、斯れ則ち負乗して寇を致し、悔吝旋ち及ぶ。五尺の童児と雖も、猶お調笑することを知る者なり（曾試論之、世之従仕者、若使之為将也、而才無韜略、使之為吏也、而術靡循良、使之属文也、而匪閑於辞賦、使之講学也、而不習於経典、斯則負乗致寇、悔吝旋及。雖五尺童児、猶知調笑者矣）」（『史通』内編・弁職篇）などの例がある。更に何よりも、「豈に夫れ四海の君子、袂を攘いて之を恥ずるを知らんや。五尺の微童も、固より窮するも為さざる所以なり（豈知夫四海君子、攘袂而恥之乎。五尺微童、所以固窮而不為也）」（「上絳州上官司馬書」巻五）と、王勃自身に『荀子』を意識した表現があるのである。[9] ちなみに蔣清翊は、この部分に先に挙げた『漢書』董仲舒伝を引いている。

「五尺」は確かに少年の身長である。そしてそこから少年を象徴する言葉となった。しかし『荀子』及び、『荀子』を典拠とする用例から浮かび上がるのは、幼児期を脱し、大人の世界に入る準備段階にあって、勉強を始めたばかりの学力不十分の若者のイメージである。「五尺」は、そもそも十三・四歳の少年に限定される言葉でもないのであり、王勃の実際の身長を指していると考える必要はない。

三

ここで、「五尺微命、一介書生」という対句の中で、「五尺」の意味を上記のように解することが可能かどうか、確認しておきたい。

「微命」は蒋清翊が「『楚辞』天問、螽蛾微命なるも力何ぞ固き（螽蛾微命力何固）」と典拠を指摘している。微弱な命と言ったような意味に解されている。もちろん王勃はこの語を意識している。「上絳州上官司馬書」の「五尺微童」は、自分のことを言っているのではないが、この「微童」も含め、社会に足場を持たない、数にも入らないような、か弱い立場を指すように考えられる。「五尺」と組み合わせれば、やはり、そのような物の数にも入らないような若者と解せる。[10]

「一介書生」はどうであろう。王勃の現存する作品中（含佚文）、書生という言葉は、「滕王閣序」を含め六例ある。「下官寒郷剣士、燕国書生」（「春日序」佚文）のような典拠として用いている例を除き、自称として「書生」を用いている例は三例あるが、一例は、手紙の末尾に「書生王勃死罪死罪」（「上劉右相書」巻五）とするものである。他は、「今勃東鄙之一書生耳」（「上郎都督啓」巻四）と「借りに勃の如き者は眇小の一書生のみ。曾て撃鐘鼎食の栄無く、南隘北閣の援有るに非らず（借如勃者眇小之一書生耳。曾無撃鐘鼎食之栄、非有南隘北閣之援）」（「上劉右相書」）の二例である。

この二例はともに、世に出る機会を得ず、勉学を続ける若者である自分を卑下する表現となっている。また「眇小」の語は、他にも「下官は天性任真、直言淳朴なり。拙容陋質、眇少の丈夫、蹇歩窮途、坎巻の君子なり（下官天性任真、直言淳朴。拙容陋質、眇少之丈夫。蹇歩窮途、坎壈之君子）」（「山亭興序」巻九）がある。この表現は孟嘗君の体格の描写を典拠とするが、前後の句から考えると、「五尺」と同じく、王勃の実際の体格を表現しているのではなく、優れた才能を懐きながらも、社会的に評価されない卑小な存在と読むべきではないか。そう考えると「眇小之一書生耳」という表現は「五尺微命、一介書生」を一句に縮めた句と考えることも可能であろう。

「書生」は言うまでもなく、勉学に励む学生を指すが、これら二例からみても、「一介書生」は、平凡で取るに足りない学生と解釈でき、まさに「五尺微命」と矛盾無く、勉学中の、社会的に頼る者もない不安定な状況にある平凡な若者と、自分を卑下して述べていると考えてよかろう。[11]

典拠から考えても、対になっている「一介書生」との関係からも、この部分は本来「五尺微命、一介書生」と作っていたと考えられる。そして「五尺」は確かに本来は童子の身長を指したが、王勃は自分の身長を示す言葉としてではなく、『荀子』を典拠として、〈勉強を始めたばかりで学識不足で、頼るところもない若造〉という自分を表現するために用いたと解するべきなのである。[12]

四

最後に、なぜ「五尺」が流伝中に「三尺」に書き換えられ、定着したのかということについて、推量を述べておきたい。私はそこには三つの原因が考えられるように思う。

一つは言うまでもなく、伝写の間の書き間違いである。「三」と「五」は書き誤り安い。その例として、王勃とともに初唐四傑に数えられる楊烱の「少室山少姨廟碑」を挙げることが出来る。「周人の国老を養い、始めて西膠を闢く。漢氏の諸生を召き、初めて太学を開く。辟雍は其の礼を行う所以、泮宮は其の教を弁ずる所以なり。童子三尺も、覇后の臣を談ずるを羞ず。冠者六人、惟だ明王の道を述ぶ。其の文徳　此の如き者有り（周人之養国老、始闢西膠。漢氏之召諸生、初開太学。辟雍所以行其礼、泮宮所以弁其教。童子三尺、羞談覇后之臣。冠者六人、惟述明王之道。其文徳有如此者）」とある。この「三」の部分、『文苑英華』（巻八七八）は、「一本作五」と注している。一見して明らかなように、この句もまた『荀子』を踏まえており、「五尺」でなければならない。もちろん誤記は一般的に起こる現象であるが、「滕王閣序」に限っては、既に指摘したように物語の影響があると考えられる。これが二番目の原因である。そして最後に度量衡の変化が考えられる。盛唐の頃から、童子の身長を指す言葉が、「五尺」から「三尺」に換わるように思われる。例えば韓愈「論淮西事宜状」（『韓昌黎文集』巻四十）は「譬えば如し人有りて十夫の力有りと雖も、朝自り夕に及び、常に自ら大呼跳躍せば、初めは其の勢畏る可しと雖も、久しからずして必ず自ら委頓せん。其の力の衰うるに乗ずれば、三尺の童子も、其の死命を制せ使む可し（譬如有人雖有十夫之力、自朝及夕、常自大呼跳躍、初雖可畏其勢、不久必自委頓。乗其力衰、三尺童子、可使制其死命）」と、「三尺童子」に作っている。私の調査の限り、この部分には文字の異同、即ち「五尺」に作るテキストはないようである。先に指摘したように、唐代の三尺は九〇cm前後、『孟子』の五尺よりも小さい。童子が何歳くらいを指すかはしばらくおき、戦国時代一一〇cm程度であった「五尺之童」も、唐代に一五〇cmとなると、少なくとも文学的イメージとしては大きすぎると感じられたのではないだろうか。いずれにせよ、「三尺」を童子の身長とする表現は、王勃以前には容易には見出しがたいが、盛唐以降「五尺」と「三尺」が並行して行われるようになる。[13]このような意識が、「五」を「三」として定着させた理由として考えることができる。

「滕王閣序」の「三尺微命」の「三尺」は、当初王勃の実際の身長と解されてきた。身長としては小さすぎるという理知的な観点が出発点になっていると考えられる高氏の解釈は、その意味で説得力を持ち、支持された。しかし正倉院本の「勃五尺微命」の文字は、この句の解釈の見直しを要求するものであった。正倉院本に従えば、この句は、続く「一介書生」の句とともに、勉強を始めたばかりの、頼るべき者もいない平凡な若者という謙遜の表現であったのである。「三」は小さな誤写であるかもしれないが、後世に大きな誤解を与えた誤写であったと言えよう。

おわりに

作品は作者の手を離れた瞬間から、その解釈は読者に委ねられる。中国文学に限らないが、古典作品においては、そのようないわば〈読まれてきた歴史〉もまた、尊重されなければならない。ただ「滕王閣序」に限って言えば、この作品の〈読まれてきた歴史〉には、羅隠「中元伝」によって紹介された、王勃滕王閣物語の竄入が認められる。その典型が神童王勃のイメージである。戦国時代と唐代の「尺」が示す長さのずれにより、盛唐の頃から「五尺」「三尺」の両テキストが並行するようになり、最終的に少年のイメージを強める「三尺」が「五尺」のテキストを駆逐していったのではないだろうか。「三尺」を身長とする伝統的解釈を否定した高歩瀛氏の観点には、作品そのものと向き合おうという理知的な姿勢を見ることができる。高氏の新しい解釈が支持されてきた理由は、そこにある種の近代的批評精神が込められていたからであろう。

近年、先人の研究成果を総括し、広く東アジア世界の文化的基盤として中国古典文学を見直そうとする研究が盛んになりつつあるように感じられる。〈読まれてきた歴史〉もそのような文脈のなかで、あらためて検証されなければならないであろう。一方、東アジアというエリアで資料調査が可能となりつつある今日、諸テキストを調査し、作者の意図を正確に読み解こうとする研究も、新しい展望を切り開くことが期待されている。正倉院所蔵の文献をはじめとする日本の鈔本は、これまでにも指摘されてきたように、作品の精密な読解のための重要なテキストであるばかりでなく、作品の〈読まれてきた歴史〉を浮かび上がらせる資料にもなるように思われる。

小論はその一例を示そうと試みたものである。(14)

注

（1）拙著『正倉院蔵《王勃詩序》校勘』（香港大学饒宗頤学術館 二〇一一年）及び「テキストとしての正倉院蔵『王勃詩序』」（《文学与文化》（南開大学 二〇一一年第一期））を参照。

（2）このほかに、手近にある幾つかの訳注を見てみた。『古文観止』には三種類の訳注がある。天津古籍出版社（六四年）は身長、安徽教育出版社、湖北人民出版社（ともに八四年）は、紳の長さとするが、前者は官位の低さを、後者は身分が賤しいことを指すと解している。『歴代駢文名篇注』（譚家健著 黄山書社 一九八八年）と『中国古典文学読本叢書 唐文選』（高文・何法周主編 人民文学出版社 一九八七年）も、『礼記』玉藻と『周礼』春官・典命の鄭玄注を引き、下級官僚の意に解する。

（3）「中元伝」は現在、宋・委心子撰『新編分門古今類事』巻三「王勃不貴」（金心点校 中華書局 一九八七年）と『歳時広記』巻三五「賦滕閣」の題で採録されている。

（4）『歳時広記』には既に、王勃に向かって「三尺小児童」と言う場面がある。このほかに周亮「〝三尺微命〞与〈滕王閣序〉的写作時間」（『貴州大学学報（社会科学版）』一九九七年第三期）また同氏「由〈金瓶梅詞話〉中的一段笑楽院本所引起的思考」（『信陽師範学院学報（哲学社会科学版）』二〇〇〇年第一期）によると、『金瓶梅詞話』に「三尺」を少年王勃の身長として描写している部分があるという。

（5）例えば張志烈「王勃雑考」（『四川大学学報哲学社会科学版』一九八三年第二期。黄任軻「〈滕王閣序〉疑義弁析」（上海社会科学院文学研究所編『文学研究叢刊』一八八四年）。任国緒「王勃〈滕王閣序〉作于何年」（『北方論叢』一九八六年第六期）。張麗「滕閣一序多疑云王勃〝作年〞訟至今―試従〝童子〞、〝終童〞与〝三尺〞等看王勃作〈滕王閣序〉的確切年齢」（『滄桑』二〇〇六年）らは皆、「三尺」を王勃の経歴に関連させて解釈している。

（6）注（4）周亮氏一九九七年論文は、五尺であれば王勃の身長である可能性があるとする。

（7）この説は、完全には否定されていない。例えば駱祥発『初唐四傑研究』（東方出版社　一九九三年）は、十三歳説を主張する。

（8）ちなみに、本文前掲書によれば、戦国時代から漢代まで、一尺は概ね二十三㎝前後である。そうであったとすると『孟子』中の「五尺」は一一五㎝ほどであり、確かに少年の身長と言えそうである。

（9）京都大学文学研究科図書館には、「王勃年譜」など王勃研究や『賦史大要』など中国文学研究に大きな足跡を残された鈴木虎雄博士の手沢本が幾つか保存されている。『評選四六法海』もその一つであり、書き込みから想像するに名著『駢文史序説』の資料の一つであったようである。この書の「滕王閣序」の部分に「上絳州上官司馬書」の句を引用し「三尺微命、前賢無解、私疑三字五訛」という先生の付箋が貼ってあった（図3）。鈴木先生は正倉院本に気付いておられないようであるが、私の知る限り、「三尺」を伝写の誤りと断定するのは、この付箋だけである。

（10）王勃には他に「昇降之儀有異、去留之路不同。嗟控地之微軀、仰沖天之逸翮」（「秋日送沈大虞三入洛詩序」佚文）と、洛陽に向かう友人に引き比べ、蜀地をさまよう自分を「微軀」と表現している例がある。

（11）日中文化交流史研究会編『正倉院本王勃詩序訳注』はこの部分を「私王勃は五尺の童子のごときであり、一介の書生の身である」と訳し（二四六頁）、「五尺―子供をいう」と注し、『孟子』を典拠として挙げる（二七〇頁）。校異にこの部分の異同を指摘していないことと併せ、やや不十分の感がある。

（12）従来、「滕王閣序」中の「童子何知」や「終軍之若冠（正倉院本は、「若冠」を「妙日」に作る）の句が、王勃がこの序を十三・四歳時に作ったことを示すものであるという指摘があった。これに対し、滕王閣の宴の参加者中、王勃が若年であった為、そのように称したと解するべきであるという反論がなされている（注（5）黄任軻氏論文を参照）。ただこれらの言葉や句が、王勃が十三・四歳の時に「滕王閣序」を作ったことを示す根拠にはならないということは、既に高歩瀛氏が指摘している。

（13）李白「酔後贈従甥高鎮」詩（『李太白文集』巻八）「時清不及英豪人、三尺童児重廉藺」がその早い例と思われる。

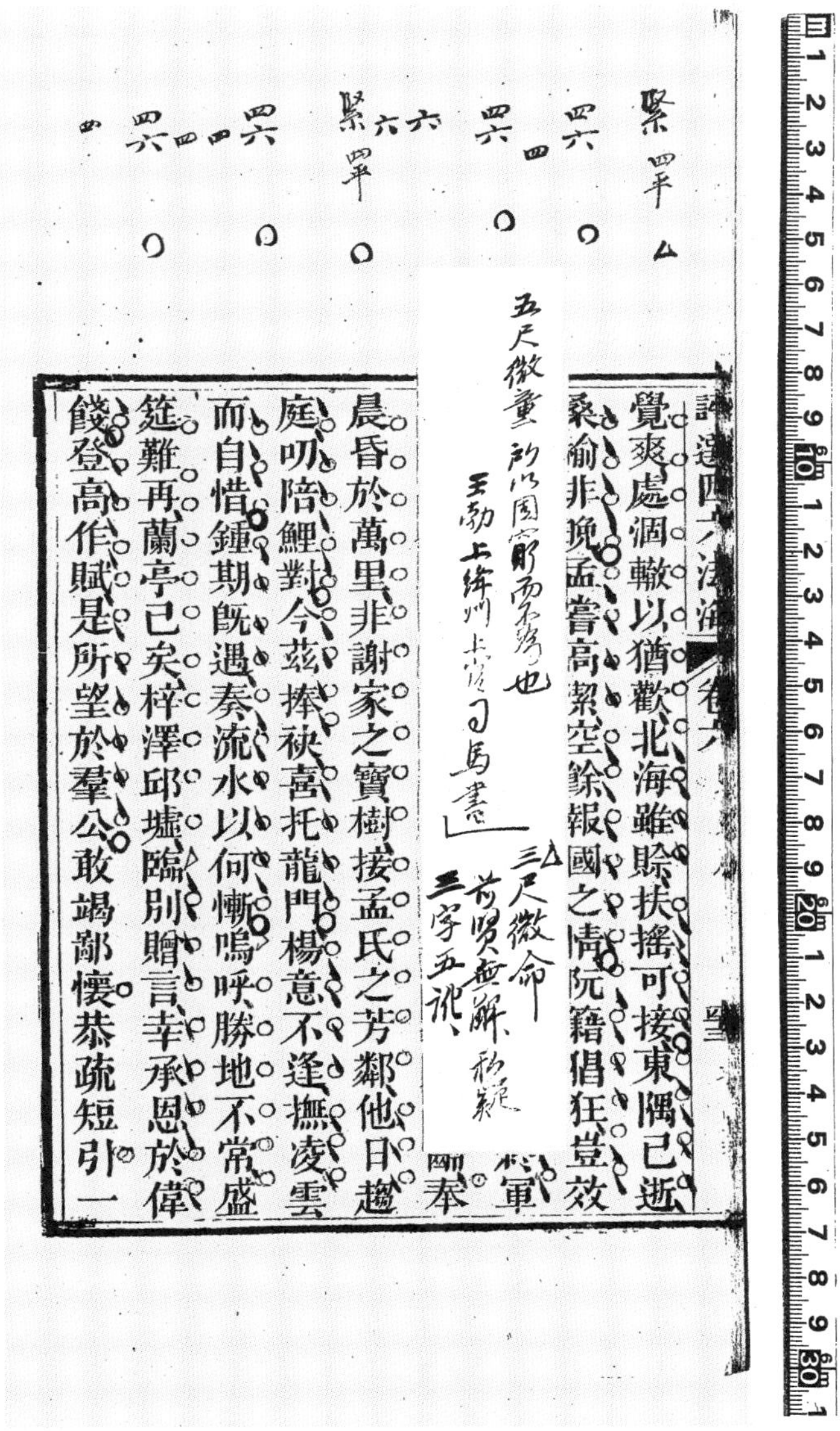

図 3　鈴木虎雄先生付箋（京都大学文学研究科図書館蔵）

正倉院蔵『王勃詩序』中の「秋日登洪府滕王閣餞別序」*

正倉院に「詩序一巻」と題される鈔本がある。正倉院蔵本は、「慶雲四年（七〇七）」という紀年や、則天文字の使用などから、王勃死後（六七六年）編纂された『王勃集』の当初の文字を伝えるテキストではないかと考えられている。(1)この鈔本が録する王勃の序作品四十一編のうち、二十一編は中国にも伝存し『文苑英華』や蔣清翊『王子安集注』などに採録されている。それらの作品を校勘してみると、多寡の差はあるがどの作品にも文字の異同がある。(2)その異同は、正倉院本は、抄写の際の書き間違いを主な原因とし、中国諸版は、ひとり王勃の文集に限ったことではないだろうが、抄写者の知識や文学的好尚などを原因としているように思われた。前者を無意識な改写とすれば、後者は意識的な改写と概括できる。

しかし、それらを前提として認めつつも、正倉院本と中国諸版の異同を検討することによって、王勃の序作品の原初の文字を復元すること、少なくとも推測することが可能なのではないだろうか。そしてその作業は、王勃とその文学、更には初唐文学を正しく理解するための重要な資料となり得るのではないだろうか。

もちろん、上に述べたように、中国に限らず、古典は現在の我々が目にするまでに、伝写を重ねつつ読まれて来た。その読まれてきた歴史を否定することも、文学研究において正しい態度ではないように思われる。しかし、

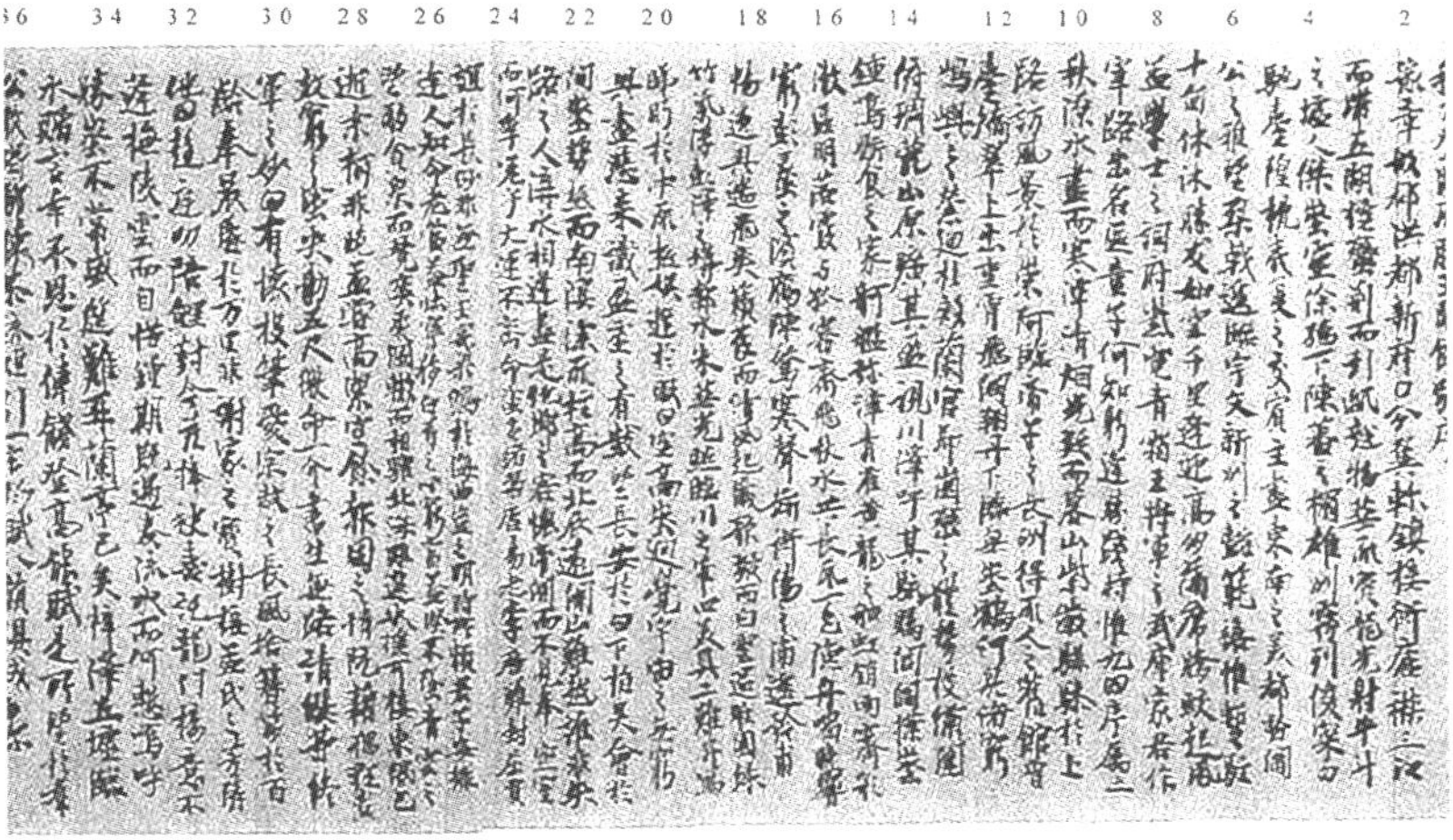

正倉院蔵滕王閣序論文図

小論で取り上げようとする「秋日登洪府滕王閣餞別序」(以下、「滕王閣序」と省略する)に限っては、中国伝存諸版には、そのような一般的な改写とは異なり、王勃滕王閣故事とでも呼ぶべき物語が原因で、書き換えられた部分があるように思われる。

以下、正倉院本と中国諸版の文字の異同について考察を加え、それぞれのテキストとしての性質を考えてみたい。

一

異体字や俗字の使用といったものを除くと、正倉院本の「滕王閣序」が中国諸版と異なる部分は、数え方にもよるが、『英華』とは五十三箇所、蔣本とは五十六箇所ある。校勘の結果、明らかに正倉院本の誤りと考えられるのは以下の七例である。

A・「十甸休沐」(7)[3]。中国諸版は「十甸」を「十旬」に作る。

B・「上出重宵」(12)。中国諸版「上出重霄」。

C・「豈之明時」（25）。同じく「豈乏明時」

D・「酌貪泉而競爽」（27）。同じく「酌貪泉而覚爽」

これらは、字形の類似によって誤写されたと考えられる。

更に、E・「写睇眄」（19）を中国諸版は「窮睇眄」に作っている。この部分と対になる句が「極娯遊」と作っており、これも字体の類似によって生じた誤字に加えてよいように思われる。

また、F・「指呉会於間」（21～22）は、対となる句の字数から考えても当然、中国諸版が作るように「於雲間」でなければならない。

G・「効窮之塗哭」（29）も対応する句の構成と意味の上から考えて、正倉院本の顛倒であり、中国諸版の「効窮途之哭」が正しい。

以上のように、正倉院本の誤字は、全て字形の類似が原因の「魯魚之誤」や、行が移る際の脱字など、その間違い方に不思議さはなく、明らかに間違いであることを指摘できる。

一方、中国諸版により、正倉院本の文字に基づくテキストのあったことが証明される例もある。

「虹銷雨霽」（15）は『英華』と蔣本は「雲銷雨霽」に作る。しかし張本・項本が「虹」に作り、『英華』も「雲」の下に「一作虹」と注しており、正倉院本の文字に作るテキストがあったことがわかる。[4] また、「指呉会」（21）と「鍾期既遇」（33）もそれぞれ『英華』・蔣本は「目呉会」、「鍾期相遇」に作る。だが、これも張本・項本はそれぞれ該当部分を「指」「既」に作り、『英華』も「一作指」「一作既」と注記する。

「矯翠」（12）の語を中国諸版はみな「聳翠」に作る。しかし、傅増湘『文苑英華校記』（北京図書出版社　二〇〇六年景印）によると、景宋鈔本ではこの文字を「矯」に作り、「一作聳」と割注があると記録している。

宋代『文苑英華』が編纂された頃には、中国には、幾つかの『王勃集』のテキストが存在していた。そして、その内の一種は正倉院本が基づいたテキストの系統であったことがわかる。

ただ、このように正倉院本の過誤や、逆に基づくものがあったことが明示できる文字は、実は多くない。中国諸版と正倉院本との間に、文意にさほど違いは生じないが、異なった文字が用いられている部分がある。それらについては、単純により古い抄写であるという理由で、正倉院本の表現を優先してよいか困惑を感じる。

例えば、「驩」（27）は『英華』が「懽」、他本は「歓」に作るが、みな「よろこぶ」と解される。同じ行の「遥」を諸版「賖」とするが、ともに平声で意味も「遠い」である。「騑驂」（10）を中国諸版は「驂騑」と文字を逆に作る。どちらの言葉にも用例があり、意味にも違いはない。「曾台」（11）は諸版「層台」に作る。これも意味の上では異ならない。庾信・謝霊運に「曾台」の用例があるが、陸機には逆に「層台」の例がある。[5]また、「青雲之望」（26～27）を中国諸版は「青雲之志」に作る。「望」と「志」はもちろん通用ではないが、少なくとも「滕王閣序」のこの部分に関しては、文意に大きな差異は生じない。

更にやっかいなのは、王勃の他の作品や初唐までの文学者に正倉院本、或いは中国諸版と同じ表現、類似する表現が発見される場合である。

上にAとして挙げた「十旬休沐」の部分の対句を、中国諸版は「十旬休暇（『英華』は仮（一作暇）とする）、勝友如雲。千里逢迎、高朋満座」と作る。正倉院本が作る「休沐」は、王勃「梓州玄武県福会寺碑」（巻十九）には「十旬休沐、奄有泉林、千里邀迎、乃疲風月」と、対となる句までほぼ同じ表現がある。一方で「十旬芳暇、千里薄遊」（「江浦観魚宴序」佚文）と、中国諸版の句に近い例もある。また四句目「満座」を正倉院本は「満席」に作る。「満座」の用例も過去にあるが、[6]しかし例えば徐陵「裴使君墓誌」（『芸文類聚』巻五十職官部六）に「篤く朋遊を好み、居常満席たり（篤好朋遊、居常満席）」と、正倉院本の典拠と考えられる表現がある。正倉院本「気浮彭沢之罇」(19)を中国諸版は「淩彭沢」に作る。「陶淵明の酒席と同じ雰囲気が漂う」と、「陶淵明の酒席より以上」と、解釈に少し変化が生じる。これも王勃に「彭沢仙杯、影浮三旬之気」（「九月九日採石館宴序」佚文）と似た表現があり、当初の文字が「浮」であった可能性が全く無いわけではない。

正倉院本「大運不斉」(24)を『英華』は「大運不窮（一作時運不斉）」、他本は「時運不斉」に作る。「大運」は『史記』天官書に既に用例のある言葉である。また「時運」と「大運」は重なる意味をもつ。陳子昂「府君有周居士文林郎陳公墓誌文」（彭慶生校注『陳子昂集校注』巻六（黄山書社　二〇一五年））に「大運不斉、賢聖罔象兮」という句があり、正倉院本の文字列が不可能ではなかったことがわかる。この句と対になる「命塗多緒」(24)も中国諸版は「命途多舛」に作る。「途」と「塗」は通用される。しかし「緒」と「舛」の意味は、完全には重ならない。陳子昂に「雖命塗乖舛」（「為薛令本与岑内史啓」（巻十））と、今度は中国諸版に近い表現があるが、「多緒」も、任昉「奉答勅示七夕詩啓」中に「帝迹多緒」という例がある、(7)王勃にも「吾之生也有極、時之過也多緒」（「上巳浮江讌序」巻七）という例がある。「舛（そむく）」ほど直接的ではないが、「多緒」は、「舛」の意味を含みつつ、「多端」と言った意味で解することができる。対句としても「多緒」は上の句の「不斉」と対応する。正倉院本「終軍之妙日（日は則天文字）」(30)を中国諸版は「弱冠」に作る。しかし正倉院本の妙日は、『三国志』魏志巻十九陳思王植伝の「終軍以妙年使越」（「求自試表」）が意識されていたのではないか。「妙年」を「妙日」にしたのは、平仄の配置を整斉にする為であろう。勿論、「終軍」＋「弱冠」の表現をもつ作品もあるが、(8)「終軍」＋「妙日（年）」にも根拠があると考えてよいのではないだろうか。

以上の例は、日中のテキストで文字は異なるが、文意に大きな隔たりのない異同であり、かつ、正倉院本の文字に作る根拠が、強弱の差はあれ、求められるものである。消極的な言い方をすれば、少なくとも正倉院本の文字であっても問題はないと言うことができる。ではなぜこのような文字の違いが生まれたのだろうか。そのことを論じる前に、正倉院本と中国諸版で解釈が異なってくる異同の例をあげよう。

二

中国諸版が「家君作宰、路出名区。童子何知、躬逢勝餞」と作る最後の句、正倉院本は「勝践」(9)に作る。字形の類似による書き誤りの可能性もあるが、「滕王閣序」では「餞別」(1)、「幸承恩於偉餞」(35)と「餞」字が用いられ、「餞」と「践」は書き分けが有るように感じられる。また、正倉院本「仲家園宴序」でも「勝践」の語がある。(9)「名区」と対となる語であり、同じく場所を示す「勝践」でも矛盾しないが、正倉院本だと「優れた風景に出会った」の意味になり、中国諸版は「優れた送別の宴に来合わせた」となる。

蔣本が「関山難越、誰悲失路之人、溝水相逢、尽是他郷之客」と作る対句、正倉院本も「溝水」に作るが、張本・項本は「萍水」に作る(『英華』は「一作」として「萍水」に作るテキストの存在を指摘する)。しかしこの隔句対の第二句「悲」を正倉院本だけが「非」(22)に作る。中国諸版の「誰か失路の人を悲しまん」であれば、嶺外に向かう王勃の孤独感に焦点が絞られる。一方、正倉院本であれば「誰か失路の人に非らざらん」と読め、王勃自身、そして彼と同じく嶺外の新州(現広東)に赴任する宇文某の気持ちを代弁し、故郷や都を遠く離れ、地方官としてさまよう参加者たちの不遇感、恐らく宴席の底にあったであろう感情を写すもののように思われる。(10)「非」或いは「悲」に作るこの隔句対は、「序」が書かれた場の雰囲気を示すか、「序」を作った王勃という人物の状況の表白ととらえるかという、作品の解釈に関わってくるが、(11)一方で字体の類似を原因とする異同の可能性もある。しかし、以下の例は、正倉院本、中国諸版がそれぞれ別の典拠を用い、それゆえ解釈も大きく異なってくる。

正倉院本「所頼君子安排、達人知命」(25〜26)の前の句を『英華』は「君子見機(一作安貧)」とし、蔣本も「見機」に作る。張本・項本は「安貧」に作る。「君子見機」は『易』繋辞伝下の「幾は動の微、吉の先ず見わる者なり。君子は幾を見て作す、終日を俟たず(幾者動之微、吉(凶)之先見者也。君子見幾而作、不俟終日)」に基づく。下句「達人知命」も「楽天知命、故不憂」という『易』繋辞伝上を典拠とする。それゆえ「君子見機」という文字列は対句としても妥当性があるように感じられる。一方「安排」は『荘子』大宗師「適を造すは笑うに及ばず、笑を献ずるは排に及ばず、排に安んじて化し去れば、乃ち寥たる天一に入る(造適不及笑、献笑不及排、安排而去化、乃入於寥天一)」を典拠とし、早く謝霊運「晩出西射堂」(『文選』巻二二)に「安排徒空言、幽独頼鳴琴」という例や、陳子昂「梓州射洪県武東山故居士陳君碑」(巻五)に「撫化随運、安排屈伸」と「安排」を用いた例がある。「安排」は郭象の注によれば「推移に安んじて化と倶に去り、乃ち寂寥に入りて天と一と為るなり(安於推移而与化倶去、乃入於寂寥而与天為一也)」と、運命に身を委ね、安定した心の状態を示す言葉である。「安貧」(用例としては『後漢書』列伝五十下蔡邕伝「安貧楽賤、与世無営」を挙げることができよう。)はまだしも、世の動きに先んじて動くことを言う「見機」と、正倉院本の「安排」は、精神の有り方としては対立している。対となる言葉が「知命」であることを考えると、正倉院本の「安排」の方が、意味の繋がりとしては妥当であるように思われる。(12)

ところで、この句は中国諸版間でも「見機」と「安貧」の二種があった。その異同は正倉院本に見られたような、文字の類似や顚倒といった類ではない。この違いは、『英華』に載録され、版本として王勃の作品が定着する以前の伝写の段階で、意識的な書き換えが行われてきたことを示しているのではないだろうか。先に指摘した似た意味でありながら違う文字に作っていた例も、中国諸版が筆写者の鑑賞、或いはその文学観や知識によって書き換えられて来た可能性を示すものであったと考えることができるのではないか。もちろんそれは、王勃の作品に限らず、古典世界において伝写者がとる一般的な態度であり、時代による推敲と呼べるかもしれない。その端的な例として以下の異同を挙げることが出来る。正倉院本より、作品として、より整齊で洗練された表現になっている例である。

一つは平仄配置の整齊である。正倉院本「孟学士之詞府」(8)の「詞府」を中国諸版は「詞宗」に作る。「詞府」という言葉は典拠もある[13]。また「詞府」が文学の場を、「詞宗」が文壇のリーダーを指すという意味の違いがあり、対となる言葉が「武庫」であることを考えると、正倉院本の「詞府」の方が良いように思われる。しかし駢文の平仄の配置から考えると、この部分は平声の「宗」がよい[14]。解釈にやや変化が生じるが、平仄の整齊を優先したと考えられる。同様に、正倉院本の「清風起」(18)を中国諸版は「清風生」に作る。どちらでも解釈に大きな違いはない。「清風起」という言葉は劉孝標「広絶交論」(『文選』巻五十五)「虎嘯而清風起」以降、文学作品で用いられる言葉となった。王勃も他に「越州永興李明府宅送蕭三還斉州序」(巻八)で「清風起而城闕寒」と「清風起」を用いている。ただ、「滕王閣序」のこの部分は、平仄の交替の原則から考えれば、仄声「起」より平声「生」がよい。これらは、伝写の間に、よりよい文字に置き換えられ、正倉院本が基づいた当初の文字が駆逐されてしまったのではないだろうか。

二は、同じ文字の繰り返しを避けようとしている例である。正倉院本「老当益壮、寧移白首之心、窮当益堅、不墜青雲之望（中国諸版は「志」に作る）」（26〜27）の第三句の「当」を中国諸版は「且」に作る。しかし蔣清翊が注するように、『後漢書』列伝十四馬援伝「丈夫為志、窮当益堅、老当益壮」を意識した表現であろうから、正倉院本の文字が本来の姿であったと考えられる。ある段階で四字の対句のうちの二字が重なることが忌避されたのではないか。正倉院本「奏流水而何慙」（33）の句も隔句対の三句目であるが、中国諸版は「而」を「以」に作る。これも第一句が「撫凌雲而自惜」と作り、対句中で同じ虚字が繰り返されるのを避けようとする意識が働いたと思われる。そう考えるのは、正倉院本「酌貪泉而競（中国諸版は「覚」に作る）爽、処涸轍而相驩」（27）の句を、『英華』・蔣本は、正倉院本と同じく「而」字を繰り返すのに対し、張本・項本が下句の「而」を「以」字に変えるという例があるからである。

三は、後に付け加えられたと思われる例である。中国諸版は、序の最後に「請灑潘江、各傾陸海云爾」と、正倉院本には無い句がある。『英華』はこの句の下に「一無此十字」と注し、正倉院本の基づいたテキストの存在が暗示される。「陸海」「潘江」という『詩品』中の言葉を連用した例は、李嶠の「謝撰懿徳太子哀策文降勅褒揚表」（『英華』巻五九二）に「諭之以雲間日下、方之以陸海潘江」という表現がある。李嶠（六六四〜七一三）は、王勃のやや後輩になり、李嶠は王勃の影響を受けたであろうが、少なくともこの句に関しては、李嶠が王勃の表現に刺激されてこの句を作ったのではなく、むしろ「滕王閣序」の伝写者が李嶠の表現を応用したという、作品の影響関係としては逆になる可能性のあることが[15]、正倉院本との異同から想像されるのである。

もちろん、洗練されたばかりではない。逆に伝写の間に混乱が生じた例もある。それぞれ異なる典拠を用いる「見機」「安貧」と「安排」の異同は先に紹介したが、これもこの例の一つとして挙げることができる。他に発音が同じである為に混乱が生じたと考えられる例がある。正倉院本「舸艦弥津」（15）は、蔣本と項本は「弥津」

を「迷津」に作る。『英華』が「弥津」に作るので、正倉院本の文字にも根拠があったことがわかる。「迷」と「弥」はどちらも〝mi〟の音である。また「矜甫」(17)は中国諸版間にも乱れがあり、「矜」を「襟」或いは「吟」に作る。これは発音の類似というより、字形の類似による混乱と思われる。しかし「甫」を『英華』・蔣本が「甫」に作り、張本・項本が「俯」に作る(『英華』も「一作俯」とする)のは、ともに〝fu〟という音であることによって混乱が起こったと考えられる。

『英華』をはじめとする中国諸版は、このように伝写の間に混乱した部分もあるが、一種の時間の推敲を経て、一般的に正倉院本より優れた文字になっていると言える。しかし逆に言うと、明らかな過誤以外、その文字に作る根拠を提示できる正倉院本は、中国から渡来したテキストを正確に抄写しようとし、それをある程度実現したテキストであったと見なすことができるのではないだろうか。小論では「滕王閣序」のみを考察の対象としているが、正倉院本の他の作品の異同も、検討してみると、概ね同様の傾向が見られるのである。やはり正倉院本は、王勃と王勃の文学を考える上で、極めて重要なテキストと言えるのである。

さて、正倉院本が、中国から舶載されたテキストを正確に抄写しようと努めた鈔本であるという前提にたち、中国諸版との文字の異同を再度眺めてみると、中国諸版「滕王閣序」には、恐らく伝写の際に行われがちであった、筆写者の古典知識、文学観に基づいた書き換え、いわば一般的な書き換えとは異なる原因で、正倉院本との異同が生じたのではないかと考えられる文字が発見される。

三

「滕王閣序」は王勃の代表作と見なされ、多くの文学選集に採録され、さまざまに論評されてきた。その中、欧陽修「唐徳州長寿寺舎利碑」（『集古録跋尾』巻五）は、その初期に位置し、またよく知られているもののひとつであろう。

余屢歎文章至陳隋、不勝其弊。而怪唐家能臻致治之盛、而不能遽革文弊。以為積習成俗、難於驟変。及読斯碑、有云、浮雲共嶺松張蓋、明月与巌桂分叢。廼知王勃云、落霞与孤鶩斉飛、秋水共長天一色、当時士無賢愚、以為警絶、豈非其余習乎（余屢しば文章の陳隋に至りて、其弊に勝えざるを歎く。唐家能く致治の盛を臻すも、遽かに文弊を革むる能わざるを怪しむ。以為えらく積習俗と成り、驟かに変ずるに難しと。斯の碑を読むに及び、浮雲と嶺松と共に蓋を張り、明月巌桂と叢を分つと云う有り。廼ち知る王勃、落霞と孤鶩と斉しく飛び、秋水長天と共に一色と云い、当時の士賢愚と無く、以て警絶と為すは、豈に其の余習に非らざらんや）。

古文を主張した欧陽修らしく、「滕王閣序」中の名対とされる「落霞与孤鶩斉飛、秋水共長天一色」も陳隋の余習に過ぎぬと批判する。彼の指摘を受ける形で、この後、現代に至るまで、この対句構造が王勃の発明ではなく、南北朝から王勃の時代までしばしば用いられた形式であることが追確認されている。(16)しかしまず、「当時士無賢愚、以為警絶」という指摘について確認する必要はないか。唐代の資料が豊富に伝わっていたであろう欧陽修の時期には、このように述べる確かな根拠があったのかもしれない。また私の見落としの可能性もあるが、現存の資料から見る限り、「当時」は、現在ほど「滕王閣序」は喧伝されておらず、王勃の代表作とする認識もあまり強くはなかったように感じられる。

　王勃の文学に対する最初の論評は、楊炯の「王勃集序」である。そこでは王勃の作品として、沛王府侍読時期に「平台鈔略」を作り、帛五十匹を賜わったこと、蜀滞在中の文学的成長を指摘し、「九隴県孔子廟堂碑文」をその時期の代表作として挙げるが、「滕王閣序」への言及はない。他に王勃の伝記、例えば五代劉昫編『旧唐書』は、「乾元殿頌」を朝廷に献上したという記録と、「上元二年、（王）勃交趾に往き父を省せんとして、道江中に出で、採蓮賦を為りて以て意を見わす、其の辞甚だ美なり（上元二年、勃往交趾省父、道出江中、為採蓮賦以見意、其辞甚美）」と、「滕王閣序」を作った旅程でありながら[17]、「滕王閣序」ではなく「採蓮賦」を挙げる。欧陽修・宋祁編『新唐書』になってはじめて「滕王閣序」に言及される。

　「滕王閣序」について言及する文学作品は、韓愈「新修滕王閣記」（『韓昌黎文集』巻十三）が最初である。しかしこの作品で王勃は「三王」、滕王閣に関わる作品を書いた三人の一人として出るだけで、序に対する具体的論評はない。極論すれば、韓愈の王勃「滕王閣序」に対する関心は、滕王閣に関する作品を作った過去の作者の一人という程度に過ぎなかったのではないか。この後、韋慤「重修滕王閣記」（『英華』巻八一〇）が作られる（大中二年（八四七））が、「落霞与孤鶩」の対句はもちろんのこと、「滕王閣序」を名作とする現在の我々の感覚からすると、意外に感じるほど王勃の序を意識したと思われる表現はみあたらない[18]。後述するように、杜甫に「滕王閣詩」を意識していると指摘される詩があるが、これも序の表現を踏まえているわけではない。他にも白居易「鍾陵餞送」（『白氏長慶集』巻十七）に滕王閣の名が出るが、序を意識していたとは思えない。李渉「重登滕王閣」（『全唐詩』巻四七七）。張喬「滕王閣」（『全唐詩』巻六三八）ほか、杜牧・許渾・黄滔の詩などにも滕王閣の言及がある。皆一読したところでは、「滕王閣序」を意識していると思われる表現はない。晩唐の銭珝「江行無題」の連作の中に「今日滕王閣、分明見落霞」という表現があり、これが現在のところ私が発見した、序の、特に「警絶」と称された句を意識した最初の表現である。(19)

一方、周知のように「滕王閣序」には、王勃滕王閣故事とでも称すべき物語が伝わる。この物語は晩唐の羅隠が馬当山の民間伝承を採集したことに始まる。(20)この物語の採録時期と、以上のような唐代における「滕王閣序」に対する言及や引用の乏しさから考えると、王勃の「滕王閣序」が世に名作として喧伝されるようになるのは、実は晩唐以降、五代の頃からだったのではないだろうか。

王勃の「滕王閣序」作成に纏わる故事を最初に記録した、羅隠「中元伝」は伝わらない。しかし、内容にややくい違いはあるが、『新編分門古今類事』と『歳時広記』（ともに『十満巻楼叢書』所収本）が「中元伝」に基づいてこの物語を記録する。(21)

陳元観『歳時広記』巻三十五重九中「記滕閣」によると、十三才の王勃が、父の宦游に従って江左に遊び（『分門古今類事』巻三異兆門上「王勃不貴」では、「舅に従って」とする。以下括弧内は、『分門古今類事』の文字）、馬当山で中元水府の神に出会い、その神の力により、一夜にして遠く離れた南昌に着き、滕王閣で開かれた餞別宴に出席する。宴席において「序」の作成を列席者が譲り合うなか、王勃は辞退しなかった。不快に思った都督は退出し、下僚に逐次作品を伝達させる。最初は「儒生（老儒）常談」、「故事也」と批判したが、「公即不語」、「但頷頤而已」と沈黙して考え込むようになり、そして「落霞」の対句に至って「公矍然拊（公不覚引手鳴）几曰、此天才也」と絶賛するに至る。歓を尽くし宴を終え、馬当山に戻って来た王勃は、与えられた褒美の品々を寄進する。『歳時広記』は、この序を作り終えたあと、さらに詩を作ったとする。作品の進行にともなって次第に評価が上がって行き、最高潮に達するという手法は、李剣国氏が指摘するように、王勃とともに四傑と併称される駱賓王の「代李敬業伝檄天下文」の逸話と似た構成をもつ(22)。

先に挙げた欧陽修の論評は、この物語を踏まえて「当時士」と言っているように考えられる。「滕王閣序」は物語とともに、欧陽修の批判的論評によって、むしろ名作と認知されたのではないだろうか。しかし、これはあくまでも王勃の「滕王閣序」作成を元にした物語であって、神助を得て馬当山から南昌に一夜で到着するといった明らかなフィクションばかりでなく、王勃の年齢など、幾つか事実と異なるところがある(23)。ところが、中国諸版と正倉院本との校勘から、この物語が原因となり、テキストとして固定されてしまった文字や、書き換えられたのではないかと推測される文字が浮かび上がってきた。

前者は、物語のクライマックスともいえる「落霞与孤鶩」句中の異同である。正倉院本は「孤鶩」を「孤霧」(16)に作る。どちらの言葉も王勃以前、さらに唐代においても王勃以外の使用例をにわかに見つけられない言葉である。「鶩」「霧」は、字体が類似するとまでは言えないであろう。それよりむしろ、両字が同音であることに注意しなければならないのではないだろうか。同音であることが原因で、中国諸版間に混乱が生じている文字があることは指摘した。

欧陽修が批判的に取り上げて以降、この句に対する論評が飛躍的に増えた。その論評には二つの方向がある。一つは欧陽修の論点を引き継ぎ、句の構造が珍しいものではないということを証明しようとする。ただその中から、それでも名句と称し得るという反論が起こった。もう一点は、「落霞」「孤鶩」の「霞」と「鶩」の組み合わせの適不適を繞る議論である。より論点を絞れば「鶩」字に対する違和感が出発点になっている(24)。正倉院本の「霧」字は、「落霞」「孤鶩」の対の適否論争の意味を失わせる可能性を秘めており、慎重に考える必要があるが、蔣清翊が「鶩」に対して「『爾雅』釈鳥、舒鳧。郭注、鴨也」とストイックな注しか付さなかったのは、「鶩」字に対する議論を知っていたからであろう。しかし彼ですら別字の可能性を予想しなかったのは、(25)欧陽修の論評以降、「孤鶩」が疑問の余地のない、置き換えられない言葉となっていたからではないか。欧陽修が論評する以前、「孤霧」と作るテキストが存在した可能性は皆無であろうか。例えば蘇軾が「落霞孤鶩換新銘」(「四望亭」『東坡詩集註』巻四)や「落霞孤鶩供千里」(「蔡景繁官舎小閣」同巻二十八)と連用するのをはじめ、唐代の沈黙が嘘のように、宋以降「孤鶩」は詩語として定着して行く。しかしその中で、北宋末から南宋初の人、呂本中に「孤霧悠悠伴落霞」(「次韻吉父見寄新句」『東莱詩集』巻十三)。また同じ時期の鄭清に「山横孤霧残霞外」(「祈晴行西湖上呈館中一二同官二首二」『江湖後集』巻六)という句があることを、この文字が存在した痕跡とするのは強引であろうか。何よりも、これまでの考察から明らかになった正倉院本のテキストとしての性格から考えて、「孤霧」に作るテキストが存在した可能性を主張することは許されるのではないかと思われる。

しかしこの異同は、最終的には「孤鶩」或いは「孤霧」のどちらで風景をイメージするか、読者の側に解釈を委ねることが可能な差異とも言える。議論によりイメージを深め、宋代以降詩語として定着した「孤鶩」も、尊重されなければならない。

これに対し、次の二点は、物語の竄入の可能性がより高く、その結果「滕王閣序」に対する解釈に混乱を生ぜしめたのではないかと私は考える。その意味で「孤鶩」と「孤霧」の異同より、正倉院本の文字は注目されなければならない。

一は中国諸版が(26)「三尺微命、一介書生」とする「三尺」である。「三尺」を正倉院本は「五尺」(29)に作る。これについては別稿があるので、ここでは簡単に述べておきたい。

「三尺微命」については幾つかの解釈が存在する。黄任軻氏（注（11）参照）の論文において、従来の解釈を三つにまとめる。一は、『礼記』玉操「紳長制、士三尺」と、『周礼』鄭玄註「王之下士一命」を典拠とし、下級官吏とする解釈。二は、『漢書』杜周伝を典拠に、「三尺」を法律と解し、法に触れ死刑になりかけた王勃のささやかな命と解釈する説。三は、十三（四）歳という少年王勃の身長を指すとする説である。黄氏は如何に少年であっても「三尺」は小さすぎるとして、身長の説を否定され、下級官僚である自分という解釈を妥当とする。黄氏が詳細に論じられたように、現代においては、下級官僚説が最も有力である。但し、下級官僚説は、管見の限り、民国時期の高歩瀛氏『唐宋文挙要』が、身長説に反対して主張されたのが最初である。逆にいうと高氏以前は、三尺は身長と解されていたのである。そしてその身長とする解釈には、先の物語が影を落としていると、私は考える。この物語の重要なモチーフは、十三・四歳の少年王勃が、このような長大な駢文を作ったということにある。そもそも出発点が事実とは異なっているが、しかしそうであれば、身長が小さいほど少年のイメージが強調されることになる。その証拠に、この物語を敷衍した明・馮夢龍編『醒世恒言』巻四十「馬当神風送滕王閣」では、登場人物が「三尺童稚」と王勃を批難する場面があり、清・鄒式金輯『雑劇三集』中の「滕王閣」では、この二句を踏まえて劇中の王勃に「三尺書生」と詠わせている。

私は高氏以降の、「三尺微命」の解釈は何ら間違っていないと考える。しかし伝写の間に、物語に言う少年王勃のイメージが竄入した可能性はないだろうか。即ち本来「五尺」であった文字が、「三尺」に意図的に書き換えられた可能性はないのだろうか。黄氏は、正倉院本を見ていないが、いみじくも「五尺之童」「六尺之孤」が未成年者、つまり若者を指す言葉であると指摘している。また王勃自身も「上絳州上官司馬書」（巻五）で「五尺微童」という言葉を用いている。私は、正倉院本の「五」が本来の文字であり、少年では無く、若者である王勃自身を指していたと考える。三と五は書き誤り易い字ではあるが、正倉院本の「五」を無意識的は誤字と見なすより、中国において上記のような理由から意識的に「三」に書き改められたと考えるべきなのではないだろうか。

図式的に言うと、まず、物語世界の少年王勃の形象を受けて[27]「三尺」としてテキストが書き換えられ定着した。その後「三尺」が少年の身長としても小さすぎるという理知的な判断から、「下級官僚である自分」という解釈が生じたのだ。物語が「滕王閣序」を変えてしまった部分であると、私は考える。

もう一点も同じく数字の異同である。序の最後に、「一言均賦、四韻俱成」と、序とともに詩が作られたことを示す記述がある。先に指摘したように、『歳時広記』は、この序のあと王勃が続けて詩を詠ったとする。現在「滕王閣（歌）」（蔣本巻三）と題される詩がそれである。

滕王高閣臨江渚、佩玉鳴鸞罷歌舞。
滕王の高閣　江渚に臨み、佩玉　鳴鸞　歌舞罷む。
画棟朝飛南浦雲、朱簾暮捲西山雨。
画棟朝に飛ぶ南浦の雲、朱簾暮に捲く西山の雨。
閒雲潭影日悠悠、物換星移度幾秋。
閒雲潭影　日び悠悠、物換り星移り　幾秋を度る。
閣中帝子今何在、檻外長江空自流。
閣中の帝子今何くに在る、檻外の長江空く自ら流る。

『歳時広記』以降、現代でも、「滕王閣（歌）」詩、或いは「滕王閣序」について言及した書物の多くは、詩と序が同時に作られたとする。確かに、栄華のはかなさと滕王閣から眺める雄大な自然の不変を詠うこの詩は、内容的にも序と響き合う部分がある。

確認しておくと、序は、初唐において勃興したジャンルで、王勃はその代表的な作者の一人である。初唐の序は、宴席において人々が詩を作り、それらをまとめる際に付された散文であった。このような宴席での作詩は、その場で韻が指定されるなど、作詩に条件が与えられることが一般的であった。「滕王閣序」も、最後に「別れに臨んで言を贈る、幸いに恩を偉餞に承く。高きに登りて賦を作る、是れ群公に望む所なり。敢て鄙懐を竭し、恭しく短引を疏す。一言均しく賦し、四韻倶に成さん（臨別贈言、幸承恩於偉餞。登高作賦、是所望於群公。敢竭鄙懐、恭疏短引。一言均賦、四韻倶成）」と作詩の条件を記録する。その作詩条件の後半部分「四韻」を、正倉院本は「八韻」（36）に作る。四韻は八句の詩を意味するので、上に見る七言八句の詩がそれであれば、正倉院本の誤りと言えそうである。この作詩の条件を記録した部分について、もう一度検討してみよう。

「短引」は短い詩という意味で用いられている例が後世にある。しかし王勃は「秋晩入洛於畢公宅別道王宴序」（蔣本巻八）でも「短引」の語を用いており、両作品併せて考えると、「序」を謙遜して言っていることがわかる。また「一言」も「意謂主人発出一句倡議、請大家都作一首四韻詩」[28]など、日中ともに、一言（ひとこと）の意味と解釈している例があるが、「一言均賦、四韻倶成」は、王勃も含めた宴の参加者全員が、均しく同じ韻を用い、皆がその韻で四韻八句（正倉院本に従えば「八韻」十六句）の詩を作ったと解さなければならない[29]。「滕王閣（歌）」詩は句数は八句で、序にいう条件と一致しているように見える。では「一言」はどうだろう。この詩は、一、二、四句末は上声「語・賄・麌」韻通押、五、六、八句末は平声「尤」韻と途中で換韻している。「滕王閣序」が作られた場、即ち送別などの宴席で作られたと考えられる王勃や初唐の文学者の、いわゆる賦得韻（字）詩を調べても、途中で換韻する例を発見することはできない。この詩は、「滕王閣序」にいう作詩条件と合致しない。「滕王閣（歌）」は、「一言均賦、四韻倶成」という条件で作られた詩と言うことはできないのである。(30)

この序と詩の関係について、先の問題と同じく、蔣清翊は沈黙している。同時の作ではないと予想していたのかもしれない。(31)黄任軻氏は、私の知る限り、最初に「滕王閣（歌）」詩が、序の作詩条件に一致しないことを指摘された。さらに氏は論を進めて、この詩を王勃の作ではないとされている。しかし、「滕王閣（歌）」と同じ七言八句、換韻という詩型は、初唐時期では、宋之問などによって作られている。(32)また、杜甫「越王楼歌」は仇兆鰲『杜詩詳注』（巻十一）が指摘するように七言八句換韻という詩型だけでなく、内容も「滕王閣歌」を意識している。即ち、初唐時期のこの詩が存在していたことは間違いないのであり、今のところ、王勃の作でないとまで断言する勇気は私にはない。

いずれにせよ、「滕王閣（歌）」詩は、中国諸版「滕王閣序」が作る「四韻」そして「一言」という条件に合わない。物語によって同時の作とされたことと、八句という形式から、「四韻」に書き換えられた可能性があるのではないだろうか。王勃及び初唐において、滕王閣に関わる詩はこの「滕王閣（歌）」しか伝わらない。である以上、「滕王閣序」のこの部分は、正倉院本が言う「八韻」ではなかったかもしれないが、同じ程度に「四韻」でもなかったかもしれない、としか言うことが出来ない。(33)しかし少なくとも「滕王閣（歌）」詩は、「滕王閣序」を附して一巻にまとめられたであろうこの餞別宴の詩群の一首ではないと、断言は出来るのである。(34)ただ、正倉院本に言う「八韻」、即ち十六句の五言詩は、「四韻」ほどではないが、初唐において必ずしも珍しい句数ではないということを付け加えておきたい。

上記三点の文字の異同は、中国諸版が、伝写の際に行われがちであった、いわば一般的な書き換えの他に、「滕王閣序」に限っては、所謂滕王閣故事の影響を受けた書き換えの可能性があることを浮かび上がらせた。

王勃「滕王閣序」に対する唐代の文学逸話や文学評論の沈黙に近い状況から考えると、馬当山から南昌あたりのローカルな物語であった滕王閣故事が、羅隠によって発掘され、広まった。中国諸版はその影響を受けて書き換えられた部分もあるのではないかと思われる。そうであれば正倉院本は、滕王閣故事が広まる以前、また名文と喧伝されるより以前に抄写されたテキストであり、最初の『王勃集』に近いテキストであると、再度強調してよいように思われる。

おわりに

正倉院本は、抄写の紀年や則天文字の使用などから、『王勃集』編纂当初の文字を伝えているのではないかと指摘されてきた。小論は、王勃の代表作である「滕王閣序」を取り上げ、正倉院本と『英華』など中国諸版間の文字の異同を検討した。

この作業から、正倉院本には過誤もあるが、一方で正倉院本の文字が基づくテキストも存在したことが明らかになった。また、王勃の他の作品や初唐の文学作品、典拠から、少なくともその文字に作られる可能性があるものも発見された。これに対し、中国諸版は正倉院本より平仄の配置や文字の繰り返しの忌避など、洗練が加えられている可能性を窺うことが出来た。これらの洗練は中国諸版が伝写の間に意図的な改写がなされていったことを示すものであるが、正倉院本の側からすると、その文字が改写される以前の当初の文字であることを暗示するものでもあった。

以上のことから、正倉院本は『王勃集』編纂当初の頃の文字を伝えている可能性が極めて強いことが証明できたと考える。もちろん、そのことによって、王勃作品が伝写され読まれてきた歴史を否定することは正しい態度ではない。但し、「滕王閣序」に限っては、伝写者の文学観による改写とは異なる、王勃滕王閣故事とも呼ぶべきフィクションの影響により改められたと思われる文字が存在した。そして、そのことが、「滕王閣序」の理解にも混乱をもたらしていることが明らかになった。

「滕王閣序」を名作とする認識は、晩唐頃に始まり欧陽修の言及により確立したと考えられる。言うまでもなく正倉院本は、物語が馬当山や南昌から広がる以前、即ちフィクションの影響を受けていない時期の筆写である。その意味で正倉院本及び正倉院本中の「滕王閣序」は注目されなければならないのである。

注

＊本稿の骨子は、「関於王勃〈滕王閣序〉的幾個問題―並論正倉院《王勃詩序》和《王勃集注》的文字差異」（『清華中文学報』第六期　二〇一一年十二月、台湾　国立清華大学中文学系）として既に公表している。本稿は、その後、多くの先生方に御指摘を戴き、更に改訂を加えたものである。

（1）　楊守敬『古鈔王子安文一巻』（『日本訪書志』巻十七　一八九七年）、羅振玉『王子安集佚文附校記』（一九一八年）、内藤湖南「正倉院尊蔵二旧鈔本に就きて」（『内藤湖南全集』巻七、初出は一九二二年）等が早く指摘している。他に『正倉院本王勃詩序訳注』（日中文化交流史研究会編　翰林書房　二〇一四年）は、詩序全ての訳注である。

（2）　拙著『正倉院蔵《王勃詩序》校勘』（香港大学饒宗頤学術館学術論文／報告系列二七　二〇一一年）を参照。なお、小論で言う中国諸版とは、『文苑英華』（明・隆慶刊本　一九六六年中華書局影印、以下『英華』と表記）。明・張燮輯

『王子安集』（明崇禎刊本　四部叢刊影印、以下張本と表記）。清・項家達輯『王子安集』（清乾隆四六年星渚項家達校刊『初唐四傑集』所収、以下項本と表記）。清・蔣清翊撰『王子安集注』（清光緒九年呉県蔣氏双唐碑館刊本　一九七七年台湾大化書局影印、以下蔣本と表記）の四種を指す。

（3）括弧内のアラビア数字は正倉院本「滕王閣序」の行数を示す。以下同じ。

（4）この異同については、陳偉強「王勃《滕王閣序》校訂―兼談日蔵巻子本王勃《詩序》」（『書目季刊』第三五巻第三期二〇〇一年）は、「雲」の方が優れると指摘する。確かに楊炯「浮漚賦」（『楊炯集』巻一（中華書局　一九八〇年））に「雲銷霧霽」などの例もある。しかしこの文字も、後述するような後世の洗練が加えられたのかもしれない。

（5）陸機「擬青青陵上柏」（『文選』巻三十）、庾信「和穎川公秋夜」（『庾開府集箋注』巻五）（但し、『庾子山集』（巻四）は「層」に作る）。謝霊運の例は「会吟行」（『文選』巻二十八）。

（6）満座（或いは坐）は、王勃以前、意外に使用例の少ない言葉のようである。鮑照「駆馬上東門行」（『芸文類聚』巻四十一楽部一）に「糸竹徒満座」とある程度である。

（7）他に何遜「臨別聯句」に「臨別情多緒、送帰涕如霰」（『古詩紀』巻九十四）がある。

（8）『後漢書』列伝二十四胡広伝「終賈揚声亦在弱冠」。また、孔融「薦禰衡表」（『文選』巻三十七）「終軍欲以長纓牽致勁越、弱冠慷慨前代美之」という例がある。

（9）但し中国諸版は題名を「仲家園宴序」とし、ここでも「勝餞」に作る。王勃の周辺の文学者では、楊炯「群官尋楊隠居詩序」（『楊炯集』巻三）に「極人生之勝践」。盧照鄰「益州至真観主黎君碑銘」（『盧照鄰集』巻七）に「玉塁庭坤、珠郷勝践」といった例がある。

（10）王勃を代表的な作家とする初唐時期の序では、このような宴の別れの悲しみや不遇感を表白するものが多かった。「初唐の「序」」を参照。

（11）陳偉強氏（注（4）論文）は「非」の方が良いとする。黄任軻氏「《滕王閣序》疑義弁析」（『文学研究叢刊』（上海社会科学院文学研究所編　一八八四年）は、正倉院本を見ていないが、「非」と読む解釈に近いように思われる。

(12)　楊炯「青苔賦」（巻一）「達人巻舒之意、君子行蔵之心」も正倉院本の文字に作る例として、参考になるかもしれない。
(13)　王僧孺「従子永寧令謙誄」（『英華』巻八四二）に「容与学丘、徘徊詞府」とある。
(14)　駢文の平仄配置の原則については、鈴木虎雄『駢文史序説』（東京　研文出版　二〇〇七年）を参照。
(15)　懿徳太子（李重潤）は中宗の子で、則天武后治世時期に張易之等により殺害された。中宗即位後、懿徳太子と諡名が贈られたので、この作品は神龍元年（七〇五）頃作られたと思われる。『旧唐書』巻八六高宗中宗諸子懿徳太子伝。
(16)　宋・龔頤正撰『芥隠筆記』、宋・胡仔『苕渓漁隠叢話』などに始まり、最近でも陳鵬「論六朝文章中的〝落霞句式〟」（『湖南社会科学』二〇〇九年第五期）がある。
(17)　「滕王閣序」作成時期については、後述するように異説があるが、現在では彼の若い晩年、交阯へ向かう途上であったとされる。
(18)　ただ、この記の終わりに「必知後千百年、閣之名焉、与公之政倶垂不朽矣」と、王勃の「滕王閣序」そのものではなく、後に紹介する所謂滕王閣故事の影響を感じさせる部分がある。物語が羅隠に採集されるより以前、ローカルな伝承として存在していたことを示しているように思われる。
(19)　この詩は銭起の作とされてきたが、実は銭珝の作であったことは、『全唐詩』巻七一二や阮廷瑜校注『銭起詩集校注』（台湾　新文豊出版　一九九六年）などに指摘がある。
(20)　李剣国『唐五代志怪伝奇叙録』（天津　南開大学出版社　一九九三年）による。
(21)　李剣国氏前掲書による。他に『類説』『唐摭言』にも記録があるが、特に後者はかなり省略があり、ここでは対象としない。
(22)　段成式『酉陽雑俎』巻一忠志「駱賓王為徐敬業作檄、極数則天過悪。則天覧及蛾眉不肯譲人、狐媚偏能惑主、微笑而已。至一抔之土未乾、六尺之孤安在、不悦曰、宰相何得失如此人」。
(23)　注（17）で指摘したように、「滕王閣序」が王勃の若い晩年の作であることは、定論となっている。例えば劉汝霖「王勃年譜」（『王子安集注』（上海古籍出版社　一九九五年）附録）や植木久行『詩人たちの生と死―唐詩人伝叢考』

（東京　研文出版　二〇〇五年）を参照。また、一般にこの物語は王定保『唐摭言』が引用されるが、李剣国氏によれば、羅隠の「中元伝」に基づき、合理化したものであるという。

(24) 宋代に早くも、兪元徳『蛍雪叢書』（巻下）と葉大慶『考古質疑』（巻五）の間で論争が起こり、その後『本草綱目』（巻四八）なども、「滕王閣序」の鶩について論じている。

(25) 蒋清翊は、例えば「上巳浮江宴序」（巻七）の「初停曲路之悲」句について、「「悲」是「杯」之訛」と、同音が原因の書き間違いを指摘している。

(26) 「王勃「滕王閣序」中の「勃三尺微命、一介書生」と言う発言がある。

(27) 『歳時広記』に既に、王勃に向かって「三尺小児童」句の解釈」。

(28) 孫望・郁賢皓主編『唐代文選・上』（南京　江蘇古籍出版社　一九九四年）。滕王閣序の注釈担当は任国緒氏。

(29) 序に作詩の条件が記されることについては、拙稿「王勃の序」「初唐の序」で紹介した。また興膳宏「遊宴詩序の演変―「蘭亭序」から「梅花歌序」まで」（『万葉集研究』二八　東京　塙書房　二〇〇六年）にも指摘がある。

(30) 更に付け加えると、七言詩という詩型にも疑問がある。都督といった高位の人の宴で、当時まだ軽視されていた新興の七言詩が作られたであろうか。高位の人々が参加する宴席の場で七言詩が作られるのは、管見の限り、王勃の活動時期より少し後、則天武后の宴席においてである。その序文「夏日遊石淙詩序」（『金石萃編』巻六四は薛曜、『全唐文』巻九七は則天武后の作とする）で、特に「七言」と作詩条件を断っているのは、七言詩がまだ宴席の正式な詩形では無かったことを暗示しているように思われる。

(31) 例えば、「別薛華」詩（巻三）には、「清翊曰、本集有秋日夜於緜州官席別薛華序」と記し、「別盧主簿」詩（巻三）でも同様の指摘がある。

(32) 宋之問は以下の五首「軍中人日登高贈房明府」「寒食江州蒲塘駅」「至端州駅見杜五審言沈三佺期閻朝隠王二無競題壁慨然成咏」「寒食陸渾別業」「緑竹引」。他に劉希夷「洛中晴月送殷四入関」、張説「巡辺在河北作」が、同じく七言八句換韻の詩である。

（33）『正倉院本王勃詩序訳注』（三十七～八頁）が、この異同に対して、詩が八句であることから、他本の「四韻」が正しく、正倉院本の「八韻」を誤字とするのは、速断に過ぎるのではないか。

（34）咸曉婷「従正倉院写本看王勃《滕王閣序》」（『文学遺産』二〇一二年第六期）も、「滕王閣詩」が「滕王閣序」と関わらない詩であるとする。

日本に伝わる『王勃集』残巻
——その書写の形式と「華」字欠筆が意味すること——

日本に『王勃集』の残巻が幾種か伝わることはよく知られている。正倉院に蔵される『王勃詩序』(以降、正倉院本と称する)と上野氏蔵『王勃集巻第二十八』(同、上野本)、東京国立博物館蔵『王勃集巻二十九巻三十』(同、東博本)である。[1] 内藤湖南によって上野本東博本は僚巻であったことが考証されている。また湖南は、「華」字が欠筆されていて、則天文字が使用されていないことから、上野本等の鈔写時期を正倉院本に先立つと断定した。これに対し、蔵中進氏は正倉院本も「華」字を欠筆することと遣唐使の帰国記録から、『王勃集』残巻はすべて七〇一年から七〇四年頃の中国鈔写原本を日本で写したとした。

私は日本に伝存する『王勃集』残巻は、王勃の文学の特色と同時代における流行を示す重要な資料であると考える。そこで、湖南説と蔵中説の検討を通して、そのテキストとしての性格を明らかにし、日本に伝わる『王勃集』残巻のもつ意義について考えてみたい。

一

まず、日本に伝存する『王勃集』残巻について確認しておこう。

上野本と東博本が同一帙に出る僚巻とすることは、内藤湖南が指摘して以来異論はない。また湖南は上野本、即ち『巻第廿八』の解説において、「凡写華字皆欠末筆、乃避則天祖諱、而后制字一無所用、可断其鈔成於垂拱永昌間矣」と、「華」字の最後の一画が欠筆されていて、一方で則天文字が使用されていないことから、その鈔写時期を正倉院蔵『王勃詩序』に先立つと断定した。(2) これに対し、蔵中進氏は「正倉院本『王勃詩序集』について」(3) において以下のように述べる。正倉院本の紹介にもなるので、やや長くなるが引用する。「正倉院本『王勃詩序集』は、その用紙も極美、巻軸なども入念に仕上げられ、筆跡も美事である。巻首あたりは細字（一行二十数字）で丁寧に書写されているが、だんだん肉太の大字となり、巻末に近づくとかなり急いだらしく乱雑な大字（一行十数字）となって、書写に倦んできたことを示している。全巻一筆であり、「慶雲四年七月廿六日」も書写者によって記された書写日付と認めてよい」とされ、続いて小論で言う上野本東博本を湖南が「正倉院本より古写に属する唐鈔本」としたと指摘した後、「実は、正倉院本も「華」字の欠筆例は散見され、また則天文字の使用も、そのすべてが使用されているのではなく、邦人書写者の手によって、適宜常体字に翻字書写されているものがあることが看取される。これらによって、上野・神田・富岡本『王勃集』残巻と、正倉院本『王勃詩序集』とは、書体も異なり（上野・神田・富岡本は正楷、正倉院蔵本は行書）、則天文字のあり方も異なっている（上野・神田・富岡本に見られない）が、三十巻の『王勃集』を幾人かによって分担書写したためおこったことで、いずれも同時に書写された僚巻であると認めるべきであろう。即ち、この『王勃集』の原本は、則天武后在位時代に唐土で書写、調製されたもので、「華」字は避諱欠筆され、かつ制式通りに則天文字が使用されているものであった」とされる。そして、遣唐使の帰国記録から「長安年間（七〇一～七〇四）の頃に書写されたものと見るのが最も蓋然性が高」いと結論される。これを受けて「三十巻の『王勃集』は、華麗な色麻紙を用いたりして、幾人かの書手によって分担書写されたものと思われ、そのある者は書体を正楷にとり、書巻中の則天文字もすべて常体字に翻字し（上野・神田・富岡本など）、そのある者は唐抄原本に忠実に、則天文字もそのままに残し、書体も行書体をとって書写したが、巻末に近づき書写にも倦み、また心理的にも余裕がなくなり、則天文字も使い慣れている常体字に翻字して書写したもの（正倉院本）と推定される」とされる。

蔵中氏の見解は、一、上野本東博本と正倉院本は同じ原本を写した日本鈔本である。二、その原本は「則天武后在位時代」の長安年間に鈔写されたものである。三、上野本東博本は則天文字を常体字に戻した。正倉院本は則天文字をそのまま写したり、常体字に戻したりした。という三点に纏められる。蔵中氏は、『王勃集』の渡来時期についても論じられるが、小論は、『王勃集』残巻が何時のテキスト（或いは何時のテキストに基づく）かを問題とし、渡来時期については論じない。

上野本等を日本書写とするのは、管見の限り蔵中氏のみである。京都・東京の両国立博物館は唐鈔本とし、(4)『唐鈔本』もそのように紹介するが、一方でこの時期の鈔本は日中のどちらで写されたかの鑑定は非常に難しいとする。(5)だが舶載の貴重なテキストの書写で、料紙が不統一ということがあるのか。また書体が筆写者の選択に任されていたのかなど、蔵中説を支える記述には幾つか疑問がある。各分野の専家の言及を見てみたい。

上野本の料紙について、赤尾栄慶氏は「近年の修理に伴う紙質検査の結果、楮に雁皮を交ぜた混合紙であると報告された」(6)と紹介する。一方、正倉院本は、当時高級とされた麻紙の中でも、漉きも注意深く行われ地合の良好な紙を染めたとされる。(7)字体は楷書と行書という違い以外に、書風も異なる。上野本等については、湖南が北朝風と指摘し、西林昭一氏『中国書道文化辞典』（京都 柳原書店 二〇〇九年）は、「書体は楷書。体をやや扁平にかまえて向勢をとる様式であるが、右肩さがりの結構は、経生の書風とはちがった趣である。筆尖をたて、切りこむような強く厳しい点画が、高いひびきの諧調をかなでている」（七十九頁）とする。杉村邦彦氏も東博本について、湖南の説を妥当としたうえで、「細身でひびきの高い線質と、向勢にかまえてやや右肩下りの重厚な結体。こうした気分は、ほかにも龍朔二年（六六二）十二月の記年をもつ「遺教経」（Stein Collections No.4656）や、垂拱四年（六八八）十一月の記年をもつ「妙法蓮華経」（同 No.791）などにも見られ、当時の特徴ある書風の一つであったことがわかる」とされる。(8)両氏とも上野本等を中国人の筆写と考えておられるようだ。そしてこの指摘から考えると、欧陽詢風という正倉院本の書風と比べ、(9)少し古い、或いは以前からある書風とすることが出来る。(10)

次に上野本等と正倉院本を比べると、巻の形式が全く異なる。上野本の巻頭は、

墓誌下　達奚員外墓誌一首（并序）

陸□□墓誌一首（并序）

帰仁県主墓誌一首（并序）

賀杖（抜か）氏墓誌一首（并序）　　（括弧内（并序）は小文字。）

と、この巻のジャンルを示し、作品が列記される。巻末には「集巻第廿八」とある。

東博本は、巻二十九末と恐らく巻三十の巻頭が切り取られて張り合わされているので、巻二十九の巻末、巻三十の巻頭がどうであったか不明であるが、巻頭は

集巻第廿九
行状　張公行状一首
祭文　祭石堤山神文一首
　　　祭石堤女郎神文一首
　　　祭白鹿山神文一首
　　　為虔霍王諸官祭故長史一首
　　　為霍王祭徐王文一首
　　　祭高祖文一首

と、この巻に載る作品名が記録されている。『巻廿八』は巻頭が少し損傷しており、「墓誌下」の前に「集巻第廿八」とあった可能性がある。そして東博本の巻末も「集巻第卅」とある。また一行の字数も十六字を基本に、十五字から十七字である。巻頭の「集巻第某某」の有無を除き全く同じ書式であり、これは同時期の『翰林学士集』や、日本人が鈔写した『文館詞林』の形式と近似する(11)。

正倉院本は巻頭に「巻第某」といった巻数や作品目録はなく、「王勃於越州永興県李明府送蕭三還斉州序」から始まる。巻末も作品の後に「(用紙弐拾玖張)慶雲四年七月廿六日」とあるだけである(12)。また一行の字数も不定である。つまり、料紙、字体、書風、巻頭巻末、一行字数と、正倉院本と上野本東博本は巻子本としての形式すべてが異なるのである。

続いて正倉院本と上野本等の則天文字の有無が日本人書写の際に生じたとする蔵中説について取り上げてみよう。蔵中氏は、正倉院本の則天文字と通字の混在は、原本がそうであった可能性に言及しつつも、「原本からの書写にあたって則天文字が時に常体字となったりしているのは、書手のケアレスミスとして許されねばならないであろう。おそらく本残巻の原本たる唐土将来本は、則天制字のうち〓〓の二字を除いたすべての則天文字が使用されていた筈であり…」（『則天文字の研究』（一六三頁））と日本人筆写者によって直されたという考えに傾いている。(13) 筆写に当たって、書体・書風ばかりか、文字の書き換えも筆写者の自由に任されていたとする点は首をかしげるが、これについては検証が困難である。(14) そこで則天文字の場合と同じように、「書写原本（道坂注、正倉院本の原本）たる唐本にすでに欠筆字「華」があったり、「花」があったりして、それを邦人書手が忠実に書写したものと思われるが、また邦人書手によって「華」字のうち十五字が「花」に書き換えられたものかもしれない」（同書二二〇頁）と、日本人書写者の書き換えの可能性を指摘する「華」字欠筆と「花」字の混在から、この問題について考えてみよう。

正倉院本に「華」字は十字、すべて欠筆がある。「花」字は十六字ある。出土墓誌を調べると、則天武后が実権を掌握した垂拱頃から彼女の政権時期以外は、圧倒的に「華」字の使用が多く、正倉院本の「華」と「花」の逆転は数字だけをみれば、中国原本或いは日本人鈔写者が「華」を直し忘れたかのようにも思われる。しかし、語彙として調査すると、別の様相が浮かびあがる。

①「華陽旧壌」②「重集華陰之市」（春日序）。

＊③「昇華之巌々」（餞宇文明府序）。

＊④「物華天宝」⑤「鄴水朱華」（秋日登洪府滕王閣餞別序）。

＊⑥「薛昇華」⑦「夫昇華者」（秋夜於綿州群官席別薛昇華序）。

＊⑧「（玉帯瑶）華」（宇文徳陽宅秋夜山亭宴序）。

正倉院本に乱れがあり、括弧内は、中国伝存本の文字に従った。

＊⑨「銀燭淹華」（新都県楊乾嘉池亭夜宴序。中国伝存本は「越州秋日宴山亭序」）。

＊⑩「属芬蕪（華）之暮節」（遊廟山序）。

正倉院本は「蕪」に作るが「華」欠筆を書き誤ったと考えられる。中国伝存本は、「華」に作る。

このうち、＊を付けた作品は、中国にも伝わる作品である。私の調べた限り、この中で「新都県楊乾嘉池亭夜宴序」の「淹華」は、『文苑英華』が「掩花」、明張燮輯『王子安集』（四部叢刊本）が「摛花」に作っており、「花」字とするテキストが存在した可能性があるが、他は文字の異同はない。[15] しかし十例中五例は、地名（①②）と王勃の友人「薛昇華」という人名（③⑥⑦）である。陳垣『史諱挙例』は垂拱初より、「華」字が避諱され、地名も換えられたという。[16] 確かに唐代の出土墓誌を見ると、[17] 則天武后政権時期の墓誌にそのような地名が見える。しかし「華陰」（天册万歳4）「華州」（聖暦5）などと「華」字が使用される一方で、「花陽」「花陰」のように地名で「花」に書き換えた例は見つからない。人名は別字に書き換えられておれば発見は難しい。ただ、「夫人諱華児」（続・聖暦13）の例が見られるが、少なくとも「花」に置き換えられたと思われる人名は見つけられない。この五例は機械的に「花」に置き換えられない「華」であったのではないだろうか。残りの五例は、「淹華」（続・嗣聖1。年号を「文明」に作らない）以外、則天武后の実権掌握から政権時代の墓誌に、その使用例を見つけられないが、「花」に置き換えた例もない。例えば「朱花」は『芸文類聚』（巻二一人部友悌・梁簡文帝「応令詩」）に一例見られるが、曹植「公宴詩」の「秋蘭被長坂、朱華冒緑池（秋蘭長坂を被い、朱華緑池を冒す）」を典拠とし、[18]「瑶華」も武后政権前の墓誌に一例「瑶花」（乾封40）とあるが、『楚辞』（九歌・大司命）「折疎麻兮瑶華、将以遺兮離居（疎麻の瑶華を折りて、将に以て離居に遺らんとす）」を典拠として意識していたならば、「花」字に置き換えにくいと思われる。

次に正倉院本の「花」は以下である。

＊①「桃花之源」②「親風花而満谷」（山家興序）
＊③「野外蘆花」（秋日宴山庭序）
＊④「雑花争発」（三月上巳祓禊序）
⑤「花萼由其抈影」⑥「則花彩畳重」（秋日送王賛府兄弟赴任別序）
⑦「有抜蘭花於溱洧」（秋晩什邡西池宴餞九隴柳明府序）
＊⑧「落花尽而亭皐晩」（上巳浮江讌序）
⑨「桃花引騎」（江浦観魚宴序）
⑩「花明高牖」（与邵鹿官宴序）
⑪「花深潤重」（夏日仙居観宴序）
⑫「光浮一県之花」（九月九日採石館宴序）
⑬「花源泛日」（衛大宅宴序）
＊⑭「河陽潘岳之花」（宇文徳陽宅秋夜山亭宴序）
＊⑮「源水桃花」（秋晩入洛於畢公宅別道王宴序）
⑯「花柳含春」（春日送呂三儲学士序）

＊は中国に伝存する作品であるが、「華」とするテキストは無い。これらを一覧すると、「花」はすべて flower の意味に限定して用いられていることに気付く。さらに典拠を考えれば、六例が、陶淵明「桃花源」（①⑨⑬⑮

と潘岳が河陽県の県令であった際の逸事（⑫⑭）を用いる。王勃の作中にしばしば用いられる故事である[19]。また「花蕚」は『毛詩』（小雅・常棣）「常棣之華、鄂不韡韡。凡今之人、莫如兄弟（常棣の華、鄂として韡韡たらざらんや。凡今の人、兄弟に如くは莫し）」を典拠とするが、唐代の墓誌では「花蕚」の文字で使用される[20]。また②「風花」を「華」に作る例は王勃以前に見つけにくいが、『詩品』「風華清靡、豈直為田家語邪（風華清靡、豈に直に田家語為らんや）」（中品・宋徴士陶潜）のように「風華」と「風花」とは意味を異にする[21]。何よりもこれらの語彙の多くは、唐初から垂拱までに限っても、出土墓誌の中に見つけることが出来るが[22]、「華」に作る例を私は発見出来ない。これらが仮に原本が「華」であったとして、既に欠筆によって避諱を示しているのであれば、日本人が「花」に書き換える必要があったのだろうか。

　確かに則天政権時期は、「華」を「花」に書き換えられる例が見られる。しかしそれは『法華経』を『法花経』とするように主に仏典、特に国家事業として行われる書写や編纂の場合に厳格であったように思われる[23]。少なくとも唐代の出土墓誌を見る限り、この種の仏典のような厳しさはない。唐初より垂拱以前に限っても「華」字は「花」字より圧倒的に多く用いられているが、則天武后政権時期にのみ「花」が用いられたわけではなく、唐初より「花」と「華」は併用されてきたのである。一例、「華」が「花」に書き換えられていた可能性をもつものの、正倉院本には「華」と「花」の使い分けが見られ、また唐代の墓誌に「花」に作る言葉があることから、「華」「花」の存在は中国原本の混乱でも、日本人筆写者による書き換えでもなく、当初からそのように書かれていたと考えられる。「華」「花」は混用ではなく、むしろ併用されていたのである[24]。

　このように正倉院本の「花」「華」欠筆が原本通りに写したのであったならば、その書写原則は則天文字と常体字の混在にも適用出来るのではないだろうか。つまり、「邦人書写者の手によって、（則天文字が）適宜常体字に翻字書写されている」のではなく、正倉院本の則天文字と常体字も、原本の文字をその通り写したと考えられるのではないだろうか。[25]

上野本等の「華」と「花」はどうであろうか。結論から言えばこれも使い分けられている。出現する順に列挙する。数字が「華」、英字が「花」である。

A清雅韻於椒花、奉柔規於荇菜。　「唐故度支員外郎達奚公墓誌」
①雖帝府鈞陳之序、寔冀華（一字闕か）、而仙台列宿之班、是招人選。
②青軒写照、皇英灼別館之儀、彤筆詮（？）華、班蔡擬承家之問。
B諸姫飲恵、争陶荇菜之篇、列娣遷規、競縟椒花之思。
③栖鵲鏡於霊台、鉛華自屏。
④姜府君以地華分斴。
⑤分華聳靄、彼或連徽。
C毎至花濃春径。
⑥七侯英族、……九仞華軒。
D詩伝荇緒、領払花蹊。　「帰仁県主墓誌」
⑦衛洗馬之門華、清羸不瘠。　「唐故河東処士衛某夫人賀抜氏墓誌」以上上野本
⑧某参華胥族。　「為霍王祭徐王文」東博本

「華」は八字、すべて欠筆。「花」は四字である。「達奚公墓誌」と「帰仁県主墓誌」では両方の字が出る。特にBと③、⑤とCは隣り合う行に出る。「華」字④⑥⑦⑧は名門高貴を指し、⑤の例を加え、正倉院本の「華」

同じく、要するに「はなやかさ」を示す語彙である。③「鉛華」は曹植「洛神賦」（『文選』（巻十九））「芳沢無加、鉛華不御（芳沢加うる無く、鉛華御せず）」を典拠とする言葉で、唐代の墓誌でも多数見つけることが出来る。④「地華」も垂拱40、続・文明2で用いられている。一方「花」はCとDは正倉院本と同じくflowerである。A・B「椒花」は「晋劉臻妻、正旦献椒花頌」（『芸文類聚』巻四歳時中・元正）を典拠とし、これも唐初から女性の墓誌で多用されており、王勃の活動時期、永徽から上元に限っても七例を見つけることが出来た[26]。

上野本東博本は、巻頭巻末の形状や一行の字数、楷書という書体、またその書風など、形式的特色から見ても、仮に日本鈔本であっても、筆写において原本に近づけようとする意識が正倉院本より強いことは間違いない。正倉院本でさえ「花」「華」字欠筆、そしておそらく則天文字と常体字も原本通り写していると考えられるのであり、上野本等が、「華」字欠筆と「花」字は残しながら、則天文字だけは一律に直したというのは、筆写態度として想像しがたい。上野本東博本は、則天文字が用いられていないテキスト、即ち湖南が指摘する通り、則天文字制定以前のテキストなのである。

そもそも「華」字欠筆に対する蔵中氏の見解には誤解があるのではないだろうか。氏は、正倉院本も「華」字が欠筆されていることを根拠に、上野本等が古写に属するとした湖南の考証を否定し、正倉院本とともに「則天武后在位時代唐土で書写された」とされた。確認しておくと、武后が政権を奪取した載初元年（六八九年末）に則天文字が制定された。しかし湖南は「華」字の避諱が、その前段階、武后が実権を掌握した垂拱（六八五）から行われることを指摘したのだ。「華」字欠筆は則天文字より先に行われているのである。ゆえに則天文字を使用するテキストに「華」字欠筆が存在することは当然であるが、「華」字欠筆のあるテキストに則天文字があるとは限らないのである。湖南はこの時差に注目し、上野本東博本を正倉院本より古写としたのである。蔵中氏は

「則天武后時代には、その祖の諱「華」を忌避して「花」を用いることがかなり広く行われている」とし、その避諱が垂拱初から始まったとする陳垣『史諱挙例』も引用されるが、「花」「華」の使用状況調査は天授元年（六九〇）からで、垂拱年間の「華」の避諱の状況は注意を払わない。(27)正倉院本と上野本等のテキストとしての性格を知るためには、湖南が言う垂拱年間の「華」字の状況を調べなければならない。

二

湖南の指摘、また陳垣『史諱挙例』によると、「華」字の避諱は「垂拱」（六八五）に始まる。『新唐書』（則天皇后本紀四巻四）にも「（光宅元年（六八四）九月）己巳、武氏五代の祖克己を追尊して魯国公と為し、……祖の華を太尉・太原郡王と為し……」とある。しかし、私が調べ得た垂拱元年（六八五）の墓誌三十五篇のうち、(28)「華」字を用いる十六篇（内二篇は拓本未見）に欠筆は一例も無かった。「華」字欠筆は、遺漏を恐れるが、垂拱二年六月「管基墓誌」（垂拱23）が最初である。但し、垂拱二年の墓誌で「華」字の使用は二篇のみで、他の一篇は欠筆しない。垂拱三年も欠筆は「大唐登仕郎康君墓誌銘幷序」（『洛陽』五四）一例、同四年も二例（続・垂拱19と23）だけである。この両年も欠筆例がある一方、欠筆のない墓誌もある。ただし、光宅元年九月から十二月の墓誌で「華」字の使用は十篇（全十五篇）、垂拱元年が十六篇あるのに対し、二年二篇（全十五篇）、三年五篇（全二十七篇）、四年六篇（全二十八篇）と、「華」字の使用は激減しており、陳垣の指摘通り、より正確に言えば垂拱二年以降明らかに「華」字は使用が避けられているのである。(29)

さて、このような欠筆の有無の混在を認めつつも、垂拱二年に「華」字の欠筆例があることは、湖南説の正当性を示すものである。日本に伝存する『王勃集』残巻の渡来が何時であったかはさておき、以上の調査から導かれる結論は、上野本東博本と正倉院本は異なるテキストであり、前者は、「華」字欠筆時代、後者は則天文字が行われていた（当然、「華」字欠筆も行われていた）時代に書写されたテキストなのである。そして巻廿八、廿九、卅という文字の存在から考えると、上野本東博本は、王勮らによって編纂され、楊炯の序を付して完成した『王勃集』三十巻の一部と考えられる。傅璇琮によれば、その編纂は文明頃とされる[30]。しかしこの「華」字の欠筆から考えると、『王勃集』編纂の上限を文明（六八四）、下限を「華」字欠筆のみが行われていた永昌（六八九）と出来るのである。上野本東博本は『王勃集』が最も早い文明・光宅年（六八四）に編纂されたとしても、六八九年までの僅か五年の内に筆写されたテキストなのである。

三

一方、正倉院本はどのようなテキストであったのだろうか。詩序一巻のみで、そのテキストの系統を想像することは難しい。七〇七年までに完成していたことは正倉院本巻末の紀年から間違いないが、日本人書写者が上野本等と同じ『王勃集』から王勃の序だけを抜き出したということは、上野本等が則天文字制定前のテキストである以上、考えにくい。渡来した『王勃集』三十巻が例えば『文館詞林』の如く、則天文字制定以前の巻と則天文字使用時期書写の巻が混じっていたと想像出来なくはない。そうであってもそれが上野本等と同系統の『王勃集』の詩序の部分とするには、見てきたように巻の形式の違いが余りに大きい。それは後に触れるように、正倉院本が複本を作ろうとする意図から鈔写されたのではないということで説明がつくかもしれない。しかし、私には正倉院本は、上野本等『王勃集』とは別の、詩序のみが編集された原本の存在を考えた方がよいように思われる。

正倉院本は書写の際に生じたと思われる誤字や脱文がある一方で、中国伝存本よりテキストとして優れている部分が多々あることは間違いない(31)。だが正倉院本を王勃の詩序作品を集めた文集と考えた場合、優れたものであったかどうかについてはやや疑問がある。

正倉院本の「山家興序」（中国伝本は「山亭興序」）と「春日序」は末尾に本文より小さな字で「末闕」と書かれている。「春日序」は、佚文であり詳細は分からない。しかし、「山家興序」は「末闕」の指摘どおり、中国伝本ではあとに更に一二八字が続いている。「末闕」の二字が原本にあったものなのか、日本人の書写者が気付いて書いたものなのかはわからない(32)。有名な「秋日登洪府滕王閣餞別序」は中国伝本では正倉院本の文字の後に十字が付け加わっているが、『文苑英華』は、この十文字がないテキストも存在すると注記する。この注記は、伝写の間にバリエーションが生じたことを示す。しかし「山家興序」「春日序」の「末闕」の文字は、バリエーションではなく、それが完全な作品でないことにある時点で気付いていたことを示している(33)。仮に日本人の書写者によって書き込まれたとすると、日本人書写者が、別テキストとの違いに気付いたのであるから、正倉院本とは別本が既に日本に存在したことになる。正倉院本は、則天文字がある以上、かなり早い時期のエディションであるが、日本人鈔写の時点で、既に別のテキストも存在していたと考えられるのである。

もう一点、正倉院本のテキストとしての性格を示すものがある。周知のように正倉院本は四十一の詩序作品が書写されていて、そのうちの二十篇が佚文である。蔣清翊注『王子安集注』からこのタイプの詩序を数えると、四十一篇（序という作品は四十五篇(34)）ある。当然その内の二十篇が正倉院本にもある作品であるが、逆に言うと、ほぼ半数の二十一篇が正倉院本にない作品なのである。常識的に考えれば本来はもっと多くの詩序があったと思われるが、この数字から単純に考えても、正倉院本は、王勃の詩序の三分の二を著録しているだけであって、王勃の詩序をすべて鈔写した作品集とは言えない[35]。このような事から正倉院本は、王勮等によって王勃の作品すべてを収集編纂したと思われる『王勃集』の一部分ではなく、別に王勃の詩序のみを集めた選集、或いはより放恣な想像を述べれば、王勃の作品を含む詩序を集めた総集が存在しそれを写したものと考えられないか。上野本東博本をその一部とする『王勃集』三十巻は中国の記録にある。しかし中国の記録によれば、他に劉元（允）済序本があったとされ、また『日本国見在書目録』には、「王勃集卅」の他、「新註王勃集十四（巻）」が著録されている[36]。現在に伝わらない『王勃集』があったのである[37]。詩序というジャンルが初唐に勃興し、現在まで伝わる作品から考えれば王勃らがその主要な担い手であったことは既に指摘したことがある[38]。そのような状況を考えたとき、王勃の詩序のみを纏めた選集が中国で流通していたと考えられないだろうか[39]。また「末闕」という注記から考えると、正倉院本の原本は、或いは王勮等の『王勃集』より先に編纂され、それが則天文字の行われていた時代に写され渡来したのかもしれない[40]。

ではなぜ、王勃の『詩序集』が筆写の対象として選ばれたのだろうか。筆写自体は蔵中氏が発見されたように、文武天皇に対する追悼行事の一つであったのかもしれない。しかしなぜそれが王勃の詩序でなければならなかったのだろうか。

正倉院本は、脱字や脱文に気付いて書き加えた部分があり[41]、一行の字数も不定である。このことに注目すると、原本をそのまま正確に写しコピーを作ろうとする意図があったとは思えない。これと似た書写態度を思わせるのが『杜家立成雑書要略』である。正倉院本とは筆写時期が異なるが、この書写も正確な複製を作ろうとしたものではない[42]。なぜ『杜家立成雑書要略』であり王勃『詩序集』であったのか。前者は敦煌出土文献からうかがえる書儀の普及を考えると、中国における流行を反映して選ばれたと想像出来る。(43) 王勃の詩序も、それが正に作者が王勃で、ジャンルが詩序であったからではないか。初唐に勃興した詩序は、日本で受け入れられ摸倣された。それが特に王勃と駱賓王の作品であったことは小島憲之氏に論考がある。またその日本に於ける流行の広がりについては東野治之氏、興膳宏氏に指摘がある。(44) 正倉院本とは、王勃という流行作者の、詩序という最新流行のジャンルの作品を、則天文字という最新の文字を交えて書かれたテキストを得て、欧陽詢風という最新流行の書風で書いたものであったのではないだろうか。つまり鈔写の目的は複本の作成ではなく、最新のジャンル、最新の流行作家、最新の文字を、最新の書風で国内最高の品質の紙に書いて鑑賞しようとすることにあったのではないだろうか。

小　結

日本に伝わる『王勃集』残巻について、湖南の論と蔵中氏の論の対立からそのテキストとしての性質について考察した。料紙の他、字体、書風、巻頭巻末、一行字数など巻としての書写形式の相違、更には「華」字欠筆と則天文字の使用など様々な観点から考えて、湖南が論じたように、上野本東博本は、垂拱から永昌（六八五～八九）に中国で鈔写された『王勃集』の一部分。正倉院本は、時期は分からないが、王勃の詩序のみを集めた選集が編纂され、使用されている則天文字から考えると六九八～七〇四年の間に書写され、それが更に日本で鈔写されたと結論付けた。

上野本東博本は、『王勃集』編纂から五年以内、編纂直後と称してもよい極めて早い時期の貴重なテキストなのである。また正倉院本とは、当時の中国における詩序というジャンルの流行と、王勃がそのジャンルの重要な作者であったことを具体的に示すテキストであったのである。

これら『王勃集』残巻は、中国における王勃の文学の評価を反映するものである。特に正倉院本は、当時の日本が如何に中国の流行に敏感であったかを如実に示すものであった。『王勃集』残巻は、中国の最新文化に対する日本の憧れを示しており、それはまた、初唐文学とその時期における王勃の文学について再認識を促す重要な資料なのである。

注

（1）東博本は、富岡家に所蔵されていた時期があるので、富岡本と称されることもある。この他に、東博本から切り取られた「祭文」一篇がある。京都神田家に所蔵されていたので神田本と称されることもあるが、現在は東博の所蔵となっている。小論では、この神田本も含め東博本と称することとする。

（2）「上野氏蔵唐鈔王勃集残巻跋」（明治四三（一九一〇）年八月）。また、同一帙に出ることは「旧鈔本王勃集残巻跋」（『王勃集巻第廿九第卅（景旧鈔本第一集）』（京都帝国大学文学部　一九二二年）。ともに後『全集』第十四巻（東京　筑摩書房　一九七六年）所収『宝左盦文』）。

（3）日中文化交流史研究会編『正倉院本王勃詩序訳注』（東京　翰林書房　二〇一四年）所収。引用部分は十二頁から十四頁。初出は『正倉院本王勃詩序の研究Ⅰ』（神戸市外国語大学外国学研究所　一九九四年）。なお注（六）に、「尤も、唐土から将来された『王勃集』原本にすでに則天文字と常体字とが混用されていて、特に㊵㊶などの巻末に至っては則天文字をすべて常体にしていた、と考えることもできなくはないが、やはり則天在位中に書写されたと思われる『王勃集』唐土将来原本については、すべて則天文字が使用されていたと考えるべきであろう」（六十七頁）と原本に則天文字と常体字の混在があった可能性に言及する部分がある。

（4）京都国立博物館編『筆墨精神』（二〇一一年）。東京国立博物館ウェブサイトを参照。
（5）『唐鈔本』（大阪市立博物館　一九八六年）。中田勇次郎「総説」「図版解説」による。
（6）『国華』千八百号（東京　国華社　二〇一一年）「王勃集解説」。また興膳宏「上野本『王勃集』のことなど」（『中国古典と現代』東京　研文出版　二〇〇八年）。この時期日本でも楮を主原料とする紙が製造されたようであるが、中国では麻紙と見紛う優れた樹皮紙が造られており（赤尾栄慶「聖語蔵経巻管見―調査報告にかえて」（『正倉院紀要』第三二号奈良　宮内庁正倉院事務所　二〇一〇年））、このような樹皮紙の普及状況や紙質の水準からすると、上野本等の料紙は、比較的優れた樹皮紙、即ち中国の紙の可能性が高いと考える。他に同氏「料紙について―古写経を中心に―」（島谷弘幸編『料紙と書』（京都　思文閣出版　二〇一四年）を参照したが、料紙については専家の御教示を乞いたい。
（7）「正倉院宝物特別調査　紙（第2次）調査報告」（『正倉院紀要』第三二号）によると、染め紙は全て後染めで、「染め色が異なるだけですべて同質の紙のようであ」り、丁寧な紙漉が行われ、また染色にも配慮が行われていた可能性があるとされる。繊維分析によって不明繊維も確認されたが大麻を主とする紙で、雰囲気は『杜家立成』に似て、地合も整っていると指摘される（中倉三二詩序（ID 一一七））。また、第一次の調査報告に当る「正倉院の紙の研究」（正倉院事務所編『正倉院の紙』（東京　日本経済新聞社　一九七〇年））には『王勃詩序』と同じ紙質の色麻紙十九巻（一巻約百張）が正倉院に残されていたとある。
（8）『書跡名品叢刊　唐鈔本王勃集』（東京　二玄社　一九七〇年）また『唐鈔本』解説。
（9）二玄社編集部編『書道辞典増補版』（二玄社　二〇一〇年）。
（10）『東方学』投稿時査読戴いた先生より、「流」と「於」を例に両鈔本の字形の違いについて御指摘を戴いた。正倉院本は「流」であるが、上野本等の「流」は、南北朝拓本や初唐写本で多くみられる。「於」も正倉院本は方を手偏のように作る。拓本には両方が見られるが、唐以降「於」は手偏のように作る文字が増えるように思われる。現段階ではこの二字しか調査出来ていないが、字形からも両鈔本の書写時期の検討が可能であるかもしれない。御教示に感謝し報告しておきたい。なお調査には、拓本文字データベース（京都大学人文科学研究所）と漢字字体規範史データベース（同編纂委員会）を利用した。

（11）『翰林学士集』（『翰林学士集』二種影印と翻刻』（東京 桜楓社 一九八九年））は巻頭に目録があり、巻末に「集巻第二（詩一）」とある。『影弘仁本文館詞林』（東京　古典研究会 一九六九年）は「文館詞林巻第某　詩（等のジャンル名）」、次行に編者許敬宗の官職が小字で書かれ、その巻の作品目録が続く。また『趙志集』（天理図書館善本叢書編集委員会編 一九八〇年）の巻頭第一行は「趙志集一巻」とあるだけで（巻末は断絶）、上野本等と異なるが、巻頭には書名、巻数や目録が書かれるのが一般的な書式と思われる。

（12）正倉院本は、奈良国立博物館編『平成七年第四十七回正倉院展』（一九九五年）参照。

（13）蔵中氏は、『則天文字の研究』第十七章の韓国湖巌美術館蔵『大方広仏花厳経』の則天文字を紹介した部分で「5、右の常体字・則天文字混用は、新羅にあっての書写段階で、書手の不注意、あるいは意識的更改によるものと思われること（このような例は、第四章にも説いたようにわが国でも『王勃詩序』残巻などにみられる）。」（二九一頁）とされている。第四章は「奈良・平安初頭の則天文字」と題される論考で、主に『文館詞林』について論じておられるので、恐らく第三章「上代の則天文字」のことと思われる。ただ四章でも、『文館詞林』の鈔写に際し、日本人書写者の任意の書き換えを述べておられる（九十二頁）。しかし一千巻という膨大なこの総集は筆写に時間がかかった。氏も指摘しておられる「儀鳳二年五月十□日　書手呂神福写」はその証拠である。儀鳳は則天文字が制定されていない時期なので、則天文字使用以前と使用時期の書写巻があったと考えるべきであろう。

（14）ただ、正倉院本の則天文字使用箇所が、中国伝本では異なる字で伝えられている例が五字ある。①「漢家二百年之城堺」（山家興序）の「年」が「所」、②「終軍之妙日」（秋日登洪府滕王閣餞別序）の「妙日」が「弱冠」、③「群公並授奇」（秋日於綿州群官席別薛昇華）の「授」が「受」、④「長門之星」（晩秋遊武担山寺序）の「星」が「月」、⑤「今日天平」（江寧県白下駅呉少府見餞序）が「今日太平」である。このうち特に①④⑤は則天文字であったが故に、常体字に戻す際に異同が生じたのかもしれない。もし蔵中説の如く、原本が則天文字であったのであれば、これと同様にその文字について正倉院本と中国伝来テキストの間で異同が見られるかもしれないが、私の調査の限り、異同は見つけられない。

(15)　正倉院本と中国伝存作品中の文字の異同については、拙著『正倉院蔵《王勃詩序》校勘』（香港大学饒宗頤学術館 二〇一一年）を参照戴きたい。

(16)　「垂拱初、避武氏祖諱、改華州曰大州、華陰県曰亭川。旧唐書崔玄暐伝、本名曅、以字下体有則天祖諱、乃改為玄暐（垂拱の初、武氏の祖の諱を避け、華州を改めて大州と曰い、華陰県を亭川と曰う。『旧唐書』崔玄暐伝に、本と名は曅、字の下体に則天の祖諱有るを以て、乃ち改めて玄暐と為す）」（巻二第十六外戚諱例）。北京中華書局 一九六二年。

(17)　調査方法は、気賀沢保規編『新版唐代墓誌所在総合目録』（東京 汲古書院 二〇〇四年）を利用し、拓本景印により調査したが、一部確認出来なかったものもある。以下、唐代墓誌について言及する場合は、原則としてこの方法で調査している。なお括弧内の年号数字は時期を分かり易くする為、周紹良編『唐代墓誌彙編・続集』（上海古籍出版社 一九九二・二〇〇一年）の番号を用いた。

(18)　王勃「採蓮賦」（巻一）にも「朱華」の語があり、蔣清翊はこの曹植「公宴詩」を典拠とする（『王子安集注』（上海古籍出版社 一九九五年））。

(19)　例えば「源水終無路、山阿若有人（源水終に路無く、山阿人有るが若し）」（「出境遊山二首其二」巻三）。また「河陽潘岳之花」（蔣注「白帖七十七、潘岳為河陽令、樹桃李花、人号河陽一県花（白帖七十七、潘岳河陽令と為り、桃李の花を樹う、人河陽一県の花と号す）」（「上明員外啓」巻四）。

(20)　この二句、特に「鄂不」は読み方や解釈が分かれる。鄭箋は「華」と「萼」とし、兄と弟の比喩と解する。その後、謝瞻「於安城答霊運」（『文選』巻二十五）の「華萼相光飾、嚶鳴悦同響（華萼相い光き飾り、嚶鳴同響を悦ぶ）」も兄弟の意で「華萼」を用いる。ただ、墓誌を調べると、唐代では（管見の限り最も早い例は貞観22）、この語は、「花萼」に作るのが一般的である。

(21)　高木正一訳『詩品』（東京 東海大学出版会 一九七八年）は「風華」を先用例は見出されぬとされる（二五六頁）。墓誌では「風華藉甚」（貞観122）が一例あるが、風に舞う「花」ではない。

（22）王勃と同時期、永徽元年（六五〇）から上元三年（六七六）の墓誌の使用例を挙げると、桃花源は意識しないが、①⑨⑮と同じ「桃花」の語は、麟徳29、総章16。②は続・顕慶37。⑤は乾封52・55など七例。⑦は続・乾封19。⑧は咸亨47に「桃源落花」。⑩は総章8、上元18。⑯は上元6。⑬は同じ言葉は発見できないが、⑧の例のように「桃花源」を踏まえる表現が見られる。③④⑥⑪⑯はこの時期の墓誌に同じ言葉を見つけられなかった。

（23）「華」字欠筆や「花」字への書き換えについては、蔵中氏の他、内藤乾吉「大方広仏花厳経巻八解説」（『書道全集』二六　平凡社　一九六七年）が早く指摘する。武后在位期の仏典に「花」字の使用が徹底していたことは、蔵中前掲書第十七章の他、大西磨希子「聖語蔵の『宝雨経』」（『敦煌写本研究年報』第八号　二〇一四年）に指摘がある。

（24）王勃の作品は中国伝本でも、「華」「花」が併用されているが、「花」は flower の意味でのみ用いられている。当初より併用されていたことを反映しているのではないか。

（25）敦煌文書中でも、一文書中に則天文字と常体字があるという指摘がある。正倉院本も任意の書き換えではなく、原本が既にそうであったと考えるべきではないか。王三慶「敦煌写巻中武后新字之調査研究」（『漢学研究』第四巻第二期台湾　一九八六年）を参照。

（26）列記すると龍朔12、乾封22・49、咸亨36・41、上元24、続・上元15。

（27）『則天文字の研究』二一六頁～二一八頁。特に二一七頁・二一八頁の表とその言説から考えると、資料的限界もあるが、「華」字の使用が垂拱二年から激減することに気付いておられないように思われる。

（28）調査方法は注（17）と同じ。ここではその他に『西安碑林博物館新蔵墓誌彙編』（北京　線装書局　二〇〇四年）、『洛陽新獲墓誌続編』（北京　科学出版社　二〇〇八年）を見た。

（29）しかし「華」に換えて「花」が用いられている明確な例を私は見つけられない。

（30）傅璇琮・陶敏『新編唐五代文学編年史初盛唐巻』（瀋陽　遼海出版　二〇一二年）。

（31）このことは拙論「テキストとしての王勃集」と注（15）拙著を参照いただきたい。

（32）私は文字の類似から、後世の書き込みの可能性は小さいとしていたが、投稿時査読戴いた先生より、極上の麻紙の使用は貴人による公的書写であったことを意味し、そのような性格から後世の安易な書き込みは考え難いという御教示を得た。

(33) 文章の内容から「末闕」に気付いた可能性はあるが、そうであれば、佚文の為検証できないが、内容から明らかに「末闕」である「至真観夜宴序」にはその記入がない。

(34) 四十五篇は蔣清翊本巻六から巻九の詩序に「聖泉宴序」(巻三)を加えた数。「続書序」「四分律宗記序」「鞶鑑図銘序」(巻九)と、王勃が自分の紀行詩を纏めた「入蜀紀行詩序」(巻七)を除外した。これらは送別・宴会の詩集の序ではない。

(35) 「王勃詩序」は正倉院最初の目録「東大寺献物帳」に記録なく、いつ献上されたのかも不明であるが、「東大寺続要録巻十宝蔵篇」(『東大寺続要録』(筒井寛秀監修 東京 国書刊行会 二〇一三年)、建久四年(一一九三)の開倉記録の相辛櫃五十八合中に「御経筥(納梵網経一巻)」や「代々書目」などとともに「詩序書一巻」が録されている。もちろん、そのうちの一巻が正倉院本であると断言はできない。この記録は注(12)の解説に言及がある。

(36) 『郡斎読書志』巻四上に『王勃集二十巻』と録され、紹介の文章の後に、「劉元済序」とある。『日本国見在書目録』(『古逸叢書』所収)は別集家に載る。

(37) 他に令狐楚「盤鑑図銘記」(『全唐文』巻五四三)に「元和十三載二月八日、予為中書舎人翰林学士、夜直禁中、奏進旨検事。因開前庫東閣、於架上閲古今撰集、凡数百家。偶於王勃集中巻末獲此鑑図幷序、愛玩久之……(元和十三載二月八日、予中書舎人翰林学士と為り、夜禁中に直し、進旨を奏せんとして検事す。因りて前庫東閣を開き、架上に古今撰集、凡そ数百家を閲す。偶たま王勃集中の巻末に此の鑑図幷序を獲、愛玩之を久うす)」とあり、蔣清翊が「鞶鑑図銘序」注に引く。「集中巻末」が、『王勃集』のある巻の末か、『王勃集』の末なのか不明瞭であるが、後者の場合、東博本(巻三十)の最後は王承烈の手紙であり、令狐楚の記録は、中唐には上野本東博本とは異なるエディションが存在したことを示す。

(38) 「王勃の序」「初唐の序」を参照。

(39) 正倉院本を最初に紹介した楊守敬が既に「抑唐人愛勃序文者、鈔之耶（抑そも唐人の（王）勃の序文を愛する者、之を鈔せしか」と『王勃集』とは別の作品集である可能性を指摘する。その上で『新唐書』志五十・芸文四（巻六十）に載る「王勃舟中纂序五巻」を挙げるが、正倉院本との関連について、彼は否定的である（『日本訪書志』「古鈔王子安文一巻」）。一方、陳偉強「王勃著述考録」（『書目季刊』第三八巻第一期　香港　二〇〇四年）は、正倉院本の原本の可能性としてこの書を挙げるが、その根拠とする点には少し誤解がある。「舟中」の意味する所が不明であり、ここでは王勃の序のみを纏めた作品集が存在した可能性を示す一例として指摘するにとどめる。なお『宋史』志一六一・芸文七（巻二百八）に王勃の著作として「雑序一巻」が録されるが他に見えず、正倉院本の原本とは考えにくい。

(40)『王勃集』の渡来時期は小論の考察外であるが、上野本東博本の紙背の仏教関係の筆記は、『唐鈔本』解説（杉村邦彦氏）などでは平安末とされるので、渡来はそれ以前である。

(41) 例えば「上巳浮江宴序」五行目や「秋晩入洛於畢公宅別道王宴序」二十八行目などは、途中で脱文に気付き、横に書き加えている。注（12）及び注（15）の拙著を参照戴きたい。

(42)『杜家立成雑書要略』は最初は題名が一行に書かれ、次行から文章が書かれていたが、途中からそのような改行が無くなる。これは原本の書式ではなかったであろう。

(43) 趙和平『敦煌写本書儀研究』（台北　新文豊出版　一九九三年）。更にそれが詩序や書簡文であることに注目すると、当時の日本の王羲之愛好とも関わりがあるかもしれない。

(44) 小島憲之『上代日本文学と中国文学下』特に「第六篇第一章懐風藻の詩」（塙書房　一九六五年）を参照。またその日本での流行については東野治之「『王勃集』と平城宮木簡」（『正倉院文書と木簡の研究』塙書房　一九七七年）、同氏『『王勃集』―役人の手習い」（『書の古代史』東京　岩波書店　一九九四年）に、王勃詩序中の一句を書いた木簡の出土を紹介する。興膳宏「遊宴詩序の演変―「蘭亭序」から「梅花歌序」まで―」（『万葉集研究』二八　塙書房　二〇〇五年）は文学的影響を論ずる。なお『杜家立成雑書要略』もその一行を筆記した木簡が出土している（丸山裕美子『正倉院文書の世界』東京　中央公論新社　二〇一〇年）。

『王勃集』の編纂時期
——巻三十所収「族翁承烈致祭文」を中心に——

序

東京国立博物館が所蔵する『王勃集』の佚文は、富岡謙蔵が所蔵していたもので、『王勃集』の巻二十九巻三十が繋がれて一巻となっている[1]。第二十九巻は巻頭に目録があり、それと比べてみると、最後の「祭高祖文」が失われている[2]。この切り取られた後、即ち「為霍王祭徐王文一首」の後に、巻三十所載の作品が継がれている。巻三十は、巻二十九や上野家が所蔵する『王勃集』巻二十八と異なり目録がない。巻頭部分が失われた可能性があるが、現在残されているのは、題名を挙げると以下の作品である。

君没後彭執古孟献忠与諸弟書
族翁承烈旧一首（兼与〈劇〉勮書／論送旧書事）[3]
族翁承烈致祭文
於（族か）翁承烈領乾坤注報助書

末尾に「集巻第卅」とあり、この部分が『王勃集』巻三十であったことがわかるのである。内藤湖南が「富岡氏蔵唐鈔王勃集残巻」[4]で「第卅巻は目なし。此巻の載する所は皆勃の文にあらずして、其死後、朋友族人の寄せたる弔書祭文等を雑集して、勃の集に殿せるなり」と言うように王勃の作品ではない。小論でこれから取り上げようとするのは、そのなかの王勃の霊を祭る「族翁承烈致祭文」と題される一文である。

この祭文の最初に「□月元年八月廿四日」という文字がある。これについて湖南は、「年号の二字は蠹蝕せるも、下字は月に从へる者の如し。但だ上元以後、高宗の年号、月に从へる字あることなければ、恐らくは儀鳳の誤りなるべし。上元三年は十一月に至り儀鳳と改元したれば、楊烱の王勃集序には上元三年八月に勃の死せしことを言へり、此の祭文も八月にして未だ改元せざる前の者なれども、後より追改せし者なるべし」という。湖南は「□月」であることは認めながら、それをテキスト書写者の書き間違いと考える。その理由は恐らく、歴史上の人物を対象とする場合はさておき、死者を追悼する祭文は、その死からさほど時間を置かぬうちに作られるのが一般的であるからであろう。確かに「文明元年」（六八四）なら、上元三（六七六）[5]年とされる王勃の死から八年を経て作られたことになる。

ところが、「祭文」を最初に翻字した羅振玉はこの文字を「文明」とし、最近の陳尚君も「文明」とする[6]。両先生は「文明」を自明のこととして、湖南の疑問については沈黙している。更に後に述べるように、傅璇琮・陳尚君はこの祭文を根拠として、『王勃集』の完成を「文明元年」以降近い時期としている。しかし、湖南の説に従えば、『王勃集』の編纂はそれより遡る可能性をもつことになる。

このように、「祭文」の紀年は、『王勃集』の成立時期に関わる重要な問題を含む[7]。小論は湖南の疑義を出発点に、王承烈が「祭文」を何時作ったのか。或いは文明元年に彼が「祭文」を書くことが出来たかについて検討し、

『王勃集』においてこの「祭文」が持つ意味について考えを述べたい。

一

まず、「祭文」の釈字案を示す（上の数字は鈔本の行数を指す。釈字句読は羅振玉・陳尚君を参考にした。括弧内の羅は羅振玉、陳は陳尚君の翻字を示す）(8)。

1・族翁承烈致祭文（陳作祭王勃文（擬題））
2・□月（羅陳作文明）元年八月廿四日、族翁承烈、遺息素臣、致
3・祭故族孫虢州参軍之霊曰、山川有助、天地
4・無親。如河（羅作何）賦象、独冠常倫。応乎五百、合乎
5・鬼神。豹変蔵霧、龍来絶塵。高陽八子、皇（羅作皇□。陳作□皇）
6・一人。上断唐虞、下師周孔。仁焉匪譲、寂然（羅陳作然□）動。
7・文駕班（羅作斑）楊、学窮遷董。平（羅作□）府徴蔵、羽陵汲
8・冢、一道貫心、千齢継踵。大章歩局（陳作局）、豊城気
9・擁。如彼蓍蔡、其用必霊、如彼蘭名（羅作石）、其気
10・必馨。曳裾王邸、献策（陳作築）宰庭。禍胎斯兆、参卿（羅作郷）
11・匪寧。南飛繞月、東聚移星。九夷昔往、
12・百越今適。考覈六縷（羅作緯）、発揮三易。遠踊虞

13・翻、遥追陸績。跕鳶下墜、吹蠱旁射。赤

14・蟻招魂、青魄（羅陳作蠅）吊（羅作弔）客。長沙賈誼、闕里顔

15・回。賢哉共尽、命也無娸（羅陳作媒）。砰掌珠崖之曲、

16・夢腹丹穴之隈。飛黄万里而中斃、大鵬六

17・月而先摧。桃李不言而屑泣、朝野有慟

18・而銜哀。嗚呼、吹律一宗、本枝百代。生前

19・不接、没後如対。義託孫謀、情鍾我輩。顧

20・青箱之無泜（羅作泯）、惜玄穹之不悔。悲久客兮

21・他郷（羅陳作郷）、傷非春兮幾載。彼（羅作波）驚東会、景落西

22・虞。風飛去旐、葉（羅作□）列（陳作到）帰艫。脯陳二夾（羅作□）、酒泛（羅陳作泛□）

23・壺。宿草積（羅作積□。陳作積［而］）誰哭、秋栢（羅陳作柏）化而成儒（羅作□）。訪蔡邕

24・之何在、痛張衝（羅陳作衡）之已徂。嗚呼来響（羅陳作饗）。

族翁承烈　祭を致すの文。

□月元年八月廿四日、族翁承烈、息素臣を遣わし、故族孫虢州参軍の霊に祭りを致して曰く、山川　助有り、天地　親無し。河の象を賦するが如き、独り常倫に冠たり。五百に応じ、鬼神に合す。豹変じて霧に蔵れ、龍来りて　塵を絶つ。高陽の八子、皇（□）は一人。上は唐虞に断ち、下は周孔を師とす。仁焉として譲らず、寂然として動（□）。文は班楊を駕し、学は遷董を窮む。平府　徴蔵、羽陵　汲冢、一道　心を貫き、千齢　踵を継ぐ。大章の歩を局し、豊城の気を擁す。彼の蓍蔡の如きは、其の用必ず霊、

彼の蘭名の如きは、其の気必ず馨る。裾を王邸に曳き、策を宰庭に献ず。禍胎斯に兆し、参卿寧きに匪ず。南に飛びて月を繞り、東に聚れば星を移す。九夷昔往き、百越今適く。六縷（緯か）を考覈し、三易を発揮す。遠く虞翻に躡し、遥かに陸績を追う。跕鳶下に墜ち、吹蠱旁に射す。赤蟻魂を招き、青蝿客を吊す。長沙の賈誼、闕里の顔回。賢なるかな共に尽き、命なるかな娸（媒か）無し。掌を珠崖の曲に砰《ほう》し、腹を丹穴の隈にうつを夢む。飛黄万里なるに中にして斃し、大鵬六月なるに先に摧く。桃李言わざるも泣を屑し、朝野慟する有りて哀を銜む。鳴呼、吹律の一宗、本枝百代。生前接せず、没後対するが如し。義は孫謀に託し、情は我輩に鍾む。青箱の泜（泯か）する無きを顧み、玄穹の悔いざるを惜しむ。久客を他卿（郷）に悲しみ、非春　幾載なるかを傷む。彼（波か）は東会に驚き、景は西虞に落つ。風は去旐を飛ばせ、葉は帰艫を列ぬ。脯は二夾に陳ね、酒は（□）壺に泛ぶ。宿草積みて誰か哭せん、秋栢化せしは儒と成りしなり。蔡邕の何くに在るを訪ねん、張衝（衡）の已に徂くを痛む。鳴呼　来り

饗（饗か）けよ。

繰り返しになるが、祭文の冒頭「□月元年八月廿四日」について、羅振玉・陳尚君は「文明」とし、湖南は、王勃の死の年とされる上元三年（六七六）が改元された「儀鳳」の書き間違いを疑っている。王勃の死は上元三年と考証されており、(9) 文明元年（六八四）であれば没後八年が経過してから作られたことになる。死者を哀悼する祭文では例外に属する遅さであり、王勃の死の年である儀鳳元年の書き誤りとする湖南の考えは、祭文という文体の目的から考えると常識に近い。(10) しかし湖南も認めるように二字目右側は明らかに月である。(11) そうであれば可能性のある年号は文明のみである。

祭文という性格上、その内容は死者、この場合は王勃の人生を総括するものであり、王勃の伝記と併せて読む

とある程度理解できる部分をもつ。

例えば10行目から12行目の「曳裾王邸、献策宰庭。禍胎斯兆、参卿匪寧。南飛繞月、東聚移星。九夷昔往、百越今適」は、王勃が沛王府に入ったことと、虢州参軍の任に在ったことを言い、「百越」は交阯への旅を指す(12)。13行目から14行目「跕鳶下墜、吹蠱旁射、赤蟻招魂、青蜆吊客」の、「跕鳶」は『後漢書』馬援伝十四「吾の浪泊、西里の間に在りて、虜の未だ滅びざるの時に当りては、下に潦あり上に霧あり、毒気重蒸し、仰いでは飛鳶の跕跕として水中に堕つるを視る（当吾在浪泊、西里間、虜未滅之時、下潦上霧、毒気重蒸、仰視飛鳶跕跕堕水中）」という馬援の述懐(13)を典拠とし、南方の毒気をいう。またこの語も含め、厳しい南方旅行を詠う鮑照「苦熱行」のイメージも借り(14)、王勃が遥かな南方で死んだことを語る。祭文であるからもちろん王勃の死を悼むが、賈誼や顔回のように（14行目15行目）、若く不遇のうちに世を去ったことと、彼の死が、遥か南方であったことが祭文によって確認される。しかし、今回特に注目したいのは、最後の四句である。

まず、「宿草積（□）誰哭、秋栢化而成儒」の上の句は、羅振玉が指摘するように、対句構成から考えると一字抜けている。対句の一方から考えると、欠けているのは四字目で、陳尚君が補足するように「而」のような助字が入り、解釈を変動させる文字である可能性は小さい。さて、この対句にある「宿草」と「秋栢」という言葉は、「祭文」が王勃の死の直後ではなく、時間を経て書かれたことを示しているように思われるのである。

宿草の句は、『礼記』檀弓上「朋友の墓、宿草有れば哭さず（朋友之墓、有宿草而不哭焉）」に基づく。孔穎達の「疏」に「宿草は陳根なり。草 一年を経れば則ち根陳きなり。朋友相い為に哭すること一期、草根陳なれば乃ち哭さざるなり（宿草、陳根也。草経一年則根陳也。朋友相為哭一期、草根陳乃不哭也）」とある。この句は『礼記』の表現を踏まえ、時間の経過を象徴する宿草が繁り積ったので、哭する者は誰もいないとその死から時間が経ったこ

とを言っている。(15)

秋柏の句の方は『荘子』列禦寇「鄭人の緩や、裘氏の地に呻吟す。祇に三年にして緩儒と為る。河は九里を潤し、沢は三族に及ぶ。其の弟をして墨たら使む。儒墨相い与に辯じ、其の父翟を助く。十年にして緩自殺す。其の父之を夢む。曰く、而の子をして墨と為ら使む者は予なり。闔ぞ嘗みに其の良を視ざる、既に秋（楸）柏の実と為れり（鄭人緩也、呻吟裘氏之地。祇三年而緩為儒。河潤九里、沢及三族。使其弟墨。儒墨相与辯、其父助翟。十年而緩自殺。其父夢之。曰、使而子為墨者予也。闔嘗視其良、既為秋（楸）柏之実矣）」という寓話に基づく。この句は寓話の終わりの部分、死んで葬られた儒者が父親の夢に現れ、自分は既に墓に植えられた秋柏の実となったという言葉を用いる。(16)この言葉を下敷きに王承烈の句を解すると「墓上の秋柏に化したのは儒者と成った人である」という意味になる。墓に植えられた楸柏が繁り実を付けるまでになったという言葉により、没後時間が経ったことを指すのであろう。(17)この対句は、ともに王勃の死から時間が経過したことを表現していると解釈できるのである。

続く「訪蔡邕之何在、痛張衡（衡）之已徂」という句は、蔡邕が張衡の生まれ変わりと言われた逸話を踏まえている。(18)「蔡邕をどこに訪ねればよいのだろう、張衡が既に世を去ってしまったことが痛ましい」というこの表現も、逸話を逆手にとり、未だに生まれ変ってこないと、王勃の死からの時間の経過を悼んでいると解することができる。即ち、「祭文」は王勃の死を悼むことは勿論であるが、それとともに彼の死から時間が経過してしまったことを悼んでいると考えられるのである。このように「祭文」は、王勃の死から、ある程度の時間を経て作られたことを示す表現があるのである。王承烈は、王勃没後時間を経て「祭文」を書いたのではないか。そうであれば、常例から外れる「祭文」を彼に作らせたものは何だったのだろうか。彼の「祭文」作成の動機を語っていると考えられる文章がある。「祭文」の前に置かれている王承烈の手紙である。この手紙には、『王勃集』編者である王勮等兄弟の内の一人の手になる紹介文がある。

族翁承烈旧一首（羅作族翁承烈書）（兼与勮書／論送旧書事）
君適交州日、路経楊府。族翁承烈、有書与
君、書（陳無書字）竟未達。及君没後、兄勮於翁処、求
此書。承烈有書与勮、兼送旧書、今並載焉。(19)

「王勃が交州へ行くとき、揚州を通過した。族翁の王承烈は、手紙を王勃に送ったが、その手紙は結局王勃には届かなかった。王勃の没後、兄の勮は王承烈にこの手紙を求めた。王承烈は手紙を勮に送ると共に、以前の手紙も送った。今それらを併載する」とあり、その後、王承烈の手紙が続く。

「一首」と題されるが、この前書きに明らかなように、届かなかった王勃宛ての手紙と、王勮への返信の複数の手紙が纏められている。紹介文に誤られたのか、羅振玉はこの「一首」に収録されている手紙を二通と考えたが、湖南そして陳尚君が指摘するように実際には三通の手紙がまとめられている。しかし、湖南が第一・第二信を王勃に宛てた手紙、第三信を王勮宛とするのに対し、陳尚君は第一信を王勃宛、二・三信を王勮宛とし(20)、解釈が一致しない。この問題はここでは指摘にとどめるが、小論で取り上げようとする第三信は、両先生とも王勮宛と解釈が一致している。その第三信を見てみよう。

1・太丘（羅作邱）貞善、遅真気東遊（羅作游）、来訪疲茶也。余
2・茲（羅作滋）厥初、同原殊派、勿以南北為疎（羅作疏。陳作殊）耳。君三弟苗

3・場（羅陳作場）委葉、芝圃摧（陳作摧）英。楊童結歎於郫根、顔子
4・慟心於闕里、良可惜也、何痛如之、啜泣興哀、
5・中来何已。此意往年備叙、故不能遍（羅作徧）挙
6・焉。日者有書、一時表意。既追送不及、久已
7・弃（羅陳作棄）諸、今忽訪逮、有愧存没。然生平素心、
8・不可廃也。旁問使者、乃云亡従孫霊柩在
9・彼。聞之転増惘黙。今別封将往、可対玄壌
10・焚之、欲示神理有所至也。不知文筆惣（羅陳作総）
11・数幾許、更復緝注何書。小史往還、時望
12・写録。豈唯（羅作惟）自擬賞翫、兼欲伝之其人。其易
13・象及論語注、卑（羅作俾）因繊（羅作緘）付、乃所望也。若使者
14・存心、固不（羅作不至）遺落此信、還当具報也。

太丘貞善、真気の東遊を遅らせ、来訪疲茶す。余は茲れ厥の初、同原にして殊派、南北を以て疎と為す勿かれ。君が三弟 苗場に葉を委て、芝圃に英を摧く。楊童は歎を郫根に結び、顔子は心を闕里に慟す、良に惜しむ可きなり、何ぞ痛ましきこと之の如き、啜泣して哀を興し、中来 何ぞ已まん。此の意 往年備さに叙ぶ、故に遍挙する能わざるなり。日者《さき》に書有り、一時 意を表わす。既に追送するも及ばず、久しく已に諸を弃つ、今 忽ち訪逮せられ、存没を愧ずる有り。然れども生平の素心、廃す可からざるなり。旁ら使者に問えば、乃ち云う亡従孫の霊柩 彼に在りと。之を聞きて転た惘黙を増す。今別封

将に往かんとす、玄壌に対して之を焚く可し、神理の至る所有るを示さんと欲するなり。文筆の惣数幾許なるか、更に復た何の書を緝注せしかを知らず。小史往還、時に写録を望まん。豈に唯だ自ら賞翫するを擬せんや、兼ねて之を其の人に伝えんと欲す。其の易象及び論語注、繿（緘か）に因りて付せ卑めよ、乃ち望む所なり。若し使者 心存すれば、固より此の信を遺落せず、還た当さに具に報ずべし。

「君三弟苗場委葉、芝圃摧英。楊童結歎於郫根、顔子慟心於闕里。(21)良可惜也、何痛如之。啜泣興哀、中来何已」と、勮の弟である王勃の若い死を悼み、続いて「此意往年備叙、故不能遍挙焉」と言う。この手紙より前に、王承烈は既に哀悼の手紙を王勮らに送っているのである。手紙は続いて「日者有書、一時表意。既追送不及、久已棄諸。今忽訪逮、有愧存没。然生平素心、不可廃也」と、王勃に届かなかった手紙が有ったことと、今回王勮にそれを求められたことを言う。この部分から、第三信が前書きに「有書与勮」と言う、王承烈の返信であることが明らかになる。第三信には具体的な発信時期は書かれていない。しかし、「往年」追悼文を送っているという記述から、王承烈は王勃の死を既に知っており、王勮の手紙は、王勃没後時間が経過して送られて来たと考えられる。

ところで、この手紙で注目したいのは、「旁問使者、乃云、亡従孫霊柩在彼、聞之転増惘默。今別封将往、可対玄壌焚之、欲示神理有所至也」という部分である。王勮の手紙をもってきた使者に尋ねたところ、王勃の霊柩は「在彼」と答えた。それによってますます言う言葉も無く辛くなったと言う。王勃の遺骸は故郷に戻っておらず、彼が死んだ、恐らく広州あたりの南方の地に仮埋葬されたままであったのだ。王承烈は、王勃の死は既に知っていたが、その霊柩が「彼」にまだ残されたままであることに衝撃を受けたのである。そして彼は「別封」即ち、第三信とは別の手紙を発信しようとする。「別封」は「可対玄壌焚之、欲示神理有所至也」[22]と言う表現から考えると、祭文であったのではないだろうか。王承烈は、故郷に帰れぬ王勃の霊を慰めるため祭文を作り、王勮への手紙とは別に王勃の霊柩のある「在彼」にむけて発信しようとするのである。この「別封」こそが、手紙の直後におかれる「祭文」であったのではないだろうか。「祭文」は、死後時間がたっても故郷に戻ることができない王勃の霊を慰めるために作られたのである。そしてそれは王勮の手紙に対する返信である第三信とほぼ同時に作られたと推測できるのである。

「祭文」は、王勮から送られて来た手紙を契機として作られた。第三信の終わりの「不知文筆惣数幾許、更復緝注何書。小史往還、時望写録。豈唯自擬賞翫、兼欲伝之其人。其易象及論語注、卑因緘（緘）付乃所望也」という部分からは、王勮の手紙に『王勃集』編纂に関する話題があったことが暗示されており、手紙の目的は『王勃集』編纂の為の資料収集であったのではないかと考えられる。王承烈は、王勃の作品の総数、編纂書を尋ねるだけではなく、更にそれを送って欲しいと言っており、編纂は既にある程度進んでいたと考えられる。「祭文」の後、即ち『王勃集』第三十巻の最後の作品は、王承烈の第四信に当るが、第三信で彼が特に名を挙げた『易象』が届いたことに対する礼状である[23]。第四信の発信時間は分からないが、後に述べるように、それほど長い時間は経過してはいないと考えられる。

過去に交阯へ向かう王勃に宛てた手紙と王勮への返信をひとまとめにした「一首」、次にそれとほぼ同時に彼の息子素臣を使者とし、南方王勃の墓前に捧げられる「祭文」、更にその後に、王承烈が要求した王勃の注書受領の礼状と、時系列でこの部分は並んでいると思われる。王承烈がいつ王勮に返信したかはわからない。しかし「祭文」、第三信の内容からも、王勃の死から時間を経ていたことが理解されるのである。

もちろん祭文には、『文選』に載る賈誼の屈原、陸機の曹操を祭る文のように、歴史上の人物に対する作品もある。王勃も漢の高祖に対する「祭高祖文」を作っている。ただ同時代人を追悼する祭文は、死後あまり時間が経過しない間に作られるのが一般的である。しかし、「祭文」の表現、また「祭文」作成の動機を語る手紙が、ともに王勃の死から一定の時間の経過後に作られたことを示している以上、王勃死去の年である「儀鳳」の書き間違いとする湖南の推定は、この「祭文」に限っては当て嵌まらないのではないか。しかし、死後しばらく時間が経過して「祭文」が作られたとしても、それを「文明元年」と断言することはできない。

ここで、王承烈という人物の側から「文明元年」が、彼にとってどのような時間であったかを考えてみよう。

二

王承烈が『新・旧唐書』に立伝される王紹宗であることは、陳尚君によって既に指摘されている(24)。

王紹宗、字承烈、梁左民尚書銓曾孫。系本琅邪、徙江都云。少貧狭、嗜学、工草隷、客居僧坊、写書取庸自給、凡三十年。庸足給一月即止、不取贏、人雖厚償、輒拒不受（王紹宗、字は承烈、梁の左民尚書銓の曾孫。系は琅邪を本とし、江都に徙ると云う。少きより貧狭、学を嗜み、草隷に工み、僧坊に客居し、書を写し庸を取りて自ら給すること、凡そ三十年。庸一月に給するに足れば即ち止め、贏を取らず、人厚償すと雖も、輒ち拒みて受けず）。

『新唐書』巻一九九儒学中王紹宗伝一二四(25)

これによると王承烈は、三十年間揚州で暮らしていた。このことは先にみた「旧一首」の前書き中の「過揚府」

とも一致する。第四信は一先ずおき、王勮からの手紙と王承烈の返信及び「祭文」は、揚州で受信発信されたと考えられる。それは「文明元年」であったのだろうか。

その前に考えたいのは「八月廿四日」という日付である。なぜこのように明記されているのか。当然この日付は、「祭文」が王勃の墓前で王承烈の息子の素臣によって読み上げられる日であって、揚州から発信された日を指すのではないだろう。王勃の死は上元三年八月とされるので、この日付は王勃の死の日時を暗示するのかもしれない。故にその日に、仮埋葬されている王勃の墓前で読まれることを予定していたのではないか(26)。そうであれば、「祭文」、そして第三信も八月二十四日より前に発信された可能性がある。文明という年号は二月から八月まででしか用いられなかった。この短い期間に、王承烈が祭文、そして「一首」とされる手紙群を王勮に送った可能性はあるだろうか。

王承烈の伝の続きを見てみよう。

文明中、徐敬業於揚州作乱、聞其高行、遣使徵之、紹宗称疾固辞。又令唐之奇親詣所居逼之、竟不起。敬業大怒、将殺之、之奇曰、紹宗人望、殺之恐傷士衆之心。由是獲免。及賊平、行軍大総管李孝逸以其状聞、則天駅召赴東都、引入禁中、親加慰撫、擢拝太子文学、累転秘書少監、仍侍皇太子読書。紹宗性澹雅、以儒素見称、当時朝廷之士、咸敬慕之。張易之兄弟、亦加厚礼。易之伏誅、紹宗坐以交往見廃、卒于郷里（文明中、徐敬業揚州に於て乱を作す、其の高行を聞き、使いを遣わし之を徵す、紹宗疾いと称し固辞す。又た唐之奇をして親く居する所に詣り之に逼ら令むるも、竟に起たず。敬業大いに怒り、将に之を殺さんとす、之奇曰く、紹宗は人望あり、之を殺さば恐らくは士衆の心を傷つけんと。是に由りて免るるを獲たり。賊平らぐに及び、行軍大総管李孝逸 其の状を以て聞し、則天駅召もて東都に赴むかしめ、引きて禁中に入れ、親く慰撫を加え、擢きて太子文学を拝せしむ、秘書少監に累転し、仍お皇太子の読書に侍る。紹宗 性澹雅、儒素を以て称せらる、当時朝廷の士、咸な之を敬慕す。張易之兄弟、亦た厚礼を加う。易之誅に伏し、紹宗坐するに交往を以て廃され、郷里に卒す）。

『旧唐書』（『新唐書』も内容は同じであるが、やや簡略である）。

文明元年（六八四）、改元されて光宅元年九月、揚州を根拠地として徐敬業が叛乱を起こした。叛乱自体は年内に平定されるが、王承烈は戦乱に巻き込まれた。鎮圧に活躍し、乱後揚州大総管に任命された李孝逸は、徐敬業に屈しなかったとして王承烈を推薦し、彼は洛陽に召喚され官僚となる。王承烈は「駅召」、即ち急ぎ召されたとある。一方彼を推薦した李孝逸は、垂拱二年（六八六）二月に失脚している（『資治通鑑』唐紀十九垂拱二年二月の条）。更に垂拱二年四月の紀年がある「大唐中岳隠居大和先生琅邪王徵君臨終口受銘并序」には(27)「季弟正議大夫行秘書少監東宮侍読兼侍書紹宗甄録幷書」と、王承烈の伝記にある「累転」後の官名が記されており、垂拱二年四月時点で官僚としてキャリアを積んでいたことが分かる。これらのことから、王承烈は乱終熄後の垂拱元年（六八五）の早い時期に揚州を離れ朝廷にあったと見なすことが出来る。第四信が、「揚府」の手紙群と別にされていることは、或いはこの手紙が、揚州を離れた後のものであることを示しているのかも知れない。いずれにせよ、文明元年の一年（六八四）は、彼の三十年に渡る揚州生活の最後の一年なのである。

整理すると、第三信と「祭文」は、王勃の死後時間が経ってから作られた。王承烈の手紙の前に付された文に「揚府」とあることと彼の伝記から、第三信を含む一連の手紙は王承烈が揚州に在った時に発信された。また、第三信で言及されている「別封」が「祭文」であるなら、この「祭文」も揚州で暮らしていた時期に書かれたと考えられる。そして王承烈が揚州で「祭文」を作成し得た時間の中に、この「文明元年」が最も遅い一年として含まれるのである。但し、乱中しかも徐敬業軍支配地にあった王承烈が手紙のやりとりを行うことは難しかったであろうから、第三信と「祭文」の発信は、徐敬業が叛乱を起こす六八四年九月以降とは考えにくい。一方「祭文」が「八月廿四日」に南方で読まれることを予定して事前に発信されたとしても、上元二年八月に揚州よりやや北の楚州にあって、同年十一月には広州に着いていた王勃の旅程[28]を参考にすると、二月から八月までしか使われなかった文明という時間の中でも「祭文」を書くことは可能である。以上のことから二字目の右に月字が残る「□月元年」は、後世の書き誤りではなく、王承烈が「祭文」を作った当初から「文明元年八月廿四日」と書かれていたと考えられるのである。少なくとも王承烈は「文明元年」に揚州で「祭文」を書くことが出来たのである。

以上、内藤湖南の疑義を出発点に、「祭文」が作られた時期について検討した。「祭文」の表現や、王承烈の第三信に書かれている「祭文」執筆の動機、そして彼の伝記に基づき、この「祭文」は、祭文としては特殊であるが、王勃没後八年の「文明」元年に王承烈によって作られた可能性が極めて高いということを一つの結論としたい。

では、この「祭文」が八月二十四日よりやや前に書かれたとしても、文明元年に作られたのであれば、それは『王勃集』においてどのような意味をもつだろうか。

三

王承烈の手紙と「祭文」は『王勃集』巻三十に収められている。『王勃集』の編纂は、当然それより以降、即ち文明元年（六八四）以降に終了し完成したことになる。

『王勃集』の完成時期について、傅璇琮によって指摘されたのが、(29)「薛令公は朝右の文宗、末契に託して一変を推し、盧照隣は人間の才傑、清規を覧て九攻を輟む（薛令公朝右文宗、託末契而推一変、盧照隣人間才傑、覧清規而輟九攻）」という楊炯の「王勃集序」（『楊炯集』巻三）の対句であった。薛令公は薛元超、彼が中書令に任命されたのは永隆二年（六八一）七月である。その地位を最後に、嗣聖元年（光宅元年・六八四）十一月に世を去る。(30)薛元超に見出された楊炯は、彼の為に「祭文」（光宅元年十二月）と「行状」（垂拱元年四月）を作っている。(31)崔融の手になる「薛元超墓誌」(32)でも彼の推薦を受けて崇文館学士となった人物の内に楊炯の名が挙がっており、傅璇琮が指摘するように四月までは、楊炯は洛陽にあったと考えられる。その後、楊炯は親戚が徐敬業の乱に加わっていたとして、梓州司法参軍に左遷される。その時期を傅璇琮は垂拱元年（六八五）の四月から十二月の間と考証している。故に傅璇琮は、楊炯の「王勃集序」執筆を永隆二年（六八一）七月以降、垂拱元年（六八五）左遷までとし、『新編唐五代文学編年史初盛唐巻』（陶敏と共著　遼海出版二〇一二年）では、王承烈の「祭文」を根拠に『王勃集』の編纂を六八四年に繋年し、「本年或稍後、王勮・王勔兄弟捜求王勃遺文編集、楊炯為序……」とする。確かに現存する『王勃集』の中で、文明元年（六八四）八月廿四日は最も遅い紀年である。(33)但し、第四信は、それより後に書かれたものであり、或いは六八四年後半に起こった徐敬業の反乱終熄後であるかもしれない。しかし傅璇琮とは別の理由で、『王勃集』編纂はこの後、数年以内であったと断言することが出来るのである。(34)

日本に伝わる『王勃集』は巻廿九巻三十の他に、上野氏蔵『王勃集巻第廿八』がある。湖南によって、この三巻が同一帙に出る僚巻であったことが考証されている。(35)他に、正倉院に則天文字を用いる『王勃詩序』が蔵されている。湖南は『巻第廿八』について「凡写華字皆欠末筆、乃避則天祖諱、而后制字一無所用、可断其鈔成於垂拱永昌間矣」と、「華」字の最後の一画が欠筆されていて、一方で則天文字が使用されていないことから、その鈔写時期を『王勃詩序』に先立つと断定した。また陳垣『史諱挙例』（中華書局一九六二年）は、「華」字の避諱は「垂拱初」に始まるとする。しかし出土墓誌を検すると、「華」字の欠筆が見出されるのは垂拱二年からであり、「華」字の使用もまた、この年より激減する。このことから考えると日本に伝存する『王勃集』は垂拱二年から則天文字が制定される載初元年（六八九年末）以前の間に書写されたと考えられる。(36)『王勃集』は遅くとも六八九年までに編纂されたのである。

仮に『王勃集』編纂を、上限である文明（光宅）年末とし、日本伝存『王勃集』の書寫が則天文字制定前の最後の年である永昌元年としても、その間は五年である。日本には編纂されてから五年以内の『王勃集』が伝わるのである。

小結

内藤湖南の疑義を出発点に、「祭文」の「□[月]元年」の文字に注目し、文字が文明であった場合、それが王承烈の当初の文字なのか、後の筆写者の間違いなのかという問題について考えた。結果、王承烈には、王勃没後時間を経て「祭文」を作る動機があり、彼の伝記から文明元年は彼が「祭文」を作り得る時間に含まれることが分かった。書写者の改変ではなく、「祭文」は王承烈自身の手で文明元年に作られた可能性が高いことを明らかにし得たと考える。そしてそうであれば、『王勃集』は、この「祭文」以降、即ち改元されて光宅元年となる六八四年の八月末以降、則天文字制定以前「華」字の欠筆のみが行われた六八九年末までに編纂されたことが証明されるのである。

従来王勃の作品は、彼の死後約三十年で日本に伝わったと、その渡来の早さが紹介されてきた(37)。しかしそれとともに、渡来時期はわからないが、日本にはその編纂から五年以内の『王勃集』が伝存していることも紹介されなければならないであろう。

『王勃集』の編纂を主導した兄王勮・勔は綦連耀の謀反計画に連坐し万歳通天二年（六九七）年一月刑死する(38)。一方、王承烈は官僚であり続けたが、張易之誅殺後、彼との交友をとがめられ免職、揚州に帰る。その死は七〇九年秋より少し前とされる(39)。日本伝存『王勃集』は、正に同時代文学の文集であったのである。

注

（1）同館における名称は『王勃集巻二十九・三十』TB-1203。

（2）この祭文は、神田家に保存されていたが、現在は東京国立博物館に所蔵される。TB-1551。

（3）括弧内は小字双行で、「勮」字には抹消符号がある。

（4）『支那学』一巻六号（一九二一年二月）。のち『研幾小録』（弘文堂一九二八年）、また『内藤湖南全集』第七巻（筑摩書房一九六九年）。「旧鈔本王勃集残巻跋」（『王勃集巻第廿九第卅（景旧鈔本第一集）』（京都帝国大学文学部一九二二年）、のち『全集』第十四巻所収『宝左盦文』「富岡氏蔵唐鈔本王勃集残巻跋」）は漢文で書かれている。ほぼ同内容であるが、年号のことは言及されていない。

（5）元号と西暦の間には時間のずれがあるが、本稿では考慮しない。

（6）羅振玉撰『王子安集佚文』（『永豊郷人雑著続編』上虞羅氏凝清室一九二二年）。陳尚君輯校『全唐文補編』巻二十二

（北京　中華書局　二〇〇五年）。

（7）　更に既に否定されているが、「文明元年」を根拠に、王勃の死をこの年とする説もあった（何林天「論王勃」（『晋陽学刊』一九八三年二期））。

（8）　注（4）『王勃集巻第廿九第卅』に景印があり、また東京国立博物館ウェブサイトe-国宝に鮮明な画像がある（http://webarchives.tnm.jp/imgsearch/show/E0008267）ので、本稿では画像を省略する。なお羅・陳両氏以外に、『唐鈔本王勃集』（東京　二玄社　一九七〇年）にも景印と杉村邦彦による釈字がある。

（9）　王勃の卒年は上元三年が最も妥当な説と考えられる。詳しくは植木久行『詩人たちの生と死　唐詩人伝叢考』（研文出版　二〇〇五年）所収「王勃―唐鈔本の価値」を参照。

（10）　祭文はどの時点で作られるのか。小論でも触れる楊烱の「祭汾陰公文」（『楊烱集』巻十（中華書局一九八〇年））は、「光宅之元祀太歳甲申冬十有二月戊寅朔丁亥御辰」とある。汾陰公薛元超は光宅元年十一月に死去しており、その死の一箇月後に作られた。また、中唐の韓愈は多くの祭文を作った。名作とされる「祭十二郎文」（『韓昌黎文集』巻五（上海古籍出版社一九八六年））は、「年月日、季父愈聞汝喪之七日、乃能銜哀致誠」と、時間は経過していたが、その死を知った七日目に作ったと言う。「祭女拏女文」（巻五）は、死から五年後に作られたが、それは韓愈一家が左遷された潮州へ向かう旅の途中で彼女が死亡し、韓愈が都に帰還した後、仮埋葬の地から亡骸を改葬するにあたりこの祭文を作ったという特殊な事情がある。他に注（9）植木の書にも、死後時間が経過してから作られた祭文の例が挙げられている（五十五頁）。しかし祭文は、依頼されて作成した場合も含め、対象となる人物の死を直接的間接的に知って、さほど日を置かないうちに作成するのが基本であったと言えよう。なお、注（7）何林天論文に反論する姚乃文「王勃生卒年考弁―兼与何林天同志商榷」（『晋陽学刊』一九八四年二期）は、文明元年に王承烈が祭文を書いたとするが、氏は遅れて王勃の死を知り、遺体が故郷龍門に改葬されるにあたり作られたのではないかと推測している。本文に述べるように、私はその推測には従わない。

（11）　一字目も右端に残る痕跡は「文」字の第二画と四画の一部のように見える。

（12）『旧唐書』（巻百九十上文苑伝百四十上王勃伝）から対応する部分を抜き出すと、「乾封初、詣闕上宸遊東岳頌。時東都造乾元殿、又上乾元殿頌。沛王賢聞其名、召為沛府修撰、甚愛重之。……久之、補虢州参軍。……勃往交趾省父……渡南海、堕水而卒」。

（13）吉川忠夫訓注『後漢書』第四冊（岩波書店二〇〇二年）七十六〜七十八頁を参照。

（14）「赤阪西阻に横たわり、火山南威に赫たり。身熱く頭且つ痛み、鳥堕ち魂来帰す。……丹蛇百尺を踰え、玄蜂十囲に盈つ。含沙は流影を射、吹蠱行暉を痛ましむ（赤阪横西阻、火山赫南威。身熱頭且痛、鳥堕魂来帰。……丹蛇踰百尺、玄蜂盈十囲。含沙射流影、吹蠱痛（一作疾）行暉。……」（『文選』巻二十八）。

（15）「宿草」が対象とする人物の死から時間が経過したことの比喩として用いられる例は、唐代の作品に幾つか見られる。墓誌ではないが、陳子昂「為人陳情表」（『文苑英華』巻六百一）は「臣は河東を本貫とし、墳隧改むる無く、先人の邱壟、桑梓猶お存り。母は客居に亡くなり、未だ旧土に帰らず。宿草列を成し、拱樹荒涼たり。興言感傷し、増すに崩咽を以てす。今宅兆を卜居し、将に旧塋に入れんとす（臣本貫河東、墳隧無改、先人邱壟、桑梓猶存。母亡客居、未帰旧土。宿草成列、拱樹荒涼。興言感傷、増以崩咽。今卜居宅兆、将入旧塋……）」と宿草が列なるという表現で、時間の経過を象徴させている。

（16）福永光司・興膳宏訳『荘子　雑篇』（東京　筑摩書房　二〇一三年）四二五〜四二九頁を参照。

（17）この句は「秋柏は化して儒者と成った」とも解し得るが、それでは意味が不明である。王承烈が『荘子』の寓話を意識していると思われるので、本文のように解した。この語は同時期の使用を見つけられないが、李商隠「重祭外舅司徒公文」（『樊南文集詳注』巻六（上海古籍出版社一九八八年）に「玉骨は鍾山に化し、秋柏は裘氏に実る（玉骨化於鍾山、秋柏実於裘氏）」とこの寓話を用いて死から時間が経過したことを示す句がある。

（18）庾信「傷心賦」に「冀羊祜之前識、期張衡之後身」倪璠注「蔡邕別伝に曰く、張衡死して月余、邕の母始めて懐孕す。此の二人才貌甚だ相い類し、時人云う、邕は是れ衡の後身なりと（蔡邕別伝曰、張衡死月余、邕母始懐孕。此二人才貌甚相類、時人云、邕是衡之後身）」（『庾子山集注』巻一（中華書局一九八〇年））とある。

（19）陳尚君はこの三行を注文に記す。なお、一行目「兼」以下括弧内は小字双行。

（20）注（4）（6）のそれぞれの書を参照。

（21）この二句、『揚子法言』問神巻第五「育而不苗者、吾家之童烏乎」李軌注「童烏は、子雲の子なり。仲尼は顔淵を苗にして秀でずと悼み、子雲は童烏を育にして苗ならずと傷む（童烏、子雲之子也。仲尼悼顔淵苗而不秀、子雲傷童烏育而不苗）」を意識する。なお「郫根」の「郫」は揚雄の出身地。この手紙より少し遅れる天授三年（六九二）正月六日の紀年がある「唐将仕郎張君墓誌銘」（陸心源輯『全唐文拾遺』巻五二など）は、二十五才で没した張敬之に対して「揚（楊）童不秀、顔子未実」と銘する。

（22）例えば庾信「傷心賦序」に「一女成人、一長孫孩稚、奄然玄壌、何痛如之」や『世説新語』傷逝篇「戴公林法師の墓を見て曰く、徳音未だ遠からざるに、拱木已に積む、冀わくは神理の緜緜として、気運と倶に尽きざるのみ（戴公見林法師墓曰、徳音未遠、而拱木已積、冀神理緜緜、不与気運倶尽耳）」と、「玄壌」「神理」ともに死と死者に関わる言葉である。

（23）第四信の題名は「於（族）翁承烈領乾坤注報助書」であるが、文に「乾坤、其易之門、所以甚思見此注」とあり、『乾坤注』は第三信の『易象』であると考えられる。王勃が『易』に注したことは楊炯の「王勃集序」にも言及があり、王勃の伝にも彼の著作として『周易発揮』が挙げられている。王承烈が要求し受け取ったのは、この書のことと思われる。

（24）傅璇琮主編『唐才子伝校箋』第五冊補正（中華書局一九九五年）。

（25）『旧唐書』は「王紹宗、揚州江都人也。梁左民尚書銓曾孫也。其先自琅邪徙焉。紹宗少勤学、偏覧経史、尤工草隷。家貧、常傭力写仏経以自給、毎月自支銭足即止、雖高価盈倍、亦即拒之。寓居寺中、以清浄自守、垂三十年」（巻一八九下儒学王紹宗伝 一三九下）。

（26）八月廿四日が、王勃が死去した日である可能性は、植木前掲書など既に指摘がある。

（27）『北京図書館蔵中国歴代石刻拓本匯編』（鄭州　中州古籍出版社一九八九年）。周紹良主編『唐代墓誌彙編』上（上海

古籍出版社　一九九二年）垂拱22に翻字されている。

(28)「秋日楚州郝司戸宅遇餞崔使君序」（蔣清翊注『王子安集注』巻八（上海古籍出版社一九九五年））に「上元二載、高秋八月」とあり、「鞶鑑図銘序」（巻九）に「上元二（二の訛）、歳次乙亥、十有一月…予将之交趾、旅次南海」とある。

(29) 傅璇琮『唐代詩人叢考』（中華書局一九八〇年）所収「楊烱考」。

(30) 注（29）の考証による。薛元超の「墓誌」も光宅元年十一月二日洛陽で薨ずとする。

(31)「祭汾陰公文」「中書令汾陰公薛振行状」共に『楊烱集』巻十。

(32) 陳尚君輯『全唐文補編』巻二二（二六九頁）などに翻字がある。

(33)「三月上巳祓禊序」には「永淳二年（六八三）」、「游冀州韓家園序」（ともに、蔣清翊注『王子安集注』巻七（上海古籍出版社　一九九五年）。また『正倉院蔵王勃詩序』にも載る。）には「調露元年（六七九）」の紀年があるが、王勃死後であり、他者作品の竄入とされる。

(34)「王勃集序」の薛元超に対する言及が、「祭文」や「行状」と同じく楊烱の彼への追悼の意が込められていたとするなら、薛元超が死去した光宅元年十一月から葬儀が行われた垂拱元年四月頃と更に限定することが可能かもしれない。張志烈『初唐四傑年譜』（巴蜀書社　一九九三年）は、楊烱「序」を永淳元年（六八二）に繫年し、『王勃集』の完成もこの年あたりとする。文集編纂の最後に序が作られるとするなら、文明元年の紀年がある以上、この説は難しいように思われる。

(35) 注（4）「富岡氏蔵唐鈔本王勃集残巻跋」。また「富岡氏蔵唐鈔王勃集残巻」。

(36) このことは、拙論「日本に伝わる『王勃集』残巻―その書写の形式と「華」字欠筆が意味すること―」で論じた。

(37) 正倉院蔵『王勃詩序』の巻末に「慶雲四年」の紀年がある。

(38)『旧唐書』巻一九〇上文苑王勮伝一四〇上。

(39) 張易之は神龍元年（七〇五）に誅殺された。また、宋之問「傷王七秘書監寄呈揚州陸長史通簡府僚広陵好事」詩について、陶敏等校注『沈佺期宋之問集校注』下冊（中華書局　二〇〇一年）は王承烈を悼んだ詩とし、景龍三年（七〇九）

秋の作とする。

王勃南行考
――父子同行の可能性について――

王楊盧駱、或いは四傑として文学史に名を残す王勃等は、当時からその名を喧伝されていたが、実はその生涯はあまりはっきりとしない。王勃は六七六年二十七・八歳で、南方広州から現在のベトナムのあたりで死んだとされる。(1)短い生涯を終えることになる南方への旅は、彼が起こした事件に連座し、交阯県令に左遷された父に仕えるためであった。その旅は、一般に、既に交阯に赴任していた父を追った旅、即ち単独行であったとされるが、王勃は赴任する父に同行したのだと主張する説もある。

王勃の伝記の基礎資料である楊炯「王勃集序」は、太常博士、雍州司功、交阯・六合県令から、斉州長史となったと父の王福時の経歴が紹介されている一方で、王勃の虢州参軍以降については「坐免せられ歳余にして、尋いで旧職に復するも、官を棄て跡を沈め、交阯に就養す（坐免歳余、尋復旧職、棄官沈跡、就養于交阯焉）」と、除名され一年あまりで許されたが、結局官僚であることをやめ、交阯で父に仕えたとだけあり、単独行であったかどうかはあまりはっきりしない。しかし『新・旧唐書』は、父は既に交阯に着任しており、王勃が一人で父の任地に向かったとする。王勃単独行説は両書に基づく。

補虢州参軍。勃恃才傲物、為同僚所嫉。有官奴曹達犯罪、勃匿之、又懼事洩、乃殺達以塞口。事発当誅、会赦除名。時勃父福畤為雍州司戸参軍、坐勃左遷交趾令。上元二年、勃往交趾省父、道出江中、為採蓮賦以見意、其辞甚美。渡南海、堕水而卒、時年二十八（虢州参軍に補せらる。勃は才を恃み物に傲り、同僚の嫉む所と為る。官奴曹達というもの有り罪を犯す、勃之を匿す、又た事の洩るるを懼れ、乃ち達を殺し以て口を塞ぐ。事発れ当に誅さるべきに、赦に会い名を除かる。時に勃の父福畤 雍州司戸参軍為るも、勃に坐して交趾令に左遷さる。上元二年、勃交趾に往きて父を省し、道 江中に出で、採蓮賦を為りて以て意を見わず、其の辞甚だ美。南海に渡りて、水に堕ちて卒す、時に年二十八。）

（『旧唐書』巻一九〇上文苑上一四〇王勃伝[2]）

虢州参軍であった王勃は、罪を犯した官奴を匿まったが、結局その官奴を殺した。これが発覚し、死刑になるところであったが、大赦に遇い除名で許された。父王福畤は雍州司戸（『新唐書』では司功）であったが、王勃に連座し交阯県令に左遷された。王勃は父を省するため交阯に向かい、その地で水に落ち死んだ。

これに対し、父子同行説は、日本に伝存する『王勃集』残巻が発見され、羅振玉がそれらを翻字して『王子安集佚文』として刊行して以降、主張されるようになった。例えば張志烈氏・傅璇琮氏は、その根拠の一つとして日本伝存の王勃佚文「過淮陰謁高祖廟祭文」を挙げる。しかし、鈴木虎雄先生や劉汝霖氏・駱祥発氏は、この佚文を挙げたうえで、単独行を主張する。[3]

まず、「過淮陰謁高祖廟祭文奉命作」を見てみよう。この「祭文」は、『王勃集』巻二十九（富岡氏蔵）の末尾に録されていたが、いつの頃か切り取られ、神田氏に蔵されていた。[4] これが王勃の作品であることを発見したのは内藤湖南である。

1・過淮陰謁漢祖廟祭文奉　命作（羅・陳小字作奉命作）

2・維大唐上元二年歳次乙亥、八月壬申朔、十六

3・日丁巳、交州交阯県令等、謹以清酌之奠、敬

4・敬（羅・陳無敬字）祭（陳有故字）漢高皇帝之霊曰、承雲（羅作睿）命即（羅作而）述職兮、

5・発棹洛陽、聞英風而願謁兮、税舳楚郷（羅陳作郷）。憶

6・龍顔之偉状、想虵剣之雄芒。徘徊廟廡、慷

7・慨壇場。君王興兮、属秦氏之亡。顧六合以雷

8・息、横九域而電翔（羅作翔）。雄図既溢、武力莫当。生

9・為帝皇兮、没垂栄光。振功烈於八極、留

10・精霊於万方。昔自任以宇宙、今託人以烝

11・嘗。覩椐（羅作簷。陳作据）宇之隘逼、豈神心之所康。已矣哉。

12・伊微生之諒直、委大運之行蔵。荷天沢以

13・窮鶩、陵風濤而未央。誓沈珠於合浦、恩屛

14・厲於炎荒。杖信順（羅作義）以為檝（羅作楫）、浮忠貞以為

15・航。想陵谷以紆軫、淠（羅・陳作憑）風雲而感傷。波（羅作彼）淫祀

16・以邀吉、与（陳作興）違（羅作達。陳作遻）道而懼殃（陳作怏）。匪庸（陳作膚）識之敢徇、豈

17・明虚（羅作霊）之所蔵。所貴君子之曠心兮、処屯否

18・其若昌。所貴神道之正直兮、降禍福其

19・有章。審仁義之在已（羅・陳作己）、畏性命之不常。敢
20・陳俎席、敬列壺觴。庶皇神之下照、俾年寿
21・之□（羅作克。陳作充）長。願仮力以弘道、期功遂而効彰。楊（羅・陳作揚）
22・清節於外域、答君思（羅作恩）於此堂。尚饗

維れ大唐の上元二年、歳次は乙亥、八月壬申朔、十六日丁巳、交州交阯県令等、謹んで清酌の奠を以て、敬みて漢の高皇帝の霊を祭りて曰く、雲命を承け即ち述職し、洛陽に発棹す。英風を聞きて謁を願い、楚卿（郷）に税紬す。龍顔の偉状を憶い、虵剣の雄芒を想う。廟廡に俳佪し、壇場に慷慨す。君王の興るは、秦氏の亡に属す。六合を顧りみて以て雷息し、九域を横ぎりて電朔（翔）す。雄図既に溢れ、武力当る莫し。生れては帝皇と為り、没しては栄光を垂る。功烈を八極に振い、精霊を万方に留む。昔自ら任ずるに宇宙を以てし、今人に託するに烝嘗を以てす。椐宇の隘逼を覩れば、豈に神心の康んずる所ならんや。已んぬるかな。伊れ微生の諒直、大運の行蔵に委ぬ。天沢を荷いて以て鶩を窮め、風濤を陵ぐも未だ央ばならず。珠を合浦に沈めんことを誓い、厲を炎荒に屛けんと思う。信順に杖して以て檝と為し、忠貞に浮かび以て航を為す。陵谷を想えば以て紆軫たり、風雲に凴（憑）りて感傷す。波（彼）の淫祀に以て吉を邀うと、違道にて殃を懼ると。庸識の敢えて徇うに匪ず、豈に明虚の蔵する所ならんや。貴ぶ所の君子の曠心は、屯否に処るも其れ昌なるが若し。貴ぶ所の神道の正直は、禍福を降して其れ章有り。仁義の已（己）に在るを審し、性命の常ならざるを畏る。敢て俎席を陳べ、敬んで壺觴を列ぬ。庶わくは皇神の下照して、年寿の□長なら俾む。願わくは力を仮りて以て道を弘め、功を遂げ効を彰かにするを期せん。清節を外域に揚げ、君思（恩）を此の堂に答えん。尚わくは饗けよ。

＊羅振玉・陳尚君の翻字を参考にしたが、私の考えで両先生に従わなかった部分もある。原文括弧内、羅は羅振玉、陳は陳尚君の翻字を示す。以下同じ。

上元二年（六七五）八月十六日、交阯県令「等」は洛陽から運河を利用して淮陰まで来て、この地に在る漢高祖廟で彼の霊に祭文を捧げた。意味を解しがたい語彙を含むが、以下内容を見てみたい。乱世を統一した英雄である漢高祖が、このような狭隘な廟で祭られていることに同情を示したあと、自分について語り始める。「伊微生之諒直。委大運之行蔵。荷天沢以窮鶩、陵風濤而未央。誓沈珠於合浦、思屏厲於炎荒。仗信順以為檝、浮忠貞以為航。想陵谷以紆軫、滭風雲而感傷」は、微少な存在である自分が運命に身を委ね、恩寵を受けて遠くまで行くという。祭文を捧げるのは交阯県令等であるが、高祖廟の狭隘や荒廃に対する感慨は、「命を奉じて作」ったとする王勃の視点と感慨であったと考えることは許されるであろう。しかし、運命を信じ、忠信を支えに旅を続けようとするが、遥かな旅路の困難を思うという不安と悲しみまで、王勃の独白と解釈してよいのだろうか。少なくとも「合浦」「炎荒」(5)を含む対句で示されるのは、南方交阯でよい政治に努めようということであり、交阯県令の決意でなければならない。しかしそれは、既に交阯に着任している県令の決意なのであろうか。私には、この部分は、交阯県令がこの廟で、遠い任地に赴く不安と職務に忠実であろうとする決意を述べているように感じられる。

「所貴君子之曠心兮、処屯否其若昌、所貴神道之正直兮、降禍福其有章。審仁義之在己、畏性命之不常」と言う部分、「屯」と「否」は、ともに『易』の卦で困難な状況を指す。これは遠く交阯に赴く現況を「屯否」とするのであろうが、それでもくじけることなく、また禍福は天から理由をもって与えられるものであると考え、不遇な今を受け入れ、その上で自分の正義を振り返りつつ、天命を畏れ慎むと自分を戒めかつ励ましている。最後に「願仮力以弘道、期功遂而効彰。揚清節於外域、答君思（恩）於此堂」と、漢高祖の力を借りて優れた政治を行い、功績をあげようという決意を述べる。「外域」で高潔な節義を示し、任命の恩に答えることをこの廟に於いて誓うのである。

以上のように旅路の不安、県令として善政を施し、皇帝の任命の恩に答えようという決意で結ばれるこの祭文は、交阯県令である父王福畤の命を奉じて作ったものであるが、既に交阯にあった父の命を受けた、いわば現在の決意と言うよりは、これからの決意と解するのが自然ではないだろうか。また、なぜこの廟で息子王勃に託して祭文を捧げなければならなかったのかについては、単独行説を採る鈴木先生も疑問とされるところである。

更にこの祭文は、他の祭文作品と較べたとき、少し奇異に感じる点が三つある。まず「過淮陰謁高祖廟祭文奉命作」という題名である。この祭文は中国に伝存していれば『文苑英華』の祭文のジャンルの「神祠」或いは「祭古聖賢」（巻九九五～巻九九七）の類に採録されたであろう。しかしそこに掲載される祭文のほぼすべてが「祭霍山文」（張説）、「謁舜廟文」（呂温）、「祭禹廟文」（宋之問）のように題される。ちなみに王勃の他の祭文でも神を祭るものは「祭石堤山神文」「祭石堤女郎神文」「祭白鹿山神文」と題される。この祭文（巻二十九巻頭の目録では「祭高祖文」であるが）は、なぜわざわざ「過淮陰」と、「過」という動詞を加えているのであろうか。題名にその場所を通過した際にといった文字のある祭文は『文苑英華』のこの類の作品にはない。このように淮陰を通過したときと言うのは、後に少し触れるように、王勃のこの祭文作成の目的が、実は漢高祖を祭る以上に、交阯に向かう途上、現在淮陰に在ることを人々に伝えることにあったからではないかと思われる。

次に、祭文は、死者や神に捧げられる。そのため誰が誰に捧げるのかが明らかにされている。「交州交阯県令等、謹以清酌之奠、敬祭漢高皇帝之霊曰」と言う韻文に入る前の表現は、祭文の定型的な文言であるが、この表現であれば、一般的には交阯県令「等」がその場にいると解される。代理の者が祭文を捧げる場合には、「遣某」や「使某」という言葉が加えられていることが多い。もちろん祭祀を行う者の名前しかなくとも、その場にその人物がいないということがあったのかも知れないが、現在にあっては分からない。だが祭文を神祠・墓前に捧げる者が、自分の代わりに誰かを派遣するということを言う祭文が多数存在する。もし父がこの祭文を捧げる場にいなかったならば、例えば題名に「代（或いは「為」）交阯県令」と言った言葉が入るだけでなく、文中に「遣息王勃」といった句が挿入されるのではないだろうか。「奉命　作」という言葉をもつ祭文の例を見つけることが出来ないのが、例えば「侍中関内侯臣粲言、奉命作刀銘」（王粲「刀銘」（『古文苑』巻十三））などから考えると、上位者からの命令を受けるの意であって、必ずしもその場にいない或いは遠方からの命令を受けるのではない。

最後に、祭文には、県令「等」と高祖廟に祭文を捧げる人物が複数であったことが示されている。鈴木虎雄先生は、県令を最高位とする交阯県の役人たちと解される。しかし交阯県令をはじめとする交阯の役人が誰一人この場にいないのに一同が祭文を捧げることがあるのだろうか。更に言うと、遥か遠方の地方官たちが祭文を委託するほど、淮陰高祖廟は、人々の信仰を集める神祠であったのだろうか。王勃の祭文の「梠宇之隘逼」という描写や、『水経注』『全唐詩』『全唐文』を検してもこの廟が信仰を集めていたという様子は窺えない。[6] これらのことから、この「等」は交阯県令と王勃自身を指していると考えられないだろうか。楊烱「王勃集序」に言うように、王勃は官を棄てた私人であったとしても、彼の交阯行が、「養」や「省」と言う言葉通り、父の生活を助ける為だけであったのだろうか。例えば後世の幕僚のような父の私的属僚の如き役目があったのではないだろうか。

王勃の「広州宝荘厳寺舎利塔碑」（『王子安集注』巻十八）は、宝荘厳寺の舎利塔で奇瑞があったことを記念して作られた碑文である。その序末に「弟子 家は太丘を嗣ぎ、閨門の薄宦を忝のうす、地は濉渙に連なり、藻絵の余工を窃む。爰に下才に託し、用て高躅に旌す。豈に仲宣の旅泊、方に深井の悲しみを銜み、長卿罷帰し、空しく陵雲の気を負うを知らんや。我の懐いなり（弟子家嗣太丘、忝閨門之薄宦、地連濉渙、窃藻絵之余工。爰託下才、用旌高躅。豈知仲宣旅泊、方銜深井之悲、長卿罷帰、空負陵雲之気。我之懐矣）」という表現がある。この碑文は王勃がこの旅で広州に到着してから作られた。そしてこの「弟子」は、後の句で王粲・司馬相如に託して不遇を語っているように王勃自身を指す。「太丘」は太丘の県令となったことがある後漢の陳寔を言う。三・四句は王勃が文学を学んだことを言う。この「太丘」即ち陳寔は誰を指すのであろうか。楊炯「王勃集序」に「陳群は太丘の訓を禀くるも、時逮ばざるなり。孔伋司寇の文を伝うるも、彼何ぞ功ならん（陳群禀太丘之訓、時不逮焉。孔伋伝司寇之文、彼何功矣）」と同様の比喩があり、孫の陳群を王勃に、太丘を王通に喩えている。この碑文でも王通以来の学問の家を言うのかもしれない。しかし第二句「閨門」は家庭の内を指すので、薄宦はそのような一族の内の官吏になったと言っているのではないだろうか。この祭文は、「閨門之薄宦」を得た王勃の最初の仕事ではなかったか。

以上のようにこの祭文だけを読めば、内容からも祭文としての表現からも、交阯県令に任命された王福時が、赴任の旅の途上、淮陰の漢高祖廟に立ち寄った際に、王勃に作らせた可能性が高いと思われるのである。一方、先行研究、例えば駱承発が「父の赴任もこの時のようだ（似是福時赴任也在其時）」（『初唐四傑研究』一〇九頁）と指摘しながら、既に任地にあった父の命令を受けて作ったとするのは、この祭文自体より『新・旧唐書』の記述を優先したからに過ぎない。

この祭文の他、王勃父子同行説では、『王勃集』巻三十に載る王承烈の手紙が主張の根拠とされる。次に、この手紙について考えてみたい。

三

王承烈の手紙は、『王勃集』巻三十に載る。この巻子本は、『王勃集』巻二十九・三十が一巻に繋がれたもので、富岡鉄斎の息謙蔵が大正六年に行われた赤星家所蔵品のオークションで購入した（以下、富岡本と称する）。現在は東京国立博物館が所蔵する。(7) 巻三十は、王勃の死後友人・親戚から寄せられた手紙と祭文であり、王勃の作品は録されていない。

これらの日本伝存『王勃集』の発見と紹介・考察は、主に内藤湖南と羅振玉によって行われた。特に羅振玉は、正倉院蔵「王勃詩序」について佚文の翻字と伝存作品との校勘を行い、上野家所蔵『王勃集』巻二十八と「祭高祖文」の翻字を併せて、一九一八年『王子安集佚文』として刊行した。その後富岡本の景印を得て一九二二年それらを翻字し、一八年本を補訂した『王子安集佚文』を再度刊行した。(8) これから紹介する王承烈の手紙の翻字は、羅振玉以外に、日本では杉村邦彦、中国では陳尚君のものがある。しかし一九一八年版『王子安集佚文』に翻字されなかったことや、巻三十が王勃以外の人物の作品であるということもあってか、残念ながら、現在に至るまで、富岡本はあまり注目されてこなかったように思われる。(9)

もちろんこれらの佚文が、全く考察の対象とされなかったわけではない。先に述べたように、傅璇琮・張志烈などは、「祭高祖文」と、富岡本所収の「族翁承烈旧一首」の題で録されていた王承烈の手紙を根拠とし、交阯行を父子同行と主張する。但し、「族翁承烈旧一首」について、三通の手紙がまとめられていたのに二通として羅振玉が翻字したために、初期に富岡本に注目された田宗堯氏と傅璇琮氏「《滕王閣序》一句解」などは、この誤りに基づき、説得力を欠く。(10) また、張志烈氏「王勃雑考」や劉汝霖氏もこの誤りを引き継ぐ。

更に湖南と陳尚君氏は正しく三通として解されたが、それぞれの宛先については、湖南は王勃・王勃・王勮とするのに対し、陳尚君氏は王勃・王勮・王勮とする。要するに「過淮陰謁高祖廟祭文」ばかりか、王承烈の手紙に対する考察が未だ充分とは考えられないのである。

小論では考察の前提として、王承烈の手紙は二通ではなく、三通がまとめられていることと、手紙が揚州から発信されたことを確認しておきたい。そのうえで、王承烈の手紙をどのように解釈するかはもちろんであるが、誰に宛てた手紙であったかについても考えてみたい。

王承烈の手紙の前には、以下のような短い文章がある。

1・族翁承烈旧一首（兼与〈劇〉勮書、論送旧書事）
2・君適交州日、路経楊府。族翁承烈、有書与
3・君、書竟未達、及君没後。兄勮於翁処、求
4・此書。承烈有書与勮、兼送旧書、今並載焉。

「一首」を、羅振玉は「書」の誤字と見做している。一行目括弧内は、小字双行で、〈劇〉は抹消符号がある。族翁の王承烈の以前の手紙（併せて、勮に手紙を送り、以前の手紙を送る事について述べた）という題に続き、「君（王勃）が、交州へむかった際、揚州を通過した。族翁の（王）承烈が、手紙を王勃に出したが、この手紙は結局彼の手に届かなかった、王勃が没したのち、兄の勮は翁（承烈）にこの手紙を求めた。承烈は手紙とともに、以

前の手紙を送ってきた。今併せて載せる」と、以下に続く手紙について解説されている。

この部分は、王勮或いは彼を含む『王勃集』編纂者であった兄弟の手になる解説であろう。これを読むと、王勃に届かなかった手紙と王勮への手紙二通のようにも思われる。羅振玉が翻字に際して二通と考えたのは、この前書きの故もあるのかもしれない。しかし鈔本を見ると三段に分かれており、内容から考えても、湖南の指摘や、陳尚君が翻字するように、実際には三通の手紙が纏められている。王勃の死を哀悼し、祭文を送ったことを報告する第三信は、間違い無く王勮宛であり、ここにいう「承烈有書与勮」である。この第三信について別に論じたので[11]、ここでは取り上げない。

まず、両先生が王勃宛とされた第一信を見てみよう。

5・太虚中常無名曰、譩、不恨不見古人、但恨当
6・今不相見耳、甚々善々。何物誉之方籍也。聞
7・吾宗粤（陳作中奥）自中州、随任南徼。太丘（羅作邱）道広、元季趍
8・庭、彭沢文高、舒通室入。金友玉昆之盛、龍雕
9・豹蔚之奇、窮言燃数合乎神、象（陳作像）外寰中通
10・其道。此鄙夫所以未面而思君者久矣。紛（羅無紛字）余
11・早嬰痼疾、不堪人事。略問（羅作向）秀之五難、同嵆
12・康之九患。留情稊稗之道、不窺糟粕之尽（羅作書）。
13・飄瓦如風、乗流若水。故得心迹双会、出処

14・両冥。利（羅作□）光壮若、李叟澹其真、泥（陳作詆）色□門、
15・釈氏凝其観。是以思与晤言者、共尽玄図
16・之致也。今生平未申、志気無託。嘗聞剡中思
17・戴、便乗舟夜往、山陽契呂、則命〈賀〉駕朝　※賀字に抹消符号がある。
18・趁。豈不願言、増其跂（陳作跋）節（羅作仰）。嗟乎銅標万里、赤岸
19・千圻（羅作□。陳作坼）。梧野雲来、焟（羅作惜）君留滞、桂林月去、命我相
20・思。槁々（羅作矯矯。陳作槁槁）吾宗、建徳南矣、去々天厓（羅作涯）、更超邈矣。
21・翳々心霊、誰与論矣、沈々伏枕、何時振矣。無
22・謂形隔、不余信矣。適知旅泊江潯、人遐路近、
23・聊因翰墨、粗飛数行。乙亥年仲秋月廿有九
24・日。寓言。

太虚中　常《かつ》て名無く曰く、譆、古人を見ざるを恨まず、但だ当今の相見ざるを恨むのみと、甚だ善し甚だ善し。何物か之を方籍に誉めん。聞くならく吾宗　粤に中州自り、任に南徼に随うと。太丘道広きも、元と季のみ庭に趍り、彭沢文高きも、舒と通のみ室に入る。金友玉昆の盛、龍雕豹蔚の奇、窮言燃数神に合し、象外寰中に其の道通ず。此れ鄙夫の未だ面せずして君を思うことの久しき所以なり。紛として余　早に痼疾に嬰り、人事に堪えず。問（向）秀の五難を略し、嵇康の九患に同じうす。情を稊稗の道に留め、糟粕の尽（書）を窺わず。瓦を飄わせること風の如く、流れに乗ること水の若し。故に心迹双会し、出処両冥するを得たり。利光壮若、李叟は其の真を澹くし、泥色□門、釈氏其の観を凝らす。

是を以て与に晤言する者と、共に玄図の致を尽さんと思う。今 生平未だ申びず、志気 託する無し。嘗て聞く剡中に戴を思い、便ち舟に乗りて夜往き、山陽に呂と契すれば、則ち駕を命じて朝趍く。豈に言うを願い、其の跂節を増さざらんや。嗟乎 銅標万里、赤岸千圻。梧野の雲来り、君が留滞を焟（惜）しみ、桂林月去りて、我が相思を命ず。槗々たる吾宗、徳を南に建てり、去々たる天厓、更に超邈たり。翳々たる心霊、誰と与に論ぜん。沈々として枕に伏し、何の時にか振わん。謂う無かれ形のみ隔つと、余を信ぜざるなり。適たま江滸に旅泊するを知る、人は遐く路は近し、聊か翰墨に因りて、粗飛することと数行。乙亥の年 仲秋月廿有九日。寓言す。

六行目に見える「甚々善々」は、手紙文で、相手の手紙の内容を受けて、善ばしいというような意味で用いられることが多い(12)。この手紙でも「譆、不恨不見古人、但恨当今不相見耳」が王勃からの手紙にあったとも考えられる。しかし「大虚中常無名曰」が何を言うのかは分からないが王勃、或いは来信を指しているとは考えられず、同時代に生きている者には会いたいと思うものだといわれていると、以下に続く「会いたい」というこの手紙の目的の導入部分と解しておく。

「聞吾宗粤自中州、随任南徼。太丘道広、元季趍庭、彭沢文高、舒通室入。金友玉昆之盛、龍雕豹蔚之奇。窮言燃数合乎神、象外寰中通其道」。この部分「吾宗」は中原より任務で南の果てに行かれると聞いた。太丘の県令であった陳寔の広やかな道は、六人の子供のうち最も優秀な長男と末男が直接教え受けた（引き継がれた）、彭沢の県令である陶淵明の優れた文学は、五人の子供のうち長男と末男がその神髄を得たという。陳寔の子供は全員が優れていたが、その中でもこの二人が優れていたと記録にあるが(13)、陶淵明については、二人が特に優れていたという記録は見つけられない。

「吾宗」は文字通り我が一族であろうが、中央より「南徼」へ任を受けて行く「吾宗」は、王勃を指しているのだろうか。陳寔と陶淵明の対に県令が含意されているとするなら、この言葉は、王福時を指していると考えられるのではないだろうか。(14) またこの隔句対は、優れた父の道徳が子供に引き継がれたことを言う。次の対句「金友玉昆之盛、龍雕豹蔚之奇」の句は、優秀な兄弟という解釈と優秀な子供達の両方の解釈が可能であるが、前の二句から考えれば、多数の優秀な子供がいるという解釈が妥当ではないだろうか。(15) つまりこの四句は、優れた資質を持つ父親、その父親には彼のそれを引き継ぐ多くの子供たちがいるということを言う。「窮言燃数合乎神」は、言を窮め数を燃《あき》らかに神に合すと読めば、あなたの深い学術と道徳は、世界の外と内に関わらず通じるということであろう。そうであれば、この部分の表現の重点は、優れた資質を持つ父にある。

湖南・陳尚君は王勃宛てとするが、以上のように、この手紙は父親である王福時が強く意識されている。そして、これらの表現を纏める形で、「此鄙夫所以未面而思君者久矣」と、このことが、私がずっとあなた（君）に会いたいと思っていた理由ですと、この手紙の目的が示される。

このように解せるとすると、「聞吾宗粤自中州、随任南徼」は王福時が交阯へ行ってしまったと聞いたと、過去形に解するのは不自然であろう。むしろ揚州にあった王承烈が、(16) 王福時の交阯赴任の噂を聞き、王勃たち優秀な子供の父親である彼に会いたいと思って出した手紙であったのではないか。更に推量すれば、優秀な子供の一人である王勃が同行していることも知っていたが故に、子供に関する表現があるのではないだろうか。

手紙はこのあと、王承烈の自己紹介になる。体調優れず、隠者の如き生活であるけれども、(17) 共に語りあえる人物であるあなたにぜひ来て欲しいと言うのが「是以思与晤言者、共尽玄図之致也。今生平未申、志気無託。嘗聞剡中思戴、便乗舟夜往、山陽契呂、則命賀駕朝趍。豈不願言、増其跂節」という表現である。『世説新語』の故事や『詩経』の言葉を典拠として、(18)会いたいということを強調する。そして再び、南へ向かう相手に視点が向かう。

「嗟乎銅標万里、赤岸千圻。梧野雲来、惜君留滞、桂林月去、命我相思。橋々吾宗、建徳南矣、去々天厓、更超邈矣。翳々心霊、誰与論矣、沈々伏枕、何時振矣」と言う「銅標」「赤岸」「梧野」「桂林」は、みな南方の地を指す。交阯へ向かう人物に向けて送られた手紙であることは間違いない。そしてこの対句に続いて、「橋々吾宗」と再び呼び掛けられている。「建徳」という言葉も、班固「両都賦」(『文選』巻一)序「且つ夫れ道に夷隆有り、学に麤密有り。時に因りて徳を建つる者は、遠近を以て則を易えず(且夫道有夷隆、学有麤密。因時而建徳者、不以遠近易則)」のように、功績を立てると解するにせよ、「天子建徳」(『春秋左氏伝』隠公八年)のように「天子が諸侯を任命する」の意を含んでいるにせよ、布衣の王勃であるより、県令として赴任する王福時に向けた言葉とする方が適切である。

「惜君留滞」という一句は、南方へ向かう「吾宗」の不遇と、それに対する同情を述べるのではなく、対句から考えれば、吾宗が遠方に滞在することになり、残される自分が悲しいということを言い、やはり会いたいということに表現の重点がある。これから遠くへ行く人物、共に語りあえる人物を失うことを残念に思うということを言っているのである。それ故に「無謂形隔、不余信矣」お互いに肉体は離ればなれでも、精神は通じ合っているなどと言うな、それは私を信じないということだと強い言葉(19)が続くのである。今回対面できなければ、自分はどれほど寂しいかと、この機会にぜひ会いたいということを強調する。その人物が「吾宗」であり、見てきたように、王勃であるより、或いは王勃以上に王福時を意識していると思われる。王福時が既に交阯に赴任してしまっていては、この手紙は解することが難しいのである。また、王勃に既に交阯に着任している王福畤に伝言してほしいという解釈も成り立ちにくい。

手紙は「適知旅泊江潯、人遐路近。聊因翰墨、粗飛数行」と、近くを旅していることを知ったので、この手紙を認めたと繰り返し、「乙亥年、仲秋月廿有九日、寓言」と、手紙の発信時間が記されて終わる。上元二年（六七五）八月二十九日にこの手紙は発信されたのだ。「祭高祖文」は八月十六日に作られており、この祭文などにより、王勃父子が交阯に赴任する途上にあり、淮陰から運河を利用して揚州へ向かっている（実際には、既に揚州を通過して、長江を遡りつつあったと思われるが）という情報を得て、この手紙が発信されたのではないだろうか。

王勃の側には、王承烈との交流を示す資料は何一つ残っていない。ただ、内容から考えると、王承烈の第一信以前に、王勃等から王承烈に手紙は出されていないように考えられる。王勃の今回の南行において、王承烈と王勃（父子）の手紙の往復は、この第一信が双方にとって最初のものであったのではないだろうか。まず、王承烈からこの第一信が送られた。この手紙が前書きにいう「書竟未達」という手紙であったのだろうか。この問題を考える前に、第二信を見てみよう。

25・使至、得十一日訪（羅案此間有脱字）、悲喜兼之、別来不知幾
26・年。但貴所冥（羅作契）者心耳。夫理以精通、神匪（陳作気）
27・形隔、則知千里不遠、万古如在也。無謂跡
28・疎（羅作疏）、幽契弥着。須（羅作著頃。陳作著。須）道流将竭、玄風罷緒、遂

29・使庶類紛然沈迷久矣。莫不精（羅作精□）於波詭、
30・傾（羅作混。陳作□）聴於雷周（羅作同）。誰与釐革、俟諸君子。君雅
31・具自然、神機独断。尋妙於万物之始、察
32・変於三極之元、有済時之用、為光国之宝。
33・但惜君踠飛黄之足、韜結縁之耀、不展
34・其能、未求其価。身（羅作耳）想忘機上建（羅作達。陳作逮）、故無所
35・怨尤矣。玄律告終、黄官変首、石梁氷
36・壮、金塘風急。随時摂養、温清多慰。承
37・烈沈頓如常、弥留可想。未議促叙、逾増長
38・歎。善自保嗇、薬餌為先。偶信復言、聊以
39・疏意。族承烈敬謝。

使い至り、十一日の訪を得たり、悲喜之を兼ぬ、別来 幾年なるかを知らず。但だ冥する所を貴ぶは心のみ。夫れ理は精通を以てし、神は匪《わか》れ形の隔つるも、則ち知る千里は遠からず、万古も在るが如きなり。謂う無かれ跡疎と、幽契弥いよ着す。道流将さに竭き、玄風罷緒するを須つも、遂に庶類をして紛然として沈迷せしむること久しきなり。波詭に精にして、聴を雷同に傾けざる莫し。誰と与に釐革せんか、諸を君子に俟つ。君雅に自然を具し、神機 独断たり。妙を万物の始に尋ね、変を三極の元に察す、済時の用有り、光国の宝と為る。但だ惜しむらくは君は飛黄の足を踠がれ、結縁の耀を韜うし、其の能を展べず、未だ其の価を求めざることを。身は忘機の上建を想う、故に怨尤する所無し。玄律は終を告

げ、黄官は首を変じ、石梁氷は壮んにして、金塘の風は急なり。随時摂養し、温清 多く慰めよ。承烈沈頓たること常の如く、弥留想う可し。未だ促叙を議せず、逾いよ長歎を増す。善く自ら保嗇し、薬餌を先と為せ。偶信 復た言い、聊か以て疏意す。族 承烈敬謝す。

「得十一日訪」の「訪」が手紙文においてどういう意味で用いられるのか分からない。また末尾の「偶信復言、聊以疏意、族承烈敬謝」の「偶信」の用例も私は見つけられないが、「たまたまお手紙を得て返信し、すこしばかり私の思いを申し上げる、承烈謹んで御礼申し上げる」といった意味かと考えられ、「訪」は王承烈が十一日付けの手紙を得たと言うことではないか。「理以精通」以下六句は、よく理解しあっていれば、遠く隔たっていても通じ合うと、第一信とは真逆の表現がある。彼は遠方より手紙を得たことを喜んでいるのだ。この第二信は「君」から来た手紙に対する返信なのである。

続いて第一信と同じく、世相に対する批判が続く。その部分のあと、この手紙の主題とも言うべき内容が述べられる。

「君雅具自然、神機独断、尋妙於万物之始、察変於三極之元。有済時之用、為光国之宝。但惜君蹠飛黄之足、韜結縁之耀、不展其能、未求其価。身想忘機上建、故無所怨尤矣」という部分、手紙の相手である「君」は大変優秀な人間で、万物の根源を考察し、天地人の根本的変化を察することもできる。時勢を救う力をもち、国の代表と出来るような人材であるとたたえる。ところがその「君」が不遇にあり、世に出る糸口もなく、その能力を伸ばし、才能を発揮できないでいるが、優れた精神によって、そのことを怨みもしないと、その不遇に同情しつつ、しかし、そのことを怨みに思わぬ精神の有り様を称賛する。王承烈が手紙を出した相手である「君」は不遇なのである。この「君」を湖南は王勃とし、陳尚君は王勮とする。王勃が不遇であったことは間違いないが、王勮がこの時、どのような状況にあったのかは分からない。不遇な状態にあると言うこと以外、第二信に相手を特定する具体的な情報はない。

続く「玄律告終、黄官変首。石梁氷壮、金塘風急。随時摂養、温清多慰」で、前四句は季節を述べる。具体的な時間は分からないが、この表現から見ると季節は冬である。(20) そして「随時摂養」の二句、「温清」は、親に仕える子供のあるべき姿をいう『礼記』曲礼上「凡そ人の子為るの礼、冬は温かにして夏は清しくし、昏に定めて晨に省みる（凡為人子之礼、冬温而夏清、昏定而晨省）」を意識する。この手紙は、親と共にいる子供に向けたものと考えられるのである。三通の手紙が時間順に排列されているとするならば、上元二年八月以降の冬であり、王勃宛てとすると、王勃は冬十二月に広州に到達していた。

「未議促叙、逾増長歎」は極めてわかりにくい。ただ手紙文の末尾で相手に面会できぬことを詫びる「未獲祇叙」や「未議祇叙」が一種の定型的な句としてあるようなので、(21)「促叙」は誤写であるのかもしれない。また「善自保嗇、薬餌為先」句の「保嗇」は王勃の時期の用例は少ないが、(22)宋代以降の手紙の末尾によく用いられる言葉で、現代の手紙で言うところの「お大事に」ということである。しかし後の句は、「杜友晋書儀鏡」の「善自将養、早見痊平」の句が「問疾書」の書例であることを考えると、この句も決まり文句でありつつ、来信を受けて言及しているのではないか。つまり王承烈がこの手紙を出した相手は、病気であったのではないか。そして「偶信復言、聊以疏意。族承烈敬謝」と述べて、手紙が終わる。

第二信は誰に向けて発信されたのか。王勮に宛てられた第三信で、王勃の死を追悼する言葉のあとに、「日者有書、一時表意。既追送不及、久已棄諸。今忽訪逮、有愧存没（日者《さき》に書有り、一時の意を表す。既に追送するも及ばす、久しく已に諸を棄つ。今忽ち訪逮さる、存没を愧ずる有り）」という文言がある。前書きの「兄勴於翁処、求此書」という記述と照応する。さらに題名下の小字双行「論送旧書事」も具体的には第三信のこの部分を指しているのではないかと思われる。前書きに書かれている王勴が王承烈に手紙を送った目的や王承烈からの手紙の内容は、全て第三信に書かれていることなのである。仮に第二信が王勴宛とするならば、少なくとも前書きには、これに対応する言葉は何もない。そして王勃との交流の資料としてこの手紙群がまとめられたという目的から考えると、第二信は、王勃宛の手紙であったのではないだろうか。

第二信は、受け取った手紙に対する礼状であり、儀礼的で形式的な表現を含む。しかし、才能を持ちながら出世の糸口をつかめない相手への同情(23)と、不遇に負けぬ精神の称賛という形の慰めが表現されている。これは、第一信では述べられていなかった表現である。このように第二信から第一信を見直すと、第一信では、交阯行に対する慰めや相手の不遇を語ることを慎重に避けていたことに気付く。それは、第一信と二信で、手紙の目的が異なっていたからではないだろうか。

相手の不遇を述べることを慎重に避け、優れた人格を持つ相手が遠くに行くことを悲しみ、会いたいとだけ述べる第一信は、県令として南方に向かう父王福畤とその子王勃、特に王福畤との面会を期待して発信された。「適知旅泊江潯、人遐路近」と言うように、揚州を通過することを知って送られた招待状なのである。その意味で第一信は第三信が言う「追送(24)」とは矛盾する性格をもつ手紙である。第二信は、近況を綴ってきた手紙に対し、相手の不遇を慰める目的で書かれた返信なのだ。その手紙は父の書記官的役割を担っていた王勃が綴ったであろう。第三信でいう「一時表意」とは、相手（王勃）に対する同情と自分の不調が述べられている第二信の「疏意」を指してるのではないだろうか。

そうであれば、第一信は招待という目的は果たせなかったにせよ、王勃等に届いており、「有書与君、書竟未達」という王勃に届かなかった手紙とは第二信を指すのではないか。そして「兼送旧書」という「旧書」は、王勃との交流を示す一・二信を指していたのではないだろうか。第二信は、広州に在った王勃に向け、彼の不遇を慰めるために書かれたが、この第二信を受け取る前に、王勃は広州から交阯へ向ったのではないか。

本稿が設定した問題に即して言うと、第一信からは、王勃が父の交阯行に同行していたことが、第二信からは、王勃がこの旅で、父の書記的な役割を果たしていたということが浮かび上がってくると考えられるのである。

王承烈と王勃・王勮らとの一連の交流について、私の推測を整理しておく。王勃の死後、王承烈から追悼の手紙が王勮等に送られた（第三信の記述による。亡佚）。そこには王勃との往復の書簡を保存していることが述べられていた。『王勃集』を編纂中であった王勮から、王承烈にそれら過去の書簡（旧書）が欲しいという手紙が送られた（前書きによる。亡佚）。そして『王勃集』巻三十に録される二通の手紙（第一・二信）が、王勮への手紙（第三信）とともに一包として送られた。

その一包の手紙群の中身は、第一信が王承烈から王勃父子に対する招待状であった。この第一信は今回の王勃の南行における二人の交流の最初のものである。しかし「別来不知幾年」という第二信の文言からすると、恐らく王勃等は王承烈に会うことなく、揚州を通過してしまった。そこで遅れて第一信を得た王勃父子は、書記役の王勃の手で、冬、広州より、詫び状の如き返信が送られた（亡佚）。その手紙には、王承烈の第一信にある体調の不良を慰める文言があったと思われる。王承烈の第二信は、王勃に向けて返信された手紙であった。この手紙は王勃に宛てて送られたが、彼は受け取ることがなかった。

第一信は王勃父子に向けた手紙、第二信が、王勃に向けた手紙、第三信が王勮への手紙という構成になっていると考えるのである。

四

傅璇琮は「滕王閣序」中に父子同行を暗示する句が幾つかあると指摘する。[25] このことについては、ここでは論じないが、王勃が王福畤の交阯赴任に同行したとすると、今後中国伝存作品の中に解釈の変更が必要となる作品が出て来るかもしれない。以下先行研究において、王勃の南行に関わる作品で、父の交阯赴任前か後かの議論がある「上百里昌言疏」（『王子安集注』巻六）と「上郎都督啓」（巻四）について、私の考えを述べておきたい。

まず、「上百里昌言疏」は、何年かはわからないが、五月一日に王福畤から王勃等子供達に送られた手紙に対する王勃の返信である。

勃言、郷人奉五月一日誨、子弟各陳百里之術宣於政者。承命惶灼、伏増悲悚。勃聞古人有言、明君不能畜無用之臣、慈父不能愛無用之子。何則、以其無益於国、而累於家也。嗚呼、如勃尚何言哉。辱親可謂深矣。誠宜灰身粉骨、以謝君父、復何面目以談天下之事哉。所以遅迴忍恥而已者、徒以虚死不如立節、苟殞不如成名、悔過黨存於己、為仁不仮於物。是以孟明不屑三奔之誚、而罷匡秦之志、馮異不羞一敗之失、而摧輔漢之気。故其志卒行也、其功卒就也。此言雖小、可以喩大。此勃所以懐既往而不咎、指将来而駿奔、割万恨於生涯、進一簣於平地者。今大人上延国譴、遠宰辺邑、出三江而浮五湖、越東甌而度南海。嗟乎、此皆勃之罪也、無所逃於天地之間矣。然勃嘗聞之大易曰、人之所助者、信也。天之所助者、順也。是以君子不以否屈而易方、

故屈而終泰、忠臣不以困窮而喪志、故窮而必亨。今交趾雖遠、還珠者嘗用之矣。書不云乎、弗慮胡獲、弗為胡成。不勝憤激之至、謹上百里昌言一部、列為十八篇、分為上下巻。庶竭私款、少裨公政。追思罪戻、若投氷谷。謹奉言疏不備（勃言う、郷人 五月一日の誨を奉ず、子弟各おのに百里の術の政に宣すべきを陳べしむ。命を承けて惶灼し、伏して悲悚を増す。勃聞く古人 言う有り、明君は無用の臣を畜う能わず、慈父は無用の子を愛する能わずと。何となれば則ち、以て其の国に益無くして、家に累いあるを以てなり。嗚呼、勃の如きは尚お何をか言わんや。親を辱むること深しと謂う可し。誠に宜しく灰身粉骨して、以て君父に謝すべし、復た何の面目ありて以て天下の事を談ぜんや。遅迴して恥を忍ぶのみなる所以の者は、徒だ虚死は立節に如かず、苟殞は成名に如かざるを以てなり、悔過 儻し己に存すれども、仁を為すは物に仮らず。是を以て孟明 三奔の誚を屑《かえりみ》て、匡秦の志を罷めず、馮異 一敗の失に羞じて、輔漢の気を摧かず。故に其の志卒に行われ、其の功卒に就る。此の言 小なりと雖も、以て大を喩う可し。此れ勃の既往を懐いて咎めず、将来を指して駿奔し、万恨を生涯に割き、一簣を平地に進めんとする所以の者なり。今 大人 上 国譴を延き、遠く辺邑に宰たり、三江を出でて五湖に浮かび、東甌を越えて南海を渡る。嗟乎、此れ皆 勃の罪なり、天地の間に逃がるる所無きなり。然れども勃嘗て之を大易に聞くに曰く、人の助くる所の者は、信なり。天の助くる所の者は、順なりと。是を以て君子は否屈を以て方を易えず、故に屈なるも終に泰し、忠臣は困窮を以て志を喪わず、故に窮するも必ず亨る。今 交趾は遠しと雖も、還珠の者 嘗て之を用う。書に云わざらんや、慮らずんば胡ぞ獲ん、為さずんば胡ぞ成らんと。憤激の至りに勝えず、謹んで百里昌言一部を上し、列して十八篇と為し、分ちて上下巻と為す。庶わくは私款を竭し、少しく公政を裨けんことを。罪戻を追思し、氷谷に投ずるが若し。謹しみて奉ず言疏不備）。

『旧唐書』経籍志に王旁撰『百里昌言二巻（『新唐書』芸文志は一巻）』という記録がある。〈旁〉が〈勃〉の誤りであったとすると、この書と一緒に提出された『百里昌言』は唐末までは伝わっていたようである。

先行研究によると、王勃は除名されたのち、故郷龍門に戻っていたとされる。郷人は「嚮」の誤字とする説[26]があるが、いずれにしても、五月一日付けの父王福畤からの手紙を受け取って、王勃は「承命惶灼、伏増悲悚」したと言う。自分は「無用之臣」「無用之子」であり、語る資格などないが、むしろ恥を忍び功績を立てることで、名誉を回復したいという。前半では、自分が罰を受け解職されたが、それにくじけず功績を挙げたいという。後半は一転して「今大人上延国譴、遠宰辺邑。出三江而浮五湖、越東甌而度南海。嗟乎此皆勃之罪也、無所逃於天地之間矣」と、父が王勃の罪に連罪して交阯県令に任ぜられたことをわびる。この部分から、父の手紙は、既に交阯に着任してから発信されたとする説、任地に向かう途上で発信されたとする説もある。しかしそれも『新・旧唐書』の記述に引き寄せられた解釈であると私は思える。父の手紙は、交阯県令の命が下されたことを家族に伝える手紙であったと考えてはいけないだろうか[27]。故に次に続く南海へのルートも、実際の旅のルートである必要はなく、「遠宰辺邑」のそれが如何に遠いかを述べた、彼や家族の驚きを伝えるものとして読むべきではないか。

次に『易』を用いて、正しい者は天が味方をするという部分は、「祭高祖文」と同一の感情であり、辺境の交阯とはいえ、漢代には有能な人物が用いられたではないかという「今交趾雖遠、還珠者嘗用之矣」も、「祭漢祖文」でも用いられた典拠である。そこでも述べたように、この表現は着任した父に贈る言葉であるよりも、赴任しようとする父に贈る言葉としてふさわしいように感じられる。

末尾で「追思罪戻、若投氷谷」と、曹植「上責躬応詔詩表」（『文選』巻二十）の「追思罪戻、昼分而食、夜分而寝（罪戻を追思し、昼分にして食い、夜分にして寝ぬ）」の表現をそのまま用い「投氷谷」といった過剰なまでの謝罪を述べるのも、この手紙が父の辺境の県令に赴任することを知った衝撃を暗示しているのではないだろうか。

もう一篇の手紙「上郎都督啓」は一読すれば明らかなように、資金援助を求める手紙である。同行説を主張する傅璇琮・張志烈は、郎都督を交州都督で死んだ郎余慶とする。傅璇琮はそのため交阯到着後の手紙とする。(28)確かに「郎」はさほど多くない姓であり、都督もそれほど多数が任命されることのない高官である。これらを考え、歴史書を検すれば郎余慶が交州都督に任ぜられたという記録は、王勃のこの手紙の相手に比定したくなる。しかし手紙は、さまざま故事を引用して有用な人物が不遇にあったときに助けられたという故事を連ねる。そして資金が必要である理由を以下のように述べる。

勃家大人、天下独行者也。性悪儲斂、家無擔石。自延国譴、遠宰辺隅。嘗願全雅志於暮歯、揚素風於下邑。而道里敻遥、資糧窘鮮、秩寡鍾釜、債盈数万。此勃所以側目扼腕、臨深履薄、庶逢知已之厚、以成大人之峻節也（勃が家大人、天下独行の者なり。性は儲斂を悪み、家に擔石無し。自ら国譴を延き、遠く辺隅に宰たり。嘗て雅志を暮歯に全うし、素風を下邑に揚げんことを願う。而して道里敻遥にして、資糧窘鮮たり、秩は鍾釜より寡なく、債は数万に盈つ。此れ勃が側目扼腕し、深きに臨み薄きを履み、庶わくは知已の厚に逢い、以て大人の峻節を成さしめんとする所以なり）。

節操ある父なので、蓄えがない。そして「自延国譴、遠宰辺隅」と、先の「上百里昌言疏」と一字異なるだけの対句で、父の交阯赴任が表現される。ただ、国家の譴責を受け、辺境の県令になるという表現は、交阯を管理下におく交州の都督に用いる表現としては、やや穏当を欠くように感じられる。また父親の状況をほぼ同じ表現で説明していることは、この啓と「上百里昌言疏」があまり時間を隔てずに書かれたことを示しているのではないか。

さて、この部分をもう少し考えてみよう。父が遠い辺境の地の役人となってもその地でもこれまでの高雅な志を傷つけることなく、清らかな精神を田舎町でも発揮させてやりたい。ところが道のりは遠く、資金は全く足りない。俸給はあの曾子が得た「鍾釜」より少ないのに、借財は数万を超える。これが私が悔しく悲しく、恐ろしさを顧みず、あなたのような知己によって、父の節操を全うさせたい理由である。大意は以上のようなことであろう。

資金援助の目的は、交阯に在る父が赴任の際して抱えてしまった借財の精算の為なのだろうか。それとも赴任準備の為の借財の申し込みだったのだろうか。旅費の為に借財を抱えてしまい、官僚としての清潔さを守ることができないという王勃の訴えは、必ずしも大げさではない[29]。しかし「郎」都督が郎余慶という推測以外、着任後、赴任旅費の債務の返済の為という根拠はない。しかし、表現に誇張があるとしても、彼ら親子が交阯への旅費の捻出に苦しんでいたことは、この手紙からも明らかである。そうであれば交阯着任後より出発前に、このような資金援助を求める手紙が郎都督以外にも、そして王勃以外の一族によっても送られていたと考えるほうが常識的ではないか[30]。

上で推測したように「上百里昌言疏」の冒頭にある父の手紙が、父に交阯県令の命令が下ったことを伝える内容であったとすると、五月一日という日付とともに、手紙によって知ったということが大きな意味を持ってくる。父が手紙を出したということは、交阯県令の命が発令されたとき、王勃と父は別の場所にいたということである。王勃が故郷龍門にいたとすれば、父は龍門以外に居たのである。そしてこのことが王勃の単独行説を生んだ原因となったのではないだろうか。最後に『新・旧唐書』が王勃の単独行と記録していることについて、想像を述べておきたい。

五

「上百里昌言疏」と「上郎都督啓」に対する私の考えを繰り返すと、交阯県令に任命された王福時は五月一日に王勃等子供達にそのことを知らせた。彼は赴任の為の準備をはじめたが、王勃もまた父の旅費を集める為に郎都督に手紙を出すなど奔走した。そしてこの時点で父子は別々の場所にいた。

伝や序によると、王勃は大赦によって、死刑から除名に減刑された。官僚としての道を閉ざされた彼は故郷に戻った。そして復職棄官の後に交阯に向かう。王福時がどの時点で交阯県令に任命されたのかはわからない。しかし彼は雍州司功の職は辞めさせられたかもしれないが、守選の期間を経て(31)、交阯の県令という左遷の辞令が下ったのではないか。それが上元二年（六七五）の五月の少し前のことであったのではないか。そして交阯県令任命から、任地へ向けて出発するまでに、一定の準備期間があったとは考えてよいように思われる(32)。

この準備期間について、父子同行とすると、八月には赴任の途上にあったのであるから、約三箇月の準備を経て、八月頃に洛陽より淮陰を経て交阯へ向かったことになる。ちなみに中唐の李翺は王勃等と同じように洛陽から広州へ向かい「来南録」（『李公文集』巻十八）という記録を残している（但し、彼は揚州から長江を遡上するのでなく、杭州まで運河を行き富春江を遡っている）。彼は左遷ではなく節度使の幕僚として、家族全員を連れての赴任で、王福時と直接比較はできないが、彼も元和三年十月に命を受け、四年正月に出発しており、準備に三箇月をかけている。王福時は雍州司功の職を失ったかもしれないが、その後も故郷に帰ることなく、長安・洛陽あたりで再任官の命を待ち、そこから直接交阯へ向かった。一方王勃は、前述の如く故郷から交阯へ旅立った。「勃往交阯省父」という記録は、二人の交阯への出発地が異なるということによって起こったのではないだろうか。

虢州参軍を辞めて以降、楊烱が「沈跡」と言うように、王勃の情報は乏しいものになっていた。富岡本『王勃集』巻三十に「君没後彭執古孟献忠与諸弟書」と題される手紙が録されている。この手紙を読むと、彼らは、「晋汾」を旅していながら、王勃が交阯へ向かったことも、更には死亡したことも知らなかった。このような王勃についての情報不足も、単独行とされる記述を生むことになった理由かもしれない。

彼ら父子がどこで落ち合ったかは分からない。ただ、旅の安全を守る神でもない漢高祖廟に祭文を捧げたのは、洛陽からの運河が淮河と交差し、少し先の楚州で大運河と合流するという交通の要衝である淮陰で父子が落ち合ったからだという想像は、もはや小説に類する。しかし、この祭文には王勃等の南行を知らせ、道中の資金援助を期待する意図が含まれており、王承烈の手紙はその反応の一つであったとする想像は許されてもよいように思われる。

おわりに

日本に伝存する『王勃集』の佚文を手がかりに、王勃の南行が、父の交阯県令着任後、遅れて出発したのではなく、父の赴任に同行した可能性があることを紹介した。

五月一日付けの手紙によって、父の交阯県令任命の事実を知った王勃は、『百里昌言』を執筆する。父子はそれぞれの地で旅の準備をし、王勃は旅費を工面する為に、諸方に手紙を書いた。その一つが「上郎都督啓」であった。王勃は故郷より父を追い、遅くとも上元二年八月十六日には淮陰に在って父と同行していた。この地で作った祭文などが一種の噂となり、彼らの南行を知った王承烈は招待状を出した。それが彼の第一信である。王勃等は揚州を通過してから第一信を受け取り、詫び状の如き手紙を、冬、広州で出した。その詫び状に対する返信が王承烈の第二信であるが、それは王勃に届かなかった。即ち、第一信は王勃父子に、第二信は王勃に向けて書かれたと思われるのである。

従来より「祭高祖文」は、父がその場にいたのではないかとする指摘はあった。父がいなかったとするのは、すべて『新・旧唐書』の記録に基づく。しかし王承烈の手紙、特に第一信もまた、父子の同行を示していたのではないだろうか。王勃の単独行を言う『新・旧唐書』は、王勃が故郷から、父がそれ以外の地からと出発地点が異なることから生じた、間違いではないが不正確な記述であったのではないだろうか。我々は日本に伝存する佚文を手がかりに、王勃の生涯と文学、同時代人との交流について、もう一度考える必要があるのではないだろうか。

小論は多くの想像を含み、作品の誤読や当時の官僚制度に対する無知から生じた間違いもあると思われる。専家のお教えを賜りたい。

注

（1）植木久行『詩人たちの生と死　唐詩人伝叢考』（研文出版　二〇〇五年）。また陶敏・傅璇琮『新編唐五代文学編年史　初盛唐巻』（遼海出版社　二〇一二年）などによる。

（2）『新唐書』（文芸伝上一二六王勃巻二〇一）は「聞虢州多薬草、求補参軍。倚才陵藉、為僚吏共嫉。官奴曹達抵罪、匿勃所、懼事洩、輙殺之。事覚当誅、会赦除名。父福時、繇雍州司功参軍、坐勃故左遷交阯令。勃往省、度海溺水、痵而卒、年二十九……」

（3）　王勃単独行を主張する論考には、姚大栄「書王勃秋日登洪府滕王閣餞別序後」「王子安年譜」（『惜道味斎集』）。閻崇璩「王勃年譜」（『師大月刊』第二集　一九四三年）鈴木虎雄「王勃年譜」（『東方学報』京都第一四冊第三分冊　一九四四年）。聶文郁「王勃年譜」（『王勃詩解』青海人民出版社　一九八〇年）。劉汝霖「王子安年譜」（『王勃集注』付録　上海古籍出版社　一九九五年。初出は『師大月刊』第二期　一九三三年）。駱祥発「初唐四傑年譜」（『初唐四傑研究』東方出版社　一九九三年）などがある。これに対し同行説を採る論考には、屈万理「「滕王閣序」的両箇問題」（『大陸雑誌』十六　一九五八年）田宗堯「王勃年譜」（『大陸雑誌』第三〇巻第十二期　一九六五年）。張志烈『初唐四傑年譜』（巴蜀書社　一九九三年。但し氏の「王勃雑考」（『四川大学学報（哲学社会科学）』一九八三年第二期）は単独行と考えているようである）。傅璇琮「《滕王閣序》一句解―王勃事迹弁」（『古典文学論叢』第二輯　西安　陝西人民出版社　一九八二年）。傅璇琮『唐才子伝校箋』第五冊補正（中華書局　一九九五年）がある。『新編唐五代文学編年史』は、この問題について明確ではない。

（4）　現在は東京国立博物館に蔵される。同館ウェブサイト、e-国宝に「王勃集巻二十九残巻」（TB―一五七一）の名で画像が掲載される。

（5）　「合浦」の句は『後漢書』循吏・孟嘗伝六十六「（孟嘗）遷合浦太守。郡不産穀実、而海出珠宝、与交阯比境、常通商販貿糴、糧食貿易也。先時宰守並多貪穢、詭人採求、不知紀極。珠遂漸徙於交阯郡界。……嘗到官、革易前敝、求民病利、曾未踰歳、去珠復還、百姓皆反其業、商貨流通、称為神明」に基づき、善政を施そうということを言うのであろう。「炎荒」の句は直接の出典は見つけられない。

（6）　漢高祖廟はいくつかの地にあったようであるが、この廟のことは『水経注』（巻二十五泗水）の他、劉宋・傅亮「経漢高廟」詩（『古詩紀』巻六十三）、李百薬「謁漢高廟」詩（『全唐詩』巻四十三）が見つかる程度である。

（7）　東京国立博物館ウェブサイト、e-国宝では「王勃集巻二十九・三十」（TB―一一〇三）の名で画像が掲載される。

（8）これらの発見と景印については「日本伝存『王勃集』残巻景印覚書」で紹介している。

（9）例えば台湾大化書局本『王子安集注』に附される『王子安集佚文』は、一九一八年版であり、富岡本の作品は採録しない。また上海古籍出版排印本も同様である。何林天『重訂新校王子安集』（山西人民出版社　一九九〇年）も採録していない。

（10）但し、傅璇琮『唐才子伝校箋』第五冊は三首として論を立てる。

（11）拙稿「『王勃集』の編纂時期―王勃集巻三十所収王承烈祭文を中心に―」を参照されたい。

（12）『三国史』巻三十八蜀書八許靖伝引『魏略』に「王朗与文休書曰、文休足下、消息平安、甚善甚善」とあり、手紙文冒頭の定型文であったと思われる。

（13）『後漢書』郭符許列伝第五十八許劭伝「陳蕃喪妻還葬、郷人必畢至。而劭独不往、或問其故、劭曰、太丘道広、広則難周。仲挙性峻、峻則少通。故不造也」。また『後漢書』荀韓鍾陳列伝第五十二陳寔伝に「有六子、紀諶最賢」とある。

（14）二人を県令の典拠とすることについては「王勃・楊烱の陶淵明像」を参照。傅璇琮「《滕王閣序》一句解―王勃事迹弁」もこの語が父を指すとする。

（15）『新唐書』王勃伝に「初勔勮勃皆著才名、故杜易簡称三珠樹。……福時嘗詫韓思彦、思彦戯曰、武子有馬癖、君有誉児癖、王家癖何多邪。使助出其文、思彦曰、生子若是、可夸也」とあり、王福時の子供たちが優秀で、彼もそれを自慢したことは当時有名であったようだ。

（16）王承烈については、注（11）拙稿で紹介した。

（17）王承烈が『新・旧唐書』に立伝される王紹宗であることは陳尚君によって紹介されている。健康については分からないが、隠者の如き生活であったことは、その伝の記述と一致する。

（18）『世説新語』任誕篇「王子猷居山陰、夜大雪、眠覚開室、命酌酒、四望皎然、因起彷徨、詠左思招隠詩。忽憶戴安道、時戴在剡。即便夜乗小船就之、経宿方至、造門不前而返。人問其故、王曰、吾本乗興而行、興尽而返、何必見戴」。また簡傲篇「嵇康与呂安善、毎一相思、千里命駕」。『詩経』（衛風　伯兮）「願言思伯、甘心首疾」

（19）「不余信矣」は、或いは「余は信ぜざるなり」と読むのかもしれない。その場合でも、私は信じないと、「形隔」を強く否定する。
（20）謝恵連「雪賦」（『文選』巻十三）「若乃玄律窮、厳気升」。「黄宮」は十二律のうちの「黄鍾之宮」のことか。
（21）例えば王茂「答釈法雲書」（『弘明集』巻十）「藻悦之誠、非止今日、未獲祇敘、常深翹眷」や、趙和平輯校『敦煌写本書儀研究』（南京　江蘇古籍出版社　一九九七年）によると「未議祇敘、無慰乃心、時嗣徳音、是所望也」（新定書儀鏡京兆杜友晋撰（伯三六三七））「各天涯相去万里、未議祇叙、悲暢何言」（吐蕃佔領敦煌初期漢族書儀（S.1438V））などがある。
（22）似た言い方には、妻から夫への手紙の例であるが、「願善自保摂、事了早帰、深所望也」（新集吉凶書儀張敖撰（P.2646））などがある。
（23）第二信で相手の不遇を言う「惜君踠飛黄之足」という表現は、「飛黄万里而中斃」と、この手紙の後に続く「族翁承烈致祭文」という王勃の霊に捧げられた祭文でも王承烈は使っている。このことも、第二信が王勮ではなく、王勃に向けた手紙であったことを暗示しているのではないか。
（24）「追送」は用例を調べてみると、旅に出る相手を慕って追いかける、あるいは一緒にしばらく同行することを言う。ただ、ここでは手紙が相手（王勃等）を追いかけると考えた。つまり王勃への手紙を認め送ったが彼の手に渡らなかったと解した。
（25）傅璇琮「《滕王閣序》一句解―王勃事迹弁」。
（26）張志烈「王勃雑考」。
（27）張志烈『初唐四傑年譜』が既にそのように解することを主張する。小論は氏のこの書に啓発されるところが多い。記して感謝を申し上げる。
（28）『新編唐五代文学編年史・初盛唐巻』六七六年の条。
（29）王勃より約二〇〇年も後になるが、晩唐の盧鈞は「嶺南官吏請停吏部注擬奏」（『全唐文』巻七五九）で嶺南の下級官吏に無能な人間が多いことを罵るが、その中で「道途遐遠、瘴癘交侵。……更以俸入単微、毎歳号為比遠。若非下司貧弱令使、即是遠処無能之流。比及到官、皆有積債、十中無一、肯識廉恥」と言っている。

(30) 王勃（等）の南行が旅費を工面しつつの旅であった可能性もあるのではないだろうか。事実ではないが、「滕王閣序」の物語では、作品に感動した閻都督は王勃に多くの餞別を贈る。この旅の途上の詩序や碑文、更には虔州の役人たちの為に作った「祭文」（『王勃集』巻二十九）は、王勃の文学的才能や名声によって依頼された作品であるが、当然、謝礼を得て執筆されたものであろう。そのように考えれば、「過淮陰謁高祖廟祭文」は、本文で述べるように王勃らの南行を宣伝する意味合いもあったのではないだろうか。

(31) 守選は、現代の官僚の待命のような状態を言う。この部分は、頼瑞和『唐代基層文官』（台北　聯経出版事業股份有限公司　二〇〇四年）特に第六章三守選を参照したが、唐代の官僚制度について専家のご教示を乞いたい。

(32) 張志烈『初唐四傑年譜』も交阯赴任まで準備期間があったことを予想する。しかし任命後一年程度とするのは、やや長すぎ、守選期間を含んでいるように思われる。

Ⅲ　日本伝存『王勃集』をめぐる問題

伝橘逸勢筆「詩序切」と上野本『王勃集』の関係

静岡県熱海市にあるＭＯＡ美術館が所蔵する『翰墨城』（図１）のなかに、踊り字も含め、三行四十六文字の古筆切がある（本文以外に、二行目に小字で「其二」とある）。この一葉は橘逸勢の筆で、王勃の詩序の一部であるとする伝承をもつ。

初唐の文学者王勃（六五〇〜六七六）の佚文が日本に伝存していたことは、現在ではよく知られている。だが、王勃の佚文の一部という伝承をもつこの古筆切については、これまであまり注目されていないように思われる(1)。私は、この古筆切は、上野家所蔵『王勃集』（以降『上野本』と略称）の佚われてしまった部分の一部ではないかと推測した。以下、この推測について述べてみたい。

古筆手鑑『翰墨城』について

『翰墨城』は、手鑑『翰墨城』とも呼ばれ、一九六一年に国宝に指定されている。その後小松茂美博士監修の「総説・解題」を別冊付録として一九七八年中央公論社より複製出版された。以下、「古筆学」という分野を確立

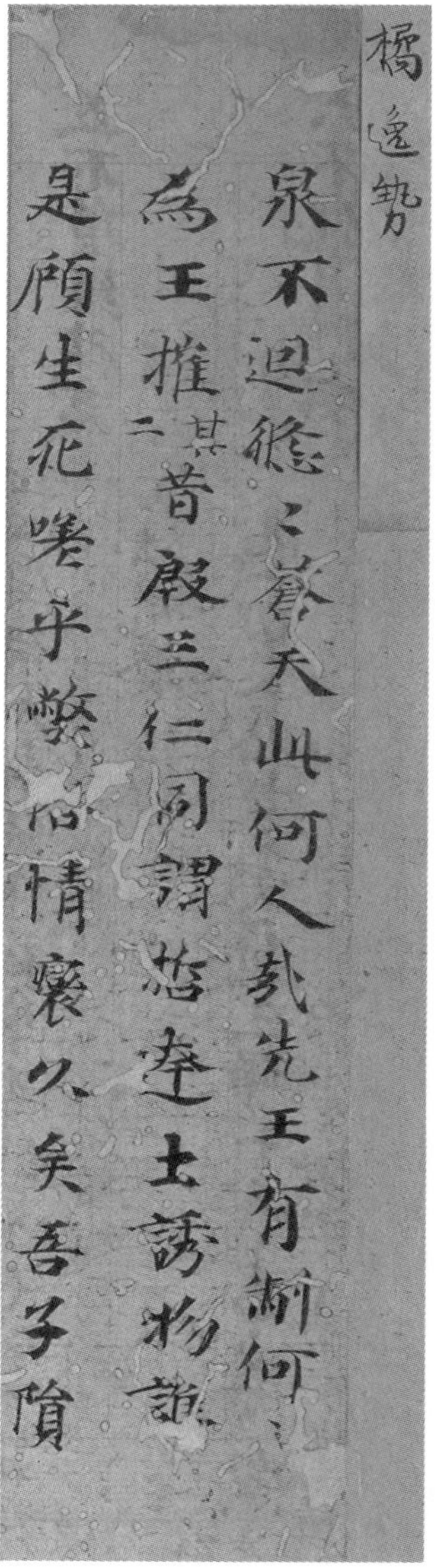

図1　伝橘逸勢筆詩序切

させた小松茂美博士の「総説」を元に、『翰墨城』について簡単に紹介する。

『翰墨城』はいわゆる古筆切集である。中国においても日本においても、優れた書家の作品は、芸術作品として鑑賞されたし、また書法の模範として学習の対象でもあった。そのような古人の書写作品は、茶道の発展とあいまって、日本独特の鑑賞方法が行われることになった。

喫茶が行われる茶室において、欠くべからざる装飾品の一つが掛け軸である。十五世紀頃から、色紙や短冊に書かれた古人の和歌なども表装し用いられた。その後、大きな一巻の巻物や本の一部を表装に適した大きさに切って、鑑賞物とすることが流行した。これが「古筆切」で、それらは表装されるだけでなく、より簡便に鑑賞するために、台紙に貼り付けられた。それらを纏めた物が「手鑑」である。

手鑑の「鑑」は、鑑賞や書写の手本としての「鑑」を意味するようである。また、「古筆切」の流行にともない、それぞれの真贋の鑑定や、筆跡を鑑定するための模範集、比較するための「鑑」としての役割で作成された手鑑もあったようである。十六世紀ごろには「古筆」鑑定の権威があらわれ、京都の人、平沢氏は、幕府（一説には近衛家）より許され、古筆という姓を名乗ることとなった。古筆家初代、古筆了佐（一五七二〜一六六二）である。この後古筆家と一族は、「古筆切」鑑定の権威となる。

小松博士によると、十五世紀末から十六世紀初にかけて古筆切の収集が流行したことにより、江戸時代には、京都の公家や各地の大名家に、古筆切を集めた多くの手鑑が伝えられていたという。さらに豊かな町人たちも古筆切を収集しては、手鑑を作成したとされる。『翰墨城』はこのような手鑑の代表的なものであり、古筆別家と称される、古筆了仲（一六五六〜一七三六）の所蔵とされる。表紙に墨書されている「翰墨城」という文字は小松博士によれば、古筆切収集者、鑑定者として著名であった烏丸光広（一五七九〜一六三八）の筆跡、各古筆切に附された筆写者を記した付箋（極め札）は古筆了仲の手になるとのことである。そうであれば、『翰墨城』は、十八世紀前半までには、現在の形として成立していたのであり、「詩序切」も、江戸時代初期には既に橘逸勢筆という伝承を得ていたことになる。

三三一葉の古筆切が集められている『翰墨城』は、その後益田鈍翁（一八四八〜一九三八。三井物産創業者・茶人・古美術収集家）、岡田茂吉（一八八二〜一九九五。世界救世教創始者・古美術収集家）の所有を経て、現在はＭＯＡ美術館（静岡県熱海市）が所蔵する。『翰墨城』は国宝に指定されていることからも優れた古筆切集であることは明らかであるが、来歴を見ても、鑑識眼のある人物の所蔵を経ており、「詩序切」も、偽造の可能性の少ない、優れた古筆切の一葉と見なしてよかろう。

橘逸勢の筆という伝承

この古筆切は橘逸勢（?～八四二）の手になるとされる。彼は弘法大師空海（七七四～八三五）や伝教大師最澄（七六七～八二二）らと同時の遣唐使として中国に滞在した経験をもち、空海、嵯峨天皇（七八六～八四二）とともに日本三筆と称される。ただし残念ながら、間違いなく橘逸勢の書と認定されるものは伝わっていない。この古筆切についての「解説」も「筆写は橘逸勢と極めるが、むろん根拠はなく、あくまでも伝承の域を出ない」とされている。

確かに、空海・最澄、さらに嵯峨天皇など、橘逸勢と同時代人の書とされるものと見比べてみたとき、同じ楷書でも書風を異にすることは、私のような素人でも感じられる。その一方で、聖武天皇（七〇一～七五六）の筆とされる『雑集』中の文字は、「詩序切」の文字と似る。「解題」でも欧陽詢（五五七～六四一）の書風と記述されているが、「詩序切」は橘逸勢より少し前の書風の作品の一部と見なしてよいように思われる。(2) ただし、江戸時代前半期に既に橘逸勢の筆写であるという伝承をもっていたということについては、注意しておく必要がある。

一方、「詩序切」と題されていることについて、「解題」には「詩集「王勃集」の序の断簡といわれているが、通行本にはみえない」とある。確かに、「詩序切」という称は明らかに正倉院蔵『王勃詩序』を意識して付けられている。解題の「いわれている」が何時から言われているのか明確ではない。『翰墨城』が古筆手鑑として成立した当初、或いは橘逸勢筆写という伝承と同時に命名されたのであろうか。

今でこそ、正倉院に王勃詩序が保存されていたことは、良く知られている。しかし、楊守敬・羅振玉・内藤湖南によって「発見」される明治より以前、正倉院に王勃の詩序が保存されていることはどの程度知られていたのであろうか。丸山裕美子『正倉院文書の世界』（中公新書 二〇一〇年）によると、赤漆文欟御厨子に納められ、東大寺に献納された「御書」は先にふれた『雑集』、元正天皇筆『孝経』、光明皇后筆「頭陀寺碑文」『杜家立成』と「楽毅論」であった。ところが、斉衡三年（八五六）以降の何時かの時点で、「詩序」が『孝経』に代わって入ったそうである。その後、目録作成や目録と実物のチェックといった基本的作業は次第に間隔があき、室町から戦国時代の混乱のなか、正倉院への関心は薄れていった。その関心が再開したのは、江戸幕府成立後で、何度か調査と整備が行われた。(3) しかし『続続群書類聚』（雑部）に収録される江戸期の正倉院所蔵目録を見た限りでは、「王勃詩序」と明記された目録はないようであり、広く存在が知られていたようには思えない。

最初に「王勃詩序」の存在を世に知らしめたのは、光緒二十三年（一八九七・明治三十）の楊守敬『日本訪書志』（巻十七）であろう。

「古鈔王子安文一巻（巻子本）」

古鈔王子安文一巻三十篇、皆序文。日本影照本。書記官巌谷脩所贈。首尾無序跋。森立之訪古志所不載。惜当時未細詢此本今蔵何処。書法古雅、中間凡天地日月等字、皆従武后之制。相其格韻、亦的是武后時人之筆。……異同之字、以千百計、大抵以此本為優。且有題目不符者、真希世珍也（古鈔「王子安文」一巻三十篇、皆な序文なり。日本影照本。書記官巌谷脩の贈る所なり。首尾 序跋無し。森立之「訪古志」載せざる所。惜むらくは当時未だ此の本の今何処に蔵するかを細詢せず。書法古雅、中間の凡そ天地日月等の字、皆な武后の制に従う。其の格韻を相するに、亦た的に是れ武后の時の人の筆なり。……異同の字、千百を以て計う、大抵 此の本を以て優と為す。且つ題目の符さざる者有り、真に希世の珍なり)。

文中の巌谷脩（一八三四〜一九〇五）は、一六の号で有名である。滋賀県の水口藩士の子であったが、明治後、文中にあるように内閣大書記官を経て、元老院議員、貴族院議員になっている。明治三筆と称される書道家の一人である。彼は明治十三年（一八八〇）、楊守敬が来日すると彼について六朝の書を学んでいる。巌谷が楊守敬に「王勃詩序」を贈ったのは、その関係であろう。

巌谷が送ったこの「影照本」は、明治十七年博物局より石印出版されたものである。後に正倉院本の佚文を翻字し、伝存作品を校勘して『王子安集佚文』としてまとめた羅振玉は明治十七年印刷局より石印出版されたものを用いた（実際に用いたのは大正八年再販本と思われる）。こちらは「詩序」を完全に覆製していたが、楊守敬のテキストは完全版ではなかった。そしてこの文を読むと、楊守敬はこれが正倉院所蔵であることを知らなかったことがわかる。ともあれ、楊守敬のこの記述にあるように、古書を網羅した森立之の『（経籍）訪古志』にすら記録がない以上、「詩序」は明治初期まで「発見」されていなかったと考えてよいであろう。この「詩序切」という呼称は、橘逸勢筆という伝承と異なり、明治以降、比較的新しい時期に附された名称ではないだろうか。

そもそも「解題」では、この古筆切は詩序の一部とされる。しかし、この断簡は、墓誌の銘文の一部なのではないだろうか。このことは、以前に述べたことがある。[4] 以下やや重複するが、墓誌の銘の部分と推測した理由を述べたい。

まず、「詩序切」を以下のように翻字し、断句してみた。

……　泉不迴。　……、泉は迴らず。

悠々蒼天、此何人哉。　悠々たる蒼天、此れ何人かな。
先王有制、何為王擢。（其二）先王 制有り、何為れぞ王 擢く。（其の二）
昔殷三仁、同謂哲達。　昔 殷の三仁、同じく哲達と謂う。
士誘物誰、是顧生死。　士 誘なえば物 誰か、是れ生死を顧みん。

「士」は明らかに上より下の横棒の方が長く、「土」と読んでいたが、「土」の場合、圡のように点が附される。この文字は点が無いので、「士」に釈した。

嗟乎弊□、情変久矣。　嗟乎 弊俗、情の変ずるは久しきなり。

□内を仮に「俗」に釈す。

吾子隕……　吾子 隕して ……

このように、四字ごとに断句してゆくと、「達」字を除いて、偶数句末が韻を踏む。途中に小字で「其二」とあるのは、墓誌の銘でよく見られる形式であり、「詩序切」の場合もそうであるように、前後で韻が換わる。内容はよく分からない部分を含むが、簡単に私の解釈を述べてみる。

「悠悠たる蒼天、此れ何人かな」は、『詩経』王風「黍離」のリフレインをそのまま使う。「黍離」では、この句は、東周の家臣が荒れ果てた西周の都を見ての詠嘆の句とされ、王への批判が含まれていると解釈されている。「先王 制有り、何為れぞ王 擢く」。前の句は、この古筆切が書写された時期より後になるが、唐代の類書『白孔六帖』に、佩玉に関わる言葉として出る。それは『礼記』聘義において、子貢が君子の玉を貴ぶ理由を問うた際の「夫れ昔、君子は徳を玉に比す（夫昔者、君子比徳於玉焉）」という孔子の答えを典拠とする。この句が人間の徳としての玉を含意しているとすると、後の句の「王」は「玉」の誤りかもしれない。仮にそうであれば、この二句は、例えば顔延之「祭屈原文」（『文選』巻六十）「蘭薫しくして摧かれ、玉縝にして則り折らる（蘭薫而摧、玉縝則折）」などを意識しているかもしれない。ちなみに李善は、この部分の注に『礼記』聘義を引いている。いずれにしても、この二句は、先王が定めた、玉の如き徳を持つ家臣を、どうして（今の）王は砕いたのか（玉の如き優れた人物を砕いたのか）と、王に対する批判のように読める。

ここで韻が換わり、「其の三」のパラグラフになる。

「昔 殷の三仁、同じく哲達と謂う」は、『論語』微子の「微子 之を去り、箕子 之が奴と為り、比干 諫めて死す。孔子曰く、殷に三仁あり」を典拠とする。また彼らは「哲士」「達士」と賞賛されたという。ただ最後の文字は「達」の異体字のようであるが、それだと後の句と韻があわない。

「士誘なえば物 誰か、是れ生死を顧みん」。「物誰」は『文選』などに見える。[5] 彼らが模範を示せば、人々はみな生死を顧みることはないだろうというような意味と思われる。

「嗟乎 弊俗、情の変ずるは久しきなり」。『翰墨城』の「解題」は、□を「格」と翻字されているが、「俗」ではないかと思われる。「弊俗」は、文学作品によく見られる言葉で、王勃の他の作品にも見える。また、「変」と読んだ字は、下の部分が明らかに「衣」で、「変」と読むことにややためらいを感じる。ただ「情変」であるとすると、この言葉も典拠のある言葉である。[6] 仮にこのような文字列だとすると、この句は、風俗の頽廃、人間の精神が悪い方向に変化してしまったことを嘆いているように読める。

最後の三字は、「あなたが死んで……」と続く。

序というジャンルの文体は、無韻で四字句六字句を主要な構成要素とする駢文で綴られる。また送別や遊覧の場で、その人物や場所、なによりその時間を記念するために作られた。(7) そのような特色から考えると、四字句、偶数句末の押韻という形式、不遇の内に亡くなった人物を悼むような内容であることといった点から、この断簡を私は、序の一部ではなく墓誌の銘文の一部であると推定するのである。(8) また一見して明かなように、「詩序切」は、字体や一行字数も正倉院蔵『王勃詩序』とは異なるので、(9) その一部であるという可能性は無いと思われる。しかし、この古筆切が、『王勃集』の一部であるという可能性まで失われたわけではない。

『王勃集』佚文の発見

正倉院蔵『王勃詩序』以外にも王勃の佚文が日本に伝わる。内藤湖南博士、羅振玉氏がこれらの発見と紹介に大きな貢献を果たしたことは、よく知られている。以下、湖南博士の記述を参照しつつ、紹介しよう。

まず、「詩序」に続き、所謂「上野本」が発見された。湖南博士の「上野氏蔵唐鈔王勃集残巻跋」(10) の関係部分を紹介しよう。

浪華上野有竹君蔵唐鈔文集一巻。巻首題墓誌下、巻尾題集巻第廿八。所収墓誌三首、曰達奚員外墓誌、曰帰仁県主墓誌、曰賀抜氏墓誌、而陸（此下蠹蝕似録事二字）墓誌、有目無文。審視紙縫、似為人截去者。其書法近北朝人、仿佛有敬顕儁碑、杜文雅造象遺意。凡写華字皆欠末筆。乃避則天祖諱、而后制字一無所用、可断其鈔成於垂拱永昌間矣。此書撰人従未有考者、嘗観平安神田香巌君蔵唐鈔過淮陰謁漢祖廟祭文奉命作一首……其体式書法、全与此墓誌同、其紙縫有興福伝法印、紙背写大乗戒作法並同。……余因終定此墓誌為勃集残巻

（浪華の上野有竹君 唐鈔文集一巻を蔵す。巻首に墓誌下と題し、巻尾に集巻第廿八と題す。収むる所の墓誌三首は、曰く達奚員外墓誌、曰く帰仁県主墓誌、曰く賀抜氏墓誌、而して陸（此の下 蠹蝕せるも、録事の二字に似たり）墓誌は、目有りて文無し。審らかに紙縫を視るに、人に截去為る者に似たり。其の書法は北朝人に近く、仿佛として敬顕儁碑、杜文雅造象の遺意有り。凡そ「華」字を写すに皆な末筆を欠く。乃ち則天の祖の諱を避け、而して后の制せし字は一も用うる所無く、其の鈔 垂拱永昌間に成ると断ず可し。此の書の撰人 従りて未だ考うる者あらず、嘗て平安の神田香巌君の蔵せし唐鈔「過淮陰謁漢祖廟祭文奉命作一首」を観る……其の体式書法、全く此の墓誌と同じうし、其の紙縫 興福伝法の印有り、紙背に大乗戒作法を写すこと並びに同じ。…… 余 因りて終に此の墓誌を定めて（王）勃集の残巻と為す）。

誰の作品であるか伝承を失っていたこの鈔本が王勃集の一部であることを、内藤湖南が論証した。さらに湖南は「華」字の欠筆から、この鈔本が王勃の死から十年ほど後の「垂拱永昌」の書写と推定した。この鈔本がかなり早い時期の『王勃集』であることは、湖南博士の指摘通りと思われる。(11)

続いて大正六年（一九一七）、東京赤星氏（鉄馬）所蔵の『橘逸勢集』一巻が売りに出された。現在、東京国立博物館に所蔵される。この鈔本は、当時の価格で五千八百円という高値で京都大学文学部講師であった富岡桃華が購入した。富岡桃華は翌年世を去り、その後長尾氏の所蔵を経て、東京国立博物館の所蔵となった。内藤湖南博士の「富岡氏蔵唐鈔王勃集残巻跋（大正十（一九二一）年十二月）」は、この鈔本の跋文であるとともに、正倉院本を含む『王勃集』佚文の発見と出版の経緯についても詳しく紹介している。(12)

「……（辛亥の年）羅叔言参事、地を平安に避く、歳 戊午（道坂注・一九一八年）、足本石印正倉院詩序を神田鬯盦に借り、其の廿首を録し、上野氏玻璃印本 収むる所の四首を合わせ、仿宋活字を以て印行し、付するに校記を以てす。子安の佚篇、是に於いて世に滋布す（而羅叔言参事、避地平安。歳戊午、借足本石印正倉院詩序於神田鬯盦、録其廿首、合上野氏玻璃印本所収四首、以仿宋活字印行、付以校記。子安佚篇、於是滋布於世矣）」と、羅振玉の『王子安集佚文』出版を紹介する。続いて「是の歳 亡友富岡桃華、亦た子安集の残本二巻を得、上野、神田二氏の本と同一帙、並びに興福伝法の印有り。蓋し東京の赤星某君、尽く其の家蔵の書画を售る、目中に『橘逸勢集』と題する者有り一巻。桃華 其の照様本を検し、已に其の旧鈔子安集為るを識り、慨然として余に謂いて曰く、「希世の瓌宝、余必ず之を獲ん」と、遂に重価を以て之を購う。景印して以て同好に餉せんとするに意有り、未だ果さずして、翌年 忽ち道山に帰す（是歳亡友富岡桃華、亦得子安集残本二巻、与上野神田二氏本同一帙、並有興福伝法印。蓋東京赤星某君、尽售其家蔵書画、目中有題橘逸勢集者一巻。桃華検其照様本、已識其為旧鈔子安集、慨然謂余曰、希世瓌宝、余必獲之矣。遂以重価購之。有意景印以餉同好、未果、翌年忽帰道山）」と、富岡桃華による『王勃集』佚文の発見と購入、そして彼の死を語り、その後、帰国する羅振玉の寄付を得て京都大学から景印本を出版する際、この「富岡本」を出版することになった経緯を説明する。そして、この鈔本が「原と二巻、合装して一巻と為す、乃ち巻第二十九と巻第三十」であり、「「祭漢高祖文」、録有りて文無し、蓋し神田本、旧と此の巻中に在るなり」と神田本のあるべき位置を論じ、また、上野本と東博本・神田本が同一の帙から分かれたものであったことを明らかにされた。何時の時代に散佚したのかは、不明であるが、大正になって『王勃集』は復元されたのである。

以上を整理すると、日本に伝わる『王勃集』の残巻は次の四種である。

1「詩序一巻」として、正倉院に伝わる四十一篇の「序」。うち、二十篇は中国では失われた作品である。

2上野本。唐代に編纂された『王勃集』巻二十八に当たる。

3富岡本（現・東博本）。同じく巻二十九・三十に当たる。
4神田本。東博本に闕けていた「祭高祖文」。現在東京国立博物館所蔵。

王勃の文集は、楊烱の「王勃集序」に依れば、彼の死後、兄弟によって編纂され、二十巻であった。(13)宋の『郡斎読書志』、元の『文献通考』なども二十巻とする。しかし『新・旧唐書』は「文集三十巻」（『旧唐書』経籍志・文苑伝。『新唐書』芸文志）とし、また、宋・洪邁『容斎四筆』巻五は「勃之文、今存者二十七巻」と記録している。結局「明以来 其の集已に佚し、原目 遂に考す可からず」（『四庫全書総目』）と、明代には原集が失われ、巻数は分からなかったのであるが、湖南博士が指摘するように、これら諸鈔本から本来は三十巻であったことが明らかになったのである。

上野本と東博本

上野本は、明治時代に、上野有竹斎（理一）が兵庫県灘の吉田家聆濤閣から購入した唐鈔本である。吉田氏は、古くより続く摂津の名家であり、江戸時代には酒造業で財をなし、吉田道可（享保十九年（一七三四）～享和二年（一八〇二））、道円（明和五年（一七六八）～天保三年（一八三二））、渚翁（享和二年（一八〇二）～明治二年（一八六九））と学術を愛好する当主が続き、多くの優れた古文書や書画を収集所蔵し、その収集品を『聆濤閣帖』『足利帖』『聆濤閣集古帖』として江戸時代（正木氏によると渚翁の代）に出版した。(14)そして実は、この唐鈔本も、『聆濤閣帖』に最初の十一行が模刻されていたのである。『聆濤閣帖』は既に散佚してしまったようであるが、(15)楊守敬が『留真譜』（光緒二十七年、一九〇一）に転載し、現在でも見ることができる。楊守敬はその後に「此れ未だ何人の集為るかを詳かにせず、『（文苑）英華』『（唐）文粋』並びに載せず、日本『聆濤閣帖』此の十一行を刻す、其の体式に拠れば定めし巻子本従り摹入せしならん。書法は古峭、『文館詞林』の上に出ず。故に之を重刊し、以て来者に告げ、其の全巻を訪わせん。守敬（此未詳為何人之集、英華文粋並不載、日本聆濤閣帖刻此十一行、拠其体式定従巻子本摹入、書法古峭、出文館詞林上。故重刊之、以告来者、訪其全巻焉。守敬）」と批し、『文館詞林』残巻より優れていると指摘する。また『経籍訪古志』巻六「翰林学士集零本一巻（旧鈔巻子本 尾張国真福寺蔵）」に小島学古の言として「（塙）忠宝云う、摂津の国人喜平治（道坂注・道円）家、又た是の書の残本一巻（墓誌下）を蔵す。巻端の数行、摸して『聆濤閣帖』中入る者、是れなりと。憾むらくは未だ某の全軸を観るを得ず、仍お斯に付識し、以て他日の続録を俟つのみ」と記録をしており、森立之は『翰林学士集』の一部と考えていたことがわかる。(16)

　吉田氏が、何時何処からこの鈔本を手に入れたのかは分からないが、吉田家の古典籍等の収集の大部分が吉田道可の時に行われ、その子道円が補い、渚翁がそれらを整理したとする正木氏の指摘に従えば、十八世紀半ばから十九世紀前半には吉田氏の所蔵となっていたと想像される。奈良朝末期の書風をもつ貴重な鈔本とは認識されていたものの、既に『王勃集』残巻という伝承は失われていたのである。

　一方、東博本は、富岡桃華氏が赤星氏から購入した。赤星鉄馬（一八八三〜一九五一）は父弥之助を継いだ実業家である。神田喜一郎博士の、「わたくしはそれについて明治時代、書画骨董の大蒐集を試みた赤星鉄馬のことを想起する。何処かの旧家とか好事家とかで、これはと思う収蔵品があると、その家の土蔵をそのままそっくりとかいとった。所蔵者のホロリとするような値段であったことはいうまでもない。その赤星の書画骨董が大正の半ばごろに売立てになったが、あまりにも莫大な金銭が入ったところから、その一部を割いてつくったのが啓明会である」(17)という記述からすると、吉田氏とは異なり、鉄馬の父弥之助が一代で古籍を収集した(18)ようである。この鈔本も明治に入ってから赤星氏の所有となったのであろう。今のところそれ以前の所蔵を遡れないが、『橘逸勢集』という伝承は、赤星氏所蔵以前からのものと考えてよかろう。

繰り返せば湖南博士は、上野本と東博本（富岡本）を同じ帙から分かれたものと論証された。ならば、上野本も『橘逸勢集』という伝承をもっていた時期があるのではないか。そして『翰墨城』「詩序切」の伝橘逸勢筆という記録も、橘逸勢の筆写と確実に認定される作品がない以上、逸勢の他の書写と検討した上で決定されたのではなく、切り取られた時の巻子本の伝承を引き継いだと想像することは、あながち荒唐無稽とも言えないのではないだろうか。

想像をもう一歩進めてみよう。

上野本について

湖南博士が跋文で紹介しておられるが、上野本は「墓誌下」と始めにあり、続いて

達奚員外墓誌（幷序）

陸□□墓誌（幷序）

＊湖南博士により、□□は録事と推定されている。

帰仁県主墓誌（幷序）

賀抜氏墓誌（并序）　括弧内（并序）は小字

と、この巻に掲載される作品の目録がある。この後に文章が続く。

ちなみに帰仁県主は、李世民（後の唐太宗）とその軍に玄武門において殺された巣王（李元吉）の娘である。また賀抜氏は、梓州郪県（四川省）県令の衛玄の母であるが、衛玄は王勃が蜀滞在中の庇護者の一人であった(19)。特に「賀抜氏墓誌」からも、この鈔本が王勃の文集であるとすることが確認できる。賀抜氏墓誌の文の最後に「集巻第廿八」と書かれており、これが『王勃集』二十八巻であったことがわかる。

この巻子本で注意したいのは、途中で一部が切り取られた後、また継がれているという事実である。詳しく言うと、「達奚員外墓誌」の銘の途中四行目からと、「陸□□墓誌」の全文が切り取られ失われているのである。このことから、私は、この古筆切が、上野本の切り取られた部分の一部である可能性があるのではないかと推測した。先に見たように、この文字列から具体的な人間を比定することは不可能である。「達奚員外墓誌」は序文が残るが、銘文の一部と考えられるこの古筆切と重なる内容をもたない。また「陸□□墓誌」についても、残念ながら、現存する王勃の作品に関連しそうな陸某は見あたらない。また遺漏を懼れるが、新出の墓誌を含め、該当しそうな陸某墓誌も見つけられない。

このように内容からこの古筆切と上野本との関連を見いだすことができないので、外形的特色から両者の類似を探ってみた。

王勃集巻第廿八（上野本）　二五・三㎝×三四八・一㎝　紙背：大乗戒作法

『翰墨城』詩序切　二五・七㎝×五・五㎝　紙背：文字がある

王勃集巻第廿九第三十（東博本）　二五・二cm×四四七・九cm　紙背：四分戒本略

王勃集巻廿九残巻（神田本）　二六・〇cm×五五・一cm　紙背：三十尼薩耆波逸提法

＊中田勇次郎監修『唐鈔本』（大阪市立美術館編　同朋舎出版　一九八一年）、関係項目は杉村邦彦氏執筆）、及び『翰墨城』「解説」による。

紙高は、ミリの違いであり、同じ大きさと考えてよかろう。次に一行字数を見てみよう。この古筆切は十六字（第一行）[20]と十五字（第二・三行）、上野本、東博本・神田本もともに十五字から十八字（十九字の行が一行だけある）であり、この点も四鈔本が一致する。

字体は、「詩序切」を含め、みな楷書である。湖南博士は上野本の跋文で神田本について「体式書法、全与此墓誌同」と、同一人の筆写と認めておられる。その指摘の上で両者を見比べても、私の力ではそれがわからない。ましてこの古筆切と三鈔本について、大変似ていると感じられる文字はあるが、その類似が同一者による書写のゆえであるのか、同時代の筆写であるがゆえなのか判断がつかない。ここでは類似を指摘するにとどめ、専家の御判断を待ちたい。

残念ながら私の力不足で、これだけでは「詩序切」を上野本の一部であったとするには、決め手を欠くと言わざるを得ない。文字通り紙「表」の情報すら読み取れないのであるが、ここで紙背に目を向けてみたい。他の三鈔本はすべて紙背に仏教関係、特に戒律に関わる文書が書かれており、この紙背文書からも三鈔本が同じ帙であった時期をもつという湖南博士の指摘の正しさは証明されるように思われる。[21]

上野本には平安時代末期の仏僧の手になる『大乗戒作法』という文書が記されている。これを見ると、最初に

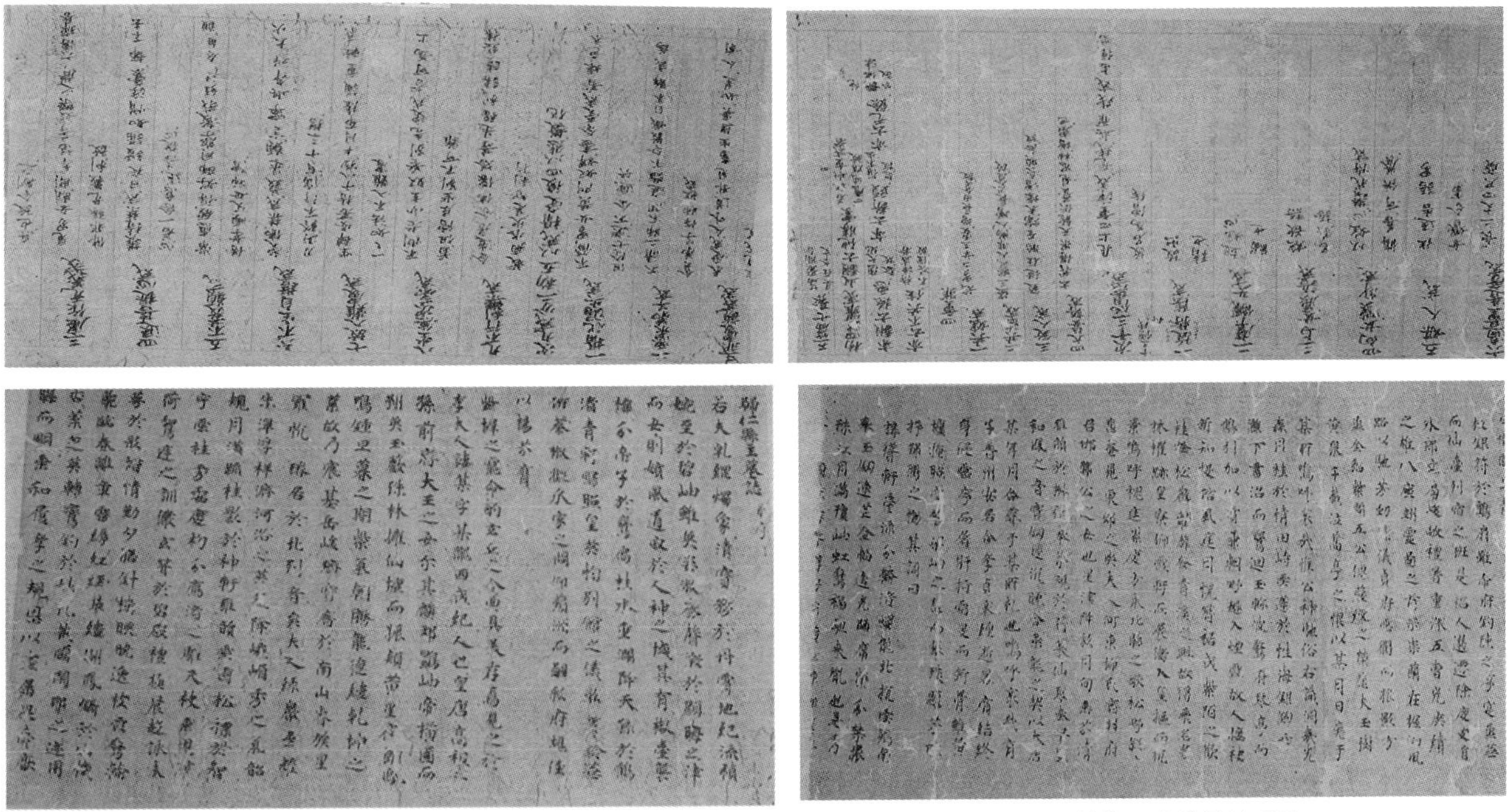

王勃集　帰仁県主墓誌　　切断部分　　王勃集　達奚員外墓誌

巻末←　　→巻頭

図２　上野本王勃集とその紙背。切断部分前後

「大乗戒作法杓日析」と書かれており、その暫く後の行に、「梵網経心地法問品第十」とあるのが見える。この文字から「大乗戒作法」は、『梵網経』の戒を簡略に解説したものであることがわかった。確かに後を見て行くと、『梵網経』の中心である「十重戒・四十八軽戒」の名目が列挙され、それぞれの名目の下にやや小さな字で二行に渉って、簡単な解説が付される。十重戒、そして十、十、十、九、九と分けられる四十八軽戒の前には短い定義があるが、戒の名目、その下に小字二行の解説という形式は守られている。『梵網経』のこれらの戒の名目は注釈書によってやや異なり、「大乗戒作法」と全く重なるものは見つけられない。しかし特に軽戒については、新羅僧太賢の『梵網経古迹記』三巻（『大蔵経』第四十冊）の名目と一致するものが多い(22)。

焦点を切り取られている直前・直後に絞ってみよう。あらかじめ確認しておくと、「大乗戒作法」は上野本『王勃集』の裏に書かれているので、『王勃集』から言うと逆、つまり『王勃集』の末尾から巻頭に向かって書かれている（図2）。

即ち切り取られた部分の直前とは、「大乗戒作法」について言えば、『王勃集』の「帰仁県主墓誌」の初めの部分となる。そこには「次九戒分二、初五以戒摂受、後四以悲教化」とあるので、以降、九つの戒が列挙されていたはずだが、一摂化漏失戒・二悪求弟子戒・三非処説戒の三つの戒の後が切れている。ちなみに、この一から三も、太賢の戒の名目と全く同じである。

『王勃集』は「達奚員外墓誌」の銘文の途中で切り取られて、「帰仁県主墓誌」が継がれているが、「達奚員外墓誌」の裏の「大乗戒作法」は「五篇七衆」からはじまり「四重罪」「十三僧残」という新しい戒の記述に移っている。つまり、切り取られた部分には、少なくとも四十八軽戒の最後の九つの戒の四から九が書かれていたと考えられるのである。

今度は「詩序切」を見てみよう。「詩序切」の紙背にも文字があることが分かる。上に六字ほどの大き目の文字があり、その下に、二行に分けてやや小さ目の文字列が見える。この書式は上野本の紙背と同じ形式である。さらに紙背の文字のうち、一行目右上の「六不」、二行目と三行目の間の「五不」は、紙表の文字と重ならないので、かなりはっきりと見ることができる。仮に四十八軽戒、最後のカテゴリーの九つの戒の五と六の部分であるとすると、太賢の戒の名目は、「五不重経律戒」と「六不化有情戒」である。三字目以降は何のヒントもなく見れば読み取れないが、軽戒は太賢の定義とほとんど一致しているということから類推すると、少なくとも「五不」の下は「重軽律戒」と判読できるように思う。また「六不」の下の文字が人偏であり、続いて「有」字と立心偏があるように見える。

この透けて見える紙背の文字列と書式から、「詩序切」が上野本の切り取られた一部であった可能性はかなり高まったと言えるのではないか。

次に、上野本『王勃集』の一部だったとした場合、この古筆切は切り取られた部分全体のなかで、どのような位置にあったのだろうか。紙背文書をもう一度見てみよう。「帰仁県主墓誌」と題名が書かれた裏の戒が三であり、「詩序切」が五・六の戒なので、戒の四の部分の裏にこの墓誌銘の最後の部分が書かれていたと考えられる。「詩序切」と「大乗戒作法」の行数の対応、即ち三行で戒が二つということを考えると、銘文はあと二・三行程度続いて終わっていたと考えられる(23)。では、「詩序切」の前は、どの程度の長さがあったのであろうか。切り取られた部分が仮に「詩序切」を含む、最後の九つの戒の五戒から九戒だけだったとすると、「詩序切」の前には五行程度しか無かったことになる。「大乗戒作法」に即して言うと、切り取られた後の部分では、「五篇七衆」から始まっている。後に続く「四重罪」「十三僧残」は「五篇七衆」という大きな禁戒の下位に置かれる概念であるようなので、ここからは、「梵網経心地法問品第十」とは別の戒があらたに始まっていると考えられる。そうであれば、四十八軽戒の後すぐに新しい戒に入るのではなく、「五篇七衆」が始まる前に、何らかの概説が数行に渡って書かれていたと予想されるのである。

先に紹介したように、上野本の巻頭にはこの巻の作品の題名が列挙されており、「陸□□墓誌」の下には他の墓誌と同じく小字で「幷序」と書かれていた。この小字から「詩序切」は、切り取られた部分の直前にある「達奚員外墓誌」の銘文に直接続くものではなく、「陸□□墓誌」の銘文であったことが明らかとなる。「達奚員外墓誌」の銘文が、切り取られた後どれくらい続いていたのか、また「陸□□墓誌」がどれくらいの長さの作品であったかは、結局わからない。しかし、切り取られた部分には「達奚員外墓誌」銘文の後半、「陸□□墓誌」の序文、銘文「其一」と「其二」の前部、そしてこの古筆切、更に二・三行程度の銘文の最後が書かれていたと考えられるのである。

おわりに

『日本国見在書目録』を見ると、交通の不便な時代に、意外に多くの文集が日本に輸入されていたことに驚かされる。遣唐使を初めとする日本の使者が、熱心に中国の典籍や文集を購入していたことは、例えば、王勃より少し後の人である張鷟の伝を見ても明らかである(24)。それらの舶載された文集のなかでも、奈良朝から平安初期に王勃の作品が熱心に読まれていたことは、出土木簡に王勃の詩序の一部が書かれていたことからも証明される(25)。ただ、時代とともに文学の好尚が移り変わってゆく過程で、『王勃集』をはじめとする多くの文集は、中国でも日本でも忘れられ散佚していった。

今回取り上げた古筆切もそのような散佚の過程で、その筆跡のみが愛されて、伝承を失ってしまった一片と言えよう。しかし、明治以降の命名である可能性のある「詩序切」という名称はさておき、古筆了仲によって橘逸勢筆と極められていたことは、『王勃集』の一部が『橘逸勢集』として伝えられていたことを考え合わせると、無視することはできないと思われる。

その伝承に加えて、文体と内容からこの古筆切が墓誌銘の一部と考えられることを手掛かりに、王勃の墓誌が載録されている『王勃集』巻廿八（上野本）と比べ合わせてみた。両者は紙高、一行文字数、字体が類似していた。それだけでなく、両者の紙背文書も形式が一致し、しかも内容的にも一連の文書であることを強く示唆していた。このような点から、橘逸勢筆と称されてきたこの古筆切は、上野本、即ち唐鈔本『王勃集』巻廿八から切り取られた「陸□□墓誌」の銘文の一部と考えられるのである。

注

（1）　羅振玉『王子安集佚文』（一九二二年）は、正倉院本を始め、後述する上野本・東博本・神田本は翻字し載録しているが、当然ながら、この古筆切は採っていない。

（2）　日本の書法は、遣唐使が中止されるまでは、中国の流行に追随し発展してきた。例えば中田勇次郎編「日本書道史」（『書道芸術』別巻　中央公論社　一九七三年）などの解説によると、日本では、まず王羲之・王献之父子の書法が模倣された。その後、奈良朝末期から平安初期にかけては、欧陽詢、つづいて褚遂良の楷書が学ばれ、平安中期は、顔真卿・柳公権らの書体が風靡したとされる。

（3）　杉本一樹『正倉院』（中公新書　二〇〇八年）などを参照。

（4）「『翰墨城』所収「詩序切」について」（『漢字と文化―漢字文化の全き継承と発展のために』第十号（京都大学二十一世紀COE東アジア世界の人文情報学研究教育拠点ニュースレター　二〇〇七年三月）。「略論《翰墨城》所収王勃佚文〈詩序切〉」（石立善訳『唐都学刊』二〇一〇年第二十六巻第二期」。

（5）任昉「為斉明帝譲宣城郡公第一表」（『文選』巻三十八）に「臣知不愜、物誰言宣。但命軽鴻毛、責重山岳」。また沈炯「為百官勧進陳武帝表」（『芸文類聚』巻十四帝王部四）に「陛下造化之功、日用之徳、褰裳去之、物誰仰訴」などがある。

（6）「弊俗」という言葉を、王勃は「上吏部裴侍郎啓」（巻八）で「崇大厦物、非一木之材、匡弊俗者、非一日之衛」と使っている。「情変」は『礼記』楽記「楽也者、情之不可変者也。礼也者、理之不可易者也。楽統同、礼弁異。礼楽之説、管乎人情矣」を典拠とする。

（7）序というジャンルについては、「王勃の序」、「初唐の「序」」を参照いただきたい。

（8）「伝橘逸勢筆「詩序切」と上野本『王勃集』の関係について」（『書法漢学研究』八　二〇一一年）から解釈を一部変えた部分がある。

（9）「詩序切」は楷書とされるが、正倉院蔵「王勃詩序」は、「楷書と草書」（『平成七年第四十七回正倉院展目録』）、あるいは「行書と草書」（蔵中進）とされる。一行文字数は正倉院本は二十八字から十三字と一定しない。また正倉院本は五色の彩箋が用いられており、写された紙の質も異なる。

（10）『内藤湖南全集』十四（筑摩書房　一九七六年。『宝左盦文』所収）。

（11）この問題については、「日本に伝わる『王勃集』残巻―その書写の形式と「華」字欠筆が意味すること―」で、私の考えを述べた。

（12）湖南博士には他に「富岡氏蔵唐鈔本王勃集残巻」（『全集』七　一九七〇年『研幾小録』所収）。また神田本については「容安軒旧書四種序」（『全集』十四『宝左盦文』所収）がある。

（13）「君平生属文、歳月不倦。綴其存者、纔数百篇。嗟乎促齢、材気未尽、没而不朽、君子貴焉。兄勔及勮、磊落辞韻、

鏗鏘風骨、皆九変之雄律也。弟助及勛、総括前藻、網羅群思、亦一時之健筆焉。友愛之至、人倫所及。永言存没、何痛如之。……分為二十巻、具諸篇目」とあるが、この「二十巻」は伝写のうちに誤られたとされる。

(14) 吉田氏と聆濤閣については、正木直彦「聆濤閣古文書と集古帖」、田中喜作「聆濤閣蔵文館詞林断簡」（ともに『美術研究』四号　一九三二年四月）、仁藤敦史「歴史の証人　写真による収蔵品紹介「聆濤閣集古帖」」（『歴博』一三〇号　二〇〇五年五月）を参照させていただいた。なお、吉田家の所蔵は、明治以降次第に散逸したようであるが、昭和二十三年頃でもまだ優品を所蔵していたことは、反町茂雄『一古書肆の思い出四』（東京　平凡社　一九八九年）でかなりの頁を割いて紹介している。

(15) 国会図書館と筑波大学に『聆濤閣帖』が蔵されているが、正木氏が「其主なるもの」として挙げる四十五点の古文書の大部分は入っておらず、反対に「集古帖」の一部が加えられているようである。但し、上野本の巻首部分は入っている。

(16) 『翰林学士集』も、伝承されてきた仮の名称であり、興膳宏博士が、これを初唐の許敬宗の文集の一部と考証された。「翰林学士集をめぐつて」（『中国文学理論研究集成二　中国文学理論の展開』大阪　清文堂出版　二〇〇八年。初出は『文芸論叢』四二　一九九四年）。

(17) 『神田喜一郎全集』第八巻（京都　同朋舎　一九八七年「芸林叢談」所収「牛のよだれ抄」）。

(18) 神田博士の筆記では赤星鉄馬が収集したように読めるが、このような収集を行ったのは父弥之助である。詳細は「日本伝存『王勃集』残巻景印覚書」を参照いただきたい。

(19) この二篇の墓誌については、「王勃佚文中の女性を描く二篇の墓誌」で紹介した。

(20) 『翰墨城』「解説」は、一行目「何」字の下に一字あると見ておられる。しかし、四字句偶数句押韻と考えられるので、この意見には賛成できない。

(21) 紙背文書について、湖南博士は上野本の跋文で、神田本の紙背も「大乗戒作法」が書かれているとされているが、『唐鈔本』では、「三十尼薩耆波逸提法」とされる。この点については、別の機会に確認したい。

(22)『梵網経』のテキストとしての特色については、船山徹「梵網経諸本の二系統」(『東方学報 京都』八五 京都大学人文科学研究所 二〇一〇年三月)を参照。また、各種註釈本間の戒の名目の相違については、石田瑞麿注解『梵網経』(仏典講座十四 東京 大蔵出版 一九七一年)の「十重四十八軽戒名目一覧表」を参照した。それに従えば紙背文書に見える軽戒四十一のうち、三十八の戒が一致する(「売」が「買」になってるような一字のみの同意異字を含む)。

(23) この銘文が、比較的よく見られる八句ごとの換韻という形式であったとすると、「吾子隕」のあとに五字「其三」。三十二字「其四」という合計三十七字が三行に渡って書かれていたかもしれない。

(24)「張薦……祖鷟、字文成。……開元中、入為司門員外郎卒。……新羅、日本東夷諸蕃、尤重其文、毎遣使入朝、必重出金貝以購其文、其才名遠播如此」(『旧唐書』巻一四九張薦伝九十九)。

(25) 東野治之「「王勃集」と平城宮木簡」(『正倉院文書と木簡の研究』東京 塙書房 一九九七年)を参照。

＊貴重な資料の掲載を許可してくださった、MOA美術館と、故上野尚一氏、また上野聖二氏に、あらためてお礼を申し上げます。

日・中における正倉院蔵『王勃詩序』の〝発見〟

序

正倉院に保存されていた王勃の詩序は、楊守敬が『日本訪書志』で佚文十三篇を翻字し、続いて羅振玉が佚文二十篇を翻字し、流伝していた作には校記を作り『王子安集佚文』として刊行した。既によく知られていることである。しかし、彼らは正倉院の巻子本を見たのではなく、石版で景印されたものを用いた。正倉院蔵『王勃詩序』（以下、正倉院本）に対する景印と翻字は、写本に対する日中の関心のあり方が端的に示されているのではないだろうか。日本と中国における正倉院本に対する反応の違いを取り上げ、それぞれの〝発見〟の意味について考えてみたい。

博物局石版本

楊守敬が見た石版

楊守敬と羅振玉の正倉院本との出会いについて整理しておく。『日本訪書志』は彼が一八八〇（明治十三・光緒六）年から八四（明治十七・光緒十）年の日本滞在中に見聞した善本の記録である。その中の「古鈔王子安文一巻」序によると、彼は巌谷脩からこの巻子本を贈られたが、その時点では彼は、それが正倉院所蔵であることを知らなかった。羅振玉は一九〇九（明治四十二・宣統一）年訪日の際、正倉院本の存在を教えられたが、全篇を目睹し得たのは一九一八（大正七・民国七）年であった。内藤湖南は、楊守敬が見たのは明治十七年博物局が刊行した石版、羅振玉が見たのは明治十三（一八八〇）年印刷局の石版で、印刷局本は足本であったが、博物局本は闕葉があったとする（内藤一九七六a：一三九頁・内藤一九七六b：三十二頁）。

楊守敬が見たのはどのようなものであったのか。彼は景印された作品の名を挙げ、『文苑英華』の題名と異同があるものや一部しか残っていないものについて注記している。検討してみると、彼が見たのは、正倉院本の一紙を同じように一紙に印刷したものであったようだ。例えば、「仲氏宅宴序」の下に楊は「僅存末十字」と注する。また二十九番目「失題」（「初春於権大宅宴序」）にも「僅存末五字」と注記する。これらは正倉院本を見てみると、作品が二紙に渡っていて、大部分は前紙にあり、前者は最後の十字、後者は最後の五字が次紙の先頭一行となっている。その他の「闕後半」「闕前半」「闕首尾」と楊が注記する作品も、すべて書写が複数紙に渡っているる。彼が得た景印本は、それぞれ前半や後半の紙を闕いていたと考えられる。正倉院本は全部で二十九紙とされるが、実際には「春日送呂三儲学士序」最後の一行と紀年及び「用紙弐拾玖張」が三十紙目に書かれている。楊の記録に基づいて数えると、彼が見たのはそのうちの十九紙であった。

ところで景印するには、当然オリジナルがなければならない。湖南が指摘する博物局は、正倉院本と何時どのように関わっていたのだろうか。博物局初代局長町田久成は、明治五（一八七二）年京都奈良などを巡歴し、各地の古寺古社の所蔵物を調査した。明治五年の干支から壬申検査と称される。同行した蜷川式胤の日記があり（米崎：二〇〇五）、その詳細を見ることができる。正倉院本は、この時に〝発見〟された。『壬申検査古器物目録』巻三（樋口：一九七二：三十三頁）を見ると、八月十三日検査の項に「一、詩序一巻」とあるが、巻頭巻末の一行及び五色紙の使用と紙背印だけが記録されている。また『壬申検査寺社宝物図集第九』(2)も「光明皇后御書残跋」の題で、巻末の「慶雲四年……廿九帳」のみを写す。『東京国立博物館百年史』によると、その後も調査が行われているが、博物局がいつ景印の企画を立てたかは不明である。同書には明治十四年から十七年の刊行書が記録されている。「東大寺献物帳」（十四年）、「杜家立成雑書要略（石版摺）」（十六年）は挙がっているが、正倉院本は入っていない(3)。また、楊守敬の蔵書目録類(4)にも、それらしいものを発見することができない。

東京国立博物館資料館と遼寧省図書館の博物局本

東京国立博物館資料館に「詩序　唐人書　明治十七年博物局蔵版」と題される折本が蔵されていた（受け入れは平成八年）。これも第三紙を除き正倉院本一紙に一枚が対応していた。左端に小さな字で「詩序　唐人書　東大寺正倉院御物」とあり、〈詩序〉か〈唐人書〉の下に一から十五（十六紙のみ数字が無い）の番号が振られている。ただ、五枚目から七枚目が正倉院本に対応しない。また、正倉院本第二十二紙が八枚目に入っている。七枚目だけ左端に「明治十七年三月十七日出版届　博物局蔵版　第三十」と記されていた。明治十七年博物局は正倉院本を景印したのである。しかし、十六紙二十一篇は、楊守敬が見たであろう石版より三紙九篇少ない。

瀋陽の遼寧省図書館にも「王子安集残巻　（唐）王勃撰　日本明治十七年（一八八四）東大寺正倉院影印本」の名で録される線装本があった。後述するように、羅振玉旧蔵本である。この本も正倉院本第二十二紙が八枚目に

正倉院本・楊守敬本・博物局本対照表

正倉院本	楊守敬本	博物局本（線装本・折本）
1	○	○ ①
2	○	○ ②
3	○	○ ③
4	○	○ ④
5	○	△ 後４行闕（無「秋日送王贊府兄弟赴任別序」） ⑤ ５と７「秋晩什邡西池宴餞九隴柳明府序」４行）
6	×	×
7	○	△ 前５行闕 ⑥ ７「秋晩什邡西池宴餞九隴柳明府序」続 ８「上巳浮江宴序」前半
8	○	○ ⑦ ８「上巳浮江宴序」後半と11「梓潼南江泛舟序」
9	○	×
10	×	×
11	○	△「梓潼南江泛舟序」のみ有り
12	×	×
13	×	×
14	×	×
15	○	○ ⑨
16	×	×
17	○	○ ⑩
18	○	○ ⑪
19	○	○ ⑫
20	○	○ ⑬
21	×	×
22	○	○ ⑧
23	×	×
24	×	×
25	○	○ ⑭
26	○	○ ⑮
27	○	○ ⑯＊番号無し
28	×	×
29	○	×
30	×	×

＊正倉院本の数字は用紙。楊守敬博物局本の○は有、×は無。△は一部有るもの。
①～⑯は博物局本の通し番号。

なっており、五～七枚目が正倉院本と対応していない。線装と折本と、形態は異なるが、共に十六紙二十一篇、全く同じ景印本であった。線装本は折本では失われていた紙の端を幾つか見ることができた。第七枚の「第三十」に続いて、線装本では八枚目にも「第三十一」とあった。それだけではなく五枚目に同様に「第二十八」とあり、綴じ糸に重なって見えない紙もあるが、この数字にも連続性が見られる。景印時から既に正倉院本第二十二紙が八枚目とされていたのである。

両本は、十九紙三十篇の楊守敬本より紙数作品数が少ない。しかし大部分が正倉院本一紙を同じく一紙として景印している点、二十一首は闕文の状態も含め、すべて楊守敬と重なることから、楊守敬が見たのも博物局景印本の一種であったと考えられる。ただ、三四四頁の対照表に明らかなように、景印の有無に規則性は見いだせない。断言するには不安が残るが、博物局の景印は、湖南指摘通り正倉院本全てではなく、一部分であったようだ。湖南は、印刷局は正倉院本を完全に景印し、博物局よりはやく明治十三年に刊行したとする。楊守敬は精力的に古籍収集を行っていたが、なぜ手に入れなかったのか。巌谷もなぜ足本であるそちらを贈らなかったのだろう。

印刷局石版本

羅振玉が見た印刷局本

大蔵省印刷局の初代局長得能良介は、博物局とは別に、明治十二（一八七九）年京阪神の寺社、特に正倉院視察を主目的に巡歴している。得能自身の記録があり（得能：一八八九）、目的や日程、調査状況を知ることが出来る。博物局長町田が古籍文物に詳しい蜷川を同行させたことに、その旅行の目的が象徴されていたように、得能は、優れた印刷技術によって招聘されたイタリア人キヨソネを同行させた。得能は印刷技術の習得及び向上のため、調査した文物を模写あるいは写真撮影のうえ、石版印刷することを当初より計画していた。

この巡歴の成果は、続々と刊行された。それらはそれぞれシリーズを構成しており、『国家余芳』三種、法帖である『朝陽閣帖』十一帖（二十一種）、そして『朝陽閣集古』は正倉院御物や東寺所蔵「弘法大師将来目録」など十八種が刊行された。正倉院本は『朝陽閣集古』中に「東大寺所伝詩序」の名で景印された。内藤文庫と東京大学史料編纂所に所蔵がある。前者は一枚ずつ、後者は巻物である。印刷局は正倉院本の一紙を顧慮せず、全二十五枚で巻頭から巻末までを印刷した。この枚数は神田喜一郎から見せられた印本[5]が「二十余紙」であったとする記述（羅振玉：一九一八序）とも対応する。羅振玉が印刷局石版を利用したという湖南の指摘は、『朝陽閣集古』「東大寺所伝詩序」のことだったのである。ただ、明治十三年刊行というのはどうであろうか。

内藤文庫「『朝陽閣集古』等原稿」と題される包みの中に、『朝陽閣集古』十六種が保存されている。その他に「印刷局出版朝陽閣之説」という一枚が入っていた。末尾に「大正七年一月朝陽閣第九主人池田敬八識」とあり、『朝陽閣集古』出版の縁起を述べている。大略を紹介する。明治十二年得能は印刷の模範とするため「正倉院ノ御物拝写」を宮内省に求め許可を得た。これを機に国内各地の往古の美術を探ることとした。「雇雕刻師伊国人キヨソネ氏其他技術者及古器物鑑定者等十二名ヲ随へ」五月に出発、「一府十県」の「神祠仏刹及民間名家」の所蔵を渉覧し「或ハ写真ニ付シ或ハ模写セシメ」九月に東京に戻った。その後秀逸なものを選択し、写真石版とし、朝陽閣（注：朝陽閣は印刷局の建物の名）に保存することとした。その内容は「曰古文書、曰古器物、曰和漢聖哲ノ書、曰古錦繡類等」と多岐にわたった。池田は「誠ニ美挙ニシテ以テ大ニ本邦美術ノ造詣ヲ窺フニ足ルヘシ」とその意義を顕彰し、「独リ斯業家ヲ利スルノミナラス亦以テ世道人心ヲ裨益スルコト尠カラスト信ス曩ニ原版ニ依リテ印刷シ置キタルモノ尚今存ス依テ広ク同好ノ士ニ頒チ斯道啓発ノ一端ニ一供セムトス」と続ける。これは『朝陽閣集古』の再版宣伝文であったのだ。

この宣伝文が一緒に入っていたということは、湖南所蔵の「東大寺所伝詩序」（以下、印刷局本）など『朝陽閣集古』は大正七（一九一八・民国七）年の再版と考えてよかろう。更に「印刷局石版刷定価表」も同梱されていた。それには『朝陽閣集古』だけではなく、『国家余芳』『朝陽閣帖』も列挙されている。それらも同時に再版されたのである。『国家余芳』の刊行は明治十三年、『朝陽閣集古』は明治十六年とされる(6)（大蔵省一九七一：七〇九頁）。これを考え合わせると、池田の文は『朝陽閣集古』のみを宣伝するのではなく、古文書や古器物の石版を纏めた『国家余芳』も含んでいたのである。明治十三年は、朝陽閣で石版が始まったことを言い、『朝陽閣集古』の刊行年を言うのではないのだ。湖南は、池田の言葉に誤られ、正倉院本の刊行を明治十三年としたのではないか。但し明治十六年とすることも疑問がある。印刷局本には出版年の記載は無いが、内藤文庫の『朝陽閣集古』「聾瞽指帰」には「此巻拠金剛峯寺所蔵大師真蹟上写真石版以博于世／明治十七年龍集甲申夏五月一川研三識」という跋がある。また「御請来目録」は松崎慊堂の文政已卯の跋文を付し、その後に「甲申石版巻子告成……」とある。印刷局本の刊行も明治十七年であり、更に言うと楊守敬帰国後のことであったのではないか(7)。

印刷局本は一八八四（明治十七）年に景印された。但し湖南の所蔵は、一九一八年再版である。そして「乃今年（戊午・一九一八年）秋、有神田君喜者……嘗来予家。一日白予、近得正倉院王子安集印本二十余紙。予亟請借観、則為四十一篇」という『王子安集佚文』序から考えると、羅振玉が借観したのも、一九一八年再版の印刷局本と考えるべきであろう。

以上をまとめると、正倉院本は明治十七（一八八四）年、二箇所で景印された。原本の紙に合わせたのが博物局本であり、それに関わらなかったのが印刷局本である。前者の景印は正倉院本の一部であった。後者は全てを景印したが、流通は大正七（一九一八）年以降であった考えられる(8)。

遼寧省図書館蔵本と羅振玉旧蔵『王子安集佚文』

上で遼寧省図書館蔵博物館景印本が、羅振玉旧蔵であると報告した(9)。そう判断したのは、表紙裏（図1）に

唐初写本王子安集残巻、原本在日本正倉院、為彼帝室御物、蔵護厳密、不以示人。此正倉院印刷局官印本、三十年前所印、流伝甚罕。此為湖南博士所贈、校以王子安集蔣注本、多佚文八篇。癸丑六月、上虞羅振玉記于海東寓居之比叡山楼（唐初写本『王子安集』残巻、原本は日本正倉院に在り、彼の帝室御物為り、蔵護厳密、以て人に示さず。此れ正倉院印刷局官印本、三十年前の印する所、流伝甚だ罕なり。此れ湖南博士の贈る所と為る、校するに『王子安集』蔣注本を以てするに、佚文多きこと八篇(10)。癸丑（一九一三（大正二・民国二）年）六月、上虞羅振玉海東寓居の比叡山楼に記す）＊原文は「官局」となっているが、横に転倒符がある。

と、三行が書かれていたからである。更に「振玉印信」「困心衡慮」の二印が有ることと(11)、浄土寺の寓居を「永慕園」、書斎を「大雲精舎」と羅振玉は名付けているが(12)、「癸丑」の紀年をもつ「張義潮伝」に「癸丑六月三日上虞羅振玉書于比叡僑居之大雲精舎」と書いた跋があることも(13)、この推測を補強する。一方、内藤文庫には「東大寺正倉院御物影印」と題される一包があり、破損紙も含め「東大寺薬種献物牒」等十六枚の石版が保存されている。その内の幾紙かには、小字の「明治十七年博物局蔵版」や「第四十六」などの文字がある。それはさておき、

この包みの中に「王勃詩序」はない。ところが湖南は「見存する両石版本に就て之を検するに……博物局本は頗る闕葉あり」と博物局本を所有したことを示す記述がある（湖南一九七六ａ）。一九一三年に湖南は、所蔵の博物局景印から正倉院本を線装し、浄土寺に住む羅振玉に贈ったのではないか。しかし私の調査不足を恐れるが、このことはこの文以外に記録がない。それどころか『王子安集佚文』序には以下のような記述がある。

宣統紀元、予再至海東、平子君（尚）来見、与論東邦古籍写本。平子君謂、以正倉院所蔵王子安集残巻為最先、乃写於慶雲間、中多佚文。且言君欲往観者、当言之宮内省、某願為之導。時以返国迫不克往、而以写影為請、平子君諾焉。既帰国、平子君以書来言、写影事已得請於当道、一二月間必報命、並寄正倉院印刷局印本至。謂此雖僅十六紙、為文二十首、尚少於楊氏日本訪書志者三之一、才当全巻之半耳、然印本近已難得、

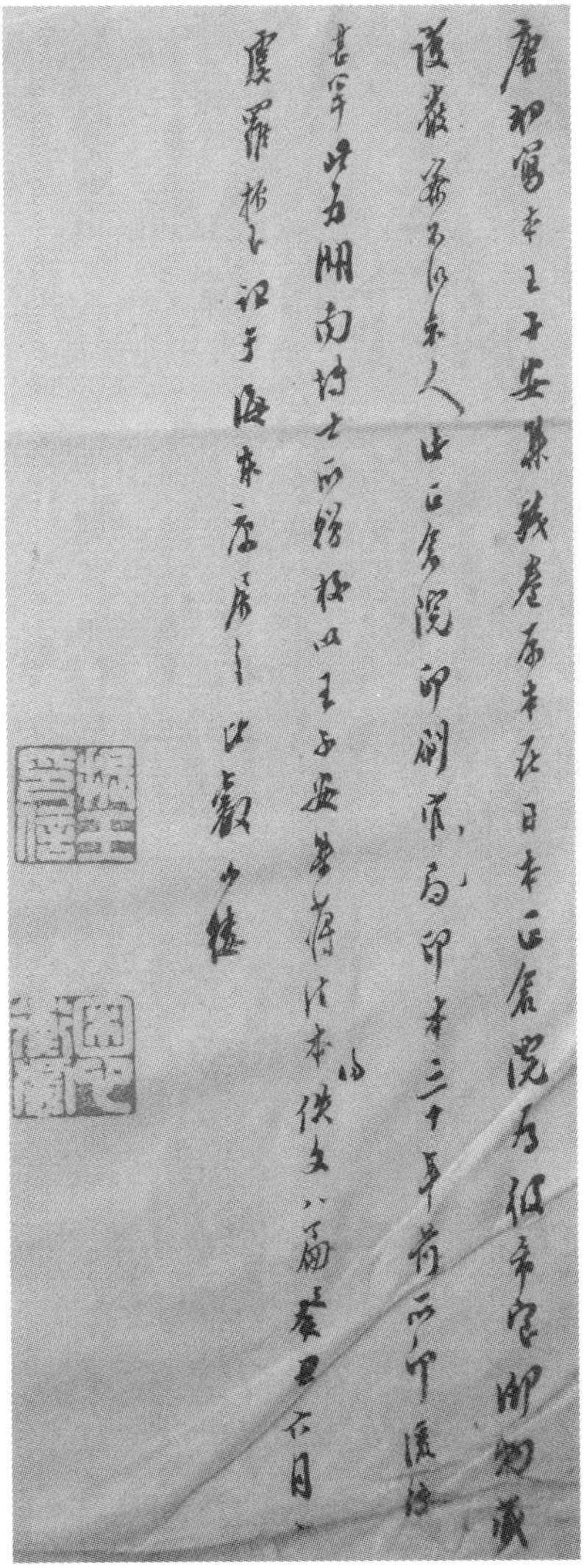

図１　羅振玉識語（遼寧省図書館蔵本）

姑先奉清覧、可窺一斑也。予校以今集本、二十篇中佚者五篇……（宣統紀元、予再び海東に至る、平子君（尚）来り見え、与に東邦の古籍写本を論ず。平子君謂う、正倉院所蔵『王子安集』残巻を以て最先と為す、乃ち慶雲間に写され、中に佚文を多しとすと。且つ言う君往いて観んと欲すれば、当に之を宮内省に言うべし、某願わくは之が導と為らんと。時に返国迫るを以て往くに克えず、写影を以て請と為し、平子君諾せり。既に帰国し、平子君書を以て来り言う、写影の事已に請を当道に得たり、一二月の間、必ず報命せんと、並びに正倉院印刷局印本を寄して至る。謂う此れ僅に十六紙、文二十首と為す、尚お楊氏『日本訪書志』に少なきは三の一、才く全巻の半ばに当るのみと雖も、然れども印本は近ごろ已に得ること難し、姑く先ず清覧に奉じ、一斑を窺う可しと。予校するに今集本を以てするに、二十篇中佚は五篇）。

宣統一（一九〇九・明治三十四）年平子尚から羅振玉に、「印刷局印本」十六紙二十篇が郵送されているのだ。ただ、二十五紙に四十一篇全てが景印されている印刷局のものとすると、十六紙で二十首は少なすぎるように思われる。羅振玉は、「博物局蔵版」とある遼寧省図書館本を「印刷局官印」と書いている。十六紙二十篇に対し東京国立博物館本・遼寧省図書館本は十六紙二十一首と微妙に異なるが、平子から郵送されたのは、博物局本であったのではないか。湖南から贈られる以前、既に博物局本を羅振玉は見ていたのではないか。

平子のことは『永豊郷人行年録』清宣統元年己酉の条に、訪日の成果六項目の一つとして特記している。[14]彼は仏教美術史研究者で、法隆寺と関係が深く、一九〇三年東京帝室博物館嘱託兼内務省嘱託となっている（野田：一九七四）。羅振玉に正倉院の情報を伝える人物としてふさわしい。ただ、羅振玉のこの序文は、一九〇九年の訪日から一九一一年辛亥革命までの記述に少し混乱があるようだ。関係部分を抜き出すと、一九〇九年羅振玉訪日。平子に正倉院本のことを教えられる。帰国後、平子より写影の可能性と「印刷局印本」十六紙二十篇（博物局本では二十一篇）が送られて来る。蔣清翊の子伯斧に『王子安集注』後にこの中の佚文五篇（実際は六篇か）を付して刊行することを勧めるも、彼は正倉院本全巻を得てからと答えた。「逾歳、無消息」なので尋ねたところ、平子は肺病で死去し既に数月を経ていた。ついで、一九一〇年湖南が北京を訪れ、その際に、上野本（一九一〇年景印）を羅振玉に贈った。羅振玉は上野本を得て佚文が合計九篇となったので、再度伯斧に刊行を勧めたが、楊守敬所蔵の正倉院景印本借用を求め時間を消費している内に、辛亥の秋、伯斧が急死し、『王子安集注』と佚文の合刻の計画は水泡に帰した。これを読むと『佚文』刊行の最初の挫折である平子の死は、湖南訪中の前のようであるが、平子の死は一九一一年五月で、第二の挫折である蔣伯斧の死の直前なのである。この部分は、正倉院本は勿論、景印を得ることも困難となっていた状況の説明として読むべきなのであろうか。いずれにせよ博物局本二十一篇中、蔣清翊『王子安集注』に見えぬ佚文は、すべて既に揚守敬によって翻字されていた。一九一三年湖南、或いはそれより早く〇九年平子から博物局本を得ながら、印刷局本を得るまで羅振玉が翻字校勘を行わなかったのは、それが理由であろう。但し、全く利用されなかったわけではない。平子郵送本は失われたようで、見ることは出来ないが、遼寧省図書館所蔵本は、題下に「見本集幾巻」や題名の異同が書き込まれており、羅振玉の調査の後が残されている。

羅振玉は『王勃集』巻二十九巻三十に当る富岡本の景印（一九二二年）を得て、一九二二年十月あらためて『王子安集佚文』を刊行した。これは単に一九一八年本に富岡本より得た佚文や親族・友人の文章を加えただけではない。既に翻字していた「過淮陰謁漢祖廟祭文」を富岡本巻頭の目録に従い、墓誌の最後に置き直すなど原『王勃集』に近づけた他、一八年本の翻字や校記を改めている箇所もある。『王子安集佚文』は、二二年本を定本とすべきなのである。

ところで、羅振玉は二二年本において、正倉院本だけでも、佚文二十箇所、校記十六箇所[16]の補訂を行っている。既に中国に在った彼は何によってこの改訂を行なったのだろうか。最後に想像をもう一つ積み重ねてみたい。想像の切っ掛けは、先に見た内藤文庫の「印刷局石版刷定価表」である。この「表」の「東大寺所伝詩序」の欄だけに「2」とも見える鉛筆書きがあった。そして表外の空白の計算書きの数字は、湖南がチェックを付した各本の価格と一致したが、その合算のあとに、更に「詩序」の価格と同じ「1.75」が加えられている。湖南は「詩序」を二セット購入し、その一つを羅振玉に贈ったという事があったのではないだろうか[17]。

まとめにかえて—景印と翻字の間

正倉院本は明治五年に発見され、明治十七年に石版で景印された。博物局本を得た楊守敬は、題名と佚文を翻字した。羅振玉は、上野家所蔵の『王勃集』巻二十八と神田家が所蔵していた巻二十九中の「過淮陰謁漢祖廟祭文」を内容とする景印（上野本）を得、印刷局本の再版を神田から借り、一九一八年に、続いて富岡本（巻二十九巻三十）の景印を得たのを契機に二二年に再度、佚文の翻字と中国伝存作品との校勘を行った。楊・羅はともに翻字した。これに対し池田の「朝陽閣集古之説」や「詩序　唐人書」「東大寺所伝詩序」という石版の題名から考えると、景印した日本は、貴重な書蹟として正倉院本を〝発見〟したが、王勃の文学作品であることの意義、テキストとしての価値は楊・羅によって〝発見〟されたようにも見える。

もちろん、楊守敬の『留真譜』編輯や『日本訪書誌』の記述、羅振玉の景印出版への捐金（京都帝国大学：一九二二序）など、彼らも鈔本に対して強烈な関心を有していた。一方で湖南は、羅振玉の正倉院本に対する作業に飽きたらず、より完成度の高い校勘写定本を作りたいと述べている（湖南：一九二二ａ一三九頁・ｂ三二頁）。これは、羅振玉の作業に学術的価値を認めていたことを示しており、截然と日中の〝発見〞は分けられない。しかし湖南は実際には、「過淮陰謁漢祖廟祭文」（『容安軒四種』）、上野本、富岡本など『王勃集』残巻の景印を主導した。それら景印に付された湖南の解説は、伝来や所蔵、字体の特色、紙背文書といった書誌的情報から内容の考証まで極めて詳細で、これら鈔本の価値を紹介し尽そうとするものであった。また、正倉院本についても、羅振玉の序文が、蔣清翊の注に絡めて文字の優劣を指摘する部分は有るものの、基本的には上に引用したように『王子安集佚文』刊行の縁起であるのに対し、湖南の方は、来歴、景印の存在や楊・羅の翻字校勘の紹介、字体や則天文字の指摘、用紙の色、佚文の題名、現『王勃集』との関係、佚文を利用した「滕王閣序」作成時期の考証など、まさに「正倉院本とは何か」を解説したものであった。このように対比して見ると、湖南が如何に日本伝存写本の景印公開を重要視していたかが明らかになる。そしてそこには、一人湖南ばかりでなく、写本の尊重とも称すべき当時の日本の知識人の意識が反映されていたとも言えるのではないだろうか。正倉院本に対する楊守敬・羅振玉の反応と湖南らの対応の違いには、写本に対する日中の考え方が端的に表れているように感じられるのである。

羅振玉がより完全な翻字と校勘をめざして『王子安集佚文』を補訂した一九二二年は、奇しくも「用紙は、白・茶・黄・赤・緑・藍等の色麻紙三十張を継ぎたる美しきものにして……今用紙の色、表紙及び金銀絵軸、すべて原形の如くせり」（佐佐木信綱解説「王勃詩序」の部分）と、正倉院本等の完全な復元を目的とする『南都秘极』第一集が完成した年でもある。(18) 正倉院蔵「王勃詩序」は、日中の学術交流を示すものであるが、一方で両国の学術の違いを示すものでもあると言えるのではないだろうか。

参考文献

［中文］

甘　孺　一九八〇《永豊郷人行年録》南京：江蘇人民出版社

高洪岩　二〇〇九〈近代中日学人与唐鈔本《王勃集》残巻〉《古典文学知識》南京：鳳凰出版一〇八―一一四

故宮博物院図書館　一九三二《故宮所蔵観海堂書目》故宮博物院図書館

湖北省博物館　二〇〇九《隣蘇園蔵書目録》上海：上海辞書出版社

李洪嘯　二〇一二《羅振玉印譜》長春：吉林文史出版社

羅振玉　一九一八《王子安集佚文》上虞羅氏

一九二二《永豊郷人雑著続篇》所収〈王子安佚文・校記・付録〉上虞羅氏貽安堂凝清室

二〇〇四《鳴沙石室佚書》北京：北京図書出版社影印。拙論関係部分は「張延綬別伝」附張義潮伝

二〇一〇《羅振玉学術著作集》十一上海：上海古籍出版社。拙論関係部分は「扶桑再遊記」一一四―一四九

楊守敬　一八九七《日本訪書志》（《日本蔵漢籍善本書志書目集成》北京図書館出版社）

［日文］

大蔵省印刷局　一九七一『大蔵省印刷局百年史』第二巻東京：大蔵省印刷局

大谷大学図書館　一九八八『神田鬯盦博士寄贈図書目録』京都：大谷大学図書館

京都帝国大学文学部　一九二二『京都帝国大学文学部景印旧鈔本第一集四種』
佐佐木信綱　一九二二『南都秘极』第一集「詩序」
杉村邦彦　二〇〇一「羅振玉における〝文字之福〟と〝文字之厄〟」『書論』津：書論研究会一〇五—一二五
関　秀雄　二〇〇五『博物館の誕生—町田久成と東京帝室博物館』東京：岩波書店
東京国立博物館　一九七三『東京国立博物館百年史』東京：東京国立博物館
得能良介　一八八九『巡回日記』東京：印刷局
内藤湖南　一九七六a『内藤湖南全集』七東京：筑摩書房。拙論関係部分は「正倉院尊蔵二旧鈔本に就きて」一三三一—一四一。初出は「支那学」第三巻第一号一九二二年
一九七六b『内藤湖南全集』十四。拙論関係部分は「宝左盦文」所収「正倉院本王勃集残巻跋」（一九二二年）三一一—三一二及び「湖南文存」巻十六所収「与羅叔言」（一九二三年）二六〇。
奈良国立博物館　一九九五『平成七年正倉院展目録』奈良：奈良国立博物館
西嶋慎一　二〇〇六「大蔵省印刷局・朝陽閣帖の謎」『大東書道研究』十四東京：大東文化大学書道研究所一六〇—一八六
野田允太　一九七四『鐔嶺平子尚先生著作年表・略歴』東京：癸丑会
樋口秀雄　一九七二「壬申検査「古器物目録」—正倉院の部—」MUSEUM255　三一—三四
米崎清実　二〇〇五『蜷川式胤「奈良の筋道」』東京：中央公論美術出版

注

（1）『平成七年正倉院展目録』（奈良：奈良国立博物館一九九五年：一一七―一三一）に正倉院本の彩色写真が掲載されている。

（2）東京国立博物館のウェブサイトに公開されている。http：//www.emuseum.jp/detail/100815。

（3）以上は『東京国立博物館百年史』一六六及び二一八。

（4）『故宮所蔵観海堂書目』『隣蘇園蔵書目録』を参照。

（5）『神田鬯盦博士寄贈図書目録』には、この景印本は見あたらない。

（6）但し、西嶋（二〇〇六：一六〇―一七〇）は、『朝陽閣帖』刊行を明治十五年―十七年とする。

（7）『隣蘇園蔵書目録』二八一法帖〇一一に「朝陽閣帖二冊」とある。更に西嶋（二〇〇六：一八三―一八六）は、楊守敬は日本に居た時期、印刷局と交流があったとする。これらのことは印刷局本が楊の帰国後の刊行であったことを暗示する。

（8）大正十年十一月三十日『官報』二七九九号に「印刷局蔵版法帖類、画像発売」の一面広告がある。価格が変わり『朝陽閣集古』は二種増えている。

（9）この本の存在については高洪岩（二〇〇九：一一二）に言及がある。

（10）八篇は、六篇の書き誤りと思われる。蔣清翊本にない作品は、「春日序」「秋日送沈大虞三入洛詩序」「秋晩什邡西池宴餞九隴柳明府序」「至真観夜宴序」「秋日登冶城北楼望白下序」「冬日送儲三宴序」。

（11）これが羅振玉の印であることは李洪嘯（二〇一二）を参照。

（12）杉村（二〇〇一：一一四頁）を参照。

（13）羅振玉（二〇〇四）を参照。

（14）『扶桑再遊記』でも、羅振玉は六月七日午後、田中慶太郎の所で、平子尚に会い、『玉篇』など日本の古鈔本について話したことが記録されている。

（15）確かに上野本は墓誌三篇と神田家の祭文一篇を併せて景印したので四作品であり、詩序佚文が五篇であったという点では数が合う。平子より送られた正倉院本については疑問が残る。

（16）贈が贈、祖が祖などといった、使用活字の変更による違いは除外した。

（17）上野本、富岡本を湖南が羅振玉に贈ったことは知られているが（正確には富岡本は京都帝国大学文学部から）、今回、博物局景印正倉院本も羅振玉に贈っていたことが明らかになった。更に一九二三年三月「王勃詩序」を含む『南都秘极』も湖南は彼に贈っている（内藤：一九七六b：「与羅叔言」）。

（18）『南都秘极』中「王勃詩序」は一九二一年の刊記が付されているが、佐佐木信綱「『南都秘极』第一集解説」は二一年二月に記され、湖南の「正倉院蔵王勃詩序残巻序跋」も二一年八月の作である（内藤：一九七六b）。

＊本稿作成の過程で、関西大学図書館内藤文庫、東京国立博物館資料館、東京大学史料編纂所、遼寧省図書館の所蔵資料を閲覧した。貴重な資料の閲覧をお許しいただき、ここに記して感謝を申し上げる。

日本伝存『王勃集』残巻景印覚書

日本国内に伝存する『王勃集』残巻は、明治から大正の時期に発見され、景印されることによって広く知られ、重要な学術資料として研究されることになった。このような発見と景印は、ひとり『王勃集』だけではなく、明治以降の古鈔本に対する日本の社会の興味と学術界の意識が反映されているように思われる。以下、その発見から景印に至る経緯について、現時点までに調べ得たことを纏めておきたい。

一　正倉院蔵『王勃詩序』(1)

『王勃集』残巻のなかで、最初に発見されたのは正倉院に蔵されていた『王勃詩序』である。明治五（一八七二）年、博物局局長町田久成等による壬申検査と称される調査の際に発見された。明治十七年に博物局より石版景印され(2)、楊守敬が『日本訪書志』で紹介、佚文を翻刻し広く知られることとなった。

博物局は、壬申検査の際に発見確認した古写本を幾種か刊行している。同館編『東京国立博物館百年史』(3)によると明治十四年に『東大寺献物帳　一冊』(4)、明治十五年『伊都内親王御願文（逸勢書／石版摺）一巻』『嵯峨天皇

宸翰　石版摺　一巻』『空海請来目録　石版摺　一巻』『杜家立成雑書要略　石版摺　一巻』が挙がっている。ただ『王勃詩序』残巻は挙げられていない(5)。

蜷川式胤は壬申検査に同行し、『奈良の筋道』という日記を残している(6)。そこに正倉院において調査した宝物を列挙している。古器物については簡単な印象を書いている場合があるが、『王勃詩序』を初めとする古鈔本、特に中国典籍類についてはそのような記述はない(7)。

博物局の壬申検査に続いて、印刷局局長得能良介が明治十二（一八七九）年に関西を中心とした調査旅行を行った。得能自身の手になる『巡回日記』（東京　印刷局　一八八九年）が残されているが、正倉院宝物の調査の詳細は記されていない。しかしこの調査をもとに印刷局は、現在でもその技術が高く評価される多色石版印刷『国家余芳』などを発行する。朝陽閣集古という古写本の景印シリーズもその成果のようである。

朝陽閣集古が、どのような古写本を景印したのか、その全貌は分からない。国立印刷局「お金と切手の博物館」ウェブサイトの収蔵品解説によると、朝陽閣集古について「明治十六年に完成、販売されました。初版時は全八巻でしたが、大正時代に復刻されたものは細分化されて十四巻となっています」と紹介しているが(8)、その基づくところは分からない。関西大学図書館内藤文庫に、このサイトで言うところの大正時代の再版時の際のものと思われる「印刷局石版刷価格表」があった。湖南文庫の「価格表」は大正八年のものであるが、『官報第二七九九号』（大正十年十一月三十日）にも「印刷局蔵版法帖類画像発売」という宣伝があった。

以下内藤文庫蔵の「価格表」に従って列挙してみる。

印刷局石版印刷定価表

番号	名　称	編集書目	組枚数	定　価
1	国華余芳 乙 古書之部一冊	嵯峨帝宸翰外十一	一三枚	一、（円）四四〇
2	国華余芳 甲 古器物之図一帖	（省略）	一九枚	三、七〇〇
3	国華余芳 乙 古器物之図一帖	（省略）	一三枚	三、三〇〇
4	国華余芳 丙 古器物之図一帖	（省略）	一三枚	三、三〇〇
5	朝陽閣鑑賞一冊	興福寺金襴他九種	一四枚	一、六五〇
6	波間乃錦 一冊	真鯛他数種	一五枚	二、〇〇〇
7	朝陽閣帖 一帖	（省略）	二四枚	九〇〇
8	朝陽閣帖 一帖	（省略）	一六枚	七五〇
9	朝陽閣帖 一帖	（省略）	二〇枚	九〇〇
10	朝陽閣帖 一帖	（省略）	一八枚	九五〇
11	朝陽閣帖 一帖	（省略）	一八枚	九五〇
12	朝陽閣帖 一帖	（省略）	一七枚	九〇〇
13	朝陽閣帖 一帖	（省略）	二七枚	一、四〇〇
14	朝陽閣帖 一帖	（省略）	一六枚	八五〇
15	朝陽閣帖 一帖	（省略）	一五枚	八〇〇
16	朝陽閣帖 一帖	（省略）	三六枚	一、八〇〇

17　朝陽閣帖　一帖　（省略）　三五枚　一、七五〇

この後、18~28までが朝陽閣集古である。『官報』では23~35までが朝陽閣集古である。『国家余芳』は、湖南文庫蔵「価格表」では四種類であったものが、『官報』は三種類になっている。しかし朝陽閣帖は6~21と十六種類[9]になっており、「価格表」と比べると、五種増えたことになる。[10]

朝陽閣集古の全てを実際に見ることが出来たわけではないが、国会図書館と、東京大学史料編纂所で一部を見ることができた。それぞれの情報を、「価格表」を基準として書き加えてみる。「官」は『官報』、「国」は国会図書館、「東」は東京大学史料編纂所の略である。

18　楽毅論他一種

光明皇后楽毅論一・杜家立成一　一七枚　九〇〇（九〇銭）

官23　同名　一七枚　一、五〇〇（一円五〇銭）以下同

東　同名　巻子本

国　同名　巻子本

国会図書館本は

本紙末に「明治癸未」の円形印と「大蔵省印刷局鑑賞上石之記」の長方形印がある。

巻末に明治十六年十二月廿一日　出版版権届　印刷局蔵版　定価金弐円　の印

19　聖武天皇宸翰他七種

省略　一八枚　九五〇

官　24　同名　一八枚　一、五〇〇
東　同名　巻子本
国　同名　巻子本
国会図書館本は
本紙末に「明治癸未」の円形印と「大蔵省印刷局鑑賞上石之記」の長方形印。
巻末に明治十六年十二月廿一日　出版版権届　印刷局蔵版　定価金弐円参拾銭　の印

20　小形　即身成仏品
弘法大師書即身成仏品　一二枚　四〇〇
官　26　同名　一二枚　八〇〇
東　同名　巻子本
国　同名　巻子本
国会図書館本は
本紙末に「明治癸未」の円形印と「大蔵省印刷局鑑賞上石之記」の長方形印。
巻末に明治十六年十二月廿一日　出版版権届　印刷局蔵版　定価金弐円参拾銭　の印

21　長谷寺縁起文
菅原道真長谷寺縁起文　一八枚　一、四五〇
官　27　同名　一八枚　一、八〇〇
東　同名　巻子本

国　同名　巻子本

国会図書館本は

本紙末に「明治癸未」の円形印と「大蔵省印刷局鑑賞上石之記」の長方形印。

巻末に明治十七年　一月廿九日　出版版権届　印刷局蔵版　定価金弐円六拾銭　の印

＊年月日の七、□一、九は抹消後書き直している。

22 請来目録

弘法大師書請来目録　二一枚　一、五五〇

官 28 同名　二一枚　二、〇〇〇

東　同名　巻子本

国　同名　巻子本

国会図書館本は

本紙末に「明治甲申」の円形印と「大蔵省印刷局鑑賞上石之記」の長方形印。

巻末に明治十七年八月十三日出版版権届　印刷局蔵版　定価金三円　の印

23 五悔文他一種

弘法大師書五悔文・風信状　一一枚　八〇〇

官 29 同名　一一枚　一、一〇〇

東　同名　巻子本

国　同名　巻子本

国会図書館本は

本紙末に「明治甲申」の円形印と「大蔵省印刷局鑑賞上石之記」の長方形印。

巻末に明治十七年八月十三日出版版権届　印刷局蔵版　定価金壱円七拾銭　の印

24　重盛之書　一枚　〇七〇

官　30　同名　一枚　一五〇

東　無し

国　無し

25　弘法大師聾瞽指帰甲之部　二一枚半　一、五〇〇

官　31　同名　二二枚　二、五〇〇

東　同名　巻子本

国　無し

26　弘法大師聾瞽指帰乙之部　二五枚半　一、七八〇

官　32　同名　二六枚　三、〇〇〇

東　同名　巻子本

国　無し

27　道風・佐理・行成三蹟　一七枚　一、一九〇

官　33　同名　一七枚　一、七〇〇

東　同名　巻子本

国　無し

28　東大寺所伝詩序　二五枚　一、七五〇

官　34　同名　二五枚　三、〇〇〇

東　同名　巻子本

国　無し

29　紙表紙（国華余芳ノ分）　一枚　〇二〇

官　36　法帖類用表紙（売切）

「価格表」に無く『官報』にあるもの

官　22　道風書　一〇枚　一、〇〇〇

東　無し

国　道風書　御物（付箋による）　巻子本

国会図書館本は

本紙末に「明治壬午」の円形印と「大蔵省印刷局鑑賞上石之記」の長方形印。

巻末に明治十六年十二月廿一日　出版版権届　印刷局蔵版　定価金壱円弍拾五銭　の印

官　24　即身成仏品

弘法大師書即身成仏品　一五枚　一、五〇〇

東　無し

国　無し

官　35　円珍唐国通路券　四枚　五〇〇

東　無し

国　無し

国会図書館にのみあるもの

佐理書（御物）道風書（御物）貫之書（御物）家隆書（御物）弘法大師書（御物）＊弘法大師のみ三作品

本紙末に「明治壬午」の円形印と「大蔵省印刷局鑑賞上石之記」の長方形印。

巻末に明治十六年十二月廿一日　出版版権届　印刷局蔵版　定価金壱円七拾五銭　の印

＊佐理書は「去夏帖」、道風は「玉泉帖」。貫之・家隆は仮名文字。

朝陽閣帖の場合と同じく、『官報』は「定価表」に無い明治十六年出版版権届の「道風書」が最初に来るが、後は基本的に同じ並びである。

これらを見ると、国会図書館蔵本が明治の所謂初版本と考えられるが、大正八年の「定価表」が概ね一枚七銭、大正十年の『官報』の方は内容に依るのであろうか、一定の基準は無いが価格は一枚十銭前後であるのに対し、国会図書館蔵本はみな一枚十銭以上[11]で、東大蔵本の価格はわからないものの、最も高価であるのが不思議に感じる。国会図書館本に押された紀年の印は、明治十五・十六・十七年の三印であるが、版権免許は「明治十六年十二月二十一日」と「明治十七年八月二十一日」の二種に分かれる。前者は紀年の印は「壬午」(明治十五年)と「癸未」(同十六年)。後者は「甲申」(同十七年)である。「長谷寺縁起文」は紀年の印は「明治癸未」であり「明治十七年一月廿九日」の出版版権届は訂正前は「明治十六年十二月廿一日」であったようである。その訂正の理由はわからない。以上のことから、発行は明治十六年十七年の二年であったと思われる。また並べてみると「定価表」も『官報』も前半が明治十六年、後半は十七年となっていることが分かる。仮に朝陽閣集古シリーズが二期に分かれていたとするなら、シリーズ最後の『王勃詩序』[12]は、明治十七年に発行されたと思われるのである。

さて、ではなぜこのシリーズに『王勃詩序』が入ったのであろうか。弘法大師空海の書が多く採られていることに見られるように、このシリーズは奈良朝から平安(鎌倉初期)朝の名筆が選ばれている。ただ他の景印はみな、筆写者が明らかであるが、『王勃詩序』のみ筆写者が不明である。しかし『奈良の筋道』を見てみると

詩序　一巻　慶雲四年七月廿六日　積善藤家ノ印有　五色紙二十玖張

杜家立成雑書要書《ママ》　一巻　右と同筆

とある。『王勃詩序』も光明皇后の筆写と見なされていたのである。[13]これが朝陽閣集古の一として採録された理由であったのではないだろうか。そしてこのことは逆に、『王勃詩序』、そして佚書である『杜家立成雑書要略』、また佚文を含む聖武天皇『雑集』も、その内容、即ち中国の典籍であることを理由として選ばれたのではないということを示している。では、なぜ景印されたのだろうか。『王勃詩序』も含め、これらが博物局や印刷局で販売された以上、それを購入しようとする層が存在したのである。それはどのような人々であったのだろうか。

朝陽閣帖は中国人の手蹟を集めた法帖[14]で、これに対して朝陽閣集古は日本人の手蹟を集めたものである。そのことから考えると、朝陽閣集古も当初は書道文化界の需要を意識して景印発行されたのではなかったであろうか。

博物局と印刷局がともに景印したのが名筆であったという点に注目するならば、それだけ書道界の需要が大きかったことを示しているのかもしれない。明治時期、特に楊守敬の来日が日本の書道に大きな刺激を与え、一種の書道文化界が形成される。博物局・印刷局が石版景印を売り出したのは、その裾野がかなりの広がりをもっていたことを示しているのではないだろうか。博物局の一枚五銭、印刷局の一枚十銭から十四銭という価格が当時においてどの程度の負担であったのかは、調査し得ていない所であるが、しかし、石版という新技術によって、より精巧な複製が容易に手に入るようになったということは、注目されてよいのではないだろうか。

ところで、テキストとして『王勃詩序』の景印に最初に注目したのは楊守敬であり、佚文を模刻し『日本訪書志』に掲載した。明治十七（一八八四）年五月に帰国した楊守敬[15]は、同年八月に発行された朝陽閣集古本を見ることは不可能であり、三月発行の博物局景印本を見たと思われる。

楊守敬は『王勃詩序』を紹介したが、これが正倉院所蔵であることを知らなかったとする。ただ、この点については、やや疑問に感じる。楊守敬は一八八〇（光緒六・明治十三）年に来日し八四年に帰国する。そして一八九七（光緒二三・明治三十）年に『日本訪書志』編纂した。また書影を模刻した『留真譜』初編は一九〇一（光緒二七・明治三四）年の序をもつ。そこには『王勃詩序』とともに正倉院御物の「楽毅論」（『留真譜』巻六）すべてと、全巻ではなく連続しない数紙分の『杜家立成雑書要略』（同巻十一）が掲載されている。『留真譜』に載る『杜家立成雑書要略』は、朝陽閣集古本に見えない「積善藤家」の印があることから、これも恐らくは博物局本であろうと思われる。[16]楊守敬は『王勃詩序』の景印だけを得たのではなく、博物局から石版景印された鈔本を幾つか持ち帰ったと考えられる。また、東京国立博物館資料館と遼寧省図書館に蔵される「東大寺所伝唐人詩序」には「博物局蔵版」とあり、楊守敬はそれが博物局より石印されたものであることが分かったはずである。彼が博物局局長町田久成と交流のあったことは『日本訪書志』に何度か名前が出ることから明らかである。[17]また朝陽閣集古を発行した印刷局についても、『日本訪書志』に言及があるだけでなく、局長得能良介が招聘した森立之こそ、楊守敬の書誌学研究を深めた人物であった。[18]彼らとの会話の中に、正倉院御物の古鈔本が出なかったのであろうか。「楽毅論」、『杜家立成雑書要略』についても、楊守敬が何も説明を加えていないことも含め、彼がこれらの所蔵先を知らなかった（知らされなかった）のか、或いは明言を避けたのかは分からない。

それはさておき、『経籍訪古志』に象徴されるように、江戸時代から書誌学研究は行われていた。ただ、楊守敬や、彼の上司である何如璋らが、日本に伝存する古鈔本・古刊本を収集購入し翻刻模刻したことは、[19]中国ばかりでなく、日本の書誌学を発展させることにもなった。少なくとも正倉院蔵『王勃詩序』が書蹟としてではなく、テキストとして注目されるのは、楊守敬が『日本訪書志』で紹介して以降であったと思われる。

但し明治の書誌学も森立之とその周辺の人物達が遺老の如くその学術を守っていただけではない。『新撰字鏡』の所有者達に博物局への献納を慫慂したというような記事を始めとして、『日本訪書志』に記録される町田久成の活動[20]は、書道界の関心と異なるものがうかがわれ、書道文化界と重なりつつも典籍研究の新しい動きを示すものとして注目される。更に恐らく町田が首唱したと思われるこのような博物局の石版景印も、彼が意図していたかはさておき、書誌学の発展に寄与することになったのではないだろうか。即ち当初は、書道文化界に向けて発行したのであろうが、一方でより容易に古鈔本を見ることが出来ることになり、楊守敬を始めとする中国人の購書や『日本訪書志』などの公開と併せて書誌学研究を刺激すること[21]にもなったのではないだろうか。

『王勃詩序』についても、従来楊守敬による紹介のみが注目されるが、実はそこに石印という新技術による景印の存在があったこと、そしてその景印がその後の研究を進展の基盤となったことは、注意されるべきではない

だろうか。(22)

二　王勃集巻廿八(23)

この巻は、『王勃集』残巻としてではなく、古写本として江戸時代に既にその存在が知られていた。『王勃詩序』と同じく内藤湖南に詳しい紹介がある。(24)それによれば、この残巻は江戸時代、吉田家が所蔵していた。吉田家は摂津国菟原郡住吉村呉田の豪商で、家伝の古物を模刻模写して『聆濤閣帖』を作った。(25)『王勃集巻廿八』は「集巻」の題で巻頭の一部が模刻され、その存在が知られたのである。

国会図書館と筑波大学図書館が『聆濤閣帖』という名の和本を所蔵している。両図書館の本は全く同じものであったが、昭和七年『美術研究』（美術研究所）所収正木直彦「聆濤閣古文書と集古帖」、田中喜作「聆濤閣蔵文館詞林断簡」が紹介する内容、また仁藤敦史「聆濤閣集古帖」（国立歴史民族博物館編『歴博』一三〇　二〇〇五年）の紹介する内容とも異なる。(26)ただ、湖南や『経籍訪古志』が言及し、更には楊守敬『留真譜』（巻九）が模刻している巻頭部分は、両図書館本に同じものが掲載されている。

両図書館の『聆濤閣帖』は、「応神天皇木肖像」、「同背像」から始まり以下六人の肖像が掲載されている。次に古写本の一部分が模刻されている。「河原継麿写経用紙解」「太平宝字記年経跋」「仁寿記年田券」「貞観記年田券跋」「文館詞林跋」「越前国送米文」「具注暦」「兵書断簡」「河内国大税負死亡人牒」そして『王勃集巻廿八』の巻頭十一行である「集巻」、「永久記年田券幷籤」である。

続いて、「経之籤」「経筒」「五鈴鏡」「弘仁記年礎石」など古器物や出土物の模写やその拓が載せられている。

『王勃集巻廿八』と『文館詞林』の一葉は、古文書と一緒に並べられており、これらは書誌学的興味であるよりも、むしろ考古学的興味から掲載されたと考えられる。

『聆濤閣帖』がどの程度流通したのかはわからない。しかし渋江全善・森立之編『経籍訪古志』(巻六集部)にその存在が紹介されており、江戸時期の書誌学者には知られていた。ただ小島学古が「(塙)忠宝云、摂津国人喜平治家、又蔵是書残本一巻(墓誌/下)、巻端数行、模入於聆濤閣帖中、是也。憾未得覯某全軸、乃付識於斯、以俟他日続録耳」と言うように、伝聞として知っていたのであり、目睹した者は少なく、『翰林学士集』の一部と考えられていたことも含め、実物を見ることが困難であったことが分かる。この巻子本を実見し、『王勃集』残巻であることを発見したのは、内藤湖南であり、明治の末になってからのことであった。

様々な学問分野において、巨大な貢献を行った内藤湖南であるが、彼の書誌学的興味を刺激した人物に羅振玉がいる。少なくとも湖南の『王勃集』残巻研究については、羅振玉との交流を指摘しなければならない(27)。明治の書誌学は楊守敬らの購書活動に対する危機意識と『日本訪書志』の刺激によって始まったが、近代的な研究は羅振玉の来日と、欧米の新しい印刷技術による精巧な複製技術によって進展したと言えるのではないか。

『王勃集』残巻に限っていえば、楊守敬は正倉院蔵『王勃詩序』の石印を得て模刻した。それは紹介に止まったが、その後、印刷局の石版景印(朝陽閣集古の一)を得て、羅振玉は佚文を翻字し中国伝存作品について校勘を行った。またこの『王勃集巻廿八』についても、江戸から明治までは『聆濤閣帖』の巻頭十一行の模刻しか知られていなかったが、吉田家から上野理一が購入し、それを実見した湖南が『王勃集』残巻であることを発見し、上野理一に勧め、湖南自身が跋文を付して景印した。湖南が紹介と公開を一体化し、研究を進展させたのである。

また景印の方法も楊守敬の『王勃詩序』や吉田家の『聆濤閣帖』における「集巻」と異なる。『王勃集巻廿八』

は上野家が購入したのち、神田家が所蔵してきた『王勃集』残巻からはなれた「祭文」一篇とともに、玻璃版（コロタイプ印刷）される。石版より更に新しい印刷法を用い[28]、より精巧な景印が行われたのである。そしてその景印の目的は、朝陽閣集古と同じではない。明らかに書誌学的研究の為であった[29]。

上野理一による古典籍や中国書画の収集に湖南の影響があることは知られているが、吉田家よりこの鈔本を購入するに際し、内藤湖南の助言があったのかどうかは分からない。ただ、この景印の発行は、書誌学研究が書道文化界とは異なる独自の立場から古鈔本を見るようになったことを象徴する事件と言えるのではないだろうか。そしてそれは、楊守敬の刺激によって日本の書道文化界が再構築されたように[30]、羅振玉の刺激と新しい印刷技術によって日本の書誌学研究が再構築されたことを示してもいたと考えられる。もちろん書道文化界は楊守敬来日以降、依然として強固に存在したことは、羅振玉とともに辛亥革命の混乱を避けて来日した王国維の手紙からも窺うことができる[31]。

整理すると、吉田家による模刻によって、この『王勃集』残巻の存在は、正倉院蔵『王勃詩序』よりも早く知られてはいた。しかしそれは一部だけで、また広く公開されてなかったため、江戸時代の書誌学者は、その存在を聞いてはいても調査はできなかった。その状況は『留真譜』に示されるように、明治前半においても改善されなかった。技術的側面からみても楊守敬は、過渡期の書誌学に属する。そして湖南や羅振玉等の研究から、書誌学は新しい段階に入ったと言える。石印や玻璃版（コロタイプ印刷）など新技術によって古鈔本・古版本が、格段に精巧そして容易に見ることができるようになったことも、その進展に大きく寄与した。『王勃集巻廿八』は、その典型的な例と言えるのではないだろうか[32]。

三　王勃集巻二九三十[33]

赤星家のオークションに出た『橘逸勢集一巻』を富岡鉄斎の息、謙蔵（号、桃華）が五八〇〇円で落札した。この経緯については、神田喜一郎『芸林叢談』所収「牛のよだれ抄[34]」と湖南「富岡氏蔵唐鈔本王勃集残巻[35]」によって紹介されてきた。しかしこれを手放した赤星家側にも資料があった。この時期の財界人を中心として勃興してきた茶道文化界のフィクサー的存在であった高橋義雄の記録である。高橋は、この文化界の多くのオークションに関わっているが、赤星家のオークションも彼が依頼を受けて、企画実施したものである。彼の日記『万象録』や『近世道具移動史[36]』を読むと、神田先生の記述に、小さな修正が必要となる。このオークションの品々は、赤星の当主、鉄馬の所有であったが、コレクション自体は父赤星弥之助が一代で収集した茶道具類であった[37]。相続した鉄馬は茶道に興味なく、管理の手間に苦しみ売り払うことにしたのである。鉄馬の所蔵は間違いないが、その収集は父弥之助としなければならない。

現在の我々からすると、国宝『王勃集巻廿九三十』が『橘逸勢集』とされていたことにも驚くが、既に『王勃集巻廿八』が発見されていたにもかかわらず、なぜここまで発見されなかったのか。このオークションにおける主催者側の関心の低さに首をかしげる。

高橋は『近世道具移動史』で、大正年間を「道具移動第三期」とし、さらにこの時期を四期に細分化し、その第二を「成金時期」とする。この「成金時期」の記事中に「赤星家の入札事情」「赤星家入札実況」「赤星家落札品の行方」「赤星家第二、三回の入札」と四項を設けてこのオークションを詳しく紹介している。高橋は「赤星鉄馬氏が大正六年六月、先大人弥之助氏の遺品第一回入札売却を決行したのは道具移動史に於て最も特筆大書すべき事件である」（二〇八頁）と述べる。先に紹介したように、赤星鉄馬が父の収集した大量の茶道具類の管理に根を上げたというのがこのオークションの原因であった。高橋の日記によると、依頼を受けたのは大正六年一月二十九日のことである。

その後日記には、オークションに関する記録が散見されるようになる。例えば四月十五日から十八日にかけて、赤星家に出向き自ら入札品の点検を行ったことが記されている。十七日はほぼ一日をかけて掛物類を点検し、十八日は「午前八時半赤星邸に赴き、手始めに経巻、古筆、及び絵巻物等凡そ二百点を通覧し」たとあるが、『王勃集巻二十九三十』（『橘逸勢集一巻』）について、言及はない。

オークションは、大正六年六月十一日、同年十月八日、十月十五日の三回に分けて行われた。三回のオークションはそれぞれ『目録』が作られた（第二回を除き、第一第二回の目録は表紙に目録とあり、内表紙に「（第二回・第三回）赤星家所蔵品入札」そして下見の日時、入札開札日、会場が記されている）。それによると、すべて両国美術倶楽部で行われ、第一回は三〇〇点、第二回三八〇点、第三回八〇六点が出品された。

『王勃集』の残巻は『第二回目録』に「八一　橘逸勢集一巻」として、「八二　大般若経一巻」とともに九十四頁に挙がっている。『目録』を見ると、オークションの中心はもちろん茶碗など茶道具であったが巻子本も出ている。高橋は掛物等について、古筆の鑑定にも優れる田中親美[38]を招き鑑定させている（四月十七日）。しかし、高橋の記録には『王勃集』残巻（『橘逸勢集一巻』）を含め、巻子本について全く言及がない。また、神田喜一郎・内藤湖南等によって富岡謙蔵が高額で落札したことが特筆されるのに対し、この古鈔本に関しては、オークション前後でも高橋等主催者は何も言及していない。もちろんそれは理解しやすいことで、彼らの関心が茶道具にあり、

『王勃集』残巻を含む巻子本はさほど注目していないからである。[39]また高橋は、それぞれのオークションで一万円以上の価がついた品を列挙している。第一回は「梁楷筆雪中山水」の二十一万円をはじめとする九十二品、第二回が「名物真如堂茶入」五万千百円など十四品である。第三回は高橋によれば、「殆ど瓦落多品のみ」で、一万円以上は一品のみというが、第一回の総額は三九五万円、第二回は八七万円、三回合計は五一〇余万円というから、相当大規模なオークションであった。彼らにとって『王勃集第廿九三十』（『橘逸勢集一巻』）は思わぬ高値で落札された一品であったかもしれないが、価格においても全く興味を引かなかったのである。

高橋によれば、明治半ば頃より、旧大名家の所蔵などが市内に出るようになり、明治末よりオークションが開かれるようになる。その参加者の多くは、高橋の言葉をそのまま用いれば「成金」であるが、要するに財界人を主なメンバーとする茶道文化界が形成されたのである。彼らの興味は茶器などの茶道具と、茶室の装飾品たる書画（掛物）であった。古鈔本は過去において、装飾品とする為に切り取られたことがあったが、明治以降昭和にあっても、この文化界にはそのような意識があった。[40]この文化界の属する大多数は鈔本に対して書誌学的な関心、或いは保存意識は少なかったと言える。

茶道具とそれに関わる一切を取り扱った赤星家のオークションと、書籍のオークションとしては最高最大規模と称された富岡家の蔵書を扱ったオークション[41]を単純に比較することはできないが、赤星家のオークションで落札した『王勃集巻廿九三十』が最初に、写真及び解説付きで挙げられている『富岡文庫御蔵書入札目録』と比べてみると茶道文化界と書誌学研究界との関心の違いが際立つ。更に両者のオークションに関わった者を見ると、赤星家のオークションは当時の有力な道具屋（古美術商）が名を連ねるが、書籍を扱う人物商店は入っていない。[42]一方富岡家のオークション[43]は、当然ながら差配である大阪の鹿田松雲堂を始め、京都・東京の書店が並ぶ。[44]

正倉院蔵『王勃詩序』が、当初書道界を対象として発行されたように、大正時期になると、それに加えてこのような財界人を中心とする茶道文化界が勃興し、赤星弥之助のように大名家・旧家から流出した古美術を収集するようになる。その収集の範囲に古鈔本も含まれていたのである。ただ彼らにとって、それは美術品であって学術的資料ではなかった。もちろん、そのオークションの『目録』が送付されているのであるから、富岡家、また上野理一も、勃興した茶道文化界と関わりはもっていた。しかし、一方で、羅振玉の来日以降、書誌学研究界も捜索の範囲を着実に広げつつあったと言えよう。上野理一や富岡謙蔵のように、茶道文化界にも属する書誌学研究界の人物が、そのようなオークションから、多くは日本の写本であるが、古鈔本・古版本を発見することになるのである。

ところで『王勃集巻廿九三十』は、吉田家にあった『王勃集巻廿八』と比べると、出現から時間を経ずに『王勃集』残巻の一であることに気付かれた。それは既に『巻廿八』が発見されていたこともあるが、それだけが理由とは言えないのではないか。赤星家がこのオークションの為に作った『目録』は、美術書出版で定評のある審美書院(45)が担当し、『王勃集巻廿九三十』も小さくはあるが巻頭から最初の作品である「行状」の四十余行までの鮮明な写真が掲載された。吉田家の「集巻」模刻とその違いは大きい(46)。富岡謙蔵が一見して『王勃集』残巻と見抜いたのはこのような精巧な写真の故もあるであろう(47)。

この後、この『王勃集』残巻は、京都帝国大学文学部から、玻璃版によって景印された(48)。ここにおいても湖南や羅振玉は、より精巧な印刷技術を採用することによって研究の便を図ったのである。

おわりに

『王勃集』残巻は、当初、考古学的興味、優れた手蹟として、或いは趣味世界の装飾品として紹介された。それはそれぞれの時期の社会の好尚を反映している。そのような社会の興味を受けて『王勃集』残巻は、模刻、そして石版の方法で景印された。より多くの人々が容易に、より精巧な複製を見ることができるようになったのである。そのことは必ずしも学術研究に資することを目的として為されたわけではなかった。しかし結果として書誌学をはじめとする学術を進展させることになった。

内藤湖南の『王勃集』残巻に対する考証は、このような他の文化界の興味に敏感に反応した成果とも言えるが、『王勃集』残巻それぞれの玻璃版を用いた景印とそれに附された湖南の跋文は、明治以来の書誌学の一つの到達点を示すものでもあった。『王勃集』残巻の発見と景印は、日本の近代の書誌学研究の一つの象徴と言えよう。そして『王勃集』残巻をはじめ、多くの古鈔本古版本について玻璃版による景印を促し、さまざまな側面からそれらに対する研究紹介を行った内藤湖南の研究は、彼の多くの功績の一つとして、今後更に詳しく調査考察されなければならないのではないだろうか。

注

（1）明治十七（一八八四）年石版景印。大正十一（一九二二）年玻璃版景印。

（2）東京国立博物館資料館と遼寧省図書館（羅振玉旧蔵本）に保存されており、『詩序　唐人書　東大寺正倉院御物』と題されている。また「明治十七年三月二十七日出版届　博物局蔵版」と記されている。

（3）　東京　第一法規社　一九七三年。

（4）　『東大寺献物帳』のみ石版の文字はないが、関西大学図書館内藤文庫の所蔵をみると、石版である。

（5）　国会図書館には明治十四年十月十日出版届、『伊都内親王御願文』四十銭。明治十五年十月十日出版届『嵯峨天皇宸翰』（青蓮院蔵）一枚五銭。明治十五年十月十二日出版届『御請来目録』『杜家立成雑書要畧』それぞれ一枚五銭と、価格の記入もあるものが蔵されている。

（6）　米崎清実『蜷川式胤「奈良の筋道」』（東京　中央公論美術出版社　二〇〇五年）。

（7）　『奈良の筋道』によれば、正倉院調査は八月十一日に始まり、二十日に終わる。『王勃詩序』残巻は十四日に調査している。注（6）書、一七五頁。

（8）　http://www.npb.go.jp/ja/museum/tenji/gallery/choshuko.html

（9）　朝陽閣帖については、西嶋慎一「大蔵省印刷局・朝陽閣帖の謎」（大東文化大学書道研究所『大東書道研究』一四　二〇〇六年）という研究がある。それによると『官報』に無い一帖があり、全部で十七帖が発行されたという。

（10）　『官報』6～10が「価格表」に無い。即ち「価格表」の朝陽閣帖7～17は、『官報』の11～21に当る。

（11）　表装の費用が含まれているかもしれない。『官報』では、この価格は所謂「マクリ」の値段で、表装は別途費用が必要とある。

（12）　『官報』では「円珍唐国通路券」が更に後にある。

（13）　東京国立博物館蔵『壬申検査寺社宝物図集第九』も「王勃詩序」の巻末の紀年の部分を双鈎で模写しているが、「光明皇后御書巻跋」と題している。また、同館には壬申検査の調査目録である『古器物目録』五巻が保存されており、樋口秀雄氏により翻字されている。正倉院調査の部分は、「壬申検査「古器物目録」―正倉院の部―」の題で、『MUSEUM　東京国立博物館美術誌』二五六～二五八（一九七二年六月～八月）に掲載されている。そこでも『杜家立成雑書要略』の後に「詩序と同書」とある。

（14）朝陽閣帖については、西嶋慎一「大蔵省印刷局・朝陽閣帖の謎」を参照。この論文によると、朝陽閣帖の法帖選択には楊守敬の影響が見られるという。
（15）岡千仞『観光紀遊』によると、明治十七年五月二十九日に岡は横浜から出帆したが、帰国する楊守敬も同船していた。
（16）但し現在のところ、博物局が「楽毅論」を景印したという記録は見つけられない。
（17）例えば『広韻五巻（北宋刊本、刻入古逸叢書中）』（巻三）では、自分のもつ『漢印譜』とこの書を交換したとある。また『留真譜』初編の序でも巌谷脩と町田の名を挙げて在日中の図書閲覧の便宜に感謝を述べている。
（18）『春秋左氏伝残巻（旧鈔巻子本）』（巻一）は、「癸未春、日本印刷局借得、欲石印、余得往読之」とある。また『篆隷万象名義三十巻（旧鈔本）』（巻四）は紙幣局で見たとある。
（19）陳捷『明治前期日中学術交流の研究』（東京　汲古書院　二〇〇三年）「第三部古典籍の中国への流出と清国公使館の訪書活動」を参照。
（20）「町田云、第二第四両冊、原為鈴鹿氏所蔵、余十冊為浪速井上氏所蔵、両家皆欲合并為全書、而皆不肯割。町田為局長時、勧両家均納博物館、於是始全書」（巻四）。他にも町田の名は出ないが、古鈔本古版本の所有者が博物局にそれを納めたという記述が『日本訪書志』に見える。
（21）楊守敬の購書に、日本人が一種の危機感をもったことは、「この楊守敬が日本に古くから伝わる漢籍を大量に中国にもたらし帰ったことは、日本に於てもさすがに当時からいろいろな議論が起った」（神田喜一郎「中国の書物のことども」（『敦煌学五十年』東京　筑摩書房　一九七〇年）と、紹介がある。
（22）西野嘉章編『歴史の文字　記載・活字・活版』（東京大学総合研究博物館　一九九六年）によると、明治初年には石印の技法が日本に輸入されたが、その普及は十年頃からとされる。
（23）明治四十三（一九一〇）年、玻璃版景印。この巻については既に紹介した。併せて参照いただきたい。「伝橘逸勢筆「詩序切」と上野本『王勃集』の関係」。
（24）『王勃集巻廿八』景印に附された「上野氏蔵唐鈔王勃集残巻跋」。また『全集』十四『宝左盦文』所収。

(25) この他に『聆濤閣集古帖』『足利帖』も刊行されたという（仁藤敦史「聆濤閣集古帖」）。

(26) 反町茂雄『一古書肆の思い出 四』（東京　平凡社　一九八九年）にも「摂津吉田家聆濤閣宝籍の放出」の章があり、『聆濤閣帖』について紹介している。両図書館本は、『聆濤閣帖』の一部複製本かも知れない。

(27) 湖南には、先に紹介した文の他、『王勃集』残巻の全てについて論考があり、その一部には羅振玉の『王子安集佚文』に対する批判もある。しかし、遼寧省図書館にある羅振玉旧蔵『王勃詩序』は跋文によれば、湖南が贈ったものである。その他湖南はこの『王勃集巻廿八』『同巻廿九三十』の景印本や、南都秘极中の『王勃詩序』景印も彼に贈っている（『湖南文存』巻十六「与羅叔言（大正十二年三月）」）。

(28) コロタイプ印刷は、一八七〇年頃実用化された。明治二十二（一八八九）年小川一真によって移入されたが、日本では一九〇〇年代に入って利用されるようになったとされる。『国立国会図書館月報』六〇九（二〇一一年）などを参照。

(29) 湖南が景印されたばかりの『王勃集巻廿八』を中国出張の際に携え、羅振玉に贈ったことはこの景印の目的を雄弁に語るものである（羅振玉『王子安集佚文』序など）。

(30) 楊守敬が日本の書道文化に果たした役割については多くの指摘があるが、例えば『書論』二六（書論研究会　一九八九年）は、楊守敬を特集しており、その諸論考が参考になる。

(31) 王国維「致繆荃孫」に「因此邦人於字画頗知珍貴、碑帖初開風気、此二項尚可得価」（顧廷龍校閲『芸風堂友朋書札』下冊（上海古籍出版社　一九八一年））とあり、この当時にあっても楊守敬の影響を受けた書法を歓迎し、拓本法帖を購入しようとする風があったことを示している。

(32) 『容安軒旧書四種』に附される湖南の序文（大正八（一九一九）年）を読むと、この家蔵の古鈔本の公開は、少なくとも書蹟鑑賞を目的とはしていない。

(33) 大正十（一九二一）年、玻璃版景印。

(34) 『神田喜一郎全集』（京都　同朋社　一九八七年）。

(35) 『内藤湖南全集』巻七（東京　筑摩書房　一九六九年）。また景印本には漢文「富岡氏蔵唐鈔本王勃集残巻跋」が附された（『全集』十四『宝左盦文』所収）。

(36) 日記は『万象録　高橋箒庵日記』として整理されつつある。関係部分は第五巻　大正六年（京都　思文閣出版　一九八八年）。『近世道具移動史』（東京　慶文堂書店　一九二九年）。

(37) 『近世道具移動史』「道具移動第一期」に「道具界の鰐魚」と題して赤星弥之助を紹介している。それによると薩摩出身で政商とも言える弥之助は、明治二四年頃からその財力に任せて、「名器と云う名器を呑み尽さずんば已まざる、鰐魚の如き威力を発揮した」（一〇二頁）とある。また、多くを高橋義雄の記録に依っているように思われるが、松田延夫『益田鈍翁をめぐる九人の数寄者たち』（東京　里文出版　二〇〇二年）も第三章で弥之助を紹介する。

(38) 田中親美の生涯と功績については、名宝刊行会編『田中親美』（東京　展転社　一九九七年）に紹介がある。

(39) 高橋等は古鈔本に対して、「さほど」ではなく、全く関心が無かったのかもしれない。例えば「殆ど瓦落多品のみ」という第三回入札会に、不空三蔵「表制集」が出品されている。この古鈔本は上野理一が落札、後に国宝（旧国宝、現在は重要文化財）に指定されている。

(40) このような割裂について、神田喜一郎「この暴挙をいかんせん―古書割裂に対する一提案―」（『芸林談叢』のち『全集』八）が参考になる。この文章は、直接には西本願寺三十六人歌集の割裂に対する批判として書かれた。この割裂を行ったのは高橋義雄が属する茶道文化界の人々であった。高橋は『近世道具移動史』で「近世道具移動史中に於る最も光輝ある一大事件と謂ふべきであらう」（四六八頁「三十六人集分譲の由来」）と評する。この二人の感想の違いが、それぞれの文化界の意識の違いを鮮明に表している。なお割裂は昭和四（一九二九）年の出来事である。

(41) 富岡家蔵書のオークションについては、反町茂雄『一古書肆の思い出　二』（東京　平凡社　一九八六年）「Ⅲ大入札会の諸相」に「昭和最大の売立」として紹介される。他に千代田区立図書館が二〇一一年「古書販売目録にみる昭和期最大の入札会―富岡鉄斎・謙蔵のコレクション」という特別展を開催している。

(42) 列挙すると［東京］山澄力三・中村作次郎・稲沢安蔵・川部利吉・宗与・多聞店。［京都］林新助・服部七兵衛・土橋嘉兵衛。［大阪］戸田弥七・山中吉兵衛・山中与七・春海敏。

(43)『王勃集巻廿九三十』を購入したのは長尾欽弥であった。彼も昭和十八年コロタイプ印刷でこれを景印している。

(44) 列挙すると［東京］朝倉屋書店・村口書房・文求堂書店・一誠堂書店・反町弘文荘。［京都］佐々木竹苞楼・細川開益堂。［大阪］鹿田松雲堂。

(45) 村角紀子「審美書院の美術全集にみる「日本美術史」の形成」（明治美術学会『近代画説』一九九九年）を参照。

(46) 流通の規模も大きく異なっていたのではないだろうか。『聆濤閣帖』と赤星家の『目録』は目的を異にするとはいえ、高橋の日記（三月三十一日）によると、『目録』は一三五〇〇部の印刷が計画されている。

(47) 神田喜一郎「「清六大家画譜」と「王勃集」」（『上野理一伝』（大阪　朝日新聞社　一九五四年）によると、上野理一も気付いたが、入札で富岡に敗れたという。

(48) 京都帝国大学文学部より「京都帝国大学文学部景印旧鈔本」のシリーズの一として発行されたが、その費用が羅振玉の捐金によることは、狩野直喜先生の跋文に詳しい。

あとがき

本書は、初唐の文学者王勃と日本に伝わる彼の文集について紹介した文章をまとめたものである。

王勃をはじめとする初唐四傑は、南北朝末期の文学を変革し、後に続く盛唐文学への道を切り開いた文学者とされる。彼らは南朝以来の文学評価の基準を相対化することによって文学を革新していった。そのような文学観をもつ彼らの登場を準備したのは、小規模な農地を維持し半自営的生活を行っていた北朝漢族の知識人の家に引き継がれてきた意識であったのではないだろうか。一方、彼らの「序」からは、作品に共感する同時代の人々の存在が感じられる。ここで言う同時代人とは、伝統を誇る門閥の出身者ではなく、不安定な官僚生活を送る新興の知識人層のことである。王勃らの手になる初唐の「序」は中下級官僚を参加者とする新しい文学の場の出現を示していたのだ。王勃等は抜きん出た才能をもつ文学者であったが、彼らの作品は、未だ自分たちの表現を見つけることが出来ないでいた、多くの言葉無き〝王楊盧駱〟たちの感慨を代弁するものであったのではないだろうか。同時代人の強い共感が王勃等の文学の流行を生んだのだ。

日本には王勃集の残巻が伝わる。それらは『王勃集』が編纂されて五年以内の巻子本と、『王勃集』編纂前後に彼の序だけを集めた選集の写本と考えられ、中国における彼の文学に対する愛好を反映する。

これら残巻は王勃作品の当初の文字を伝えているため、王勃の意図を正確に読み取り、伝写の間に生じた解釈の混乱を解決することが可能な優秀なテキストであった。また、佚文はそれだけで重要であるが、王勃集編纂の時期や彼の生涯に関する情報が含まれており、初唐の文学を取り巻く環境や、王勃という短命ではあったが、この時期の典型的な新興知識人の生涯を明らかにする貴重な資料でもあった。

『王勃集』のような古写本の翻刻や、明治・大正の頃に刊行された景印本を眺めていると、このような古い文集が日本に保存されてきたことの不思議さとともに、遥か後世の私が、かくも容易に貴重な巻子本を見ることができることに不思議さを感じた。王勃集の存在と学術的価値を江湖に知らしめた楊守敬、内藤湖南、羅振玉等の活動について興味をもった。興福寺にあったと思われる『王勃集』が何時の頃にか散逸した。しかし一部は吉田家から上野家へ、別の一部は赤星家へ、更にそこから切り取られた一作品や一小片が神田家や古筆家に伝えられていた。既に『王勃集』であるという伝承は失われていたが、仮に名付けるなら、書道、書誌学、更に茶道と言った明治以降形成された文化圏が交差するところでそれらが発見され、当時最新の印刷術によって公開されたのであった。

楊守敬・内藤湖南・羅振玉等の日中の学者の活動や交流は知られている。また先に挙げた文化圏に対してもそれぞれの分野から研究が行われている。しかし、それはどれくらい広く学術情報として共有されていたのであろうか。例えば赤星家のコレクションは美術史ではよく知られていることであったようであるが、『王勃集』など赤星家の古鈔本の存在は、神田喜一郎先生の言及以外見つけられず、これまであまり注意されていないように思われる。『王勃詩序』はもちろん、『王勃集』残巻も、明治以降の学術史・文化史の重要な資料でもあるのだ。

王勃という文学者に対する関心から出発し、日本に伝わる彼の文集へと私の関心は移動した。Ⅰ・Ⅱ・Ⅲ部はそれなりにつながりを持っているように感じるけれども、読み返せばそれぞれの章には不十分な考察や掘り下げの足りない部分も多く、単に興味が拡散しただけなのかもしれない。

本書は研文出版の山本實社長から、書いたものをまとめてみないかと声をかけていただいたことによる。これまで夢想しなかったといえば嘘になるが、私にとって本とは読むもので、その逆を想像することは実際には難しかった。ただ折に触れて声をかけて下さり、大変はげみになった。山本社長のお勧めがなければ、実現することはなかった。心より御礼を申し上げたい。

これらの文章は、まとめることを考えていなかったので、例えば、王勃集佚文に対する内藤湖南や羅振玉の研究など、同じ資料が何度も引用される。それらを整理し一書として統一をもたせようと試みたが、結局、拙文のあまりにひどい表現と、多くの間違いを修正し得ただけで、その試みは原稿の提出をいたずらに遅延させるだけに終った。山本社長にお詫びしなければならない。

「あんたくらい勉強嫌いだった子が、なんでまだ勉強するなどと言うのか」。私が大学院受験を考えていると告白したとき、母はこう言って絶句した。確かにこれまでかろうじて勉強を続けられたのは、入谷仙介先生をはじめとする島根大学の諸先生と、大学院進学以降、ご指導を受けることができた、多くの先生、友人のおかげである。御礼を申し上げたい。ここでは特に本書に関わる三先生のお名前だけを挙げることをお許し頂きたい。

まず、大学院入学以来ご指導下さっている興膳宏先生である。大学院の授業で先生は、盧照鄰の駢文をテキストに選ばれた。典拠を調べるだけで手一杯で、それらが組み合わさった対句が何を言っているのかは、私は全く分からなかった。ところが興膳先生は、その中に埋もれている盧照鄰の感情と論理を鮮やかに読み解いてゆかれた。陳腐な言い方だが、霧が晴れてゆくような感じがした。私が駢文に関心を持つことになったのは、あの鮮やかさが忘れられないからのように思う。

もうお一人は高田時雄先生である。高田先生の講義にはついてゆけず、私は早々に落ちこぼれた。しかし先生は、院生の研究室や酒席にもよくおいでになった。該博な知識に裏付けられ、さまざまに展開されるお話は、歯切れのよい口調と相まって、我々を魅了した。あるとき先生から日本に残る王勃集の重要性について示唆していただいた。しかし調査したことをまとめることができたのは、就職してからのことであった。

今の職場に移動後しばらくして、井波陵一先生から、先生が主催される北朝石刻研究班に誘っていただいた。異体字や欠損のある文字に対して全く歯がたたず、私は同定して行かれる班員の方々と拓本を呆然と眺めるだけであった。しかし具体的な史料を前に、北朝の社会文化の状況について専家からお話しをうかがうという貴重な機会を先生に与えていただいた。何より同時代資料の重要性について認識を新たにすることができた。

省みれば、「子を知ること父(母)に若くは莫し」の言を認めざるを得ない。しかし拙いながら本書を亡き両親、そして今も変わることなくお教えを賜っている先生、友人の方々に対する報告書としたい。

初出一覧

（括弧内は発表時の題名）

Ⅰ 王勃の文学とその周辺

王勃試論――その文学の淵源について……『東方学』76輯 一九八八年六月

王勃の序（王勃の序について）……『人文論叢（三重大学人文学部文化学科紀要）』10 一九九三年三月

初唐の「序」（初唐の「序」について）……『中国文学報』54 一九九七年四月

王勃・楊炯の陶淵明像（王勃・楊炯の陶淵明像について）……『未名』12 一九九四年三月

盧照鄰の陶淵明像（盧照鄰の陶淵明像について）……『人文論叢』12 一九九五年三月

Ⅱ 日本伝存『王勃集』の意義

テキストとしての正倉院蔵『王勃詩序』……『アジア遊学』93 二〇〇六年十一月

王勃佚文中の女性を描く二篇の墓誌（王勃佚文中の女性を描く二篇の墓誌について）……『アジア遊学』116 二〇〇八年十一月

王勃「滕王閣序」中の「勃三尺微命、一介書生」句の解釈（王勃「滕王閣序」中の「勃三尺微命、一介書生」句の解釈について）……『歴史文化社会論講座紀要（京都大学大学院人間・環境

学研究科　歴史文化社会論講座）』10　二〇一三年二月
正倉院蔵『王勃詩序』中の「秋日登洪府滕王閣餞別序」について（正倉院蔵『王勃詩序』中の「秋日登洪府滕王閣餞別序」について）……『敦煌写本研究年報』7　二〇一三年三月
日本に伝わる『王勃集』残巻——その書写の形式と「華」字欠筆が意味すること（日本に伝わる『王勃集』残巻について——その書写の形式と「華」字欠筆が意味すること）……『東方学』130輯　二〇一五年七月
『王勃集』の編纂時期——王勃集巻三十所収王承烈祭文を中心に……未発表
王勃南行考——父子同行の可能性……未発表

Ⅲ　日本伝存『王勃集』の〝発見〟

伝橘逸勢筆「詩序切」と上野本『王勃集』の関係（伝橘逸勢筆「詩序切」と上野本『王勃集』の関係について）……『書法漢学研究』8　二〇一一年一月
日・中における正倉院蔵『王勃詩序』の〝発見〟（日・中における正倉院蔵「王勃詩序」の〝発見〟について）……『高田時雄教授退職記念東方学研究論集』二〇一四年六月
日本伝存『王勃集』残巻景印覚書……『敦煌写本研究』9　二〇一五年三月

索　　引

凡　　例

（一）この索引は、人名索引と書名・作品名索引と王勃関係の文集・作品名索引の三部からなる。
（二）項目の排列は、第一字の五十音順により、語頭の字が同じ場合は、第二字の音によって先後を定める。
（三）作品名は、書き下しではなく、一律に原文で表示する。
（四）皇帝は朝代謚号（廟号）の形で表記する。ただし、少数回しか出現しない場合は本文の表記（劉備・劉禅など）に従った。
（五）書名・作品名は、必要に応じて作者名を（　）内に記した。

人名索引

あ　行

か　行

さ　行

た　行

な　行

は　行

ま　行

や　行

ら　行

わ　行

書名・作品名索引

あ　行

か　行

さ　行

た　行

な　行

は　行

ま　行

や　行

ら　行

わ　行

王勃の文集・作品名索引

さ　行

た　行

な　行

は　行

ま　行

や　行

ら　行

道坂昭廣（みちさか　あきひろ）
一九六〇年大阪府羽曳野市生まれ
京都大学大学院人間・環境学研究科教授
著書『六朝詩人伝』（興膳宏編　大修館書店）、『正倉院蔵《王勃詩序》校勘』（香港大学饒宗頤学術館）など
論文「六朝の謝啓について」（『中国文学報』69〈蘆北賞受賞〉）・「京都大学附属図書館蔵《羅振玉蔵書目録》紹介」（『国際漢学研究通訊』10）など

『王勃集』と王勃文学研究

二〇一六年一一月二五日　第一版第一刷印刷
二〇一六年一二月　五日　第一版第一刷発行

定価［本体七五〇〇円＋税］

著　者© 道坂昭廣
発行者　山本實
発行所　研文出版（山本書店出版部）
〒101-0051
東京都千代田区神田神保町二―七
TEL　03-3261-9337
FAX　03-3261-6276
印刷　富士リプロ㈱
製本　塙製本

ISBN978-4-87636-416-9

詩人の視線と聴覚　王維と陸游　入谷仙介著　7000円

亂世を生きる詩人たち　六朝詩人論　興膳　宏著　10000円

初唐文学論　高木重俊著　11000円

終南山の変容　中唐文学論集　川合康三著　10000円

詩人たちの生と死　唐詩人伝叢考　植木久行著　4500円

唐詩推敲　唐詩研究のための四つの視点　静永　健著　9000円

韓愈詩訳注　第一冊　川合康三　緑川英樹編　好川　聡　10000円

中国詩跡事典　漢詩の歌枕　植木久行編　8000円

研文出版

＊表示はすべて本体価格です。